Des étoiles plein les yeux

Michele Jaffe

Des étoiles plein les yeux

Traduit de l'anglais
par Élisabeth Luc

Éditions J'ai lu

À Daniel Goldner et Holly Edmonds

Titre original :
THE STARGAZER
Pocket Books,
a division of Simon & Schuster Inc., N.Y.

1

— Monseigneur, je ne m'attendais pas à vous rencontrer en ces lieux, déclara Bianca.

La jeune femme leva les yeux vers l'impressionnante carrure de l'homme qui se tenait sur le seuil et éternua bruyamment. Ian Foscari, comte d'Aoste, la dévisageait, ahuri.

— Je vous crois volontiers, répondit-il en fixant le poignard ensanglanté qu'elle tenait à la main.

Malgré son expérience et son sens de l'observation, il ne savait comment interpréter la scène incongrue qui se présentait à lui. La chambre à coucher était richement décorée : tentures en soie pêche brodées de fleurs dorées, épais tapis d'Orient aux tons chauds... Au milieu de la pièce trônait un majestueux lit à baldaquin, sur lequel gisait le corps dénudé d'Isabella Bellocchio, courtisane vénitienne très en vue. Sans la plaie béante qui meurtrissait sa poitrine, on l'aurait crue endormie. Debout à côté du lit, la jeune femme à la robe maculée de sang ne lâchait pas le poignard.

Bianca croisa le regard azur du jeune comte. Puis, incapable de se contrôler, elle éternua encore.

— Que faites-vous ici ? demanda-t-elle enfin, en détournant les yeux du cadavre.

Cet homme élégant et raffiné n'avait vraiment pas l'air d'un meurtrier.

— Et vous ?

— Cela me paraît évident, répliqua Bianca en éternuant de plus belle.

Elle s'efforça de foudroyer Ian du regard. Surpris par son franc-parler, celui-ci fronça les sourcils et lui rendit son regard noir.

— En effet, dit-il d'une voix calme. Mais pourquoi avez-vous tué cette jeune femme ?

Pour la première fois, Bianca comprit que les apparences étaient contre elle. Dans sa main droite, elle serrait le poignard ensanglanté qu'elle avait instinctivement arraché du cœur d'Isabella. Sa robe était pleine de sang, car elle avait lutté de toutes ses forces pour sauver la malheureuse jeune femme. En s'essuyant discrètement le nez du dos de la main droite, elle aperçut soudain un blason gravé sur le manche du poignard. Elle releva la tête et regarda Ian dans les yeux.

— Ne devrais-je pas vous poser la même question, honorable seigneur ? lança-t-elle en brandissant l'arme.

Sur le manche du poignard incrusté de rubis et d'émeraudes était sculpté le blason de la famille Foscari. Ian haussa les épaules et reporta son attention sur le beau visage de Bianca.

— Cette arme ne m'appartient pas. Certes, il s'agit du blason de ma famille, mais je n'aurais jamais commandé un objet d'aussi mauvais goût.

— Je crains que le bon goût ne soit pas un argument de défense suffisant, rétorqua Bianca. Isabella a été assassinée. Peut-être pourriez-vous m'expliquer les raisons de votre présence ici ?

Elle éternua une nouvelle fois.

— Cela ne vous regarde en rien, *signorina*, mais il se trouve qu'Isabella m'a fait demander de toute urgence.

Sans se laisser intimider par la froideur de Ian, Bianca reprit son interrogatoire :

— Que disait son message, au juste ?

Ian s'en voulait terriblement. Il avait répondu à la première question de la jeune femme sans réfléchir, impressionné par l'autorité naturelle qui émanait d'elle. Pis encore, il s'apprêtait à lui obéir de nouveau. Malgré lui, il sortit un message de sa tunique et le déplia.

— Le voici. Voyez vous-même.

Il tendit la lettre à la jeune femme. Bianca plissa le front et éternua. Sur le parchemin délicatement parfumé, elle découvrit une écriture claire et élégante. Isabella implorait le comte d'Aoste de la retrouver chez elle sur-le-champ. Bianca leva le parchemin à la lumière et le scruta avec attention. Après l'avoir examiné, elle le rendit à son propriétaire, cet homme blond au charme époustouflant qui se tenait devant elle.

— On vous l'a remis en main propre ?

Ian hocha la tête. Bianca, de plus en plus perplexe, éternua encore.

— Dans ce cas, vous ne pouvez être coupable de ce meurtre abject, admit-elle.

Son regard passa du message au poignard qu'elle n'avait pas lâché.

— Néanmoins, j'ai l'impression que quelqu'un cherche à vous incriminer, continua-t-elle. Mais qui ? À moins que ce ne soit moi qu'on veuille mettre en cause…

Elle éternua.

— Et si nous essayions…

Ian réprima la colère qui bouillonnait en lui et s'efforça d'adopter une attitude encore plus glaciale que de coutume pour rattraper ce bref instant de faiblesse.

— Je suis vraiment soulagé de ne pas être coupable ! railla-t-il. Toutefois, votre raisonnement m'intrigue. J'avoue que je m'inquiète un peu de vous entendre prononcer le mot « nous ». J'ignore pour qui vous vous prenez, j'ignore même qui vous êtes, et je n'ai que faire d'une jeune demoiselle à peine sortie de l'enfance. En tout cas, je vous assure que nous n'« essaierons » rien ensemble.

Ses paroles cinglantes eurent l'effet escompté. Bianca se raidit. Elle ne supportait pas cette attitude

7

paternaliste et condescendante. Ian semblait la mettre au défi de désobéir à un notable vénitien, lui rappelant à chaque syllabe qu'elle n'était qu'une femme sans expérience. Quel homme hautain et méprisant! À n'en pas douter, il devait employer le même ton glacial pour décourager ses éventuelles fiancées. Pour sa part, elle ne songeait guère au mariage. La perspective de se retrouver affublée de quelque imbécile qui dilapiderait sa fortune et la condamnerait au rôle de mère ne lui disait rien qui vaille.

— Naturellement, vous avez raison, déclara-t-elle. D'ailleurs, je préfère travailler seule.

Furieuse, Bianca posa le poignard et se lava les mains dans une cuvette en porcelaine. La révolte qui grondait dans son esprit était encore plus forte que l'arrogance du comte. Comment avait-elle réussi à se persuader aussi facilement de son innocence? Et pourquoi était-elle à ce point soulagée qu'il ne soit pas coupable? Elle se moquait bien que cet homme cruel soit innocent, tout comme elle se moquait qu'il soit si séduisant, avec ses longues mains, ses doigts fins…

La voix grave de Ian interrompit sa rêverie.

— Vous ne m'avez toujours pas expliqué pourquoi vous me croyez innocent. La réponse la plus logique serait que vous soyez vous-même coupable. Au fait, à qui ai-je l'honneur?

Il la dévisagea intensément.

Bianca éternua et tenta de plaquer une expression incrédule sur son visage.

— Monseigneur, vous plaisantez, je suppose, fit-elle, indignée. Moi, une meurtrière?

Ian crut deviner l'ébauche d'un sourire au coin de ses lèvres. Cette belle jeune femme jouait la comédie, et il n'avait pas l'intention de se laisser prendre à sa fausse candeur.

— Je ne plaisante jamais, répondit-il sèchement.

Même si elle n'avait pas entendu l'accent implacable de sa voix, Bianca l'aurait cru sans mal. Ian Foscari, comte d'Aoste, était l'un des plus beaux partis de

Venise, un jeune homme riche, bien fait et élégant…
Mais il avait aussi la réputation d'avoir un cœur de
pierre, d'être hautain et indifférent à ses semblables.
Seuls ses proches, les Arboretti, connaissaient l'être
qui se cachait sous ce masque glacial. Et encore…
Depuis deux ans, depuis le terrible événement qui
l'avait frappé, Ian était un autre homme. Certes, il se
montrait toujours aussi brillant et efficace dans son
travail, peut-être même davantage, mais il ne riait
plus, ne souriait plus. Malgré ses efforts, son frère
Christopher ne parvenait pas à le dérider. Pourtant, le
jeune homme déployait des trésors d'imagination. Ian,
lui, faisait de son mieux pour se couper du monde et
ne trahir aucune émotion. Il décourageait toutes les
jeunes filles que les mères fortunées de la ville lui présentaient.

Mais Bianca n'était pas femme à se laisser impressionner, surtout lorsqu'un homme insensible et cruel
l'accusait de meurtre. Elle redressa les épaules et rassembla tout son courage. Puis, du haut de ses vingt-
quatre ans, elle soutint le regard de Ian.

— Monseigneur, commença-t-elle. À l'instar de bien
des femmes, que l'on considère comme incapables de
s'instruire, Isabella était illettrée. Elle n'était pas plus
capable de vous écrire une lettre que je ne le suis d'utiliser ce poignard pour tuer une innocente…

Elle reprit l'objet entre ses doigts, éternua, et pointa
l'arme vers Ian.

— … ou que vous n'êtes capable de vous émouvoir,
conclut-elle.

Elle éternua trois fois.

— Bon sang! s'exclama-t-elle, excédée. Si seulement
je pouvais cesser d'éternuer!

Elle lâcha le poignard et tourna le dos au jeune
homme. Elle se moucha, s'essuya les yeux et regarda
les gouttes de pluie marteler la vitre, cherchant à calmer sa colère. Le choc de la découverte du cadavre de
son amie, l'accusation de meurtre, ces éternuements
répétés qui offraient une piètre image d'elle au comte

d'Aoste… Bianca était à bout de nerfs, mais elle ne voulait pas pleurer. Jamais elle ne donnerait à ce cœur de pierre le plaisir de la voir fondre en larmes. Jamais !

En observant le reflet de sa compagne dans la vitre, Ian la vit lutter contre les sanglots. Un étrange sentiment l'envahit, sans qu'il comprenne tout de suite ce qu'il éprouvait. Mais il dut vite admettre, à contre-cœur, qu'il admirait cette jeune femme. Elle avait conclu à son innocence avec tant de simplicité et d'élégance… Lui aurait mis plusieurs heures avant de parvenir aux mêmes conclusions. D'ailleurs, il ignorait toujours le nom de cette femme si incroyablement belle et intelligente. Elle, en revanche, semblait le connaître. Tout en songeant qu'elle pourrait l'aider à résoudre le mystère de la mort d'Isabella, il détailla, presque malgré lui, les courbes gracieuses de son corps, la mèche de cheveux qui voletait sur sa nuque et…

Était-il en train de perdre la raison ? Cette femme était peut-être une meurtrière. Peut-être… Mais pourquoi doutait-il, alors que tout indiquait qu'elle avait assassiné Isabella ? Pour mettre un meurtre au point, une femme intelligente penserait à une foule de petits détails auxquels un homme ne songerait pas. Les femmes, avec leur esprit pervers, avaient l'art de se donner toutes les apparences de l'innocence, afin de décharger leurs frêles épaules du poids de la culpabilité. Ian le savait d'expérience. Il avait juré de ne plus jamais se laisser duper. Non, plus jamais, pas même par une créature aux épaules aussi ravissantes. Il devait reprendre les choses en main et affirmer sa supériorité.

— À mon tour de vous poser des questions, maintenant, fit-il d'une voix sévère. Des questions simples, ne vous inquiétez pas. Même une petite *signorina* telle que vous pourra y répondre sans peine. D'abord, qui êtes-vous ?

La jeune femme lui tournait toujours le dos. Elle éternua et déclara :

— Je m'appelle Bianca Salva. Je suis la fille de…

Elle éternua encore. Ian en profita pour l'interrompre.

— C'est inutile, j'ai entendu parler de votre famille.

Ainsi, cette jeune femme à la robe maculée du sang d'une courtisane était issue de la noblesse vénitienne ! Fidèle à sa réputation de froideur et d'impassibilité, Ian ne trahit rien de son étonnement. Il continua son interrogatoire d'un ton indifférent, mais légèrement menaçant :

— *Signorina* Salva, auriez-vous l'obligeance de me dire ce que vous fabriquez dans cette maison ?

Bianca réfléchit rapidement. Elle ne pouvait ni ne voulait lui révéler la vérité. Il ne lui restait donc que deux solutions : refuser de lui répondre ou mentir. Or, elle n'avait jamais menti à quiconque, pas même dans son enfance, lorsqu'elle avait volé des plantes médicinales à son père pour soigner une pauvre fillette de son âge, ou lorsqu'elle avait dérobé les ouvrages d'anatomie de la bibliothèque pour s'instruire. Elle avait toujours avoué ses fautes. Son père, un homme bon et compréhensif, lui avait pardonné à chaque fois. Mais il était mort. Et le comte d'Aoste affichait une mine implacable.

La jeune femme se retourna vers lui. Malgré ses éternuements intempestifs, elle s'efforça de parler vite afin de ne pas être interrompue.

— Je préférerais ne pas répondre à cette question, Monseigneur.

Elle éternua de nouveau, comme si elle était allergique à ce titre de noblesse, puis reprit :

— Cela n'a aucun rapport avec la mort de cette pauvre fille. Je vous ai dit que je n'en étais pas responsable, réussit-elle à articuler, avant d'éternuer de plus belle.

Les éternuements qui ponctuaient son petit discours lui enlevaient tout sérieux. Ian dut se retenir pour ne pas rire, ce qui ne lui était pas arrivé depuis des mois.

— Quelque chose ne va pas, Monseigneur? Vous semblez souffrir.

Ian se figea. Son envie de rire disparut aussi vite qu'elle était venue. Ses yeux passèrent du bleu cristal au gris, seul signe de son changement d'humeur.

— Je regrette, *signorina*, fit-il en marquant une pause pour savourer sa victoire. Je ne puis tolérer ce refus, malgré vos protestations. Pourquoi devrais-je croire à votre innocence?

Bianca lui répondit par une autre question:

— Pour quelle raison aurais-je voulu tuer une courtisane?

— «Les femmes n'ont pas besoin de mobile. Il leur suffit d'avoir les moyens de commettre leurs forfaits», déclara Ian, citant un vieux proverbe vénitien. Et c'est moi qui pose les questions.

Inconsciemment, Ian s'était mis à compter les éternuements de la jeune femme. Au treizième, elle reprit la parole:

— Vous n'êtes pas n'importe qui, monsieur le comte, n'est-ce pas? *Quatorze*. Vous, un homme si irréprochable, si honorable… *quinze*. Efforcez-vous plutôt de poser des questions qui méritent une réponse. *Seize*.

Bianca retint son souffle et tenta d'afficher une expression méprisante. Sans cesser de parler, elle entreprit de rassembler ses affaires, prête à tout pour ne pas laisser son regard s'attarder sur le superbe visage du comte.

— Vous perdriez moins de temps. *Dix-sept*. Quant à moi, j'ai l'intention de consacrer le mien à trouver le meurtrier d'Isabella Bellocchio. *Dix-huit*. Et à découvrir pourquoi on a essayé de vous faire porter le chapeau. *Dix-neuf*.

Ian répliqua d'un ton glacial:

— Que feriez-vous, à ma place, à part interroger le témoin principal, une personne maculée du sang de la victime?

— Cherchez donc la véritable arme du crime! Ce

12

n'est sûrement pas cet affreux jouet, fit-elle en désignant le poignard.

Elle réprima avec peine un énième éternuement.

— Vous pourriez aussi tenter de démasquer la personne qui a délibérément abandonné cette arme ici pour vous incriminer, continua-t-elle en brandissant le poignard.

Ian se refusa à entrer dans son jeu. Bianca avait certainement déjà élaboré un plan, au cas où il accepterait ses théories. Elle était intelligente et perspicace, cette petite meurtrière ! D'ailleurs, même si elle n'était pas responsable du meurtre, elle allait sans doute le mener droit vers le coupable. Ian étudia donc la situation avec son sang-froid habituel. Certes, Bianca pouvait lui être très utile…

En un éclair, il comprit que le meurtre d'Isabella n'était qu'un aspect de cette mystérieuse affaire, voire un aspect mineur. À cette idée, il en oublia de compter les éternuements de sa compagne. Fixant la beauté ravageuse qui lui faisait face, il entrevit soudain le moyen idéal de couper court aux manœuvres incessantes de Francesco et de Roberto pour le marier coûte que coûte. C'était pour obéir à ses oncles qu'il avait répondu au prétendu message d'Isabella, ce matin-là. À présent, il avait l'occasion d'échapper à leur emprise bienveillante. Le plan qu'il mit au point en quelques secondes le réjouit. Il était d'une simplicité enfantine. S'il se fiançait à cette sauvageonne de fille Salva et l'installait sous son propre toit, il était certain que, en quelques jours, Francesco, Roberto et les autres Arboretti le supplieraient de rompre ses fiançailles et de reprendre sa vie de célibataire. Il savourait d'avance le goût de la victoire.

— Il se trouve que j'ai un plan, *signorina*, dit-il d'une voix suave.

Son ton était volontairement condescendant. Il vit Bianca se raidir, comme si elle s'efforçait de retenir les répliques acerbes qui lui venaient à l'esprit.

Elle attendit qu'il continue, tout en éternuant discrètement. À voir l'étrange sourire qui retroussait imperceptiblement les lèvres de son interlocuteur, elle savait déjà qu'elle allait réprouver son plan. Voyant qu'il s'obstinait à garder le silence, elle déclara :

— Je constate, Monseigneur, que votre réputation d'homme intelligent n'est pas usurpée. Vous attendez que le cadavre se décompose, c'est bien cela ? Ainsi, le problème sera réglé de lui-même.

Ian ignora le sarcasme.

— Mon projet est de vous enfermer jusqu'à ce que vous m'ayez expliqué clairement ce que vous faisiez sous ce toit et que vous m'ayez raconté tout ce que vous savez sur Isabella, dit-il enfin. Vous pouvez parler maintenant, si vous voulez. Sinon, je vous assurerai le gîte et le couvert dans les geôles de Venise. Vous y resterez tant que vous ne m'aurez pas répondu. Avec l'humidité, votre rhume va empirer. Et que pensera votre famille lorsqu'elle apprendra que vous êtes emprisonnée pour meurtre ?

La jeune femme semblait en proie à un cruel dilemme. Ian en fut étonné. Peut-être n'était-elle pas coupable, après tout. Serait-il en train de persécuter une innocente ? Il hésita quelques secondes à continuer, puis il se rappela que l'innocence n'avait aucune place dans la nature féminine. Même si elle n'avait pas assassiné Isabella, Bianca avait certainement commis d'autres crimes.

Quand il jugea que ses paroles avaient produit leur effet, il reprit :

— Il existe une autre solution, mais je crains que vous ne la trouviez encore plus déplaisante. C'est dommage, car elle me conviendrait à merveille. Voyez-vous, je cherche à obtenir le plus d'informations possible. Si vous emménagiez sous mon toit, je pourrais vous interroger à loisir. Selon mes méthodes, bien sûr. On raconte que mon personnel est redoutable.

Il prononça ces derniers mots sur un ton résolument menaçant. Bianca connaissait les rumeurs qui circulaient à son sujet, mais elle refusa de se laisser gagner par la peur. La demeure du comte ne devait abriter qu'un majordome lugubre ou un valet docile. D'ailleurs, un interrogatoire en règle au sein du palais Foscari valait toujours mieux que les horreurs des geôles vénitiennes. Certes, il n'était pas convenable pour une jeune femme de passer plusieurs jours sous le toit d'un noble célibataire. Mais la prison pour meurtre était la pire des infamies. Et puis, sa famille lui serait peut-être reconnaissante de fréquenter le palais Foscari.

Bianca éternua et se prépara à savourer l'étonnement du comte.

— Malgré vos efforts pour me décourager, je crois que je vais accepter votre offre. À une condition, précisa-t-elle.

Indifférent, Ian se contenta de hausser les sourcils.

Sans se décontenancer, Bianca poursuivit :

— Je souhaite apporter le cadavre d'Isabella pour y rechercher des indices.

Ian réfléchit un instant.

— En fait, cela fonctionnera à merveille, admit-il en opinant du chef. Si je garde secret le fait que nous détenons le cadavre, je ferai circuler la nouvelle de la disparition d'Isabella. Ainsi, mon enquête en sera facilitée.

Perdu dans ses pensées, Ian semblait se parler à lui-même. Bianca crut qu'il l'avait oubliée, mais un violent éternuement lui rappela sa présence.

— Très bien, fit-il. Tout est réglé. Je vais envoyer mon valet vous chercher avec une gondole. Vous embarquerez le cadavre. Attendez ici que Giorgio arrive.

Ian tira une superbe montre en or de sa poche et consulta le cadran. Bianca découvrit une version miniature de la célèbre horloge de la place Saint-Marc. Elle était si intriguée par cet ouvrage magnifique et le délicat mécanisme qu'elle ne vit pas la moue agacée de Ian.

Il s'efforça d'adopter un ton léger, faisant mine d'avoir eu une idée de dernière minute :

— Naturellement, votre présence sous mon toit sera des plus inconvenantes, déclara-t-il en croisant son regard.

— Ma réputation m'importe peu, rétorqua-t-elle, réduisant à néant les tentatives de Ian pour l'humilier.

Elle éternua de nouveau.

— Je m'en doute, *signorina*, mais moi, je me soucie de la mienne. Décidément, je ne puis vous héberger chez moi.

Elle était tombée dans son piège. Ian baissa les yeux vers sa montre, l'air pensif, pour dissimuler l'expression de triomphe qui se dessinait sur son visage. Il se ressaisit, puis se dirigea vers la porte. La main posée sur la poignée, il fit volte-face et assena à la jeune femme ces dernières paroles meurtrières :

— Je ne vois pas d'échappatoire. Je suis contraint d'annoncer nos fiançailles dès ce soir, lors de la séance du Sénat.

Sur ces mots, il sortit et referma doucement la porte.

La jeune femme resta pétrifiée, le regard vague, incapable de protester. Sous le choc, elle crut entendre un rire diabolique s'élever dans le couloir.

2

Le jeune homme suivit un serviteur maure dans l'immense salle de bal en marbre. Même les riches tapisseries suspendues aux murs ne parvenaient pas à protéger la maison du froid humide de cet après-midi pluvieux. Réprimant un frisson, le visiteur se drapa dans sa longue cape noire. Le domestique s'arrêta devant une porte en acajou où étaient gravées des armoiries familiales et frappa discrètement.

Lorsque la porte s'ouvrit, il s'inclina respectueusement et disparut, laissant le nouvel arrivant sur le seuil.

Le spectacle qui s'offrit au visiteur lui réchauffa un peu le cœur. À l'image du reste du palais, la pièce était richement meublée. Un tapis d'Orient couvrait le sol dallé et d'élégantes fresques ornaient les murs. Au milieu du salon trônait un somptueux divan. Deux créatures saisissantes y étaient assises, vêtues de peignoirs en velours bordeaux. Chaque fois qu'il voyait le frère et la sœur ensemble, le jeune homme s'émerveillait de leur beauté.

Ils lui firent signe d'approcher. La femme rejeta en arrière son épaisse chevelure brune et lui tendit la joue, tout en caressant d'une main suggestive les hauts-de-chausses en velours de son invité.

Elle le fixa sans pudeur, les yeux mi-clos.

— Mon ange, tu es superbe, aujourd'hui, susurra-t-elle d'une voix enjôleuse. Tu m'apportes sans doute de bonnes nouvelles…

Son frère sourit, se réjouissant de la joie de sa sœur. Il désigna un fauteuil imposant à son visiteur et se tourna vers la femme.

— À présent, ma chère, il faut que nous discutions affaires. Préfères-tu rester avec nous ou aller prendre ton bain ? Je fais appeler Diana…

— Non, non. S'il doit nous parler de cette catin, je tiens à rester. Je veux tout savoir d'elle. Je savourerai chaque détail de son rapport.

Elle ferma les paupières et entrouvrit ses lèvres écarlates, comme si elle se délectait déjà du récit de son invité. Puis elle rouvrit brusquement les yeux et foudroya son visiteur du regard.

— Car tu es bien venu nous annoncer la mort de cette traînée, n'est-ce pas ?

— Eh bien, oui… Du moins, c'est ce que j'aimerais pouvoir vous annoncer.

Le jeune homme essayait de paraître sûr de lui, mais il commençait à s'agiter nerveusement sur son immense siège. Il avait toutes les peines du monde à soutenir le regard implacable de la femme.

— Misérable ! Je ne t'ai pas convoqué pour me raconter des histoires ! s'emporta son frère.

Depuis sa naissance, son unique souci était de faire plaisir à sa sœur aînée. Durant des mois, il avait élaboré ce cadeau merveilleux pour elle. Que son plan machiavélique ait pu échouer le rendait fou de rage.

— Est-elle morte, oui ou non ? insista-t-il, hors de lui.

Le jeune homme s'agita de plus belle et baissa les yeux sur le sol.

— Voyez-vous, Excellence, la personne en question était morte. Mais, à présent… Monseigneur, un cadavre peut-il marcher ?

— Assez de simagrées ! Que veux-tu dire, au juste ?

La femme se pencha en avant et posa une main apaisante sur l'épaule de son frère, avant de s'adresser à leur visiteur d'une voix grave et envoûtante :

— Aurais-je perdu mon temps avec toi, mon ange ? Serais-tu donc trop égoïste pour me rendre ce petit service, après tout ce que nous avons fait pour toi ?

Comme elle s'y attendait, le jeune homme fut fasciné par le mouvement de ses lèvres pulpeuses.

— Non, absolument pas ! répondit-il avec empressement. Elle était bien morte. J'ai vu cet affreux poignard enfoncé dans sa poitrine. Un coup de génie, vraiment, madame.

La femme inclina la tête avec grâce, acceptant sans fausse honte ce compliment mérité. Son frère, lui, bouillait d'impatience. Le jeune homme reprit :

— Bref, quand nous sommes retournés sur les lieux, plus tard, pour refermer la porte que vous savez, il n'y avait plus personne. Personne, pas même le cadavre.

La femme perdit patience. Elle était entourée d'incapables. Pourquoi le destin s'acharnait-il ainsi sur elle ? Il fallait qu'elle se venge sur quelqu'un. Pas question de contrarier son visiteur : il pouvait encore lui être utile. De plus, elle avait passé tellement de temps à le former qu'il aurait été dommage de voir ses efforts réduits à néant.

Elle poussa un long soupir et se tourna vers son frère, les yeux embués de larmes de colère, ivre de rage.

— Comment as-tu pu me mentir à ce point en prétendant m'aimer ? Comment as-tu pu gagner mon amour, ma confiance, avec de fausses promesses ?

Le visage de son frère pâlissait de douleur à mesure que pleuvaient les reproches de la femme.

— Tu avais pourtant juré que tu étais prêt à tout pour moi ! Que tu punirais ce monstre pour ce qu'il m'avait infligé ! Maintenant, je sais que tu ne vaux pas mieux que les autres hommes.

Elle s'interrompit et plongea son regard dans le sien. Avec ses lèvres tremblantes, elle offrait le portrait vivant de la beauté en détresse.

— Je suis seule au monde ! conclut-elle. Personne ne m'aime. Je ne peux avoir confiance en personne…

— Bien sûr que si, nous t'aimons ! Quiconque te connaît ne peut que t'aimer, protesta enfin son frère. Tout ne va pas aussi mal que tu le crois, mon cœur. Cette fille est morte, elle ne nous menace plus. Pense à tout l'argent que nous allons gagner, aux superbes toilettes que tu pourras t'acheter…

Elle repoussa ces paroles d'un geste méprisant, comme s'il l'avait insultée en évoquant des considérations aussi triviales.

— L'argent n'est rien. Je n'ai que faire de cet argent. Ce que je veux, c'est me venger.

Son regard était insondable.

— Tu ne te soucies pas plus de mon bonheur que ce monstre, naguère. Tu n'es plus rien pour moi, déclara-t-elle.

Ulcérée, elle quitta le divan et s'approcha de son visiteur. Se faisant plus douce, elle lui prit la main et lui caressa la joue, puis le torse.

Elle connaissait les goûts du jeune homme et savait le maintenir sous son emprise.

— Toi, mon petit ange, tu représentes mon dernier espoir. Tu accepteras certainement de m'aider à anéantir cet odieux comte d'Aoste. Tu veux bien retrouver ce maudit cadavre ?

Le jeune homme ne put résister aux promesses qu'il lut dans son regard. Profondément troublé par la sensualité torride de cette femme, il lui répondit d'une voix balbutiante :

— Je... je crois que je l'ai déjà retrouvé.

— Suis-moi, mon ange, je vais prendre mon bain, susurra-t-elle en l'entraînant hors de la pièce.

3

— Seigneur, cette maudite plume cessera-t-elle donc de se casser ?

Bianca foudroya son instrument du regard, puis son croquis inachevé. Elle ne dessinait jamais bien quand elle était fatiguée. Or, depuis quarante-huit heures, elle était enfermée dans son laboratoire, avec le cadavre d'Isabella pour toute compagnie. Elle avait beau être à bout de forces, elle était déterminée à terminer son travail avant que la nuit ne tombe sur la ville. Malgré son épuisement, elle était enthousiasmée par la somme d'informations qu'elle avait pu récolter. Non seulement elle en savait plus sur les circonstances du crime, mais la dépouille de la malheureuse victime lui offrait enfin l'occasion de dessiner l'anatomie d'une femme jeune. Jusqu'à présent, elle n'avait eu à sa disposition que des cadavres de vieillards de Padoue, qui mouraient dans le dénuement le plus total et ne pouvaient bénéficier d'une sépulture décente. L'organisme sain et vigoureux d'Isabella lui permettait d'approfondir ses connaissances pratiques en anatomie, un rêve inespéré du point de vue scientifique.

Au-delà de la mort, la courtisane rendait un grand service à son amie, songea-t-elle, philosophe. Encore quelques planches et son album serait prêt pour l'impression, révélant pour la première fois au public les secrets de la physiologie féminine. Bianca imaginait déjà son triomphe lorsqu'elle prouverait à ces savants entêtés de Padoue que les femmes possédaient une anatomie particulière et qu'elles n'étaient pas que des hommes dénués de pénis. Elle se rappelait les débats passionnés entre son père et l'illustre anatomiste flamand André Vésale, au tout début de sa brillante carrière. Elle sourit en rêvant de son propre ouvrage côtoyant ceux du grand maître dans les bibliothèques. Son avenir se présentait sous les meilleurs auspices. Elle assurerait des cours d'anatomie féminine, étudierait le corps de la femme et ses cycles, donnerait des conférences. Elle aurait une vie merveilleuse… sans cette parodie de fiançailles.

Elle savait que des fiançailles annoncées devant le Sénat étaient légales et qu'il était impossible d'y échapper, à moins que les fiancés ne veuillent rompre d'un commun accord ou que l'un d'eux ne soit déclaré inapte. Si elle s'en était rendu compte quand Ian avait évoqué la question, jamais elle n'aurait accepté cette proposition insensée. Enfin, certainement pas… Mais elle devait admettre que le comte d'Aoste avait toujours produit sur elle une étrange impression. Bianca ne sortait dans la haute société vénitienne que depuis neuf mois, et Ian était le seul homme qu'elle ait vraiment regardé. Sans doute était-ce dû au fait qu'il était le seul à ne pas s'intéresser à elle. Chez Isabella, il ne l'avait même pas reconnue. Et voilà qu'ils se retrouvaient fiancés. C'était franchement absurde, se dit-elle en soupirant.

Bianca entreprit de tailler la pointe de sa plume et la brisa net lorsque les conséquences de son engagement lui vinrent à l'esprit. C'en était fini de ses rêves de liberté, des livres qu'elle voulait publier…

— Pas question de renoncer à mes idéaux! s'exclama-t-elle à voix haute.

Aussitôt, elle se retourna pour s'assurer que personne ne l'avait entendue, mais elle était bien seule. Depuis la mort de son père adoré, la solitude était devenue sa plus fidèle compagne. N'était-ce pas ce qu'elle souhaitait, après tout?

Décidément, elle n'était bonne à rien, ce soir, entre son esprit qui ne cessait de vagabonder, sa plume brisée et la fatigue qui l'engourdissait. Avec un soupir résigné, elle se leva et ôta son tablier maculé de sang. Puis elle saisit la poignée de la porte, sans parvenir à l'actionner. Elle essaya encore, sans succès. Elle était enfermée à clé dans son laboratoire! À la fois désespérée et furieuse, elle se mit à marteler le panneau en bois à coups de poing. «Ô mon Dieu! songea-t-elle. Il m'a laissée ici avec un cadavre. Je vais mourir à mon tour!» Au bord de la panique, elle recula de quelques pas et se rua sur la porte.

Ian entendit le vacarme depuis son bureau. Certes, il s'attendait que sa prisonnière lui oppose quelque résistance. Il la savait têtue, voire exaspérante, mais pourquoi fallait-il qu'elle soit aussi bruyante? Il posa le minéral qu'il était en train d'observer à la loupe et se dirigea vers l'autre aile du palais, où il avait installé le laboratoire de la jeune femme. Le bruit parut s'atténuer à son approche. Sans se méfier, il ouvrit la porte.

Il ne sut jamais comment il s'était retrouvé cloué contre le mur, Bianca entre les bras. Il en eut des ecchymoses pendant une semaine entière. Cette étreinte n'avait pourtant pas été une sensation désagréable, simplement une surprise. Au moment où il avait ouvert la porte, une furie s'était jetée sur lui. Bianca Salva était vraiment une femme étonnante. Ils restèrent ainsi enlacés un long moment, jusqu'à ce que sa fiancée s'écarte de lui.

— Monseigneur, comment osez-vous? lança-t-elle en reculant d'un pas.

— Je vous demande pardon, *signorina*, mais c'est

vous qui venez de vous jeter sur moi, répliqua Ian d'un ton sarcastique.

Elle le fusilla du regard.

— Je ne parlais pas de cela! fit-elle, exaspérée. Comment osez-vous m'enfermer avec ce cadavre? Je refuse d'être votre prisonnière!

— Vous vous méprenez, ma chère. Vous n'êtes pas ma prisonnière. N'oubliez pas que nous sommes officiellement fiancés. J'ai tous les droits sur vous.

Bianca se retint de le gifler.

— Nous savons tous deux que ces fiançailles sont une mascarade, répondit-elle. D'ailleurs, je ne comprends pas votre attitude. Je ne peux pas croire que vous m'auriez proposé une chose aussi insensée si vous me pensiez réellement coupable du meurtre d'Isabella. Vous est-il donc si difficile de trouver une jeune fille qui accepte de vous épouser? Vous êtes obligé de chasser parmi les criminelles?

— Bien au contraire, rétorqua-t-il en imitant son ton ironique. Mais je ne m'intéresse pas plus au mariage que vous. Une criminelle me conviendra à merveille. Je pourrai jouer avec elle à ma guise, détruire son âme, anéantir sa réputation et la jeter aux lions quand j'en aurai terminé avec elle. Vous n'ignorez pas qu'une accusation de meurtre est un moyen légitime de rompre des fiançailles.

Ian sourit en guettant la réaction de Bianca, mais celle-ci garda le silence et se contenta de soupirer. «Pourvu qu'elle ne se mette pas à pleurer», songeat-il. Ian détestait voir une femme pleurer. Il allait lui en faire part lorsqu'elle ouvrit la bouche.

— À votre place, Monseigneur, déclara-t-elle d'un ton las, j'userais plutôt de gentillesse que de cruauté pendant les interrogatoires. Vous obtiendrez de meilleurs résultats de cette manière. Peut-être pourriez-vous commencer par me dire que je ne suis pas obligée de dormir dans cette pièce sordide, en compagnie d'un cadavre. Installez-moi n'importe où, je promets de ne pas me plaindre de mon sort.

Ian était perplexe. Une partie de lui mourait d'envie de se précipiter vers la jeune femme et de la reprendre dans ses bras, l'autre aurait voulu s'enfuir à toutes jambes. Mais, pétrifié, il demeura immobile, les yeux fixés sur Bianca. Elle soutint son regard, cherchant à déchiffrer son expression énigmatique. Soudain, une horloge sonna l'heure. Ailleurs dans le palais, une autre suivit. Très vite, ce furent dix horloges qui entonnèrent un carillon harmonieux. Frappée par la beauté de l'ensemble, Bianca observa Ian plus attentivement. Elle lui sourit et, chose incroyable, il lui rendit son sourire.

— C'est magnifique, murmura-t-elle, enchantée.

— En effet, admit-il avec fierté. C'est mon cousin Miles qui fabrique ces petits bijoux. C'est le meilleur horloger d'Italie, mais il ne travaille que pour moi.

— Vous avez de la chance, déclara-t-elle. J'aimerais beaucoup le rencontrer.

Ian s'éloigna d'elle, soudain conscient qu'ils étaient dangereusement proches l'un de l'autre.

— Vous le croiserez peut-être, mais pas avant que nous ayons discuté du meurtre.

Il avait retrouvé son ton indifférent et implacable. Tout en parlant, il ferma la porte à clé et entraîna rapidement la jeune femme dans le couloir sombre. Décidément, il aurait du mal à supporter la présence troublante de Bianca Salva sous son toit. Il devrait rester sur ses gardes, ne pas se départir de sa réserve et de sa froideur. Jamais il ne la laisserait le manipuler.

— Tant que vous ne m'aurez pas révélé ce que je veux savoir, vous ne verrez personne, grommela-t-il. À part vos chaperons, bien sûr. Vous pourrez les fréquenter comme bon vous semblera, mais ils me rapporteront vos moindres faits et gestes.

— Je suis impatiente de connaître ces ogres. Je suppose que je vais dormir dans un cachot ? fit-elle, déconcertée par le brusque changement d'attitude de son compagnon.

— Naturellement. Là est la place d'une meurtrière, non ?

Bianca crut voir l'ébauche d'un sourire au coin de ses lèvres, mais elle se garda de faire le moindre commentaire. Ils empruntèrent un escalier en colimaçon et traversèrent deux immenses salles de bal, avant de s'arrêter devant une imposante porte en chêne sculpté.

— Voici la suite que Francesco et Roberto vous ont attribuée. Ce n'est pas la plus somptueuse, mais ils l'ont choisie pour vous.

— Francesco et Roberto ? répéta-t-elle avec un regard interrogateur.

— Les ogres, comme vous dites. Ce sont mes oncles. Ils feront office de chaperons. Ils vivent un peu plus loin, précisa Ian avec un geste en direction d'un vaste hall.

L'expression inquiète de la jeune femme était éloquente. Ian imaginait sans peine ses pensées. Deux chaperons au lieu d'un seul, voilà qui était inhabituel... surtout quand il s'agissait de deux hommes ! Il faillit lui expliquer sa décision, mais se rappela à temps ses bonnes résolutions.

— Je ne pouvais tout de même pas demander à l'une de mes vieilles tantes de cohabiter avec une criminelle. Et je ne voulais pas voir une dame raffinée de la haute société, pleine de sensibilité et de délicatesse, se mêler de mes interrogatoires. D'ailleurs, une seule femme sous mon toit, cela me suffit amplement.

Bianca resta pensive un moment, avant de déclarer :

— Apparemment, ces soi-disant chaperons vont plutôt vous protéger contre moi que l'inverse.

— Vous êtes la plus dangereuse, non ?

Alors qu'il prononçait ces mots, une petite voix intérieure lui murmura qu'il avait mille fois raison. Cette femme était dangereuse... sur bien des plans.

Le front soucieux, il ouvrit la porte. En lieu et place du cachot auquel elle s'attendait, Bianca se retrouva sur le seuil du plus magnifique appartement qu'elle eût jamais vu. Elle ne put réprimer une exclamation émerveillée. Les murs de la première pièce étaient ornés de fresques représentant des femmes de tous âges et de tous pays, vêtues de leur costume traditionnel. Il y avait des guerrières en armure, des Romaines en tunique, des amazones à moitié nues. Ian dut l'arracher à sa contemplation pour l'emmener dans l'autre pièce. Là, Bianca admira de nouvelles fresques qui figuraient les déesses de l'Antiquité. Au centre de la chambre trônait un lit majestueux recouvert de velours bleu. La jeune femme était si impressionnée par tant de luxe et si fatiguée qu'elle oublia combien la situation était inconvenante. Posant la main sur le bras de son hôte, elle murmura :

— C'est sublime…

Sans réfléchir, elle se tourna vers lui et l'embrassa sur la joue.

Aussitôt, l'esprit de Ian se mit à vagabonder entre présent et passé. Une femme sous son toit, un baiser, cette chambre… Il baissa les yeux vers Bianca, et la jeune femme vit ses prunelles s'assombrir. Elle recula, consciente de l'avoir offensé.

— Votre attitude est inconvenante, *signorina*. Veillez à ce que cela ne se reproduise pas.

Sur ces mots, il se dirigea vers la porte.

— C'est une très mauvaise habitude, vous savez, dit-elle doucement.

Ian s'arrêta brusquement et fit volte-face.

— Comment ?

— De vous enfuir ainsi. Vous faites une déclaration fracassante, puis vous filez sans laisser à l'autre le temps de parler. C'est presque de la lâcheté.

Il la dévisagea, fou de rage. Sa colère était presque palpable.

— À votre place, rétorqua-t-il, la mâchoire crispée, je garderais mes brillantes répliques pour demain. Vous allez en avoir besoin pour m'empêcher de vous dénoncer.

4

Ian lut à haute voix la lettre codée, puis il la donna à Sebastian, attablé à sa droite.

— Elle est arrivée ce matin, expliqua-t-il, apportée par un pêcheur. Jamais je ne comprendrai comment notre cher Julian découvre tous ces secrets. Quoi qu'il en soit, il ne s'est pas trompé une seule fois.

Les quatre autres hommes hochèrent la tête. Malgré tous leurs efforts, aucun d'eux n'avait encore rencontré leur cousin anglais, Julian North Howard, comte de Danford. Miles et Christopher, qui passaient la moitié de leur temps outre-Manche, dans leurs domaines respectifs, avaient pris l'habitude de voir le majordome de leur cousin refuser poliment toutes leurs invitations, sous l'invariable prétexte que son maître était malheureusement indisponible.

La seule preuve indiscutable de l'existence de Julian était sa correspondance abondante et régulière. Ses lettres leur parvenaient de partout dans le monde et par les moyens les plus incroyables, parfois des mains d'un messager inconnu qui disparaissait sitôt sa mission accomplie, d'autres fois par l'un des bateaux de la flotte des Arboretti. Ces missives codées mêlaient toujours anecdotes personnelles, récits de voyages et conseils financiers. Sans ces recommandations judicieuses, Ian, si clairvoyant soit-il, n'aurait pu faire des Arboretti l'une des plus puissantes entreprises de navigation de l'Italie. Suivant l'avis de Julian, leur groupe avait étendu son activité de transport de bois à toute une gamme d'autres produits. Les navires marchands des Arboretti chargeaient maintenant étoffes, vin, épices, plantes, animaux, munitions, ainsi que de l'or, de l'argent, des pierres précieuses… Bref, tout ce qui pouvait être négocié avec un large profit. En huit ans, les six navires hérités de leur grand-père s'étaient transformés en une flotte qui rivalisait avec celles des grands ports de la péninsule.

Ami de l'ambassadeur d'Angleterre à Venise, leur grand-père, Benton Walsingham, était tombé amoureux de Laura Foscari-Dolfin, la fille unique d'une très ancienne famille de la noblesse vénitienne. Une fois installé à Venise, il s'était lancé dans le transport de bois anglais destiné à la construction de navires et de maisons. Il avait monté une entreprise baptisée « Arboretti », ce qui signifiait « petits arbres ». À sa mort, ses six petits-fils avaient hérité ensemble de la société.

Soixante-dix ans après sa fondation, le nom d'Arboretti était désormais la propriété de ces six hommes. Dans le monde des affaires, ils étaient respectés, donnant souvent des conseils avisés à des confrères bien plus âgés qu'eux. Quant aux femmes, elles ne tarissaient pas d'éloges à leur propos. Jeunes, riches et beaux, les Arboretti brisaient les cœurs de toutes les héritières fortunées d'Europe.

Selon ses compagnons, Julian était certainement le plus séducteur d'entre eux. Dans chaque cour du continent, dans chaque port, une femme éplorée se languissait de son cher Julian. Les Arboretti suivaient avec passion les exploits de leur mystérieux cousin, recensant ses conquêtes tout en calculant les profits qu'ils réalisaient grâce à ses informations. Comment trouvait-il le temps de mener de front une vie sentimentale tumultueuse et une carrière commerciale brillante ? À présent, ils ne se posaient plus de questions. Leur grand-père avait d'ailleurs stipulé dans son testament que le comte de Danford, fils de sa fille cadette, morte trop jeune, aurait le dernier mot en cas de conflit.

Ainsi, lorsque Julian ordonnait à ses cousins de remplacer une cargaison de poudre à canon destinée à l'Angleterre par du grain avarié, ils ne pouvaient que secouer la tête et s'exécuter.

— Nous n'avons aucune nouvelle de ces pirates qui, d'après lui, menacent notre navire, objecta Miles, sceptique, en repoussant une boucle de cheveux qui tombait sur son front. J'ai promis cette poudre au ministre, qui en a besoin pour livrer bataille en Écosse. Il sera furieux de recevoir du grain avarié.

— Il n'aura qu'à le donner en pâture aux rebelles du Nord, proposa Tristan, dont les yeux vert jade pétillaient de malice. Ils mourront plus vite, et la lutte sera moins pénible pour nos soldats.

Soudain, un cri retentit au loin, dans une autre aile du palais. Le silence se fit aussitôt. Tous les regards convergèrent sur Ian, qui s'était levé d'un bond.

— Ce doit être ma délicieuse fiancée, dit-il d'un ton détaché. Veuillez m'excuser un instant…

— Suivons-le ! lança Christopher dès que son frère eut quitté la pièce. Cela fait des années qu'il ne s'est rien passé d'intéressant dans cette maison, et je ne veux pas manquer une miette de ce spectacle.

Durant la nuit, Bianca n'avait cessé de se retourner nerveusement dans son lit, avec l'impression désagréable qu'on l'observait. En ouvrant les yeux, elle découvrit un monstre difforme penché sur elle.

Elle hurla à pleins poumons :

— Allez-vous-en ! Au secours ! Au secours !

La main du monstre la bâillonna aussitôt.

— Chut… taisez-vous, mon petit, murmura une voix apaisante à son oreille. Ian va nous faire tuer si vous continuez à ameuter toute la maison.

Bianca se ressaisit. Ces mots n'émanaient pas de quelque créature inhumaine, mais d'un homme mûr à l'apparence tout à fait normale, au visage rond et aux yeux rieurs. Près de lui se tenait un autre homme du même âge, à la mine plus grave.

Le premier ôta sa main de la bouche de la jeune femme et lui montra un masque de carnaval représentant un sanglier.

— Ian nous a raconté que vous nous considériez comme des ogres, alors nous avons voulu vous procurer des sensations fortes, histoire de vous faire bouillonner le sang.

Il hocha la tête et prit le pouls de la jeune femme.

— Tu vois, Roberto, je t'avais bien dit que notre tactique fonctionnerait. Son cœur bat la chamade.

Le plus sérieux des deux vint se placer de l'autre côté du lit.

— En effet, Francesco, répondit-il. Mais je crois qu'une gorgée du meilleur cognac de Ian aurait été une solution plus simple. Regarde-la. Notre neveu n'arrête pas de se plaindre qu'elle est bavarde comme une pie, or elle n'a toujours pas prononcé un mot. Je crains que tu n'aies exagéré, une fois de plus.

Bianca observait les deux hommes, cherchant à comprendre le sens de leurs paroles. Il s'agissait manifestement de Francesco et de Roberto, ses chaperons, mais ces ogres ressemblaient plus à des médecins qu'à des geôliers. Et des médecins célèbres, qui plus est : son père lui avait souvent chanté les louanges de Francesco di Rimini et de Roberto Collona. Le portrait de ces deux personnages illustres figurait d'ailleurs dans l'ouvrage d'anatomie qu'elle avait étudié. L'espace d'un instant, Bianca, intimidée, oublia les remarques désobligeantes de Ian sur sa faconde. Sa fierté reprit vite le dessus. Mais, avant qu'elle ait pu se défendre de cette accusation injuste, les deux hommes la repoussèrent sur l'oreiller et rejetèrent la couverture sur elle.

Elle reconnut la voix de Ian, un peu étouffée.

— Elle n'est pas réveillée ? demanda-t-il. Pourtant, j'ai cru l'entendre crier. Est-il normal qu'elle dorme aussi longtemps ?

— Ce n'est qu'un cauchemar, cher neveu, un simple cauchemar, assura Francesco, en dissimulant discrètement le masque de carnaval. Ne t'inquiète pas. À son réveil, elle se portera comme un charme, mais il faut laisser faire la nature. N'est-ce pas, Roberto ? Mieux vaut qu'elle dorme tout son soûl, non ?

— Certainement, admit son confrère. Nous t'appellerons dès qu'elle aura ouvert les yeux.

— Oui, et avant qu'elle ait repris ses esprits. C'est le

meilleur moment pour l'interroger, ajouta Francesco. Dis-moi, as-tu l'intention de travailler dans la cave, avec des clous, des vis et des fouets ? Souviens-toi comme la méthode fut efficace la dernière fois...

— Qu'est-ce que vous... commença Ian.

Voyant que Bianca s'agitait, Roberto s'efforça de l'immobiliser, tandis que Francesco noyait la question de son neveu sous un flot de paroles.

— Tu as raison, cela ne nous regarde pas, déclarat-il en raccompagnant Ian vers la porte. Nous ne nous mêlerons pas de cet interrogatoire, promis.

Le jeune homme crut déceler une note moqueuse dans la voix de son oncle.

— À présent, retourne à ton travail. Tu es censé gagner assez d'argent pour nous faire vivre comme des princes. Laisse-nous jouer les ogres auprès de cette charmante enfant. Ce rôle ne te va pas du tout.

Francesco prit Ian par les épaules et lui fit franchir le seuil, au moment où Roberto relâchait Bianca qui se débattait de plus belle.

Elle rejeta la couverture et apparut.

— Le fouet ? hurla-t-elle, les joues empourprées. Vous comptez utiliser le fouet ?

Les trois hommes la dévisagèrent, ébahis. Les yeux noisette de la jeune femme étaient presque noirs et ses lèvres tremblaient de rage. Elle redressa fièrement la tête.

— Allez-y ! Humiliez-moi ! Torturez-moi ! Fouettez-moi, si cela vous chante ! Mais, par sainte Agathe, je jure que si vous me traitez comme une bête, je resterai muette comme une carpe. Je préfère croupir dans un cachot sordide et me faire dévorer par les rats plutôt que vous révéler ce que je sais !

Sur ces mots, elle croisa les bras et fusilla Ian du regard.

— Bravo, ma douce enfant, vous avez enfin résolu le mystère ! lança soudain une voix masculine.

Un groupe d'hommes, sans doute les célèbres Arboretti, s'était massé derrière Ian. Celui qui venait de parler, un grand blond qui ressemblait un peu à Ian, sourit à la jeune femme et reprit :

— Je comprends maintenant à quoi mon frère passe son temps ! Il aiguise les dents de ses rats, dans la cave. J'aurais dû m'en rendre compte plus tôt.

Christopher secoua la tête, tandis que les autres s'efforçaient de ne pas éclater de rire.

Ian frémit de colère. Il se tourna vers ses compagnons et leur lança un regard noir.

— Je vous rappelle que vous êtes dans la chambre d'une dame. Vous insultez ma fiancée par cette intrusion barbare…

— Leur présence ne me dérange en rien, intervint Bianca, en adressant un sourire aux quatre hommes qui restaient en retrait. Entrez, je vous en prie. Je suis très honorée de rencontrer les Arboretti. Bien des femmes tueraient père et mère pour voir l'un d'entre vous pénétrer dans sa chambre. Alors, cinq à la fois…

Les jeunes gens ne purent réprimer leur rire plus longtemps. Bianca se joignit à eux, tout en les observant discrètement. C'était la première fois qu'elle voyait les illustres Arboretti. Celui qui avait parlé était Christopher, le frère de Ian. Sa réputation de libertin n'était plus à faire, mais on lui pardonnait ses frasques, car il était doté d'un caractère enjoué et sympathique. Près de lui, une boucle sur le front, se trouvait Miles, l'horloger, un célèbre poète. On attribuait souvent ses dons artistiques à sa facilité à tomber amoureux. On racontait qu'il avait même séduit dix femmes en une journée, bien qu'il fût fiancé depuis l'âge de cinq ans. Derrière le poète transi se tenait Sebastian, un bel homme au teint mat. Il avait hérité son don des langues de sa mère ottomane, ses yeux bleus et son sourire ravageur de son père vénitien. Selon la rumeur, il était capable de faire succomber une femme en un clin d'œil. À présent, Bianca commençait à le croire. Puis venait Tristan, ancien prince des brigands vénitiens, au sourire rusé et charmeur. Sa collection d'œuvres d'art était l'une des plus riches d'Europe. Il partageait un palais avec Sebastian. Bianca l'interrogea sur sa passion.

— C'est vrai, Tristan a la réputation de collectionner les belles choses, répondit Miles à la place de son cousin. Pourtant, je dois dire que Ian l'a surpassé en vous découvrant.

Bianca fut vaguement irritée d'être assimilée à un objet de collection, mais la sincérité du compliment de Miles l'emporta sur sa colère. Elle remercia le poète en riant.

Cette camaraderie spontanée ne faisait pas partie des projets de Ian. L'atmosphère était conviviale et gaie, au lieu d'être glaciale et tendue comme il l'avait prévu. Soudain, il se sentit exclu du groupe. Bianca parut comprendre ce qu'il éprouvait, car elle se tourna vers lui, le regard engageant. Il eut envie de se détendre un peu, de participer à ce badinage. C'était si tentant… Mais il se ressaisit vite. Il était hors de question de se laisser aller. Il n'avait rien du jeune amoureux inexpérimenté. Si Bianca croyait pouvoir l'embobiner avec quelques moues charmeuses, elle se trompait.

Il crispa la mâchoire et, au grand dépit de la jeune femme, annonça froidement :

— Votre entrevue avec mon frère et mes cousins est terminée.

Il fit signe aux autres de se retirer.

— Sortez d'ici, ordonna-t-il. Ma fiancée et moi avons à discuter sérieusement, et nous préférons rester dans l'intimité.

Du coin de l'œil, il vit Bianca ouvrir la bouche, sur le point de protester. Par chance, elle se tut. « À la bonne heure », songea-t-il, heureux de reprendre le contrôle des événements.

En quittant la pièce, les jeunes gens adressèrent à Bianca sourires encourageants et regards de sympathie. Francesco s'attarda sur le seuil, jusqu'à ce que Roberto le persuade de le suivre. Enfin seul avec Bianca, Ian croisa le regard de la jeune femme. Il était un peu troublé, incapable de se rappeler ce qu'il était censé faire dans cette chambre somptueuse, avec cette créature de rêve. Il avança vers elle, se demandant si la peau laiteuse de ses épaules était aussi douce que celle de ses joues, ou plus douce encore… Ses mamelons à peine dissimulés par sa chemise de nuit en coton étaient-ils d'un rose pâle ou d'un rouge plus soutenu ? Quelle saveur pouvaient avoir ses lèvres pulpeuses, son corps de déesse ?

À son grand désarroi, Ian sentit monter en lui un désir fou. Il en voulut à cette femme manipulatrice, désarmante, sournoise. Il songea avec ironie qu'il ferait des économies substantielles en exerçant ses droits sur sa fiancée, au lieu de chercher le plaisir entre les bras de courtisanes vénales. Mais il s'était juré de ne plus jamais mêler le sexe et les sentiments, et cette règle prenait une importance particulière en face de Bianca. Mieux valait ne pas l'approcher. Il se promit de réserver les services de sa courtisane favorite pendant le séjour de Bianca. Le cœur battant, il vit une cheville nacrée surgir de sous les couvertures.

Bouleversée, Bianca demeurait immobile, les yeux fixés sur Ian. Il était tout proche. Elle allait enfin connaître ce qui la tourmentait depuis si longtemps. Elle eut envie de l'attirer vers elle. Ensuite, il caresserait son corps comme elle en rêvait. Mais elle ne pouvait oublier son attitude blessante de la veille, sa réaction lorsqu'elle l'avait embrassé sur la joue. Soudain, elle eut peur de le faire fuir à nouveau. Cette chaleur étrange qui montait en elle chaque fois qu'il la regardait n'était pas désagréable. Son corps avide le suppliait de la toucher, sa bouche réclamait ses baisers. Elle passa lentement la langue sur ses lèvres, en un geste d'invitation inconsciente.

Ian fit aussitôt volte-face et se dirigea vers la porte.

— Pendant que vous vous habillez, je vous attendrai dans l'antichambre, lança-t-il par-dessus son épaule. Si nous devons nous débarrasser du cadavre d'Isabella au plus vite, j'aimerais que nous l'étudiions ensemble aujourd'hui. J'ai envoyé chercher vos malles chez votre tante. Vos vêtements sont dans l'armoire. Dépêchez-vous, je vous prie.

— Certainement, Monseigneur. Vous avez raison, la décomposition du cadavre pose de sérieux problèmes. J'arrive tout de suite.

Bianca s'efforça de dissimuler sa frustration. L'espace d'un instant, il lui avait semblé que Ian ne la détestait peut-être pas complètement, mais elle s'était trompée. De toute évidence, il la trouvait répugnante, puisqu'il ne parvenait même pas à la toucher. Leur étreinte de la veille, sur le seuil du laboratoire, n'avait été qu'un incident anodin. En fait, Ian ne ressentait que mépris pour elle. « Après tout, qu'importe ? » songea-t-elle amèrement. Les hommes ne manquaient pas, à Venise : gondoliers, serviteurs, sans compter les Arboretti. Non, elle ne pouvait demander à un comte de lui enseigner l'art d'aimer, cet art dont elle rêvait de connaître les secrets. Cette pensée ne la consola guère. Soudain, elle se rappela qu'elle était censée découvrir le meurtrier d'Isabella. Son but était de prouver son innocence, pas de la perdre, même entre les bras du comte d'Aoste. En principe, du moins... Tout en se répétant ces paroles de sagesse, elle s'habilla rapidement et alla rejoindre Ian.

5

Bianca et Ian gravirent en silence les marches qui menaient au laboratoire. Ian fit entrer la jeune femme dans la vaste pièce glaciale et la suivit, portant quelques chandelles encore éteintes. Une odeur pestilentielle de chairs putréfiées assaillit aussitôt leurs narines, mais Ian eut l'impression que Bianca n'y prêtait aucune attention. Tous les assassins étaient-ils aussi détachés face à l'horreur ? se demanda-t-il distraitement, tandis qu'ils allumaient les bougies et les répartissaient dans la pièce.

— J'ai ordonné à Giorgio de monter de la glace cette nuit, expliqua-t-il en désignant les gros blocs blancs qui entouraient la dépouille de la courtisane. Le froid ralentira le processus de décomposition.

— Bonne idée, Monseigneur, répondit Bianca en feuilletant ses croquis, cherchant à mettre de l'ordre dans ses pensées.

Au bout de quelques minutes, elle leva les yeux de ses dessins et observa Ian, qui fixait le corps inerte de la victime.

Une idée lui vint à l'esprit. Par sainte Agathe, pourquoi n'y avait-elle pas pensé plus tôt ? C'était pourtant évident : le comte avait été amoureux d'Isabella. Aujourd'hui, il pleurait sa disparition. Elle se rappela le médaillon qu'elle avait retrouvé sur la victime. Il renfermait une mèche de cheveux du même blond que ceux du jeune homme. Ils avaient été amants, songea-t-elle, éprouvant soudain une jalousie irraisonnée envers Isabella.

Elle s'éclaircit la gorge.

— Aimeriez-vous me parler d'elle, Monseigneur ? demanda-t-elle.

Dans l'exercice de son activité médicale, Bianca avait passé de longues heures à consoler les parents des défunts, les aidant à exprimer leur chagrin. Elle savait d'expérience combien il était difficile d'accepter la perte d'un être cher. Comme Ian ne répondait pas, elle reprit :

— Vous la connaissiez depuis longtemps ?

Son compagnon la dévisagea, interloqué.

— La connaître ? répéta-t-il.

— Ne dites rien si cela vous est trop pénible, fit Bianca, un peu gênée.

À présent, elle regrettait de lui avoir posé cette question indiscrète. Les histoires de cœur du comte ne la regardaient absolument pas.

— Pénible ? répéta-t-il, les yeux perdus dans le vague.

Il parut enfin saisir le sens de ses paroles et répliqua :

— Vous vous méprenez, *signorina* Salva. Je ne connaissais pas Isabella Bellocchio. Il y a quatre jours, lorsque nous avons découvert son cadavre, c'était la première fois que je la voyais. Elle n'était pas issue du même monde que moi, ajouta-t-il avec une moue dédaigneuse.

De plus, Isabella n'était pas le genre de courtisane qu'il aimait. Christopher avait souvent évoqué la candeur et le charme juvénile de la jeune femme, qualités qui n'attiraient guère Ian. Il voulut l'expliquer à Bianca, mais se ravisa. Sa vie privée ne la concernait en rien, et il se moquait bien de l'opinion qu'elle pouvait avoir de lui.

Bianca, elle, était désemparée. Pourquoi Ian lui mentait-il ainsi ?

— Pourtant… le petit médaillon… balbutia-t-elle. Il contenait une mèche de vos cheveux. De toute évidence, vous étiez amants…

— Je vous dispense de vos commentaires sur ma vie sentimentale.

Ian s'étonna lui-même de la sécheresse soudaine de son ton.

— J'ignore de quel médaillon vous parlez, continua-t-il. Il se trouve que la moitié des nobles vénitiens sont blonds, comme moi. D'ailleurs, vous êtes plutôt blonde, vous aussi, fit-il en l'observant de plus près. Vous pouvez très bien avoir offert ce médaillon à Isabella. Sans doute étiez-vous amies, naguère. Devenues rivales à cause de l'un de vos clients, vous vous seriez disputées et vous auriez tué Isabella.

Indignée par ces déductions absurdes, Bianca lui jeta un regard méprisant.

— En matière d'hommes, nous n'avions pas du tout les mêmes goûts, rétorqua-t-elle.

Ainsi, Bianca n'était pas la jeune fille innocente qu'elle prétendait être, songea Ian, triomphant. Depuis le début, il pressentait que sa candeur était feinte.

— Isabella a peut-être cherché à développer sa clientèle. Est-ce pour cette raison que vous êtes allée chez elle ? Pour vous venger parce qu'elle vous avait volé une proie ?

Ian la fixait sans ciller, sûr de lui.

— Isabella n'a pas été tuée sur un coup de tête, par pure vengeance ou par colère ! lança Bianca, exaspérée. Son meurtrier avait prémédité son geste depuis des mois.

— Comment pouvez-vous être au courant, si vous n'avez pas tout manigancé vous-même ?

Il la vit pâlir, mais elle se reprit rapidement et répliqua :

— Et vous, comment expliquez-vous la présence du poignard et le message qu'Isabella vous a adressé ? Si j'étais vraiment coupable, pourquoi aurais-je voulu vous faire porter le chapeau, alors que je ne vous connaissais pas ? Et pourquoi me serais-je attardée sur le lieu du crime jusqu'à votre arrivée ?

Ian détecta aussitôt une faille dans ce raisonnement. Il secoua la tête et s'exclama :

— Voilà bien une attitude féminine ! Prétendre qu'une culpabilité qui saute aux yeux est au contraire une preuve d'innocence ! Par ailleurs, je vous rappelle que c'est moi qui pose les questions, pas vous. Possédez-vous d'autres preuves irréfutables de votre innocence ? Sauriez-vous me donner, par exemple, la raison de votre visite chez Isabella Bellocchio, à part le meurtre ?

Bianca le fusilla du regard. Cet arrogant s'entêtait à nier l'évidence. Elle hésita à répondre, puis décida qu'elle pouvait toujours lui en révéler assez pour prouver son innocence, sans toutefois se montrer trop bavarde.

— J'apprenais à Isabella à lire et à écrire. Je me rendais chez elle tous les lundis à la même heure pour la faire travailler.

Elle releva fièrement le menton, comme si elle le mettait au défi de la contredire.

— C'est une explication valable, en effet, admit-il. Pourquoi ne pas en avoir parlé avant ?

— Je n'avais aucune raison de le faire. Je vous avais dit que je n'avais rien à voir avec la mort d'Isabella.

Malgré tout, Bianca sentait que son interlocuteur avait encore des doutes. Elle se détourna et commença à arpenter nerveusement la pièce.

— Pourquoi avez-vous agi ainsi ? demanda brusquement Ian.

— Je vous répète que je ne l'ai pas tuée, fit Bianca entre ses dents. Je n'ai rien fait…

— Je ne parle pas du meurtre. Pourquoi avez-vous accepté d'apprendre à lire et à écrire à Isabella ? Comment avez-vous pu jeter la honte sur votre famille en fréquentant la maison d'une courtisane ? Il doit pourtant exister à Venise des professeurs plus indiqués ! Qu'attendait-elle d'une enfant gâtée qui avait eu l'idée farfelue de devenir médecin ?

Ian poursuivit, évoquant les renseignements qu'il avait pris au sujet de Bianca dans la matinée :

— Vous avez hérité une immense fortune de votre père. Vous n'avez nul besoin de vous enrichir davantage… Quelles sont donc vos motivations ?

— Vous l'avez dit vous-même : « Les femmes n'ont pas besoin de mobile », rétorqua Bianca.

La colère lui coupait presque la parole. Cet homme était odieux. Comment avait-elle pu le trouver séduisant, ne fût-ce qu'une seconde ?

— Au contraire des hommes honorables et valeureux de votre milieu, continua-t-elle d'un ton sarcastique, une femme qui souhaite étudier rencontre de nombreux obstacles. Celles qui ont l'impudence de se croire instruites sont souvent sollicitées par leurs semblables de condition plus modeste. De nombreuses femmes, telle Isabella, n'osent pas avouer leur handicap à leur entourage. Imaginez que vous soyez incapable de lire la lettre d'un ami ou un poème d'amour. Imaginez que vous ne puissiez tenir vos comptes, faute d'avoir les notions de calcul les plus élémentaires.

Sans ces connaissances de base, une femme demeure à la merci d'un homme. Je soupçonne d'ailleurs les hommes de préférer qu'il en soit ainsi. N'êtes-vous pas d'accord avec moi, Monseigneur ?

— C'est une théorie intéressante, *signorina*. Mais, comme pour les autres, il manque un élément essentiel : la preuve. Isabella vous aurait-elle croisée un beau jour sur la place Saint-Marc ? Vous entendant apprendre l'alphabet à quelque malheureuse, aurait-elle imploré votre aide ? Et comment faites-vous connaître vos talents d'enseignante à vos élèves éventuels ? Où trouvez-vous…

Bianca interrompit ce discours plein de mépris.

— En réalité, cela s'est passé après que nous sommes devenues amantes. Je souhaitais qu'elle m'envoie des lettres d'amour, et son incapacité à écrire me contrariait.

Perplexe, Ian haussa les sourcils.

— Voilà votre première parole sensée de la journée.

— C'est aussi mon premier mensonge, soupira Bianca. Monseigneur, je vous remercie de penser que je suis suffisamment attirante pour obtenir les faveurs de la sublime Isabella, mais vous pouvez chasser très vite cette idée de votre esprit. Je l'ai rencontrée quand je commençais mes recherches pour mon livre d'anatomie. J'avais besoin d'étudier plusieurs cas de femmes de diverses conditions pour mon travail. J'ai répandu la nouvelle que je soignerais gratuitement toute femme qui accepterait de me servir de modèle, quelle que soit sa situation financière. Isabella était l'une de mes patientes.

Bianca se tut et guetta avec appréhension la réaction de Ian. Tout ce qu'elle avait dit était vrai, alors pourquoi attendait-elle la réponse du comte avec une telle nervosité ?

Ian, lui, imaginait Bianca en train de sillonner la ville en quête de patientes, sa gondole chargée de potions et de remèdes. À présent, il ne s'étonnait plus que son oncle et sa tante se soient réjouis qu'elle ait emménagé chez lui, malgré la nature peu conventionnelle de ces fiançailles. Des messagers devaient frapper à leur porte à longueur de journée pour réclamer les services de la femme médecin. Il frissonna en songeant que son palais serait bientôt envahi de malades.

— Vous voyez, Monseigneur, reprit la jeune femme, qui ne supportait plus ce silence, je suis innocente. Et si vous me parliez de votre enquête, maintenant ?

— Non, répondit-il en secouant la tête.

Il était persuadé que Bianca lui avait raconté la vérité sur sa rencontre avec la courtisane, mais il devinait qu'elle lui cachait encore quelque chose. Ses explications étaient trop vagues. Elle protégeait quelqu'un, elle-même ou un être cher, et il fallait qu'il découvre l'identité de cette personne.

L'espace d'un instant, il eut envie de lui exposer le plan qu'il avait élaboré pour démasquer le coupable : lancer une promesse de récompense pour tout renseignement relatif à la disparition d'Isabella et chercher le propriétaire de l'affreux poignard qui portait son blason. En comprenant qu'il touchait au but, Bianca s'affolerait peut-être. Mais elle était rusée et capable de tourner les événements en sa faveur. Non, il ne lui dirait rien.

— Croyez-vous avoir affaire à un imbécile, *signorina* ? fit-il. Je ne vais pas dévoiler mes méthodes et mes résultats à mon unique suspecte. Je n'ai sans doute pas votre génie, mais je ne suis pas non plus né de la dernière pluie, ajouta-t-il avec un rictus peu amène.

Bianca était sidérée. Elle ouvrit la bouche et la referma aussitôt, incapable de prononcer un mot.

— C'est absurde, répondit-elle enfin. Je vous ai expliqué les raisons de ma présence sur le lieu du crime. Je vous ai tout dit. Vous devez me croire.

— Prouvez-moi que vous êtes innocente, répliqua-t-il, les yeux plissés. Si vous n'avez rien à vous reprocher, dites-moi qui est le coupable.

— Par sainte Barbe, vous êtes une vraie tête de mule ! Vous me prenez toujours pour une menteuse et une criminelle ?

Elle s'approcha de lui et pointa un index menaçant sur sa poitrine.

— Pensez-vous que ces fiançailles de pacotille me réjouissent ? Que je supporte vos humiliations continuelles avec plaisir ? À cause de vous, j'ai perdu ma réputation !

Tout en parlant, elle martelait le torse de Ian de son doigt vengeur. Soudain, le jeune homme lui prit la main et l'attira vers lui.

En le sentant si proche d'elle, Bianca crut défaillir. Elle lui en voulait terriblement. Il était odieux, se rappela-t-elle en observant son visage. Et il n'était même pas beau. À moins qu'il ne soit trop beau, ce qui posait un autre problème. Trop beau…

— Je vous accorde une semaine pour prouver votre innocence, déclara-t-il en consultant sa montre. C'est-à-dire jusqu'à jeudi prochain, midi. Vous avez cent soixante-huit heures. Car vous savez lire l'heure, n'est-ce pas ?

Oui, il était franchement odieux. Bianca dégagea sa main et s'éloigna vers la porte d'un pas décidé. Une fois sur le seuil, elle fit volte-face.

— Très bien, Monseigneur. Puisque vous en êtes incapable, je me charge de retrouver le meurtrier à votre place. Mais je jure que vous me le paierez cher, très cher ! Vous vous en mordrez les doigts tout au long de notre vie conjugale !

Elle s'efforça d'adopter un ton menaçant.

— Chaque minute de votre existence sera un cauchemar, lança-t-elle.

Sur ces mots, elle sortit en claquant la porte.

Ian resta longtemps immobile, en plein désarroi. Il ne doutait pas que Bianca ait été sincère, mais son instinct lui disait qu'elle lui dissimulait encore des éléments cruciaux. Il se remémora les arguments de la jeune femme. Elle possédait une explication plausible à sa présence chez Isabella. Même si, pour un mobile indéterminé, elle avait tué la courtisane, elle n'aurait eu aucune raison de vouloir l'incriminer, alors qu'ils étaient étrangers l'un à l'autre. Ian se connaissait de nombreux ennemis, mais il était capable de tous les identifier, et Bianca Salva n'en faisait pas partie.

Brusquement, il se rendit compte qu'il n'avait jamais envisagé la possibilité que Bianca fût innocente. Il n'avait pas non plus songé un instant qu'elle pût refuser de renoncer à leurs fiançailles. De toute façon, cela ne changeait pas grand-chose. Tôt ou tard, il devrait se marier, et Bianca lui convenait aussi bien qu'une autre. Sa famille était presque aussi ancienne que la sienne et son père, bien qu'un peu excentrique, lui avait légué une grande fortune. Rien ne les obligerait à passer beaucoup de temps ensemble, et tout se déroulerait à merveille. Ils formeraient un couple ordinaire : une simple association dénuée de sentiments, comme l'avait été le mariage de ses parents.

Naguère, il avait été impatient de se marier, de fonder une famille. Il rêvait d'une relation basée sur la confiance et la compréhension mutuelles, voire l'amour. À présent, il savait que les couples unis étaient rares, même si Francesco et Roberto vivaient ainsi. Mais lui n'était pas digne d'amour. Mora le lui avait démontré. Comment lui en vouloir ? Il s'était rendu odieux aux yeux de la jeune femme. Mora avait raison : il décourageait toutes les femmes qu'il fréquentait. Il ne méritait qu'une épouse pleine de haine et de rancœur. Des années de disputes, un foyer plein de discorde, des enfants illégitimes, voilà ce que Mora lui avait prédit au moment de leur rupture. Elle serait ravie d'apprendre que ses prophéties étaient sur le point de se réaliser.

Ian chassa ces sombres pensées de son esprit et décida de se concentrer sur son travail. Il négligeait les Arboretti depuis trop longtemps. De plus, il fallait ranger la pièce, se débarrasser du cadavre, du moins de ce qu'il en restait, et l'enterrer en bonne et due forme.

Les joues empourprées de colère, Bianca s'éloigna à grands pas du laboratoire. Les paroles qu'elle avait échangées avec Ian hantaient sa mémoire, attisant sa rage et sa honte. Perdue dans ses pensées, elle heurta Christopher, qui venait à sa rencontre.

— Êtes-vous toujours aussi directe dès la deuxième entrevue ? demanda le jeune homme en souriant.

— Monseigneur ! Je… je suis désolée. Je ne regardais pas devant moi…, Votre frère… Excusez-moi.

Bianca rougit violemment.

— C'est vrai, mon frère produit un effet déconcertant sur les femmes. Cela l'amuse, j'en ai peur. N'hésitez pas à me tomber dans les bras une nouvelle fois si cela vous chante. En tout bien tout honneur, bien sûr, ajouta-t-il en voyant son expression affolée. Mais soyons sérieux : je suis chargé de vous annoncer que votre tante et vos cousins viennent d'arriver pour une visite de courtoisie.

— Ils auraient été plus courtois de me laisser tranquille, marmonna-t-elle. Enfin… je veux dire que je suis un peu fatiguée… Mais c'est gentil de leur part.

Christopher observa la jeune femme d'un air sceptique.

— Très gentil, en effet. Souhaitez-vous prendre un peu de temps pour vous changer ?

Bianca baissa les yeux sur sa robe jaune toute simple et maculée de taches, la tenue qu'elle portait toujours pour travailler. Elle secoua la tête.

— Non. Mes proches ont l'habitude de me voir habillée n'importe comment. Ils seraient sans doute déçus si j'adoptais un comportement plus normal, maintenant que je suis fiancée. Mais je ne veux pas vous ennuyer. Indiquez-moi simplement la direction à suivre et je trouverai moi-même le salon.

Christopher se mit à rire.

— Jamais sans une carte détaillée du palais, je vous le garantis. Venez, je vous accompagne.

Il la prit par le bras et l'entraîna. Ils gravirent plusieurs volées de marches et empruntèrent un véritable labyrinthe de couloirs, avant de déboucher dans un salon assez vaste doté d'immenses fenêtres. Au centre de la pièce, installés sur deux divans, trônaient sa tante Anna et ses cousins Angelo et Analinda. Anna avait été autrefois une fort belle femme de l'aristocratie vénitienne, et elle avait transmis sa beauté à ses enfants. Angelo avait des cheveux blonds et bouclés et de grands yeux candides, tel un héros chevaleresque. Sa sœur, bien qu'elle lui ressemblât, avait des traits plus doux. Sa récente entrée dans le monde était prometteuse. Analinda recevait déjà de nombreux sonnets et présents d'admirateurs anonymes. Pour elle, les fiançailles de sa cousine avec le séduisant et réputé comte d'Aoste étaient une bénédiction du Ciel. Mais elle paraissait être le seul membre de la famille à approuver cette union.

Malgré les efforts de Francesco et de Roberto pour divertir les visiteurs, la tension qui régnait dans la pièce était presque palpable. À l'arrivée de Bianca et de Christopher, les chaperons semblèrent soulagés. Christopher salua poliment la famille Grifalconi. Il serra la main d'Angelo, dont il partageait le goût pour la fête et les femmes, et examina Analinda d'un regard approbateur, puis il prit congé. Bianca sourit à ses cousins et fit une révérence à sa tante.

— Bonjour, tante Anna. Quelle bonne surprise !

— Tes fiançailles aussi sont une surprise, répondit sèchement sa tante. Décidément, tu aimes les complications.

— C'est ce que vous me répétez souvent, ma tante, répliqua Bianca sur le même ton, le visage dur.

Depuis la mort de son père, l'année précédente, Bianca habitait avec son frère une maison de Campo San Paolo. Mais il n'était pas convenable pour une jeune fille de vivre seule. Chaque fois que son frère s'absentait pour ses mystérieuses affaires, ce qui arrivait de plus en plus fréquemment, Bianca était obligée de s'installer chez sa tante et son oncle, dans leur palais de Cannaregio. Tante Anna n'avait jamais caché son mépris pour le père de Bianca et n'éprouvait aucune affection pour sa nièce. Pourtant, quand elle avait constaté que son défunt frère avait réussi à développer sa fortune, elle avait changé d'avis. Elle avait même souhaité marier Bianca à son fils unique, son précieux Angelo. À ses yeux, Bianca n'était qu'une enfant gâtée qui refusait avec véhémence d'épouser ce dernier. Et voilà qu'elle se fiançait à un comte ! Tout son argent allait quitter la famille. Cette idée rendait Anna folle de rage.

— Tu n'avais jamais évoqué tes liens avec le comte d'Aoste, fit Anna. Ce qui est encore plus étrange, c'est qu'il t'accepte sans dot.

Bianca ignorait à quoi sa tante faisait allusion, mais elle refusait d'entrer dans son jeu.

— N'oubliez pas que je possède une fortune personnelle, rétorqua-t-elle. D'ailleurs, Ian est lui-même riche comme Crésus. Ces questions triviales ne l'intéressent guère.

Bianca vit avec satisfaction la stupeur se peindre sur le visage de sa tante. Angelo prit la main de sa mère pour la réconforter, tout en lançant un regard lubrique à Bianca. Il n'était au courant des fiançailles et du départ de sa cousine que depuis quelques heures. En arrivant au palais familial ce matin-là, encore ivre de trois jours de débauche, l'odeur de la luxure sur la peau, le corps fourbu, il espérait retrouver Bianca. La jeune femme avait le don de l'exciter au plus haut point. Des années plus tôt, il avait creusé un trou dans le mur de sa chambre pour la regarder se déshabiller. Il connaissait à présent chaque parcelle de son corps, chacune de ses courbes parfaites.

Il avait été furieux de constater son absence et ulcéré d'apprendre la nouvelle de son futur mariage

avec le comte d'Aoste. Bianca avec le comte d'Aoste...
Ces brusques fiançailles étaient pour le moins éton-
nantes. Désireux d'en savoir plus, il avait entraîné sa
mère et sa sœur dans cette visite de courtoisie. Le
résultat se révélait décevant. Aucun membre de la
famille du fiancé ne semblait contrarié et Bianca était
aussi radieuse que de coutume. Ce qui avait poussé sa
ravissante cousine au mariage demeurait un mystère.
Décidément, il perdait son temps.

Soudain impatient de partir, il se leva.

— Nous sommes navrés de vous voir quitter le
palais Grifalconi, déclara-t-il avec une politesse affec-
tée. Je suis fort jaloux, mais je ne doute pas que le
comte d'Aoste ait trouvé l'épouse idéale.

Se rappelant sa récente altercation avec Ian, Bianca
faillit éclater de rire.

En prenant sa main pour l'embrasser, Angelo remarqua des taches d'encre sur sa peau fine.

— Vous avez donc consacré les premiers jours de
vos fiançailles à travailler ? À disséquer des rats pour
dessiner leurs organes, peut-être ? demanda-t-il avec
mépris.

Le cœur de Bianca s'emballa.

— Il faut rester actif, répondit-elle d'une voix qu'elle
espérait ferme.

— Vous devez admettre, chère enfant, que vous
avez passé un nombre d'heures considérable dans
votre laboratoire depuis votre arrivée...

Bianca interrompit Francesco d'un regard meurtrier.

— Un laboratoire ? répéta Angelo, dont la curiosité
était piquée au vif. J'aimerais visiter le lieu où travaille
notre doctoresse. Pourriez-vous m'y conduire, chère
cousine ?

Il prit Bianca par la main et l'entraîna vers la porte.

— Je crains que ce ne soit impossible aujourd'hui,
fit la voix douce de Roberto, qui se tenait près de la
cheminée. Nous avons de nombreux préparatifs à
régler pour la cérémonie, et le temps presse.

Bianca fixa Roberto, s'efforçant de ne pas paraître trop surprise.

— En effet! renchérit-elle, saisissant la balle au bond. Merci de me le rappeler, cher docteur Collona. Je suis débordée. Une autre fois peut-être, Angelo.

Elle sourit au jeune homme et dégagea sa main. Un domestique vint raccompagner les visiteurs. Bianca salua sa tante et embrassa sa cousine. Angelo s'inclina profondément devant la jeune femme et se retira à son tour.

Tandis qu'ils s'éloignaient, Bianca entendit Analinda demander à sa mère qui était ce Crésus et s'il n'avait pas quelque fils à marier.

Face à tant d'ignorance, Bianca, Roberto et Francesco éclatèrent de rire.

— Ce fut une visite charmante. Ils sont gentils, commenta Francesco. Que signifie cette histoire de cérémonie? ajouta-t-il en se tournant vers Roberto. Je ne suis pas au courant.

— Je viens d'y penser, mais je regrette que nous n'y ayons pas songé plus tôt. Même si les circonstances de ces fiançailles sont un peu particulières, nous devons respecter les usages. Nous allons donner une fête somptueuse pour présenter le jeune couple à nos parents et amis.

— Quelle bonne idée! Nous n'avons pas organisé de réception depuis que cette sorcière de Mor...

Roberto lui lança un regard noir.

— Depuis fort longtemps, reprit Francesco.

Mais Bianca était trop préoccupée pour se soucier de ce qui se disait autour d'elle. Une horloge sonna 13 heures. Il ne lui restait que cent soixante-sept heures.

— Il me faut du papier, de l'encre, trois mille ducats, deux gondoles, des vêtements d'homme et un petit page, fit-elle soudain. Où puis-je trouver tout cela dans cette maison immense?

6

La chambre spacieuse n'était éclairée que par quelques chandelles, dont les flammes vacillantes projetaient des ombres mouvantes sur les murs ornés de tapisseries. Sur la table demeuraient les reliefs d'un dîner fin pour deux. Un bon feu crépitait dans la cheminée, réchauffant l'atmosphère humide du soir. Un chat finissait les restes d'une caille rôtie, à quelques mètres des amants enlacés sur une peau de bête.

— Parle-moi de cette fille, susurra la femme en caressant les cheveux de l'homme, qui avait posé la tête sur son sein. À quoi ressemble-t-elle ? Le rendra-t-elle heureux ?

L'homme soupira et s'écarta de sa maîtresse.

— Je te l'ai déjà dit mille fois, grommela-t-il tandis que la femme tendait la main vers son sexe. C'est une fille tout ce qu'il y a d'ordinaire.

Très vite, il se mit à gémir sous les caresses expertes de son amante.

— Il va sans doute s'ennuyer à mourir avec elle... ajouta-t-il d'une voix haletante.

Il ne cessait de lui répéter les mêmes mensonges depuis le début du repas, mais il était prêt à mentir encore pour être ainsi récompensé. Sa maîtresse savait mieux que personne lui témoigner sa gratitude.

Elle se pencha sur lui et approcha la bouche de son membre gonflé. Répondant au désir de son amant, elle glissa les lèvres sur l'organe palpitant. Soudain, la porte s'ouvrit. La femme se redressa aussitôt, malgré le grognement de protestation de son amant.

— Où es-tu, chérie ? Nous devons discuter de...

C'était la voix de son frère.

— Je suis là ! fit-elle d'une voix lasse. En compagnie de notre jeune assistant.

Elle s'allongea sur le ventre.

— Figure-toi qu'il m'a raconté une histoire fort intéressante. Le comte d'Aoste est fiancé avec quelque
traînée. Il faut absolument que je la rencontre.

— Elle est exactement telle qu'il te l'a décrite,
affirma son frère d'un ton grave.

Face à la beauté rayonnante de sa sœur, toutes les
femmes lui semblaient ternes. La plupart des hommes
partageaient d'ailleurs son avis.

— Il y a un autre problème, reprit-il. J'ai reçu un
message. Ces ingrats ont modifié la nature de leur cargaison au dernier moment. Ils ont remplacé la poudre
à canon par du grain avarié infesté de rats.

Sa voix tremblait d'indignation.

— C'est très fâcheux. Comment l'as-tu appris ?
demanda sa sœur avec indifférence.

Il ignora la question.

— Sans cette poudre, nous sommes fichus. Nous
devons absolument en parler. Tout de suite.

Il regarda le jeune homme d'un air éloquent.

La femme soupira, comprenant que rien ne pourrait calmer son frère. Elle embrassa son amant sur la
joue et le repoussa doucement.

— Il est temps que tu t'acquittes de ta mission, mon
ange. Reviens dès que tu auras quelque chose d'intéressant à m'apprendre. Tu seras bien récompensé,
comme d'habitude.

— Remercie-moi d'abord, je partirai ensuite, promit le jeune homme en se frottant contre sa cuisse.

Elle lui fit signe de s'en aller. Il avait besoin d'un peu
de discipline. Elle acceptait d'assouvir ses désirs, mais
n'était pas à son entière disposition. Affichant une
moue boudeuse, le jeune homme se leva de mauvaise
grâce et ramassa ses vêtements. Redoutant d'avoir
atténué son enthousiasme, elle chercha à l'encourager
à bien travailler :

— Il est beau, n'est-ce pas ? dit-elle à son frère d'un
ton plein d'admiration.

— Je sais, chérie. C'est moi qui l'ai trouvé. Je me
réjouis qu'il te plaise.

L'objet de leur attention sourit, flatté par leurs compliments. Il devait au frère et à la sœur des heures de plaisir et de nombreux ducats qu'il perdait régulièrement au jeu.

Quand il fut rhabillé, il alla les saluer.

— N'oublie pas, mon ange : plus tu me rapporteras d'informations, plus je te serai reconnaissante, rappela la femme en lui offrant ses lèvres.

— Je reviendrai vite toucher ma récompense, assura-t-il d'une voix rauque.

Il s'inclina devant l'homme, couvrit son visage d'un masque noir et disparut.

7

À bout de souffle, Ian courait à toutes jambes dans un long couloir. Il déboucha dans une vaste pièce éclairée par un feu de cheminée. Étendue sur une fourrure, une femme nue lui faisait signe. En s'approchant, il découvrit son beau visage ovale, ses cheveux blonds et ondulés, ses grands yeux noisette qui brillaient de passion pour lui. Son regard s'attarda sur ses lèvres pulpeuses, son corps aux courbes parfaites, ses petits seins ronds et fermes comme des pêches. Elle tendit la main vers lui. Il tenta de la rejoindre, mais elle ne cessait de reculer, toujours hors d'atteinte. Ian était fou de désir. Alors qu'il cherchait désespérément à la rattraper, un rire cruel et familier résonna soudain à ses oreilles.

— Tu n'es qu'un lâche ! Un misérable lâche ! Tu ne posséderas jamais cette femme. Pas même dans tes rêves les plus fous !

Ian se redressa dans son lit, le front moite, le cœur battant. Son corps brûlait encore de ce désir irréel.

— Maudites femmes ! marmonna-t-il. Qu'elles aillent toutes au diable !

Comment ces créatures perfides pouvaient-elles avoir un tel effet sur lui ? Au fil des mois, il s'était habitué à ces cauchemars où Mora lui lançait des paroles venimeuses, mais ce rêve-là était unique : Bianca y apparaissait. Rêver d'une femme soupçonnée de meurtre, la voir nue, devait être le signe de quelque maladie mentale, songea-t-il. De plus, il était très excité. Il fallait mettre fin à cette folie.

Sans se soucier de sa nudité, il quitta son lit pour vagabonder dans le palais endormi. L'air frais de la nuit le réconforta et calma ses ardeurs. Il observa le Grand Canal à travers une des fenêtres. Il ne pleuvait plus et, pour la première fois depuis une semaine, la pleine lune scintillait au-dessus des eaux noires. Combien de fois avait-il contemplé ce paysage nocturne et familier, le front appuyé contre la vitre froide, le cœur déchiré par les souvenirs ?

Il vit une gondole s'avancer vers lui, sur le canal. Dans le palais situé en face du sien, un rai de lumière filtrait par une porte-fenêtre. Fidèle à sa réputation, l'ambassadeur de France courtisait une femme de chambre. Ian essaya de deviner s'il s'agissait de la même que le mois précédent, mais il perdit rapidement tout intérêt pour ces bagatelles. Son ami l'ambassadeur lui avait un jour confié qu'il soupçonnait ses femmes de chambre d'être des espionnes à la solde de l'ennemi et qu'il tentait de les faire parler sur l'oreiller. Ian admirait son sens du devoir. Son propre siège au Sénat lui paraissait bien monotone en comparaison. Et s'il essayait de faire parler une meurtrière présumée sur l'oreiller ?

Soudain, un bruit le tira de ses pensées. Ian connaissait tous les sons nocturnes de la maison, et ce grincement n'en faisait pas partie. Il gagna l'escalier à pas de loup. Ignorant si le bruit venait de la cour ou d'un étage supérieur, il resta immobile et attendit. Rien. Puis il entendit un frottement au-dessus de sa tête. Il saisit le premier objet qu'il put trouver, une tabatière en argent que Sebastian avait rapportée de

Constantinople, et gravit les marches. Très vite, il aperçut une lueur vacillante, quelques mètres plus bas. Supposant qu'il s'était mépris sur la provenance du bruit suspect, il se retourna. La lumière se faisait de plus en plus vive. À mesure que l'intrus approchait, Ian se sentait chaque fois plus alarmé. L'homme ne cherchait absolument pas à se cacher. Il décida de l'attaquer par surprise, au cas où il serait vraiment dangereux.

Ian se plaqua donc contre le mur et retint son souffle. Dès que l'intrus arriva près de lui, il le frappa à la tête avec la tabatière en argent. Le cambrioleur poussa un cri et s'écroula à terre, inconscient. Sa chandelle lui tomba des mains. Ian défit le masque noir qui dissimulait son visage et le regretta aussitôt.

Bianca gisait sur le sol, évanouie. Il la dévisagea, abasourdi. La jeune femme se mit à battre des paupières en gémissant de douleur. Ian l'aida à se redresser. Une fois debout, elle ouvrit les yeux.

Face au corps nu de Ian, Bianca oublia toute douleur. Jamais elle n'avait vu un homme aussi beau. Il avait les membres fins et musclés, de larges épaules, un torse puissant couvert d'une toison blonde… Subjuguée, elle entendit à peine ses paroles.

— *Signorina* Salva! Bon sang! Répondez-moi!

L'air rêveur, elle s'arracha à la contemplation du corps superbe de son fiancé.

— Que fabriquez-vous dans les couloirs, en pleine nuit? demanda Ian. Je vous ai prise pour un cambrioleur. J'aurais pu vous faire très mal.

— Rassurez-vous, vous m'avez fait très mal, répliqua-t-elle en tâtant la bosse qui grossissait sur son crâne.

— Vous l'avez bien cherché. Pourquoi erriez-vous dans la maison dans cet accoutrement de garçon?

— Oh, ne vous inquiétez pas, Monseigneur! Je ne me promenais pas dans le palais. Je viens juste de rentrer.

Ian la fixa, incrédule.

— Parce que vous étiez sortie ? Dans cette tenue ? Pour quoi faire ?

— S'il ne vous restait que sept jours de liberté, n'aimeriez-vous pas en profiter pleinement ?

— Si vous êtes innocente, comme vous le clamez avec tant de ferveur, il vous reste bien plus de sept jours de liberté. Avoueriez-vous enfin votre culpabilité ?

— Non. Je voulais parler de ma vie future, quand je serai mariée avec vous, rétorqua-t-elle, triomphante.

Ian accusa le coup. Elle crut même l'entendre réprimer une plainte. Puis elle se rendit compte que ce son ne provenait pas de l'homme nu qui se tenait près d'elle, mais de l'étage. Ian leva vivement la tête, tendant l'oreille à son tour. Il lui fit signe de se taire et gravit les marches quatre à quatre. Bianca le suivit plus lentement, grimaçant de douleur à chaque mouvement.

Lorsqu'ils arrivèrent sur le palier, Ian posa la chandelle de Bianca sur une console et ordonna à la jeune femme de ne pas bouger. En proie à une terrible migraine, elle obéit. Le bruit semblait venir du laboratoire de Bianca, plus loin dans le couloir. Le meurtrier d'Isabella était sans doute à la recherche du cadavre, songea la jeune femme. Elle aurait dû prévoir qu'il essaierait de retrouver le corps de la courtisane. Si seulement elle y avait pensé, elle aurait pu démasquer l'assassin ! Furieuse contre elle-même, elle emboîta le pas à Ian. Ils s'arrêtèrent sur le seuil.

Ian ouvrit la porte avec d'infinies précautions, centimètre par centimètre, avant de glisser la tête à l'intérieur.

D'abord, il ne distingua qu'une silhouette drapée de noir qui lui tournait le dos, lui cachant la lumière de la lune qui filtrait par la fenêtre brisée. Les instruments de Bianca étaient éparpillés sur le sol. L'homme examinait une pile de feuilles. En pénétrant dans la pièce, Ian marcha sur un objet tranchant. Il étouffa un juron et s'approcha peu à peu de l'intrus.

Au moment où il brandissait la tabatière pour l'abattre sur l'inconnu, celui-ci leva les yeux des précieux documents, pivota légèrement et l'aperçut. Avant que Ian puisse le frapper, il s'enfuit par la fenêtre et sauta agilement sur le toit de la maison voisine.

Ian le vit courir sur les tuiles humides de pluie, handicapé par la liasse de feuilles qu'il serrait sous son bras. Pieds nus et les mains libres, Ian crut pouvoir le rattraper sans difficulté, mais il fit un faux pas et dut s'agripper à une cheminée pour ne pas tomber. Il rétablit rapidement son équilibre, poursuivit sa course effrénée et finit par se jeter sur les épaules de l'inconnu, qui s'écroula sous son poids.

Galvanisé par la perspective de la récompense voluptueuse que lui réservait sa maîtresse, l'intrus se mit à gigoter comme un beau diable pour se dégager. Il sentit les tuiles lui meurtrir le dos tandis qu'il tentait d'enlever sa cape. Bientôt, le fermoir céda. Le vêtement glissa, entraînant Ian avec lui. Celui-ci chercha à s'accrocher à quelque chose, mais la cape continuait inexorablement sa chute sur les tuiles mouillées. Ian songea qu'il allait mourir en tombant du toit de la maison de la veuve Falentini. Comment avait-il pu se fourrer dans un tel pétrin ? Quelle folie l'avait poussé à se fiancer à une femme soupçonnée de meurtre ? Quelle idée avait-il eue de courir sur les toits en pleine nuit ? S'il aimait l'aventure, Ian Foscari était tout de même habitué à une existence plus paisible. Soudain, il eut envie de s'esclaffer. Et surtout, il eut envie de vivre. Il voyait approcher le bord de la toiture à une vitesse vertigineuse. Rassemblant ses dernières forces, il saisit deux tuiles à moitié brisées qui dépassaient de la charpente, priant pour qu'elles ne se détachent pas.

Et il se retrouva suspendu dans le vide, entièrement nu, au cœur de la nuit. Pour la deuxième fois de sa vie, il frôlait la mort. Mais aujourd'hui, c'était différent. Naguère, le fait de survivre l'avait rendu fou de colère. Désespéré par la disparition de son ami Christian, il avait souvent appelé la mort de ses vœux. À présent, il voulait vivre.

Il entendit à nouveau Mora lui murmurer d'un ton méprisant : « Tu as toujours eu l'instinct de survie », mais il chassa vivement de son esprit cette voix qui hantait ses cauchemars. Le plus important était de se hisser sur le toit à la force de ses bras. Serrant les dents, il parvint à se redresser.

Il baissa les yeux vers la rue, mais ne vit aucune trace du fuyard. L'homme s'était évanoui dans la nuit, ne laissant derrière lui que sa cape noire. Ian s'enveloppa dans le vêtement pour se réchauffer et se dirigea prudemment vers sa maison. De toute évidence, ce cambrioleur était sur la piste d'Isabella, sinon il ne serait pas parti avec les dessins de Bianca. Comment avait-il appris que le cadavre avait été transporté chez lui ? Ian avait caché la nouvelle aux Arboretti. Il n'en avait informé que Francesco, Roberto et Giorgio. De plus, la porte du laboratoire était restée fermée à clé pour éviter que les domestiques n'entrent à tout moment. Seules cinq personnes savaient où se trouvait le cadavre. L'une d'elles avait trahi le secret, et ce ne pouvait être que Bianca. Pourtant, il l'avait surveillée sans relâche. Elle n'avait eu aucune occasion de communiquer avec l'extérieur. À moins que…

À moins que cet intrus ne soit son complice et qu'elle n'ait tout prévu depuis le début. Le poignard n'était peut-être qu'un élément mineur du stratagème visant à l'incriminer. Bianca s'était arrangée pour qu'il la surprenne en présence de la dépouille et qu'il l'emmène chez lui, afin de pouvoir y créer de nouvelles preuves de sa culpabilité. Les deux complices avaient dû se mettre d'accord pour se rencontrer ce soir. En entendant Ian, Bianca avait fait diversion pendant que le cambrioleur opérait tranquillement dans le laboratoire. Ian avait gâché leur plan en se lançant à la poursuite de l'homme. Les dessins de Bianca contenaient sans doute des instructions codées pour la suite des événements. Quelle petite sournoise… Mais

Ian refusait d'être condamné pour un meurtre qu'il n'avait pas commis. Il les empêcherait de nuire plus longtemps.

Songeant que la jeune femme tenterait sûrement de s'enfuir, Ian accéléra le pas. Son sang bouillonnait dans ses veines. Lorsqu'il atteignit enfin le toit de sa maison, il était épuisé. Il s'accrocha au rebord de la fenêtre du laboratoire et se glissa dans la pièce, s'attendant à la trouver vide.

Une chandelle était posée sur la table. La brise nocturne faisait vaciller sa flamme. Les instruments de Bianca jonchaient toujours le sol, mais le laboratoire paraissait désert. Puis Ian entendit une plainte. Dans un coin, recroquevillée comme une bête traquée, il découvrit une créature en pleurs. Il ne reconnut pas tout de suite la femme qu'il accusait de tous les maux quelques secondes auparavant. Bianca n'avait pas fière allure. Des larmes ruisselaient sur ses joues, tombant sur l'instrument qu'elle tenait entre ses mains. Ian, qui ne supportait pas de voir une femme sangloter, allait l'abandonner à son triste sort quand il se rendit compte que c'était la première fois que Bianca pleurait depuis leur rencontre. Quelle pouvait être la cause de ce chagrin ? Elle jouait certainement la comédie pour égarer ses soupçons, se dit-il après une vague hésitation.

— Bien joué, *signorina*, fit-il. Vous avez essayé de m'éliminer. On s'habitue vite à tuer, n'est-ce pas ?

Bianca quitta l'instrument des yeux et remarqua enfin la présence de Ian. Elle semblait n'avoir pas entendu ses paroles, ni son ton glacial. Sans rien dire, elle fixa les traînées de sang qui coulaient le long des jambes du jeune homme. Elle voulut se lever pour aller chercher des pansements, mais il la retint par l'épaule.

— Attendez un peu, *carissima*. Je ne vous laisserai pas m'agresser avec cette arme.

Il tendit la main pour qu'elle lui donne son instrument étrange. C'était une sorte d'objet tranchant, muni d'une lame courte et d'une autre plus longue. Mieux valait ne prendre aucun risque.

Malgré son abattement, Bianca refusa farouchement de le lui céder.

— Non! C'est tout ce qui me reste de lui! s'exclama-t-elle.

— Cet objet appartenait à votre complice? C'est peut-être l'arme du crime, alors.

— Quel complice? fit Bianca, déroutée. Je vous parle de mon père. Ces ciseaux sont un cadeau du roi Henri de France. À la mort de mon père, mon frère a vendu tous ses instruments de médecine à mon insu. Mais il n'a pas pu s'emparer de celui-ci, car notre père me l'avait légué par testament. C'est le seul souvenir que j'ai de lui. À présent, il est cassé.

Bianca secoua tristement la tête. Une douleur intense se lisait dans ses yeux mouillés de larmes. Décidément, elle était une actrice très convaincante, songea Ian.

En la voyant si malheureuse, le doute s'insinua de nouveau en lui. Et si elle était innocente? Puis il se rappela ses jambes blessées et reprit ses esprits. Les femmes étaient vraiment capables de tout.

Bianca suivit son regard et se ressaisit à son tour.

— Je suis désolée, Monseigneur, murmura-t-elle. Je ferais mieux de soigner vos blessures. Laissez-moi me lever. Je vais aller chercher des bandages.

— Pour que vous me poignardiez avec ces ciseaux? fit-il. Vous n'irez nulle part tant que vous ne m'aurez pas remis votre arme. Ensuite, nous aviserons.

Bianca s'exécuta à contrecœur.

— Je vous en prie, Monseigneur, ne les donnez à personne. Ces ciseaux sont mon bien le plus précieux.

Ian examina l'objet. Il portait en effet le sceau du roi Henri III, mais cela ne prouvait rien. Il le posa sur la table et se tourna vers la jeune femme.

— Maintenant que vous avez fini de pleurnicher, dites-moi qui est votre complice et ce qu'il venait faire ici.

— Mon complice? murmura Bianca. J'en conclus que vous ne l'avez pas rattrapé.

— Alors, vous avouez qu'il est bien votre complice?

— Non, Monseigneur. Je n'ai rien dit de tel. Vous avez perdu trop de sang. Vous vous égarez.

— Quels sont vos rapports avec lui?

— Je le déteste, répondit la jeune femme avec colère.

— Ainsi, vous le connaissez!

— Pas du tout. Vous délirez. En général, les plaies aux jambes n'affectent pas l'esprit de la sorte!

— Épargnez-moi vos leçons de médecine! Comment pouvez-vous détester un homme que vous ne connaissez pas? insista Ian, implacable.

— Par sainte Olivia, cela me paraît évident! Il a cassé les ciseaux de mon père et volé mes dessins. Ils étaient uniques, irremplaçables...

Ian la scruta longuement, mais ne décela aucun signe de mensonge sur son visage. Les arguments de Bianca étaient plausibles, et quelque chose en lui aurait aimé y croire... Cette jeune femme avait pourtant tué Isabella. Même si elle ne l'avait pas assassinée de ses mains, elle était la complice du meurtrier. Et, à cause d'elle et de cet homme, il avait failli mourir, lui aussi. Il se ressaisit.

— Si vous refusez d'avouer que cet homme est votre complice...

Bianca voulut protester à nouveau, mais il la fit taire d'un geste de la main.

— Si vous persistez à nier, expliquez-moi ce que vous faisiez, déguisée en garçon, et d'où vous veniez.

Cette tenue mettait d'ailleurs en valeur les formes féminines de sa fiancée, constata Ian, s'étonnant de ne pas l'avoir remarqué plus tôt.

Bianca réfléchit à ce qu'elle pouvait lui révéler. Bouleversée par les événements, elle avait un instant oublié combien elle haïssait Ian. Le voir dans le plus simple appareil l'avait troublée. Mais il ne cessait de l'accuser et sa tête était encore endolorie du coup qu'il lui avait donné. Il ne méritait pas d'en savoir trop.

— Je menais mon enquête, répondit-elle.

— Une enquête? railla-t-il. Où cela, dans un tripot? Une maison close? Une femme soupçonnée de meurtre mène une enquête! On aura tout vu! Et habillée en garçon, qui plus est!

Bianca ignora la provocation.

— Vous ne vous en rendez peut-être pas compte, Monseigneur, mais une robe ne permet pas une grande liberté de mouvements. Impossible de manœuvrer une gondole, par exemple, de grimper le long d'un mur ou de monter à...

Ian l'interrompit.

— Les femmes ne sont pas censées se livrer à ce genre d'activités! s'exclama-t-il. Et vous êtes plutôt mal placée pour décréter quelle tenue on doit porter en telle ou telle occasion!

— Vous non plus, vous n'avez aucun commentaire à faire sur le sujet, répliqua-t-elle en le regardant d'un air insistant.

Ian songea soudain qu'il fallait être fou pour rester dans cette tenue, maculé de sang, à se disputer avec cette mégère qui refusait de parler. La situation était presque comique. Sans savoir pourquoi, il s'esclaffa. Bientôt, son rire résonna dans toute la maison.

Bianca fut d'abord surprise, puis elle eut peur, très peur. Cette attitude était anormale, surtout de la part du comte d'Aoste, d'ordinaire si réservé. Elle avait peut-être sous-estimé la gravité de ses blessures. Il avait manifestement perdu la raison. Lentement, elle se releva, s'efforçant de ne pas contrarier son fiancé. Elle attendit qu'il soit calmé pour prendre la parole.

— Monseigneur, dit-elle, hésitante, en tendant une main vers lui. Monseigneur... laissez-moi panser vos jambes. Votre réaction m'inquiète.

Ian écarquilla les yeux et la regarda intensément. Qui était donc cette créature qui avait bouleversé sa vie? Cette femme d'une beauté à couper le souffle pouvait-elle être une meurtrière ? Il saisit délicatement une de ses boucles dorées entre ses doigts pour la porter à son visage. Il voulait se pencher vers son oreille et lui murmurer des paroles enivrantes pour attiser son désir. Ensuite, il caresserait sa peau, ses cuisses nacrées, embrasserait ces seins dont il avait rêvé et sombrerait enfin dans ce corps qui avait envahi son sommeil...

Pourquoi pas ? Après tout, ils étaient fiancés. De plus, c'était le meilleur moyen pour ne plus rêver d'elle. Une femme perdait tout intérêt à ses yeux dès qu'il l'avait possédée, il le savait d'expérience. Son désir pour elle s'émoussait. À présent, il devait céder aux charmes de Bianca, sinon il deviendrait fou de frustration. Comment n'y avait-il pas pensé plus tôt ? La seule façon de tranquilliser son esprit était de la faire sienne. Le plus vite possible.

— Venez, dit-il en la prenant par le bras.

Il l'entraîna dans le couloir et ferma la porte du laboratoire à clé.

Bianca était trop troublée pour protester. Ils descendirent les deux volées de marches en silence. Puis, au lieu de se diriger vers les appartements de la jeune femme, ils continuèrent à descendre, à la grande surprise de Bianca. Ian allait-il la jeter aux oubliettes ? Certes, elle s'était montrée insolente, mais peut-être serait-il clément si elle lui présentait de plates excuses.

— Monseigneur... balbutia-t-elle, apeurée.

Ian lui ordonna de se taire. Bianca obéit et le suivit docilement, espérant s'éviter ainsi de cruelles tortures. À chaque pas, la cape noire voletait autour du corps de Ian, révélant son anatomie parfaite, ses muscles bien dessinés. Comme ils empruntaient un nouvel escalier, Bianca sentit monter en elle une excitation inconnue. Ils s'arrêtèrent enfin devant une porte en acajou sculpté.

Bianca découvrit une chambre à coucher luxueuse. Quatre immenses fenêtres laissaient passer la clarté de la lune. Au centre de la pièce trônait un lit majestueux recouvert de velours bordeaux. Sans un mot, Ian fit signe à la jeune femme d'entrer, puis il se tourna pour jeter une bûche dans la cheminée. À la lueur des flammes, la crinière dorée de Bianca prit des reflets d'un roux étincelant.

Ian s'installa sur un divan, devant l'âtre. Des ombres dansaient sur son visage, accentuant la ligne de ses pommettes saillantes et de son menton volontaire, faisant de lui un dieu blond et viril. Il ôta la cape et s'étendit, sans rien dissimuler de son corps sculptural.

— Approchez, ordonna-t-il d'une voix rauque de désir.

Bianca le rejoignit, s'efforçant de maîtriser les tremblements de son corps. Il désigna le manteau noir de la jeune femme.

— Enlevez ceci, dit-il.

Après une seconde d'hésitation, Bianca défit fébrilement les lacets. Elle se déshabilla à la hâte, consciente du regard de Ian rivé sur elle. Une douce chaleur l'envahit. Jamais un homme ne l'avait vue nue. Ses mamelons se durcirent sous le coton blanc de sa chemise. Ian dut se retenir pour ne pas s'emparer de la jeune femme et la serrer contre lui. Il mourait d'envie de caresser les seins fermes qu'il ne devinait que trop bien sous le fin tissu, mais il préféra prolonger l'attente pour mieux savourer son plaisir. Il fallait que le corps de Bianca lui révèle peu à peu tous ses secrets. Il se contenta donc de jeter le manteau noir au feu.

— Mais… mais il est à moi! s'exclama Bianca, incrédule, en voyant les flammes dévorer le vêtement.

— Vous ne devez plus vous accoutrer de cette façon. Et le seul moyen de vous en empêcher est de vous confisquer ces habits. À présent, continuez.

— S'il n'est pas convenable pour une jeune fille de s'habiller en homme, répliqua-t-elle, il l'est encore moins pour un homme de se promener nu dans sa maison en pleine nuit. Je ne parle même pas de me dévêtir ainsi sous vos yeux, Monseigneur.

— Votre souci de la bienséance est touchant, *carissima*, dit Ian d'un ton chargé de sarcasme. Mais ne vous inquiétez pas. Cette porte mène à un couloir qui donne directement dans vos appartements, ajouta-t-il avec un geste de la main. Vous n'avez pas à craindre d'être vue. De plus, nous ne faisons rien de mal, puisque nous sommes fiancés.

Ils se turent quelques instants. Seul le bruit du feu qui crépitait dans la cheminée emplissait la pièce.

— Avez-vous l'intention de me posséder ? fit Bianca d'une voix tremblante, la gorge nouée.

La candeur de cette question, le ton de sa voix où se mêlaient la peur et le désir touchèrent Ian au plus profond de lui-même. Il se prit à douter à nouveau de sa culpabilité. Pouvait-elle être innocente non seulement du meurtre, mais aussi des choses de la vie ? Était-elle vraiment une jeune fille inexpérimentée et seule au monde ? Ian la contempla, cherchant une réponse dans sa peau laiteuse. Son désir augmentait à chaque seconde. Trop préoccupé par ses pulsions, il revint à des pensées plus concrètes.

— Je crois vous avoir demandé de vous déshabiller, fit-il à voix basse.

Comme elle se débattait avec les lacets de son pantalon, Ian imagina ses doigts remonter entre ses cuisses fuselées, toujours plus haut... Il avait le souffle court et son cœur battait la chamade. Dès que le vêtement fut tombé à terre, Ian le ramassa et l'envoya rejoindre le manteau dans la cheminée. Le parfum de la peau de Bianca envahit ses narines.

Ian se rassit, effleurant la cuisse de Bianca au passage. Aussitôt, le corps de la jeune femme fut parcouru de mille sensations nouvelles. Seule sa fine chemise en coton la dissimulait encore au regard brûlant du jeune homme. Sans attendre qu'il lui en donne l'ordre, elle finit de se dévêtir et resta immobile devant lui, entièrement nue.

Ian fut impressionné par tant de beauté et de grâce. Jamais, même dans ses rêves les plus fous, il n'avait imaginé un corps aussi féerique. Il découvrit un ravissant grain de beauté sur sa hanche pâle et admira les courbes parfaites de ses seins. La lueur des flammes formait autour d'elle un halo doré. La jeune femme irradiait, tel l'élixir magique de quelque alchimiste.

Bianca demeura silencieuse tandis qu'il la caressait des yeux. Son rêve allait enfin se réaliser, elle allait enfin connaître les secrets de l'amour. Bien sûr, elle avait un peu peur, mais son désir l'emportait sur ses craintes. Elle voulait poser la joue sur le torse de Ian, sentir ses muscles, ses larges mains sur sa peau... Sa gorge était sèche. Son cœur battait à tout rompre. Le plus surprenant était cette chaleur qui naissait dans son ventre et se propageait par vagues dans tout son corps.

Enfin, Ian l'attira sur ses genoux. En sentant l'intensité vibrante de son désir frôler sa cuisse, Bianca retint son souffle. Il lui caressa doucement le ventre, puis les seins. Elle leva les yeux vers lui, haletante, et croisa son regard. Ce qu'elle lut dans ses yeux lui donna envie de se livrer tout entière à lui, de lui offrir non seulement son corps, mais aussi son âme. Lentement, les lèvres du jeune homme se posèrent sur les siennes.

Dès que leurs bouches se touchèrent, Ian sentit une étincelle s'allumer en lui. Ce baiser le transporta comme aucun baiser ne l'avait fait auparavant. Il sut alors que posséder cette femme représenterait bien plus que l'assouvissement d'un simple désir physique. En une seconde, il comprit qu'elle avait le pouvoir d'abattre toutes ses barrières, de lui ôter la carapace d'indifférence et de froideur qu'il s'était forgée depuis deux ans. Pourquoi l'en empêcher ? Il lui suffisait de s'ouvrir à elle, de laisser agir la magie qu'elle dégageait. Ainsi, il connaîtrait de nouveau l'amour, la joie... et la souffrance.

Brusquement, il la repoussa sur le sol.

— Sortez d'ici ! fit-il d'une voix tremblante.

Abasourdie par ce rejet brutal, Bianca mit un certain temps à réagir.

— Allez-vous-en! répéta-t-il plus fort.

Elle faillit parler, mais se ravisa.

— Si vous ne partez pas immédiatement, je vous fais arrêter pour meurtre demain matin, à la première heure.

Folle de rage et de douleur, Bianca s'enfuit en courant vers la porte de communication. Au dernier moment, elle se retourna vers Ian. Il avait les yeux mi-clos, la mâchoire crispée. Tout à son tourment, il ne vit pas le regard peiné de la jeune femme.

— Je vous déteste! lança-t-elle, avant de partir en claquant la porte.

Ian resta immobile.

— Vous n'êtes pas la seule, marmonna-t-il entre ses dents.

8

Étendue dans son immense lit recouvert de velours bleu nuit, Bianca fixait le plafond, incapable de dormir. Sa tête la faisait encore souffrir, mais la douleur qui lui tenaillait le cœur était bien plus intense. Elle s'efforça d'effacer le souvenir troublant des mains expertes de Ian sur ses seins, ses cuisses, son ventre. En se remémorant la facilité avec laquelle elle s'était offerte à lui, la jeune femme eut la nausée. Comme elle avait été stupide de croire qu'elle lui plaisait! Il ne s'était pas gêné pour lui montrer qu'elle lui était indifférente. Peu à peu, la colère prenait le pas sur la honte. Bien qu'il ait présenté des signes manifestes de désir, Ian n'avait jamais eu l'intention de la faire sienne. Il s'était joué d'elle, se moquant de son manque d'expérience, avant de la repousser sans ménagement.

Seuls les coups de l'horloge lui rappelaient que le temps passait. Quelques rais de lumière filtraient déjà à travers les rideaux. Avec un soupir mélancolique, elle se recroquevilla sur elle-même. Toute énergie l'avait désertée. Peut-être qu'en se cachant pendant des jours, des semaines, voire des mois, ce sentiment de vide et de solitude finirait par s'effacer. Il lui suffisait de partir et de trouver un endroit où panser ses plaies.

Malheureusement, elle ne pouvait quitter le palais. Aux yeux de Ian, cela reviendrait à avouer sa culpabilité. Or elle refusait de lui donner cette satisfaction. Non, elle devait rester au palais et se venger. Ensuite, quand tout serait terminé et que le meurtrier d'Isabella serait emprisonné, elle s'en irait. Pour l'heure, elle avait un mystère à résoudre.

Elle essaya de se concentrer sur les informations – ou, plutôt, sur le manque d'informations – qu'elle avait récoltées la veille. Elle n'avait relevé aucun indice dans l'appartement d'Isabella. On eût dit que quelqu'un était passé avant elle pour les effacer. Elle n'avait pas trouvé la moindre trace de l'assassin. Pis encore, elle avait eu l'étrange impression qu'il manquait quelque chose, un objet présent lorsqu'elle avait découvert le corps.

Les yeux fermés, Bianca revit en pensée la chambre du crime. Plusieurs fenêtres gothiques trouaient le mur du fond. Le grand lit à baldaquin occupait le mur de droite, en face d'une coiffeuse surmontée d'un miroir. Celui-ci était d'ailleurs légèrement incliné. Soudain, elle comprit qu'il était orienté de sorte que les amants puissent observer leur reflet depuis le lit. Elle rougit à cette idée, tout en songeant pour la centième fois combien il devait être merveilleux de se laisser aller entre les bras de Ian Foscari.

— Par sainte Flore, s'exclama-t-elle à voix haute, je suis en train de perdre la raison ! Cet homme me rend folle !

— C'est drôle, *signorina* Salva, mais on dirait que vous produisez le même effet sur lui, déclara une voix aimable.

Francesco et Roberto étaient sur le seuil. Bianca se redressa, heureuse d'avoir enfilé une chemise de nuit avant de se coucher.

— Ian est de fort mauvaise humeur, ce matin. Il fulmine, donne des ordres insensés aux domestiques, s'énerve pour la moindre trace de poussière. Je ne l'avais pas vu dans cet état de rage depuis longtemps…

La voix de Francesco s'éteignit.

— Depuis deux ans, précisa Roberto.

— Vous a-t-il seulement chargés de vérifier que je ne m'étais pas enfuie, ou puis-je faire quelque chose pour vous ?

La jeune femme regretta aussitôt son ton un peu brusque. Ses chaperons s'étaient toujours montrés charmants avec elle. Ils ne méritaient pas une telle froideur.

— Enfin, puis-je vous aider ? reprit-elle d'une voix plus douce.

— Oui et non. Nous aimerions vous rendre service, mais nous ne sommes pas d'accord sur la façon de vous faire plaisir. Hier, vous avez demandé un jeune page, n'est-ce pas, Roberto ?

Francesco se tut, le temps que son ami hoche la tête.

— Roberto croit dur comme fer que vous avez besoin d'un jeune garçon pour le charger de diverses commissions. Or Ian possède déjà tout le personnel nécessaire. Alors, j'ai pensé que vous recherchiez peut-être… disons, un peu de compagnie masculine. C'est fort compréhensible, étant donné l'attitude cavalière de Ian à votre égard.

À ces mots, Bianca rougit violemment. Avant qu'elle ait pu s'expliquer, Roberto conclut :

— Nous n'arrivions pas à trancher, aussi avons-nous apporté les deux.

Il ouvrit une petite porte dérobée que Bianca n'avait pas remarquée. Combien de secrets cette imposante demeure recelait-elle encore ? songea-t-elle, ébahie.

Deux jeunes gens apparurent. Ils ne se ressemblaient en rien. L'un avait à peu près l'âge de Bianca. Il était grand, musclé, très beau. Bianca l'examina attentivement, se demandant si les vêtements de ce garçon pourraient remplacer ceux que Ian avait brûlés la veille. Le jeune homme s'approcha d'un pas fier, la tête haute, une lueur arrogante dans le regard. De toute évidence, il se méprenait sur les intentions de la jeune femme.

— Madame, je me mets à votre service corps et âme, clama-t-il avec emphase.

Après une telle déclaration, Bianca ne pouvait décemment le prier de se déshabiller. C'était dommage, car ses étranges hauts-de-chausses la fascinaient. Ses yeux s'y attardèrent un instant, puis elle entendit Francesco s'éclaircir la gorge.

— Ce garçon semble vous convenir, dit-il. Dois-je renvoyer l'autre candidat ?

Bianca comprit alors qu'elle avait manqué de discrétion et rougit à nouveau.

— Euh… en réalité, bredouilla-t-elle, je ne m'intéresse en rien à ce jeune homme. Il est trop âgé à mon goût.

Francesco haussa les sourcils. Bianca se troubla davantage, furieuse de sa maladresse.

— Par sainte Lucie, je veux dire que je cherche un messager, pas un…

Elle renonça à s'expliquer et observa le second candidat. Visiblement, il n'avait pas plus de treize ans. Sa tignasse châtain bouclé tombait dans ses yeux noisette au regard grave. Francesco congédia le premier jeune homme, tandis que le plus petit fixait la jeune femme avec attention. Soudain, il sourit et se précipita vers le lit.

— Je vous reconnais ! Vous êtes la dame médecin qui a soigné ma tante Marina. Elle était malade et tout le monde disait qu'elle allait mourir, que c'était la volonté de Dieu. Et vous l'avez guérie. En la voyant, vous vous êtes exclamée : « Par sainte Agathe ! », je m'en souviens.

C'était bien l'une de ses expressions favorites. Pourtant, le nom de Marina ne lui évoquait rien. Bianca fouilla dans sa mémoire, en vain.

— À l'époque, ajouta le garçon avec ferveur, Sebastiano Venier était encore doge de Venise. Vous n'étiez pas aussi vieille, en ce temps-là.

— Toi non plus, rétorqua Bianca.

Elle se livra à un rapide calcul et s'écria :

— Sebastiano Venier est mort il y a six ans ! Comment peux-tu te souvenir de cette époque ?

— Je me souviens de tout, affirma-t-il tranquillement. Il me suffit de voir ou d'entendre quelque chose pour que cela reste gravé à jamais dans ma mémoire.

— Tout ? Vraiment ?

Bianca était à la fois enthousiasmée et incrédule.

Le garçon, vexé, entreprit de la convaincre :

— Nous avons gravi soixante-deux marches pour arriver ici, puis fait cent quarante pas. Trente-deux chandelles éclairent le couloir. J'ai dénombré cinq tableaux, représentant tous des femmes. Nous avons franchi huit portes, dont six fermées à clé, y compris celle de votre chambre, qu'il a fallu déverrouiller. La clé est en cuivre et comporte quatre sillons, trois d'un côté, un de l'autre. Je me rappelle vos moindres paroles, ainsi que celles de ces messieurs, ajouta-t-il en désignant Francesco et Roberto.

Bianca et ses chaperons, bouche bée, regardaient l'enfant d'un air ahuri. Celui-ci, habitué à de telles réactions, souriait.

— C'est extraordinaire, commenta enfin Bianca. Comment t'appelles-tu ?

— Je vous présente le jeune Nilo, *signorina*, fit Roberto, tandis que l'enfant s'inclinait poliment. Il habite le quartier du port, chez sa tante, qui a accepté que nous l'engagions à votre service moyennant de modestes gages. Vu sa mémoire phénoménale, nous avons pensé qu'il pourrait vous être utile.

— Oui, vous avez eu raison, répondit Bianca, se demandant ce que ses chaperons savaient de ses recherches.

Soudain, elle se rappela. Bien sûr ! Six ans plus tôt, elle avait passé son temps à soigner les pauvres et les prostituées de la ville. Ces dernières logeaient dans de misérables baraques, près du port, où elles étaient mises à la disposition des ouvriers du chantier naval. En leur procurant des femmes à domicile, les employeurs espéraient encourager leurs hommes à travailler plus vite. Venise pouvait ainsi continuer à s'enorgueillir de construire un vaisseau en une journée. Un système efficace, né dans l'esprit dominateur d'un homme, se dit Bianca. Ces femmes vivaient dans des conditions intolérables. Elles effectuaient en général dix à quinze passes par jour. La tante de Nilo devait être l'une de ces malheureuses. Elle observa le garçon, songeuse. Une telle mémoire était-elle une bénédiction ou un fardeau pour un enfant condamné à grandir dans un tel environnement ?

Une horloge sonna 10 heures, puis une autre, et une autre encore. Bianca reprit ses esprits. Plus que cent quarante-six heures... Elle se leva.

— Merci à vous deux de m'avoir déniché ce trésor, déclara-t-elle en souriant à ses chaperons.

Nilo parut ravi de cette comparaison flatteuse.

— J'ai d'ailleurs une première mission à lui confier. Si vous voulez bien nous excuser, messieurs...

Francesco et Roberto, satisfaits, fêtaient leur succès en savourant un verre de *grappa* quand un serviteur surgit dans le salon. Ian les convoquait d'urgence dans son bureau. Ils ordonnèrent au domestique de les suivre avec la bouteille de *grappa* et se rendirent dans la bibliothèque.

Une immense baie vitrée donnait sur la cour du palais. Les trois autres murs étaient tapissés de livres reliés de cuir. Un épais tapis persan offert au doge Foscari, un siècle auparavant, ornait le sol devant la cheminée en marbre, à côté d'une toison de mouton. Contrairement à beaucoup de ses contemporains, Ian fréquentait assidûment sa bibliothèque, qui lui servait à la fois de bureau et de lieu de méditation.

À leur entrée, Roberto et Francesco découvrirent le

jeune homme en train de grommeler, assis à son bureau en noyer incrusté d'ivoire.

— Nous arrosions… Mon Dieu, qu'est-ce que c'est ? s'exclama Francesco en apercevant des plantes étrangement entrelacées posées près de la fenêtre.

— La dernière acquisition de Christopher, expliqua Ian. Une découverte exceptionnelle, paraît-il. Quelque espèce très rare en provenance de l'Empire mongol. On dirait plutôt de vieilles brindilles, mais je ne comprends rien aux organismes vivants.

Manifestement, Ian était toujours d'humeur aussi chagrine. Il releva la tête et croisa le regard radieux de ses oncles.

— Au fait, je vous ai cherchés toute la matinée. Où étiez-vous passés ?

— Nous avions une mission à accomplir pour ta charmante fiancée.

— Charmante ! railla Ian. Une vraie diablesse, oui ! Vous la croyez angélique, mais je vous assure que c'est une meurtrière, du moins une criminelle.

— Voyons, nous savons bien que tu ne comprends rien aux organismes vivants, répondit Roberto.

Cette remarque ironique ne fit qu'attiser le courroux du jeune homme.

— En matière de femmes, on ne peut pas dire que tu sois excellent juge, renchérit Francesco.

— Attendez un peu, vous verrez si je me trompe, marmonna-t-il. Vous pensez être meilleurs juges que moi, n'est-ce pas ? Et ceci ? Regardez avec quoi elle m'a menacé !

Il leur tendit les ciseaux qu'il avait confisqués à Bianca la veille.

— C'est impossible, dit Roberto d'un ton catégorique. Jamais elle n'utiliserait cet objet comme une arme. D'abord, il est cassé. Ensuite, il compte énormément à ses yeux. C'est un cadeau que le roi Henri III a fait à son père, lors de son séjour à Venise. C'est le seul souvenir qu'elle ait gardé de son défunt père. N'est-ce pas, Francesco ?

— En effet. Tous les autres instruments ont été vendus aux enchères par son frère, un grossier personnage. Si tu veux soupçonner un Salva de meurtre, cherche plutôt de son côté.

Francesco examina les ciseaux d'un air nostalgique.

— Voilà le seul objet qui ait échappé à la cupidité de cet homme. Une pièce magnifique. Dommage qu'il soit endommagé. Que s'est-il passé ?

Ian dévisageait ses oncles, éberlué. Comment Bianca avait-elle pu manipuler ainsi deux hommes mûrs et expérimentés ?

— Elle vous a raconté cette histoire et vous y avez cru ? demanda-t-il.

Roberto secoua la tête en signe de dénégation.

— Alors, qui vous en a parlé ?

Roberto s'exprima posément, espérant convaincre son neveu en restant calme et mesuré.

— Nous avons appris toute l'affaire au moment de la vente aux enchères, car nous y assistions.

— Ces ciseaux sont très célèbres dans le monde médical, ajouta Francesco. Son père les lui a légués par testament afin qu'ils ne puissent être vendus. Ils valent bien plus que le lot tout entier. Regarde la finesse et la précision de cet ouvrage.

Il les tendit à son neveu, qui les repoussa d'un geste impatient.

— Tu ne nous as toujours pas expliqué pourquoi ils étaient cassés...

— Vous n'aurez qu'à poser la question à votre chère Bianca, répliqua Ian.

Il se leva et se posta devant la fenêtre, prenant soin de ne pas piétiner les précieux spécimens de Christopher. Il avait envie de rester seul pour réfléchir. Décidément, ses fiançailles n'avaient pas l'effet escompté. Les paroles de ses oncles ne faisaient que le confirmer.

— À propos de la soirée organisée en l'honneur des fiançailles, commença Francesco, tu pourrais solliciter la suspension des lois somptuaires pour l'occasion. Il serait juste que Bianca porte le pendentif en topaze des Foscari, bien qu'il vaille beaucoup plus que les mille malheureux ducats préconisés par la loi pour une parure de fiançailles. Roberto s'est déjà chargé de la robe. Ce serait merveilleux d'avoir le bijou…

Ian l'interrompit.

— Très bien, je m'en charge, fit-il, le dos tourné, en tentant de conserver un ton poli.

— À la bonne heure ! lança Francesco avec entrain. Nous pensions également faire venir de ta maison à la montagne un sanglier bien dodu…

— Et n'oublie pas ce morceau de musique dont nous parlions, lui rappela Roberto.

— Chaque chose en son temps. D'abord, il faut des paons pour orner le jardin. Nous pourrions leur dorer les plumes à la feuille d'or. Seulement la queue, bien sûr…

Ian était à bout de patience.

— Achetez ce qui vous chante, dépensez des sommes astronomiques, invitez qui vous voudrez, je m'en moque. J'ignore même si je serai présent.

Il espérait que son ton avait été assez brusque pour leur faire comprendre qu'ils pouvaient disposer. Ils saisirent le message, car ils s'éclipsèrent sans un mot.

En contemplant le ciel gris, Ian songea que Bianca avait dit la vérité. Tous les éléments qu'il avait recueillis concordaient avec son récit. De nombreuses questions demeuraient cependant sans réponse, et il subsistait des coïncidences trop incroyables. La présence de la jeune femme sur le lieu du crime, par exemple, ou son escapade nocturne de la veille. Quant à l'identité du mystérieux visiteur…

Il se remémora les événements de la nuit. Son esprit revenait sans cesse à son entrevue avec Bianca. Son corps nu et ferme, la chaleur des flammes… Il sentait encore sa peau nacrée et la douceur de son parfum, il entendait sa voix douce et envoûtante… Comme il aurait aimé la faire sienne ! À cette idée, son corps s'enflamma. Il eut envie d'aller la rejoindre.

— Espèce d'idiot ! s'exclama-t-il à voix haute.

Quelle mouche le piquait? Ses oncles trouvaient Bianca charmante, et elle l'était... aussi charmante et dangereuse qu'une sorcière. Il avait besoin d'une femme. Il lui fallait en chercher une dans les meilleurs délais. Fermement décidé à apaiser ses sens, il quitta la bibliothèque et ordonna que l'on prépare sa gondole.

Bianca fixait la fenêtre brisée de son laboratoire. Un bruit l'avait tirée de son travail. Le son était si léger qu'elle crut s'être méprise, mais il se mit à enfler. Elle se tourna brusquement vers le mur de droite et regarda, stupéfaite, la paroi pivoter lentement en grinçant.

Une main apparut soudain, puis un pied et, enfin, une tête blonde et juvénile.

— J'espérais bien vous surprendre, fit Christopher avec entrain.

Bianca cacha ses mains tremblantes dans son dos et parvint à afficher un air détaché.

— Tous les murs de la maison bougent-ils ainsi?

— Pas tous. Mais il existe de nombreuses portes dérobées et passages secrets, encore plus que dans le palais des Doges. Nos ancêtres étaient sans doute impliqués dans de sombres affaires lorsqu'ils ont fait construire cette demeure. Ils avaient prévu mille sorties discrètes et des cachettes un peu partout. Ce devait être passionnant, à l'époque. Aujourd'hui, la vie est devenue si monotone!

Il s'approcha de la fenêtre brisée, puis se retourna vers la jeune femme.

— Bien sûr, votre présence met un peu de piquant dans notre routine.

— Je suis désolée, Monseigneur. Je suis consciente que je ne provoque que des catastrophes depuis mon arrivée. Naturellement, je ferai remplacer le carreau cassé et...

Christopher l'interrompit.

— Au contraire. C'est un plaisir de vous avoir sous notre toit. J'aime bien voir Ian si dynamique.

— Dynamique ? répéta Bianca, éberluée. Il est fou de rage, oui ! Comment le supportez-vous ?

— Je préfère qu'il soit fou de rage qu'indifférent à tout. On dirait un convalescent qui revit enfin après plusieurs années d'enfer.

— Deux ans, plus exactement ? demanda Bianca.

Christopher lui lança un regard étonné.

— Oui… environ.

Il ignorait ce que la fiancée de son frère savait au juste des événements de 1583, mais il se refusait à tout lui dévoiler. Si Ian tenait à garder ses secrets, il n'avait aucun droit de s'en mêler. D'ailleurs, Christopher n'était pas vraiment certain de connaître toute la vérité sur ce qui s'était déroulé dans ce désert torride, autrefois. Mieux valait détourner la conversation au plus vite.

— Il ne fait pas très chaud, ici, dit-il.

Parler de la pluie et du beau temps ? Il se trouva pathétique. Bianca comprit aussitôt ses manigances et se mordit les lèvres pour ne pas éclater de rire.

— Oui, c'est à cause de la fenêtre…

Elle désigna le carreau cassé. Une bruine légère entrait dans la pièce. Après quelques minutes d'un silence gêné, la jeune femme décida de profiter de la visite du jeune homme pour en apprendre davantage sur cette maison mystérieuse.

— Dites-moi, où mène cette porte ?

Cette fois, Christopher répondit avec enthousiasme :

— À ma pépinière. Aimeriez-vous la visiter ? Ce n'est pas grand-chose, mais je serais très honoré de vous montrer mon travail. Si vous voulez bien m'excuser, je dois vous précéder, ajouta-t-il en se dirigeant vers le mur droit.

Bianca le suivit derrière la porte dérobée. Ils remontèrent un passage étroit, puis franchirent une autre porte. Quand elle entra dans la pièce, une odeur désagréable la prit à la gorge. Plongés dans la pénombre, les jeunes gens ne pouvaient compter que sur leur odorat et leur sens du toucher pour s'orienter, mais Bianca n'avait guère envie de s'aventurer plus loin.

— Il faut un certain temps pour s'habituer, expliqua le jeune homme en manipulant un objet. Dans quelques minutes, vous ne sentirez plus rien.

Christopher alluma une lampe. Bianca fut saisie par l'expression du visage du jeune homme. Ses traits, plus doux que ceux de son frère, rayonnaient de fierté et de passion pour son art.

— Je suis en train d'expérimenter différents types de terreaux et d'engrais pour mes plantes, expliqua-t-il en désignant de grandes jarres au contenu peu appétissant.

Il se lança ensuite dans une explication détaillée sur les mérites des engrais végétaux et lui présenta ses dernières trouvailles. Soudain, un homme aux vêtements tachés de terre surgit dans la pièce. Sans un regard pour les deux jeunes gens, il se mit à remplir un pot de terreau.

— Voici Luca, murmura Christopher. Il fait mine d'être mon employé, mais il ne cesse de me donner des ordres. Il déteste que j'amène des visiteurs dans son antre, surtout des femmes. Il a peur que je me détourne de mes chères plantes.

Il s'adressa au nouveau venu :

— Ne t'en fais pas, Luca. Cette demoiselle ne s'intéresse pas à moi. C'est la fiancée de Ian. Elle te plaira peut-être.

— Une femme... marmonna Luca en secouant la tête.

Sur ces mots, il tourna les talons.

— Ne vous offusquez pas, dit Christopher. Cela n'a rien de personnel...

Bianca fit un geste indifférent.

— Je crois que les femmes ne sont guère les bienvenues dans cette maison.

Aucune femme de chambre ne figurant parmi le personnel, elle se réjouissait que son père l'ait encouragée, dès son plus jeune âge, à s'occuper d'elle-même.

— Tous les employés du palais sont-ils des hommes ?
Christopher acquiesça.

— Il n'en a pas toujours été ainsi, mais depuis quelque…

— Depuis deux ans, coupa Bianca.

— Depuis deux ans, répéta Christopher, un peu mal à l'aise, plus aucune femme n'a vécu chez nous.

Un silence pesant s'installa, puis Bianca déclara avec un regard candide :

— Il ne fait pas très chaud ici, Monseigneur.

Elle esquissa un sourire.

— Au risque de contrarier Luca, j'aimerais beaucoup admirer vos plantes. Vous êtes un botaniste très renommé à Venise, vous savez.

La malice et la flatterie de Bianca firent renaître la bonne humeur de Christopher. Il la prit par le bras et l'entraîna vers une nouvelle porte. Ils passèrent dans une autre pièce très éclairée.

Bianca, éblouie, découvrit un océan de couleurs vives. Devant ses yeux s'étalait un parterre de fleurs odorantes aux teintes chatoyantes.

— Par sainte Hélène, c'est magnifique ! Vous devez posséder un millier de plantes !

Derrière elle, Luca émit un grognement désapprobateur.

— Cinq mille, corrigea Christopher avec un regard d'avertissement à son employé. Elles proviennent du monde entier. Mais il ne s'agit que de la première pièce. Je possède aussi un verger, une pépinière où je ne cultive que des herbes et une autre pièce où je me livre à diverses expériences.

Bianca n'avait jamais rien vu de tel. La serre, telle une maison de verre, jouxtait le palais. Malgré le temps maussade, il y régnait une douce chaleur.

— C'est Ian qui a eu l'idée de cette serre, expliqua Christopher, heureux de l'intérêt de la jeune femme. Une telle installation est impensable dans ma propriété anglaise. Le verre est très rare, là-bas. Venise ayant ses propres souffleurs de verre, je peux faire pousser des plantes qui, autrement, ne supporteraient pas notre climat.

Luca grommela de nouveau.

— Enfin, c'est Luca qui s'en charge. Moi, je ne suis qu'un dilettante.

— Vous avez la main verte, jeune homme, déclara Luca d'un ton bourru.

Il tourna son visage maculé de terre vers Bianca.

— Mon maître ferait pousser des fleurs dans le derrière d'une perdrix, vous savez.

La jeune femme ne releva pas la trivialité de l'image. Christopher, furieux, rougit violemment.

— Ça suffit, Luca, maugréa-t-il entre ses dents. Je t'ai dit que cette demoiselle n'avait aucune vue sur moi. Tu n'as aucune raison de l'effrayer.

— Mais je n'ai dit que la vérité !

À la stupeur des deux hommes, Bianca éclata de rire.

— Je suis certaine que vous rendez hommage aux talents de votre maître, Luca.

— Vous avez du bon sens, madame. Je ne l'aurais jamais cru, étant donné que vous allez épouser M. le comte. Il est fou, le pauvre garçon, je vous jure. Cette nuit, j'étais en train d'arroser mes plantes quand je l'ai vu courir sur les toits, nu comme un ver. Ce ne sont pas des manières pour un homme de son rang.

Ahuri, Christopher ouvrit la bouche pour parler, mais Bianca l'en empêcha.

— Avez-vous aperçu quelqu'un d'autre, sur les toits ?

— Vous voulez parler de ce type avec la cape ? Lui, au moins, il ne se montrait pas à la veuve Falentini dans le plus simple appareil. M. le comte sait pourtant que la pauvre femme est fragile du cœur et qu'à son âge, le spectacle d'un homme nu risque de lui faire passer l'arme à gauche.

— Vous avez sans doute raison, fit Bianca d'une voix que l'excitation rendait aiguë, mais avez-vous bien vu l'autre homme ? Comment était-il ?

— J'ai juste distingué une silhouette noire, rien d'autre. Puis est arrivé M. le comte, nu comme au jour de sa naissance. D'accord, M. Ian est bien bâti. M. Christopher aussi, d'ailleurs. Autrefois, c'était un bel enfant, rieur, taquin…

Un coup frappé à la porte interrompit brutalement les souvenirs de Luca.

— *Signorina* Salva est-elle là ? cria une voix tandis que Christopher allait ouvrir. Ah, vous voici, maîtresse ! Je vous ai cherchée dans toute la maison.

Nilo ne parut guère impressionné par l'abondance des fleurs.

— Vous devriez me tenir informé de vos déplacements, reprit-il. S'il se déroulait quelque événement important, comment vous trouverais-je ?

Les deux hommes regardèrent l'enfant avec étonnement. Bianca était si impatiente de connaître le message qu'il lui apportait qu'elle en oublia l'impertinence du garçon.

— Que se passe-t-il donc ? Tu as accompli ta mission ?

— Elle dit que si vous venez tout de suite, elle aura peut-être quelque chose d'intéressant pour vous. Mais il faut y aller immédiatement. Elle est très occupée.

Sans attendre de réponse, Nilo saisit la main de Bianca et l'entraîna hors de la serre.

— Merci à tous deux pour votre gentillesse ! lança la jeune femme par-dessus son épaule. Je suis ravie de vous avoir rencontré, Luca. J'espère admirer le reste de vos plantes une prochaine fois, Monseigneur !

La porte se referma sur ces mots.

— Ah, les femmes, marmonna Luca en secouant la tête. Elles posent mille questions, jouent les intéressées, puis surgit un jouvenceau et elles disparaissent comme par enchantement…

9

— Tu trouves que je me suis appliqué trop de rouge sur les mamelons ?

Tullia scruta sa voluptueuse anatomie dans le miroir, puis elle leva les yeux et croisa le regard de Bianca, qui se tenait derrière elle.

— Je suis mal placée pour te prodiguer des conseils en matière de séduction, tu le sais bien, répondit celle-ci. Demande plutôt l'avis de Daphné.

Bianca s'efforçait de parler d'un ton enjoué, mais Tullia perçut une note de mélancolie dans sa voix. Tullia était la première courtisane chez qui Bianca s'était rendue quand elle avait commencé à chercher des modèles pour son travail. Les deux femmes avaient vite sympathisé. Considérée comme la reine des courtisanes vénitiennes, Tullia d'Aragona suscitait la jalousie de ses consœurs, aussi avait-elle très peu d'amies sincères. Lorsqu'elle affrontait une épreuve, les autres courtisanes se réjouissaient de ses malheurs, au lieu de lui apporter la compassion dont elle avait besoin. Pour la première fois depuis des années, Tullia avait découvert en Bianca une compagne loyale et désintéressée. Ce jour-là, le désespoir de la jeune femme ne lui échappa pas.

— Si je comprends bien ce que tu viens de me raconter, tu ne t'es toujours pas débarrassée de cette encombrante virginité ? Je connais pourtant de nombreux hommes qui paieraient cher pour avoir le privilège de te séduire. Et parmi les plus beaux partis, je te le garantis.

Elle se détourna du miroir pour adresser à Bianca son sourire légendaire.

— Personnellement, j'avoue que tu me plais, déclara-t-elle, mais tu te refuses obstinément à moi.

Bianca rit, songeant qu'une beauté telle que Tullia n'avait certainement que faire d'une vierge effarouchée. La courtisane avait acquis sa réputation grâce à son travail acharné et à sa vivacité d'esprit, mettant à profit une plastique superbe et une volupté naturelle. Daphné, sa servante grecque, préparait sa maîtresse pour son prochain client. Drapée dans une tunique très ajustée, la jeune fille était presque aussi belle que Tullia. Bianca admira les deux femmes, enviant leur grâce, leur sensualité, leur expérience dans l'art de prendre et de procurer du plaisir. Les voir ensemble était aussi beau qu'un ballet.

Leur comportement révélait une intimité bien plus profonde qu'un simple rapport amical. Daphné caressa délicatement les mamelons de Tullia puis, à l'aide d'un petit pinceau, elle appliqua de la poudre de diamant sur les seins et le ventre de la courtisane, descendant peu à peu le long des fesses et des jambes. À la lueur du chandelier, le corps tout entier de Tullia se mit à briller d'un éclat nacré.

Bien qu'elle se sentît déplacée dans ce cadre, Bianca adorait le luxe un peu tapageur de cette maison. Riches soieries, velours épais, fourrures, tout invitait à la langueur et à l'amour. Les murs ornés de dorures et de miroirs donnaient à la pièce une atmosphère chaude et sensuelle. Mais ce que Bianca aimait par-dessus tout, c'était le parfum enivrant qui émanait du corps de la courtisane. Daphné présenta quatre flacons à sa maîtresse, pour que Tullia choisisse celui qu'elle porterait ce jour-là.

— Aujourd'hui, ce sera le gardénia, je crois. C'est mon préféré.

Daphné déposa quelques gouttes d'essence de gardénia au creux des seins de sa maîtresse, puis sur la peau scintillante de ses cuisses et de son ventre plat.

— Que ferais-je sans toi, ma chérie ? dit Tullia en embrassant la main de la jeune fille. À présent, j'ai à discuter avec Bianca. Apporte-moi mon peignoir en soie et le collier de perles que m'a offert Orlando. Ensuite, tu pourras disposer.

Lorsque la courtisane fut habillée, Daphné mit de l'ordre dans ses cheveux longs et accrocha à ses oreilles des perles assorties à son collier, avant de se retirer discrètement.

Tullia s'installa confortablement dans un fauteuil moelleux et se tourna vers Bianca.

— Ton messager m'a appris que tu enquêtais sur la disparition d'Isabella Bellocchio. Je ne te demanderai pas pourquoi tu t'intéresses à cette fille, mais j'avoue que je meurs d'envie de le savoir. Serait-ce une affaire de cœur ?

— Pourquoi est-ce que tout le monde pense toujours à quelque intrigue amoureuse ? s'exclama Bianca, exaspérée.

— Tout le monde ? répéta Tullia en observant la jeune femme avec curiosité.

Bianca ignora la remarque et répondit :

— Sache que je n'avais pas de liaison avec Isabella. Je me souciais surtout de son bien-être.

— Tant mieux. Ainsi, je n'ai pas à être jalouse. Et ne t'inquiète pas pour Isabella. D'après ce qu'elle m'a dit il y a deux semaines, elle ne manque pas d'affection. Figure-toi qu'elle va se marier.

— Se marier ?

À présent, Bianca comprenait pourquoi la courtisane avait voulu qu'elle lui écrive un sonnet d'amour lors de leur dernière rencontre. Pourtant, un détail intriguait encore la jeune femme.

— Tu en es certaine ? fit Bianca.

— Absolument. Moi aussi, j'ai été étonnée. Quand je lui ai rappelé que les courtisanes recevaient des milliers de demandes en mariage mais qu'elles étaient peu nombreuses à convoler, elle m'a répondu que cet homme ne pouvait se passer d'elle, qu'elle l'avait envoûté. Tu sais combien elle s'enorgueillit de sa beauté. À juste titre, d'ailleurs : elle n'a pas mis longtemps à trouver un riche protecteur qui l'a installée dans sa maison. Il faut dire que Valdo Valdone a toujours eu un faible pour les jeunes filles en fleur.

— Était-ce...

Bianca se reprit aussitôt.

— Est-ce lui qu'elle doit épouser ?

Tullia éclata de rire.

— Certainement pas ! Son fiancé est apparemment un jeune noble issu d'une famille fortunée et promis à un bel avenir. Isabella m'a montré une mèche de ses cheveux qu'elle garde dans un petit médaillon. Rien à voir avec la tignasse grise et clairsemée de Valdo. Je suppose que c'est pour éviter une confrontation entre ce vieux beau et son nouveau fiancé qu'elle s'est enfuie. Si Valdo apprenait qu'elle a l'intention de se marier, nul doute qu'il lui couperait les vivres ou provoquerait le malheureux fiancé en duel, voire les deux. De toute façon, les ragots iraient bon train. Et aucune jeune mariée ne tient à démarrer sa vie conjugale sous le feu des commérages.

Les questions se bousculaient dans l'esprit de Bianca, mais elle ne voulait pas éveiller les soupçons de son amie en ayant l'air trop curieuse. Malgré tout, elle se risqua à demander :

— T'a-t-elle donné le nom de son futur mari ?

— Ma belle, tu connais Isabella aussi bien que moi. Elle préférerait mourir plutôt que de dévoiler le nom de son fiancé à une femme comme moi, qui risquerait de mettre le grappin sur l'heureux élu. Tu sais bien qu'elle refuse même d'avoir une servante dans sa maison, de peur que celle-ci n'attire les regards de ses amants !

Bianca se força à sourire. L'identité du fiancé lui aurait au moins fourni un point de départ pour ses recherches. Quitte à paraître indiscrète, elle tenta une nouvelle fois sa chance.

— À ton avis, de qui s'agit-il ?

— Étant donné la couleur de la mèche de cheveux, un blond doré tirant sur le châtain, cela peut être une bonne moitié des nobles vénitiens, fit son amie en s'esclaffant. Même en éliminant tous ceux qui ne sont ni jeunes ni prometteurs, on obtient environ trois cents candidats.

En voyant son amie blêmir, Tullia reprit son sérieux.

— Mais seule une dizaine fréquente Isabella régulièrement. En tête de liste, je placerais Sergio Franceschino, Lodovico Terreno, Brunaldo Bartolini, Giulio Cresci, ton cousin Angelo et ton frère Giovanni. Et, bien sûr, deux des Arboretti, Tristan del Moro – un brun, lui – et Christopher Foscari.

— Et le frère de Christopher, Ian ? demanda Bianca sans réfléchir.

Tullia rit à nouveau.

— C'est drôle que tu me poses cette question. Non, Isabella n'est pas son genre de femme. Elle est trop terne pour cet intellectuel de comte d'Aoste. Sa candeur juvénile et son innocence, que ses amants considèrent comme des qualités, lui taperaient vite sur les nerfs. Le comte d'Aoste préfère les femmes dans mon style, plus mûres. D'ailleurs, je l'attends d'une minute à l'autre.

Bianca en resta bouche bée, puis elle se ressaisit. Elle avala péniblement sa salive, la gorge nouée. Elle songea au plaisir qu'elle avait éprouvé à voir Tullia se préparer pour son prochain client. À présent, cette idée lui donnait la nausée. Elle n'avait plus qu'une envie, s'enfuir au plus vite.

— Ah… d'accord, bredouilla-t-elle. Dans ce cas, je ne vais pas te retarder plus longtemps.

Bianca tendit la main à la courtisane.

— Merci de m'avoir consacré un peu de ton temps, ajouta-t-elle. C'est toujours un plaisir de discuter avec toi, Tullia.

Trop occupée à arranger les pans de son peignoir, Tullia ne remarqua pas la nervosité soudaine de son amie.

— Si je peux te rendre service, ma belle, n'hésite pas à venir me voir ou à m'envoyer un message. Tu sais que je ne cherche qu'à te satisfaire.

Elle effleura la paume de Bianca de ses lèvres.

Au moment où la jeune femme allait franchir le seuil, Daphné apparut.

— M. le comte est arrivé, madame. Dois-je le faire monter ?

Tullia hocha la tête, puis fronça les sourcils.

— Si tu tiens à ta réputation, Bianca, il vaut mieux que tu ne croises pas ce noble seigneur sous mon toit.

Terrifiée, Bianca acquiesça en silence.

— Cache-toi dans l'armoire, suggéra Tullia. Elle dissimule un passage secret qui mène au canal. Si tu n'es pas pressée, tu peux rester pour nous regarder discrètement derrière le panneau de verre. C'est une glace sans tain spécialement conçue pour mes clients qui ont des goûts un peu spéciaux. De plus, je travaille mieux quand je me sens observée. Surtout par une aussi belle créature que toi, ma chérie.

Un bruit de pas dans le couloir les interrompit. Affolée, Bianca s'engouffra dans l'armoire, refermant la porte au moment où le comte entrait dans la pièce. Elle voulut se détourner de la scène insoutenable qui se déroulait sous ses yeux, mais elle était incapable de bouger. Ian baisa galamment la main de la courtisane, puis il lui tendit un coffret en bois portant les initiales d'un des meilleurs joailliers de Venise. Il était très séduisant, avec ses cheveux blonds légèrement décoiffés et son élégant costume qui mettait en valeur son corps superbe. Bianca ne voyait Tullia que de dos, mais elle perçut son cri de joie lorsqu'elle découvrit son cadeau : une paire de boucles d'oreilles d'émeraudes. La courtisane s'approcha du miroir, un grand sourire aux lèvres. Ian se plaça derrière elle et la regarda, impassible. Quand elle eut remplacé ses perles par les émeraudes, Tullia lui prit la main et la posa sur son sein, glissant ses doigts sous le peignoir, tandis qu'elle se frottait langoureusement contre lui. Elle se tourna vers lui et l'embrassa longuement pour le remercier.

Ian respira la peau douce de la courtisane. Il se réjouit qu'elle ait pensé à se parfumer au gardénia, sa fleur préférée. Il avait dépensé une fortune pour lui offrir ces bijoux, mais sa générosité était récompensée. Il l'entraîna vers le divan et lui ôta délicatement son peignoir. Puis il la caressa longuement, s'attardant sur ses fesses rondes et ses cuisses fuselées, explorant chaque courbe de son corps. Ensuite, il la fit asseoir face à lui, de sorte que la tête de la courtisane lui arrive à la ceinture.

— Cela fait bien longtemps, Tullia, mais tu es plus belle que jamais.

La courtisane répondit à ce compliment en délaçant ses hauts-de-chausses, libérant l'organe palpitant de son écrin de tissu. Tout en souriant, Ian l'empêcha de le prendre dans sa bouche. D'ordinaire, il appréciait ses attentions, mais aujourd'hui, il n'était pas dans son état normal.

Bianca ne voyait que le dos de Tullia, mais elle distinguait nettement le visage de son fiancé. Les lèvres de Ian esquissèrent un sourire d'aise lorsque les mains de la courtisane se mirent à le caresser. Bien qu'elle ne pût discerner leurs paroles, Bianca crut entendre Ian soupirer de plaisir. Jamais elle n'avait assisté à un tel spectacle auparavant. Un certain intérêt se mêlait à sa jalousie, mais, par-dessus tout, elle se sentait seule et humiliée. Pourquoi Ian ne l'embrassait-il pas ainsi ? Pourquoi n'était-ce pas son corps qui s'offrait à ses caresses ? Elle s'était donnée à lui sans rien attendre en retour, et il l'avait rejetée comme une malpropre. Était-elle donc si répugnante, si repoussante ? Connaîtrait-elle un jour les délices de l'amour dans ses bras ? Ou dans les bras d'un autre ? Au bord des larmes, elle décida de s'enfuir vers le canal.

Dans la chambre, le couple se dirigea vers le grand lit. Ian n'était pas d'humeur aux préliminaires. Il aurait aimé comprendre ce qui lui arrivait. Pour le prix des émeraudes, il méritait au moins quatre longues heures d'attention de la part de la courtisane. En proie à des remords inexplicables, il tenta de se persuader qu'il ne faisait qu'exorciser les fantasmes qui hantaient à présent ses nuits.

Mais la présence enchanteresse de Tullia ne parvenait pas à effacer l'image de Bianca. Il caressa les cheveux de la jeune femme, regrettant qu'ils ne soient pas dorés comme ceux de sa fiancée. La courtisane lui parut soudain trop parfumée, trop artificielle. Quant à ses seins, ils n'étaient pas assez petits ni assez fermes. Il lui reprochait presque de ne pas avoir le même grain de beauté sur la hanche… Mais il lui restait beaucoup de temps pour réveiller ses ardeurs. Tullia allait sans doute déployer des trésors d'imagination. Ian s'allongea sur le dos, attira la courtisane sur lui et la laissa agir.

Quelques heures plus tard, Ian rentra chez lui, mécontent. Tullia s'était surpassée pour le combler, usant de tous ses charmes et de ses dix années d'expérience, en vain. Plus tard, elle raconta à l'une de ses amies que Ian était l'homme le plus délicat, le plus attentionné qu'elle ait jamais rencontré. Ce jour-là, il ne lui avait même pas fait l'amour. Il s'était contenté de l'enlacer comme s'il l'aimait en l'appelant « *carissima* ».

Ian était à la fois décontenancé et furieux. Son corps, insensible aux caresses expertes de Tullia, s'enflamma soudain à la seule évocation de sa fiancée. Son désir pour Bianca était à son comble. La vision de son corps nu, la sensation de sa peau délicate sous ses doigts et leur baiser brûlant de la veille hantaient son esprit. Avec un mélange de crainte et d'excitation, il prit la décision de la posséder. Certes, elle essayait sans doute de le séduire pour lui faire baisser sa garde. C'était une ruse typiquement féminine. Les femmes se servaient du désir charnel qu'elles suscitaient pour manipuler les hommes à leur guise. Mais il en était conscient et saurait se protéger.

Et s'il lui rendait la monnaie de sa pièce ? Lui aussi pouvait la séduire pour la manipuler ensuite et découvrir la vérité. Cette perspective le réjouit. Bien sûr, il existait un revers à la médaille. Après leur première nuit d'amour, il se lasserait certainement d'elle, comme il se lassait de toutes ses conquêtes, mais il devrait continuer à lui faire l'amour pour mieux la contrôler. Il fallait à tout prix qu'il résolve le mystère de ce meurtre. C'était son devoir de noble vénitien, et il le remplirait. Ce soir-là, il dînerait en ville, irait jouer aux cartes, prendrait le temps de réfléchir, puis rentrerait chez lui pour accomplir sa mission. Enfin apaisé, il poussa un long soupir d'aise.

10

Une vapeur parfumée s'élevait en volutes autour des deux corps immergés dans la vaste baignoire en marbre. Les yeux fermés, la femme secoua ses longs cheveux noirs tandis que sa servante passait délicatement une éponge sur ses formes généreuses. Absorbées par leurs ablutions, les deux femmes ne virent pas la porte s'ouvrir en silence. Un visiteur entra à pas de loup dans la pièce.

Le jeune homme s'approcha de la baignoire. Occupée à satisfaire sa maîtresse, la servante ne lui prêta aucune attention. La femme brune leva toutefois des yeux alanguis vers le nouveau venu. Comme à chacune de ses visites, il était tiré à quatre épingles. Son manteau noir soulignait ses larges épaules et sa taille fine, ses hauts-de-chausses moulaient ses cuisses fermes, ne dissimulant rien de ses attributs virils. Elle écarta sa servante à contrecœur et regarda le visiteur d'un air interrogateur.

— Je suis venu dès que j'ai reçu ton message, dit-il en s'efforçant de parler d'un ton calme. J'ai croisé Foscari en chemin. Sortait-il d'ici ?

La femme eut un rire grave.

— Mon ange serait-il jaloux ? Certes, après ta scène pathétique d'hier soir, j'aurais des raisons de te chercher un remplaçant, n'est-ce pas ? Un homme qui tiendrait assez à moi pour me donner une preuve concrète de son amour, et non de malheureux bouts de papier couverts de dessins obscènes! Un homme qui ne placerait pas son confort et son bonheur au-dessus des miens!

La femme posa les yeux sur sa servante, puis sur le jeune homme.

Les joues du visiteur s'empourprèrent. Il avait failli se faire assassiner par ce dément de Foscari, et sa dulcinée jugeait qu'il ne l'aimait pas assez? Était-ce sa faute si le laboratoire avait été nettoyé de fond en comble, s'il ne restait pas même une trace de sang sur le sol? Le corps y avait pourtant séjourné, il l'aurait juré. Malheureusement, il était incapable de le prouver. Il avait cru que ces croquis dégoûtants lui seraient utiles, mais ils ne lui avaient rapporté que la colère de sa maîtresse. Pis encore, elle lui refusait désormais ses faveurs tant convoitées. Aveuglé par son désir, il était prêt à tout pour regagner ses bonnes grâces.

— Je sais que je ne pourrai jamais me faire pardonner, déclara-t-il, penaud. J'avoue que j'ai échoué dans ma mission, mais je te supplie de m'accorder une chance de me racheter.

Le pauvre chéri était désarmant lorsqu'il l'implorait ainsi, songea-t-elle. Et il était en tout point l'homme qu'il lui fallait pour exécuter le plan qu'elle avait élaboré avec son frère aux premières lueurs de l'aube. Cette fois, les Arboretti n'auraient aucune chance de s'en tirer à bon compte. Elle soupira devant l'ampleur de la tâche à accomplir et sortit de l'eau tiède. La servante voulut l'essuyer, mais elle la repoussa d'un geste.

— Mon ange va s'occuper de moi, annonça-t-elle d'une voix suave. Tu as bien mérité un peu de repos…

Elle adressa à la jeune fille un regard entendu, et son visiteur se surprit à envier la servante.

La femme enfila son peignoir en soie, puis elle emmena le jeune homme dans sa chambre. Impatient, il commençait déjà à se déshabiller quand elle l'interrompit :

— Allons, allons… nous verrons cela plus tard, mon ange. Pour l'heure…

Elle avait baissé la voix, adoptant le ton rauque qu'elle savait irrésistible.

— J'ai une mission délicate à te confier. Mais tu dois m'écouter avec attention, car chaque détail est important.

Elle mit presque une heure à lui exposer son plan. Remarquant une certaine réticence chez le jeune homme, elle ponctua son discours de baisers furtifs.

— Demain matin, lorsque tu auras terminé, reviens me voir, conclut-elle.

Elle glissa la main sur son ventre, s'aventurant plus bas pour constater les effets de sa promesse. Sachant qu'elle le tenait à sa merci, elle lui murmura à l'oreille :

— Tu ne le regretteras pas. Je vais réfléchir à une récompense digne de ta mission.

Le jeune homme frissonna d'impatience. Cette fois, il fallait qu'il réussisse.

11

En rentrant chez lui, ce soir-là, Ian se sentait d'humeur triomphante. Hormis le martèlement incessant de la pluie sur les carreaux, il régnait un silence total dans le palais Foscari. Les horloges venaient de sonner 21 heures. L'atmosphère était si étrange que Ian se demanda si quelqu'un n'était pas mort. Puis il distingua le bruit d'une conversation au-dessus de lui. Curieux, il gravit les marches pour gagner les appartements de Roberto et de Francesco.

Ses oncles faisaient grise mine. Assis devant la cheminée, ils savouraient un verre de *grappa*. À l'arrivée de Ian, Francesco s'interrompit au milieu d'une phrase.

— Bonsoir, Aoste, lança-t-il froidement.

Ian se figea. Depuis sa plus tendre enfance, ses oncles ne l'appelaient ainsi que quand ils avaient une nouvelle très grave à lui annoncer. Le jeune homme attendit, le souffle court, que l'un des deux reprenne la parole.

— Un membre de la famille serait-il décédé ? demanda-t-il enfin, incapable de réprimer plus longtemps son impatience. On jurerait que la maison est en deuil. Mais si c'était le cas, vous ne seriez pas en train de boire de la *grappa*. Que se passe-t-il ?

Roberto et Francesco échangèrent un regard hésitant, puis ils parurent se décider.

— Ian, fit Roberto, tu sais que je ne suis pas ton oncle par le sang et que je n'ai donc aucun droit de te parler en tant que tel.

Roberto et Francesco étaient ensemble depuis si longtemps que tout le monde avait oublié que Roberto ne faisait pas vraiment partie de la famille. Celui-ci n'évoquait le sujet que lorsqu'il réprouvait l'attitude d'un habitant du palais et qu'il tenait à se démarquer des Foscari. Ian commençait à s'inquiéter.

— Aussi vais-je te parler d'homme à homme, poursuivit Roberto. Tu ne peux pas enfermer un être humain dans une pièce, l'accuser de meurtre et jouer avec ses sentiments sans en subir les conséquences. J'ignore quels tourments tu as infligés à notre invitée mais, depuis hier, elle n'est plus la même. On dirait que tu as brisé son bel enthousiasme. Elle avait pourtant eu le courage de surmonter la perte de son cher père et de mener à bien ses études de médecine, ce qui est impensable aux yeux de nombreux hommes. Pour ma part, je trouve qu'elle a accompli un véritable exploit. Aujourd'hui, sa tristesse est si profonde que toute la maisonnée est dans la peine. Les membres du personnel t'en veulent presque autant que tes proches.

Ian le fixa, abasourdi.

— La petite sorcière ! Vous ne comprenez donc pas que nous avons affaire à une habile manipulatrice, à une créature sournoise ? Elle joue les innocentes pour mieux tromper son monde. Elle a dû vous raconter un tissu de mensonges et vous l'avez crue. C'est une trahison...

— Tais-toi! coupa Francesco, livide. Comment oses-tu nous accuser de trahison, nous qui t'avons toujours protégé, aimé, soutenu comme si tu étais notre propre fils? Depuis deux ans, tu ne nous donnes rien en échange. Tu es bien mal placé pour parler de trahison! Quant à cette pauvre enfant, ta propre fiancée, que tu retiens prisonnière, elle ne nous a strictement rien dit. Pour ta gouverne, sache qu'elle ne t'a jamais critiqué.

— Inutile de continuer, docteur di Rimini. J'en discuterai avec lui moi-même. Je vous remercie de votre soutien.

Les trois hommes se tournèrent vers le seuil. La frêle silhouette de Bianca se détachait dans l'encadrement de la porte.

— Puis-je m'entretenir avec vous en particulier, Monseigneur? demanda-t-elle à Ian avec une révérence.

La jeune femme avait l'air un peu abattue, en effet. Elle paraissait plus fragile que lors de leur dernière entrevue, mais non moins ravissante. Son charme était même rehaussé par cette mélancolie soudaine. En l'observant, Ian comprit comment elle avait réussi à s'attirer la sympathie des habitants du palais. Ses yeux semblaient plus grands, son regard plus intense, son visage plus pâle, ses pommettes plus saillantes. Quelques mèches de cheveux lui caressaient les joues et la nuque. Mais cette attendrissante beauté ne donnait pas le droit aux Arboretti et à ses oncles de le traiter d'odieux personnage! Et leur colère ne l'empêcherait pas d'exécuter le plan qu'il avait imaginé en quittant la maison de Tullia. En voyant Bianca, son désir s'était aussitôt réveillé.

— À votre guise. Allons-y, dit-il en l'entraînant dans le couloir.

Francesco et Roberto voulurent protester, mais Bianca leur fit signe de ne pas s'inquiéter pour elle. Elle suivit Ian dans la bibliothèque. En d'autres circonstances, elle se serait réjouie de pénétrer dans ce lieu consacré à la culture et au raffinement. Pourtant, ce soir-là, elle remarqua à peine les milliers de volumes reliés de cuir qui tapissaient les murs. Elle resta debout devant la cheminée, se demandant pourquoi Ian la fusillait du regard. Elle répéta mentalement les premières phrases du discours qu'elle avait composé, puis elle respira profondément et déclara :

— J'ai quelque chose à vous dire, Monseigneur. Si vous me croyez, promettez-moi de répondre avec sincérité à la question que je vous poserai ensuite.

— Tout dépend de la question, répliqua Ian. J'aviserai le moment venu.

N'ayant pas le choix, Bianca reprit :

— J'accepte de vous indiquer l'autre raison de ma présence chez Isabella. J'avais bien rendez-vous avec elle chaque semaine pour une leçon d'écriture. Elle me servait également de modèle pour mon livre d'anatomie. Mais il y avait autre chose.

Leurs cœurs s'emballèrent en même temps. Ian espérait l'entendre avouer le meurtre. Bianca, elle, était très gênée par l'aveu qu'elle s'apprêtait à faire. Elle avala péniblement sa salive avant de continuer :

— En échange de mes leçons d'écriture, Isabella m'enseignait un art particulier.

Elle se tut, cherchant les phrases qu'elle avait préparées, hésitant encore à tout révéler à son fiancé.

— Isabella me décrivait en détail les effets des caresses d'un homme sur le corps d'une femme. Elle m'expliquait les diverses sensations de l'amour, les frissons, le plaisir...

Bianca se tut, soudain intimidée, incapable de regarder Ian dans les yeux.

— C'est tout ? s'exclama-t-il, étonné. C'est tout ce que vous vouliez me dire ?

— Monseigneur, vous devez comprendre combien ces choses sont difficiles à exprimer. Vous qui ne vous intéressez qu'aux femmes expérimentées... J'aurais tant aimé vous appartenir, vous offrir ma virginité, vous...

— Comment ? fit le jeune homme en levant la tête. Voilà donc ce que vous refusiez de m'avouer ?

Les dieux étaient avec lui, songea-t-il. Son plan serait encore plus facile à réaliser qu'il ne l'avait espéré. Il s'était attendu à perdre un temps précieux à tenter de l'amadouer. Si elle désirait être séduite, il aurait moins de mal à la manipuler ensuite. Trop occupé à se réjouir de la tournure des événements, il entendit à peine la question de Bianca.

— Qu'est-ce qui vous déplaît donc en moi, Monseigneur ?

Rassemblant tout son courage, elle croisa enfin son regard. Ce léger tressaillement au coin de ses lèvres ne présageait rien de bon. Allait-il éclater de rire ou la mordre ? Elle laissa Ian la contempler à loisir, dresser mentalement l'inventaire de ses nombreux défauts, puis elle répéta sa question.

— Pour la première fois, préférez-vous que je vous fasse l'amour sur le tapis, devant la cheminée, ou dans un lit ? demanda Ian.

Surprise par cette franchise inattendue, Bianca sentit sa gorge se nouer.

— Ma foi... je ne sais pas... La flambée me paraît un cadre... agréable.

Indifférent, Ian hocha la tête, mais ne bougea pas de son fauteuil.

— Déshabillez-vous, ordonna-t-il doucement.

— Vous n'avez pas l'intention de me renvoyer dès que je serai entièrement nue, au moins ?

Bianca attendit sa réponse avant d'amorcer le moindre geste.

— Tout dépendra de votre empressement à accéder à mes requêtes et à mes moindres désirs.

Son ton glacial la fit frémir.

— Je refuse de subir une nouvelle humiliation, Monseigneur. Je ne vous ai pas demandé de me faire l'amour, mais de me dire ce qui vous déplaisait chez moi. Je ne suis peut-être pas aussi belle ni aussi sensuelle que Tullia, cependant...

— Qui ?

— Par sainte Catherine, vous le savez très bien ! Vous avez passé l'après-midi avec elle !

D'abord, Ian resta sans voix, puis il reprit la parole, maîtrisant avec peine son irritation :

— Vous me faites suivre ?

Sans lui laisser le temps de répondre, il se leva et s'approcha d'elle.

— Vous n'oseriez pas… dit-il d'un ton menaçant.

Bianca fronça les sourcils avec mépris.

— Bien sûr que si ! railla-t-elle. J'ai un régiment d'hommes à ma disposition. J'adore dépenser ma fortune à guetter vos moindres mouvements, à vous suivre à la trace de boudoir en boudoir, jusqu'à ce que vous rentriez chez vous pour m'humilier.

Furieuse, elle fit volte-face, décidée à partir, mais il la rattrapa par le bras.

— Vous humilier ? répéta-t-il. Et si c'était vous qui cherchiez à m'humilier ? La dernière fois que je vous ai vue, vous affirmiez me détester. Maintenant, vous me suppliez d'avoir des relations intimes avec vous…

Il plissa les yeux et resserra son étreinte.

— Si vous ne me faites pas suivre, pourquoi prétendez-vous que je suis allé chez Tullia ? Je n'ai révélé à personne le but de ma sortie.

— Votre discrétion est remarquable, Monseigneur, mais pas votre logique. Il se trouve que je me suis rendue chez Tullia, moi aussi. C'est une amie. Je vous ai précédé de peu. Nous nous sommes croisés chez elle par hasard. Je partais au moment où vous arriviez. À présent, veuillez me lâcher le bras. Vous me faites mal. Cela ne vous suffit pas de m'avoir frappée à la tête ? Je commence à comprendre pourquoi vous m'avez attribué deux médecins en guise de chaperons. Encore quelques jours de ce traitement et c'est un embaumeur qu'il me faudra.

Ian ignora son sarcasme mais lui lâcha le bras.

— Si vous étiez chez Tullia lors de ma soi-disant visite, pourquoi ne vous ai-je pas vue partir ?

— Qu'est-ce qui vous fait croire que je suis partie ? répliqua la jeune femme avec un regard noir.

— Vous étiez là-bas en même temps que moi ?

— Parce que vous avouez être allé chez Tullia, à présent ?

— Que faisiez-vous chez elle, et avec qui ? continua Ian sans relever la remarque de sa fiancée.

— J'étais seule. Enfin, pas tout à fait. J'étais avec vous, puisque je vous avais sous les yeux.

— Vous m'avez observé ? Vous m'espionniez ?

Cette idée l'excitait, mais il se refusait à l'admettre. Son désir grandissant lui rappela ses bonnes résolutions. Brusquement, il adopta un ton plus doux :

— Qu'avez-vous vu exactement ?

L'atmosphère changea du tout au tout. La voix de Ian se fit plus suggestive. Il lui effleura le bras. Une douce chaleur envahit aussitôt le corps de la jeune femme à ce contact furtif. Le regard du jeune homme brûlait d'un désir contenu. Bianca ne voulait pas renoncer à cette opportunité, peut-être la seule de sa vie, de connaître les plaisirs de la chair. Mais, en son for intérieur, elle savait que cette attirance irrésistible n'était pas due à une simple curiosité scientifique.

Elle hésitait à répondre à cette question gênante.

— Je suis partie juste avant que vous ne passiez au lit, déclara-t-elle enfin. Je suis incapable de vous dire ce que j'ai vu. Mais pourrais-je vous le montrer ?

Sur ces mots, la jeune femme tendit une main tremblante vers les hauts-de-chausses de Ian. Sans lui laisser le temps de défaire les lacets, il l'arrêta.

Il avait une décision à prendre. Fallait-il lui dire la vérité, lui avouer que Tullia et lui étaient restés chastes, ce jour-là ? Après quelques secondes de réflexion, il préféra se taire. Pendant des heures, il avait serré dans ses bras la plus belle courtisane de Venise, en proie à mille fantasmes sur Bianca. À présent, comme par miracle, il pouvait les réaliser tels qu'il les avait imaginés. Pourquoi repousser une telle occasion ? Et puis, lui révéler la vérité reviendrait à reconnaître qu'elle possédait un certain ascendant sur lui, ce qui était beaucoup trop dangereux.

— Si nous voulons aller jusqu'au bout de la reconstitution, vous devez vous dévêtir, dit-il d'une voix soudain mal assurée. Tullia était nue, si je me souviens bien.

Cette fois, il déshabilla lui-même Bianca. Avec des gestes lents, il dénoua les lacets de son corsage blanc cassé qu'il fit tomber sur le sol. Puis il dégrafa sa jupe, en profitant pour caresser les cuisses nacrées de sa fiancée. Bianca l'entendit gémir d'impatience, mais elle était trop troublée pour deviner la cause de cette réaction. En sentant ses mains sur sa peau, un désir de plus en plus impérieux monta en elle. Quand il lui demanda de lever les bras pour dénuder ses seins, elle crut défaillir. Enfin, il lui ôta ses bas qui glissèrent à leur tour sur le carrelage.

Lorsqu'elle fut nue, offerte à son regard, Ian recula d'un pas pour mieux la contempler, subjugué par tant de beauté. Il s'efforça d'avoir l'air détaché, mais un désir fou grondait en lui.

— Tullia portait des bijoux, murmura-t-il. Des perles, il me semble.

— Et des émeraudes, ajouta Bianca, audacieuse.

Ian s'éclaircit la gorge. Pourquoi regrettait-il soudain ce cadeau un peu excessif ?

— Ne bougez pas, ordonna-t-il. Je vais vous trouver quelque babiole.

Il quitta la pièce avant que Bianca puisse protester. Reviendrait-il ou l'avait-il une fois de plus abandonnée à son triste sort ? Elle chassa vite cette idée déplaisante de son esprit pour se concentrer sur la scène à laquelle elle avait assisté chez Tullia. Elle redoutait de commettre un faux pas, d'être maladroite. Toutefois, l'excitation l'emportait sur son appréhension.

Elle s'allongea confortablement sur l'épais tapis, devant la cheminée, et ferma les yeux, imaginant le corps superbe de Ian. Chez Tullia, elle avait revu ses membres fins, son torse musclé. Elle se rappelait le sourire de Ian quand Tullia l'avait caressé. Si seulement elle pouvait lui procurer le même plaisir... Elle s'en voulait un peu d'être partie avant la fin de leurs ébats, de ne pas en avoir profité pour en apprendre un peu plus, mais elle préférait découvrir ces plaisirs inconnus entre ses bras. Après tout, il s'agissait d'une expérience scientifique. Son émoi n'avait rien à voir avec la personnalité de Ian Foscari.

Rassurée sur ce point, Bianca songea aux différents témoignages qu'elle avait recueillis sur l'amour. Les femmes possédaient un point secret dans leur intimité, une source de plaisir. Elle le chercha de ses doigts hésitants. D'abord, elle ne ressentit pas grand-chose. Puis elle toucha un endroit si sensible qu'elle n'aurait su dire si c'était agréable ou douloureux. Plongée dans l'exploration sensuelle de son anatomie, elle n'entendit pas la porte se rouvrir.

En la voyant ainsi couchée près de la cheminée, les yeux clos, les lèvres entrouvertes, le dos légèrement cambré, Ian fut submergé par un désir brûlant. Il s'approcha à pas de loup et s'agenouilla près d'elle.

— Vous permettez ? demanda-t-il en glissant à son tour la main entre ses cuisses.

La perspective de ces caresses intimes le rendait fou. Certes, il avait prévu de réaliser d'autres fantasmes, mais il préféra se laisser guider par son instinct. Bianca ouvrit les paupières. Leurs regards se croisèrent tandis qu'il continuait sa lente exploration. Soudain, elle écarquilla les yeux et émit un long gémissement qui flatta l'orgueil de son fiancé.

— Ian ! souffla-t-elle en connaissant la jouissance pour la première fois.

Quand la vague de plaisir fut retombée, il s'étendit près de la jeune femme et la prit dans ses bras.

Bianca se sentait enfin libre, détendue. Son corps frémissait encore des derniers spasmes de l'extase. Elle se blottit dans les bras de l'homme qui venait de lui donner le plus beau des cadeaux.

— Monseigneur ? fit-elle, hésitante.

— Oui, *carissima* ? répondit-il avec une tendresse peu coutumière.

— Le plaisir est-il chaque fois aussi intense ?

Ian en resta stupéfait. Sa fiancée ne pouvait être innocente à ce point !

— N'est-ce donc pas toujours aussi bon pour vous ? demanda-t-il.

Elle hésita un instant. Devait-elle se montrer sincère ou faire mine de posséder un peu plus d'expérience qu'elle n'en avait ?

— Je ne sais pas, je n'ai aucun point de comparaison, déclara-t-elle, optant pour la franchise.

La jeune femme voulut s'asseoir, mais il l'attira contre lui pour la retenir.

— M'enseignerez-vous l'art d'aimer, les secrets de l'amour et de la volupté ? s'enquit-elle à voix basse, en le regardant dans les yeux.

Ian la contempla longuement. Certes, cette proposition faciliterait grandement la réussite de son plan. Pourtant, quelque chose en lui l'empêchait d'accepter uniquement par calcul. Depuis qu'il avait vu Bianca connaître le plaisir entre ses bras, depuis qu'il avait compris que sa fiancée souhaitait sincèrement lui offrir sa virginité, il avait étrangement envie de la protéger. Bien sûr, il désirait toujours autant la posséder. Mais son plan machiavélique lui semblait tout à coup moins important. Ian s'interrogea sur ses véritables motivations. Très vite, en proie à un cruel dilemme, il décida d'ignorer la bataille que se livraient en lui l'instinct et la raison.

— J'accepte, répondit-il en se levant. Mais promettez-moi d'être une bonne élève. D'abord, prenez ceci.

Bianca n'en crut pas ses yeux. Son fiancé lui tendait le célèbre pendentif en topaze des Foscari, une pierre superbe, sertie de diamants, pendue à une simple chaîne en or. Bianca tenta de protester, mais Ian lui glissa le bijou autour du cou. La pierre vint se nicher entre les seins de la jeune femme comme dans un écrin. Ian s'écarta pour examiner Bianca. Jamais il n'aurait pensé que le bijou lui irait aussi bien. Trop bien, peut-être, songea-t-il, tandis que le désir montait encore en lui. Sans vraiment s'en rendre compte, il effleura timidement un mamelon, puis il se pencha en avant et le prit entre ses lèvres. Les gémissements de plaisir de Bianca le ravirent. Il savait que, bientôt, lui-même ne pourrait plus se contrôler.

Il se releva pour se dévêtir à son tour. Bianca le regarda avec attention, ne perdant pas une miette de ce spectacle. Sa chemise en lin dissimulait une peau lisse et ferme. Dès qu'il fut nu, elle s'agenouilla devant lui, cherchant à reproduire la scène dont elle avait été le témoin chez Tullia, mais Ian l'invita à s'étendre sur le tapis.

— Il faut garder le meilleur pour la fin, expliqua-t-il en la rejoignant.

S'allongerait-il sur elle ou la prendrait-il sur lui ? Une vague de culpabilité l'envahit à nouveau. Il plongea les yeux dans les siens.

— Vous êtes certaine de vouloir aller jusqu'au bout ? demanda-t-il.

Pour toute réponse, la jeune femme saisit son membre gonflé entre ses doigts tremblants. Ian eut toutes les peines du monde à contenir son émoi. Bianca s'enhardit peu à peu, caressant la peau soyeuse, explorant chaque courbe, comme fascinée par quelque objet inconnu et précieux. Ian gémit et serra les dents, fou de désir. Alors, elle s'adressa à lui :

— Ian, je vous en prie, faites-moi l'amour…

Le jeune homme glissa une main entre ses cuisses pour vérifier qu'elle était prête. Délicatement, il approfondit son exploration. Elle était incroyablement étroite. Il devrait déployer des trésors de douceur pour ne pas la faire souffrir.

Dès qu'il la coucha sur le dos, Bianca sentit quelque chose entrer en elle. Elle se dit que ce n'était pas si douloureux, finalement, puis un membre bien plus imposant la pénétra. Elle interrogea son fiancé du regard pour s'assurer que tout se déroulait normalement, mais Ian était trop occupé à maîtriser son ardeur. D'instinct, elle posa les mains sur ses hanches et l'attira plus profondément en elle, s'ouvrant à lui, savourant leur union. Elle contempla les traits crispés de son beau visage. Comme il atteignait l'extase, il se pencha pour l'embrasser. Ce baiser déclencha en lui un dernier spasme de plaisir qui déferla en vagues successives. Jamais il n'avait connu une telle ivresse, même avec la plus experte des courtisanes. Haletant et repu, il s'écroula enfin entre les bras de sa maîtresse.

Une petite voix intérieure chargée de sarcasme lui rappela vite son plan de bataille, tandis qu'une autre, contre son oreille, évoquait cette première leçon d'amour.

— Oh, Ian... c'était...

— Bien trop rapide, coupa-t-il.

— Ne m'en veuillez pas. J'essaierai de faire mieux la prochaine fois.

— Si vous faites mieux, expliqua-t-il, ce sera encore plus rapide. Je vais devoir m'habituer à vous...

Malgré les protestations de Bianca, Ian se retira doucement. Il se redressa sur un coude pour l'observer. Était-il enfin immunisé contre les charmes de la jeune femme, maintenant qu'il l'avait possédée ? Il admira son visage féerique, son nez droit, ses sourcils, ses longs cils soyeux, ses lèvres entrouvertes qui appelaient les baisers, le bijou qui scintillait entre ses seins laiteux. Incapable de se rassasier de ce spectacle, il laissa la main douce de Bianca effleurer sa cuisse, curieuse et avide d'explorer le corps de son amant. Décidément, il aurait du mal à lui résister.

— Que faites-vous ? demanda-t-il d'une voix sévère, cherchant à imposer son autorité.

— Je croyais que vous désiriez vous habituer à moi, répondit-elle d'un air candide.

Son sourire malicieux prouvait qu'elle avait déjà compris beaucoup de choses dans l'art d'aimer.

— De plus, je n'ai pas eu le temps de savourer le tourbillon du plaisir, de sentir la chaleur m'envahir tout entière. J'aimerais recommencer. J'ai beaucoup à apprendre. Je veux tout savoir de votre corps. Que se passe-t-il si je vous fais ceci ?

Elle effleura l'intérieur de ses cuisses, remontant peu à peu vers sa virilité.

Réprimant un râle de plaisir, Ian écarta rapidement la main de la jeune femme. S'il voulait gagner du temps, il devrait détourner son attention. Il se mit à l'embrasser, d'abord sur la nuque, puis il descendit vers ses seins, traçant sur sa peau un sillon de baisers brûlants. Il s'aventura vers son ventre, ses hanches, avant d'atteindre sa féminité offerte.

— Qu'est-ce qu... Ah...

Bianca se cambra sous la caresse de sa langue experte. Ian ne se pressa pas, malgré ses suppliques. Il se contenta de l'enflammer jusqu'au point de non-retour. Ivre de plaisir, elle s'arqua davantage, goûtant une sensation totalement nouvelle qui la faisait trembler de la tête aux pieds. Elle se frotta contre lui en gémissant, sans quitter des yeux les cheveux blonds de Ian entre ses cuisses. Puis il la prit par les hanches et la plaqua contre sa bouche, tandis que sa jouissance culminait et qu'elle criait de plaisir.

Ensuite, elle répéta mille fois son prénom, le souffle court, tout en se blottissant contre lui.

L'horloge sonnait 4 heures quand Ian porta Bianca, nue, dans sa chambre. La jeune femme s'était endormie, enfin rassasiée. Ian ne se serait jamais cru capable de telles prouesses sensuelles. Mais il savait qu'il n'avait agi que dans l'intérêt de la justice et de sa propre réputation. Alors, comment expliquer ce besoin qu'il avait de la regarder dormir, fasciné par sa beauté juvénile ? Bianca avait une façon si naturelle de se fondre contre lui et d'épouser les moindres mouvements de son corps...

Bianca n'était pas la seule à avoir appris quelque chose. Ian n'était pas plus habitué qu'elle à ces étreintes empreintes de douceur et de tendresse.

Bianca était assurément la maîtresse la plus curieuse, la plus audacieuse qu'il eût jamais connue. Il avait l'impression d'avoir découvert un véritable trésor. La jeune femme s'était donnée à lui entièrement, avec une générosité et une confiance absolues. Ému, il baissa les yeux vers elle. Le bijou naviguait entre ses seins au rythme de sa respiration. Soudain, il se sentit à la fois fier et heureux. Il ignora la petite voix intérieure qui lui murmurait qu'il était un imbécile, que les femmes étaient toutes cruelles et sournoises, surtout celle-ci. Il avait envie de savourer l'instant présent, de se laisser aller à son plaisir, sans l'ombre d'un doute.

Il écarta les couvertures du lit et déposa délicatement Bianca sur le matelas moelleux. Avant de la quitter, il la contempla encore. Ses cheveux dorés étaient éparpillés sur l'oreiller blanc. À chaque souffle, le pendentif en topaze se soulevait entre ses seins. Après tout, pourquoi ne pas s'attarder à ses côtés ? songeait-il. Plus elle deviendrait dépendante de lui, mieux il pourrait la manipuler. S'efforçant de garder la tête froide et de ne penser qu'à son plan, il se glissa à son tour sous le drap. D'instinct, Bianca se blottit contre lui en gémissant. En quelques minutes, Ian sombra dans un sommeil bien mérité.

D'abord, Bianca crut que Ian avait changé de voix au cours de la nuit et que ses mains avaient rapetissé. Puis elle comprit que la paume un peu calleuse qui lui secouait l'épaule n'était certainement pas celle qui l'avait caressée toute la nuit. Brusquement, elle se demanda si elle n'avait pas rêvé. Elle ouvrit les yeux et aperçut le torse puissant de Ian. Rassurée par la présence de son amant auprès d'elle, elle s'apprêtait à refermer les paupières lorsque la petite voix s'éleva de nouveau, derrière elle. Bianca se retourna et découvrit Nilo à la tête du lit.

L'espace d'un instant, elle fut gênée d'être surprise totalement nue en compagnie d'un homme, avant de se rappeler que Nilo avait grandi dans un milieu où il avait connu des situations bien plus choquantes. En voyant son expression alarmée, elle s'inquiéta.

— Maîtresse, maîtresse, il faut me suivre immédiatement ! murmura-t-il, affolé. C'est ma tante Marina. Elle recommence à saigner, comme le jour où vous l'avez sauvée, mais c'est pire, cette fois. Et son bébé ne vient pas. Oh, maîtresse, je vous en prie, aidez-nous !

Bianca ne perdit pas une minute.

— Va chercher ma mallette dans mon laboratoire, ordonna-t-elle. Je m'habille et je te retrouve à bord de la gondole.

Dès que le garçon eut quitté la pièce, Bianca se leva et enfila la robe toute simple qu'elle mettait pour ses visites. Ian dormait toujours à poings fermés, le visage détendu, superbe dans la lumière de l'aurore. La jeune femme mourait d'envie de garder le pendentif en topaze sur elle, mais elle se ravisa en songeant que le quartier du port était un endroit mal famé. Elle déposa donc le précieux bijou sur la table de chevet avec un petit mot d'explication à l'intention de son fiancé. Puis elle embrassa Ian sur la joue et lui murmura « merci » à l'oreille avant de se draper dans sa cape noire pour rejoindre Nilo.

Le jeune garçon l'attendait avec impatience sur l'embarcadère du palais. Les gondoliers étaient prêts. Bianca monta dans la cabine et ils se mirent en route. Nilo ordonna aux hommes d'aller le plus vite possible. Ils obéirent en maugréant.

Quand l'embarcation franchit enfin l'entrée de l'arsenal, Bianca se sentait d'humeur joyeuse, ce qui convenait mal à la gravité de sa mission. Elle ne parvenait pas à chasser de son esprit le souvenir de sa nuit de volupté avec Ian. Si elle voulait travailler efficacement, il fallait qu'elle oublie le parfum de ses cheveux soyeux, le contact de ses bras, de ses muscles fermes. Le spectacle de l'arsenal, ses bruits familiers et ses odeurs la ramenèrent vite à la dure réalité.

Nilo fit un signe au garde en faction. Celui-ci leva la barrière pour laisser passer la gondole des Foscari. Bianca songea que Dante avait eu mille fois raison de s'inspirer du port de Venise pour décrire l'enfer. L'aube était pluvieuse et sinistre. Partout des hommes s'affairaient, portant de lourds cordages, réparant les navires. À Venise, l'arsenal était la clé de voûte du pouvoir. Les vaisseaux vénitiens sillonnaient les mers du monde entier. Le père de Bianca lui avait souvent narré le baptême d'un imposant navire de guerre, qui avait donné lieu à une grande fête réunissant trois mille convives.

Au centre du quartier, les misérables baraques qui abritaient les prostituées lui parurent encore plus sordides que dans ses souvenirs. Nilo la conduisit vers une porte branlante et rongée par les rats. Le couloir du bâtiment était inondé. Ils gravirent des marches en bois. Des hurlements déchirants retentissaient, qui semblaient de plus en plus forts à mesure que Bianca et Nilo avançaient. Nilo fit entrer sa maîtresse dans la petite chambre sombre et humide qu'il partageait avec sa tante.

Un rayon de lumière filtrait à travers une lucarne à la vitre cassée. Nilo entraîna Bianca vers une femme enceinte à peine plus âgée qu'elle, qui se tordait de douleur sur une paillasse.

— Je te l'ai amenée, tante Marina ! Je t'avais bien dit qu'elle viendrait.

Bianca s'agenouilla au chevet de la malheureuse et posa une main sur son front moite, puis elle prit son pouls.

— Bonjour, Marina, dit-elle doucement. Tu m'entends ?

La femme hocha la tête. Ses joues étaient inondées de larmes. Seul un drap sale et déchiré couvrait son corps déformé par la grossesse.

— Quand les contractions ont-elles commencé ? demanda Bianca.

— Hier, répondit-elle d'une voix faible. Aujourd'hui, j'ai beaucoup saigné.

— En rentrant du palais, expliqua Nilo, je l'ai trouvée dans cet état en compagnie de Donna Rosa.

Bianca suivit le regard du garçon et découvrit un groupe de femmes âgées recroquevillées dans un coin de la pièce.

— Les autres ont refusé que j'aille vous prévenir plus tôt, ajouta Nilo.

— On ne voulait pas que tu perdes ton travail pour rien, petit, déclara Donna Rosa.

La sage-femme du quartier se tourna vers Bianca et reprit à voix basse :

— On ne peut rien faire pour cette pauvre fille. Le bébé ne sortira jamais. J'ai assisté à de nombreux accouchements et je sais reconnaître une situation désespérée. Je ne vois qu'une issue à ce malheur. La mort. Pourvu qu'elle vienne vite…

La vieille femme se signa. Bianca réfléchit à toute allure. Si l'on ne réussissait pas à extraire l'enfant dans les plus brefs délais, la mère se viderait de son sang et tous deux mourraient. Bianca se fiait au diagnostic avisé de la sage-femme. Cependant, à l'instar de la plupart de ses consœurs, Donna Rosa était illettrée et ne pouvait se tenir informée des dernières découvertes scientifiques. Bianca songea au mois qui avait précédé la mort de son père. Elle avait eu la chance d'assister clandestinement à une conférence à Padoue. Un éminent médecin espagnol avait présenté à des confrères une technique que les Romains avaient pratiquée autrefois sur la mère de César. Bianca avait dû se cacher dans un coin de la salle, car les femmes n'étaient pas admises dans ce genre de réunions. Si elle avait entendu les paroles du professeur, elle n'avait pas vu toute la démonstration. De plus, il s'était livré à l'expérience sur une femme morte.

Pourtant, elle n'avait guère le choix. Marina et son enfant avaient une chance minime de survivre. Il ne fallait pas renoncer.

— Nilo, va me chercher une bassine d'eau propre et une bouteille de *grappa*.

Elle lui lança sa bourse en cuir. Dès qu'il fut sorti, elle retroussa sa robe. Les quelques pansements qu'elle transportait dans sa mallette ne suffiraient pas à arrêter l'hémorragie. À la stupeur des autres femmes, Bianca ôta ses épais bas de laine et déchira un pan de sa robe. Au retour de Nilo, elle administra une généreuse rasade d'alcool à sa patiente. Puis, implorant le Ciel, elle se posta au pied du lit, souleva le drap et se mit au travail.

Une heure plus tard, épuisée, Bianca se demandait quel saint patron de la nativité l'avait entendue. Marina tenait son superbe bébé contre son sein tandis que Bianca finissait de recoudre l'accouchée. Des années plus tard, Marina exhiberait fièrement sa cicatrice en expliquant que son fils était né comme Jules César. Pour l'heure, ayant absorbé une grande quantité de *grappa*, elle se remettait peu à peu de son calvaire.

— Merci, mon Dieu… marmonna-t-elle, en larmes. Mon enfant est vivant…

À l'issue de l'intervention, une idée avait germé dans l'esprit de Bianca. En tant que future comtesse d'Aoste, elle se devait d'avoir une femme de chambre. Ian n'y verrait certainement aucun inconvénient. Bien qu'issue d'une famille noble, Bianca n'avait jamais eu de servante. Certes, Marina ne serait pas rétablie avant un certain temps, mais elle guérirait dans de meilleures conditions au palais Foscari. Bianca pourrait ainsi veiller sur la santé de la mère et de l'enfant. Le plus délicat serait de les déplacer si vite après l'accouchement.

En présentant son projet à la jeune femme, Bianca ne s'attendait pas à ce qu'elle refuse.

— C'est impossible, madame. Je ne connais qu'un seul métier. Le plus vieux du monde, dit-on. J'ignore tout des tâches d'une femme de chambre.

— Et moi, je n'ai jamais eu de femme de chambre, alors le problème est réglé. Nous apprendrons ensemble.

Bianca eut bien du mal à convaincre Marina d'accepter son offre. La jeune femme redoutait de commettre quelque bévue. Par-dessus tout, elle craignait d'avoir à faire la révérence. Bianca lui assura que ce ne serait pas nécessaire. Les deux gondoliers portèrent avec précaution la mère et son enfant dans l'embarcation. Donna Rosa les suivit, leur prodiguant mille conseils. Nilo, qui n'avait encore rien dit, arrêta Bianca sur le pas de la porte.

Il prit la main de sa maîtresse et s'inclina avec toute la gravité de ses treize ans.

— Merci, madame, dit-il d'une voix tremblante.

Se détournant vivement pour que Bianca ne le voie pas pleurer, il s'essuya maladroitement les yeux du revers de la manche.

— Rentrons au palais, lança Bianca. Dépêche-toi. La gondole nous attend.

Le temps s'était dégradé. La pluie tombait dru et la tempête ne semblait pas vouloir se calmer. Soudain, des éclairs se mirent à zébrer le ciel. Bianca entendit le grondement du tonnerre, puis tout s'assombrit autour d'elle.

12

Au fil des mois, Ian avait fini par s'habituer aux cauchemars qui hantaient ses nuits. Aussi ne réalisat-il pas tout de suite que les cris et les bruits de pas qu'il entendait étaient réels. Cette agitation insolite l'alarma, puis les événements de la veille lui revinrent en mémoire. Nageant dans un bien-être merveilleux, il tendit paresseusement la main pour caresser Bianca. Il aurait bien le temps ensuite de se lever pour découvrir l'origine de ce vacarme. À sa grande surprise, la place de la jeune femme était vide.

— Bianca? appela-t-il dans la chambre déserte. Bianca? Vous êtes là?

Encore une de ses manigances destinées à le rendre fou, songea-t-il. La petite sorcière avait attendu qu'il dorme à poings fermés pour provoquer un scandale dans toute la maison et le réveiller en plein sommeil. Avant qu'il puisse réagir, on frappa un grand coup à la porte. Giorgio pénétra aussitôt dans la pièce, l'air affolé.

Les deux hommes, qui avaient grandi ensemble, étaient très complices. Giorgio faisait parfois preuve d'une certaine familiarité, même s'il restait toujours respectueux. Il était le seul domestique du palais à pouvoir taquiner Ian sans s'attirer ses foudres.

— Je crois que vous allez avoir besoin de ceci, déclara-t-il en lui tendant ses vêtements. C'est étrange, mais je les ai retrouvés éparpillés dans la bibliothèque, devant la cheminée, fit-il avec un petit sourire narquois.

Ignorant la remarque, Ian s'empara de ses habits et s'habilla à la hâte.

— Que diable se passe-t-il ici?

Toute trace d'amusement disparut du visage de Giorgio.

— L'entrepôt des Arboretti, à l'arsenal, vient de sauter. L'explosion a eu lieu vers 6 heures, ce matin. Le bâtiment a pris feu instantanément. L'incendie n'est pas aussi important qu'en 1563, car une partie du sol était inondé à cause de la pluie. M. Tristan a envoyé un messager au palais. Quant à votre frère, il est déjà parti là-bas. J'ignorais où vous dormiez, sinon je vous aurais réveillé plus tôt. Vos oncles vous attendent dans la gondole.

— Et Bianca? Où est-elle?

— Vous êtes mieux placé que moi pour le savoir, Monseigneur. En tout cas, il manque une gondole et deux gondoliers.

Furieux, Ian serra les dents, puis il se détendit. Si Bianca avait voulu s'enfuir du palais, elle n'aurait pas fait appel à ses domestiques. À moins que ce ne fût l'une de ses ruses. Cette femme était capable de tout, se dit-il, sans vraiment y croire. Lui avait-elle joué la comédie de l'innocence ? Était-elle à ce point bonne actrice ? La voix de Giorgio interrompit le cours de ses pensées.

— Regardez, Monseigneur. Voici peut-être la clé du mystère.

Il lui montra le pendentif en topaze des Foscari, ainsi que le message qui l'accompagnait. Ian se réjouit de constater que Bianca n'était pas une voleuse. Les doigts tremblants, il se tourna vers la lumière pour lire le billet. En l'espace d'une seconde, divers sentiments se succédèrent en lui : le soulagement, la rage, et enfin la peur. Comment sa fiancée osait-elle sortir seule dans la tourmente ? Comment osait-elle se mettre en danger ?

— Enfer et damnation… marmonna-t-il.

Sans rien ajouter, il quitta précipitamment la chambre.

Francesco, Roberto et Ian voguèrent vers l'arsenal dans un silence de mort. Malgré leur différend de la veille, il ne subsistait aucune rancœur entre eux, mais chacun était trop préoccupé par l'urgence de la situation pour avoir envie de bavarder. En réveillant les deux médecins pour leur annoncer que l'entrepôt avait brûlé, Giorgio leur avait également appris qu'il avait retrouvé les vêtements épars des fiancés dans la bibliothèque. Les chaperons brûlaient d'envie de féliciter Ian pour sa conquête, mais ils savaient qu'il avait d'autres soucis. Cette explosion allait faire perdre bien plus que des marchandises à la société. Seules deux entreprises avaient le privilège d'entreposer et de vendre des munitions dans Venise. Les autorités mèneraient certainement une enquête minutieuse pour décider si les Arboretti devaient conserver ce privilège. Leurs prochaines négociations seraient examinées à la loupe. Ils n'avaient rien à se reprocher, mais certains de leurs clients habituels verraient sans doute cette enquête d'un mauvais œil. Connaissant leur neveu, les deux oncles étaient persuadés que Ian réfléchissait à un moyen de minimiser les dégâts quand il se mit à maugréer :

— J'espère qu'elle est encore en vie, ne serait-ce que pour avoir le plaisir de lui tordre le cou moi-même.

— Quelle bonne idée ! railla Roberto en hochant la tête.

— Tu parles sans doute de Bianca, fit Francesco en masquant son amusement. Quels défauts vas-tu lui trouver, à présent ? Aurait-elle lancé des démons à tes trousses, cette nuit ?

Sans répondre, Ian replongea dans ses réflexions, avant de demander à brûle-pourpoint :

— Comment de temps faut-il pour mettre un enfant au monde ?

Cette question incongrue laissa d'abord les médecins sans voix.

— Entre deux heures et deux jours. Tout dépend des circonstances, expliqua enfin Roberto. Pourquoi cet intérêt soudain pour la maternité ?

L'expression grave de son neveu l'inquiétait de plus en plus.

— Il y a trois heures, votre précieuse Bianca a quitté le palais pour aller accoucher une femme. Une prostituée qui habite une baraque, dans le quartier de l'arsenal. Peut-être y est-elle encore.

La pluie avait cessé de marteler la cabine de la gondole. Silencieux, les trois hommes continuèrent leur route jusqu'au port. Ils ne voyaient toujours rien, mais le bruit qui régnait dans le quartier devenait de plus en plus assourdissant : voix d'hommes criant des ordres, pleurs d'enfants, réfugiés courant en tous sens, bâtiments qui s'écroulaient.

Les gondoliers se frayèrent un chemin parmi les embarcations qui grouillaient à l'entrée de l'arsenal. Ils s'arrêtèrent devant l'église Santa Maria, près de la barrière, où un hôpital de fortune venait d'être installé.

Roberto et Francesco débarquèrent pour mettre leurs compétences médicales au service des blessés.

Ian scruta les alentours. Un groupe de nonnes s'efforçait d'aider les malheureux qui affluaient de toutes parts, à pied ou en charrette. Elles obéissaient aux ordres d'une frêle silhouette qui dispensait mille recommandations d'une voix assurée. Ian se demandait comment cette petite femme pouvait avoir une telle autorité, puis, soudain, il comprit. Avec ses pieds nus, sa robe déchirée, sa tête entourée d'un bandage sale, ses cheveux noirs de suie, elle ne ressemblait en rien à la Bianca qu'il connaissait. Pourtant, il sentait que c'était elle. En voyant les deux médecins approcher, la jeune femme courut vers eux.

— Dieu merci, vous êtes là ! s'exclama-t-elle en leur sautant au cou. C'est une catastrophe. Le médecin du port et son personnel ont été mes premiers patients. La seule infirmière est blessée. La plupart des gens souffrent de graves brûlures, mais certains ont aussi des membres fracturés. Heureusement, nous ne déplorons encore aucun mort.

Roberto tendit la main vers la tête de Bianca, qui grimaça de douleur.

— Vous devriez être allongée, dit-il d'un ton sévère.

— Mais non, répondit-elle. Ce n'est pas très grave. Je me suis simplement évanouie quand… quelque chose m'est tombé dessus.

— Quoi donc ?

— La façade d'un bâtiment, précisa-t-elle à contre-cœur. Mais Nilo m'a ranimée au bout d'une minute. Comme vous pouvez le constater, je suis en parfaite santé. Ne perdons pas de temps en bavardages inutiles.

Tous trois hâtèrent le pas vers l'hôpital de fortune. Bianca présenta à ses chaperons les personnes qui l'assistaient. Francesco et Roberto disparurent dans la foule, mais Ian continua à suivre Bianca du regard.

Son soulagement de la savoir en vie céda vite le pas à la colère. Pourquoi cette écervelée avait-elle pris des risques aussi inconsidérés ? Il fallait être fou pour s'aventurer dans le quartier du port sans escorte ! De plus, elle ne lui avait même pas demandé la permission de s'absenter du palais. Après tout, elle demeurait sa prisonnière, malgré l'évolution de leurs rapports. Il renonça toutefois à aller la tancer vertement, car il lui restait un travail colossal à accomplir. Ses reproches pouvaient attendre.

Ian se dirigea d'un pas décidé vers le sinistre. Une épaisse fumée âcre flottait dans l'air, et il dut se couvrir la bouche et le nez d'un pan de sa chemise pour ne pas suffoquer. Les bâtiments qui menaçaient de prendre feu étaient arrosés d'eau. À sa gauche, il vit un groupe de marins tenter d'éteindre l'incendie de la coque d'un navire inachevé. Plus loin, d'autres faisaient la chaîne pour sauver un bâtiment en flammes. Un jeune garçon pliait sous le poids d'un seau d'eau. Ian se précipita à sa rescousse et se joignit aux hommes. Ensemble, ils réussirent péniblement à éteindre l'incendie, puis ils s'attaquèrent à un autre feu, et à un autre encore. Autour d'eux, tout le monde s'affairait.

Au bout de quelques heures, le feu fut enfin maîtrisé. Les hommes se dispersèrent en silence. Certains se rendirent à l'hôpital pour faire panser leurs blessures, d'autres partirent à la recherche de leurs proches, beaucoup s'écroulèrent de fatigue. Ian marchait en direction de l'entrepôt des Arboretti quand il entendit un gémissement derrière lui. En se retournant, il découvrit une ancienne baraque dont ne subsistait qu'une carcasse noire et fumante. Une moitié du bâtiment s'était écroulée. À l'étage, il distingua la silhouette d'une petite fille. L'enfant était prisonnière des ruines, car l'éboulement avait emporté l'escalier.

— Saute, petite ! cria-t-il. Je vais te rattraper. N'aie pas peur ! Je suis là.

D'abord, l'enfant ne comprit pas ses paroles. Puis, apeurée, elle secoua négativement la tête.

Ian essaya de la convaincre, tout en fustigeant mentalement cet entêtement typiquement féminin. À bout d'arguments, il examina le bâtiment pour trouver un moyen de rejoindre la petite fille. Par chance, il pouvait escalader la paroi en se tenant aux planches les moins endommagées. Il y parvint à grand-peine, sentant avec inquiétude la carcasse craquer sous son poids tandis qu'il approchait de la fillette terrifiée.

Elle ne sanglotait plus, se contentant de l'observer, les yeux écarquillés. Dès qu'il la rejoignit, elle courut vers lui et éclata en sanglots.

— Non, je t'en prie, ne pleure pas, implora Ian, désespéré.

Pourquoi fallait-il que les femmes, dès leur plus jeune âge, fondent en larmes pour un oui ou pour un non ? songea-t-il avec amertume, même si cette représentante de la gent féminine n'avait pas plus de six ans. Il cherchait des yeux une personne à qui remettre son précieux fardeau lorsqu'il aperçut Christopher dans un nuage de fumée.

— Par ici ! lui cria-t-il en agitant le bras. Toi qui sais t'y prendre avec les femmes, fais en sorte que cette demoiselle arrête de pleurer.

Christopher était fasciné par cette scène incongrue. Voir son frère aussi désarmé face à une fillette était un spectacle pour le moins distrayant. Mais Ian semblait si embarrassé et si impuissant qu'il eut pitié de lui. Il tendit les bras vers l'enfant et dit d'un ton rassurant :

— Saute, mon ange ! Viens vite ! Ne crains rien.

Comme si Christopher avait prononcé quelque formule magique, la fillette s'élança sans la moindre hésitation et tomba dans les bras du jeune homme. Elle le dévisagea un instant, puis se libéra de son étreinte et prit ses jambes à son cou. Elle se noya rapidement dans la foule qui tentait de quitter l'arsenal. Ian secoua la tête, écœuré par les pouvoirs de séduction de son frère et par la perfidie des femmes. Soudain, une planche céda sous lui, et il s'écroula dans une pluie de débris et de poussière.

— Plus jamais je n'aiderai une autre de ces créatures du démon, marmonna-t-il tandis que son frère se précipitait vers lui.

Quand Christopher se fut assuré que Ian n'avait rien de cassé, les deux jeunes gens se rendirent à l'entrepôt.

— Giorgio m'a dit que Bianca avait disparu, déclara Christopher en chemin, sans cacher son inquiétude.

— Ah, les femmes… grommela Ian. Bianca a réussi à t'envoûter, toi aussi ? Ne perds pas ton temps à te faire du souci pour elle. Ma tendre fiancée est dans son élément, entourée d'éclopés et de blessés, sur le porche de l'église Santa Maria. Les femmes adorent ce genre de situations.

Christopher, bien qu'il ne comprît pas comment sa future belle-sœur s'était retrouvée si vite dans le feu de l'action, préféra ne pas poser de questions. Mieux valait ne pas provoquer le courroux de son frère.

— En fait, je te cherchais, dit-il. Il y a quelque chose qui cloche sur les lieux de l'explosion. Figure-toi que les dégâts ne sont pas aussi importants qu'on aurait pu le croire. Bref, nous avons besoin de ton avis d'expert.

Au cours de son adolescence, Ian s'était pris de passion pour les explosifs. Il avait même passé tout un été enfermé dans son laboratoire pour mettre au point une nouvelle forme de poudre à canon. Ses premières expériences n'avaient convaincu personne, à l'exception de deux lapins qui avaient quitté leur terrier en toute hâte. Après quelques modifications, Ian était parvenu à faire exploser un monument en pierre de fort mauvais goût, qu'un de leurs ancêtres avait érigé dans leur propriété à la montagne. Cette poudre à canon présentait l'avantage de ne pas craindre l'humidité. Grâce à l'invention de Ian, les Arboretti avaient obtenu le privilège de vendre et d'entreposer leurs marchandises à Venise. Et cette même poudre venait d'anéantir l'œuvre des deux frères.

Tristan, Sebastian et Miles se trouvaient déjà à l'entrepôt. En observant les ruines de l'édifice, Ian dut admettre que Christopher avait raison. Le bâtiment était bourré de poudre, car un envoi de munitions vers l'Angleterre avait été annulé quelques jours auparavant. Il y avait de quoi réduire en cendres le port tout entier. Pourtant, la façade de l'entrepôt était intacte, ainsi qu'un pan de mur.

Ian entra pour mieux constater l'étendue des dommages. Il examina les traces noires laissées par l'explosion, cherchant les raisons de cet échec partiel. Il ne vit que deux explications : soit la poudre avait perdu de son efficacité à cause d'un facteur inconnu, soit l'entrepôt contenait moins d'explosif qu'ils ne le pensaient. Ian s'enorgueillissait de la qualité de sa poudre et il aurait été peiné d'apprendre que son invention n'était pas parfaite, mais il aurait préféré cette solution, car la seconde était plus que troublante. Les Arboretti tenaient une comptabilité très précise, surtout quand il s'agissait de produits rares et chers. De plus, Ian contrôlait lui-même les expéditions de poudre. Il devait se rendre à l'évidence : on avait dérobé plus de la moitié des réserves, environ sept tonnes de poudre.

La mâchoire crispée, il fit part de ses conclusions à ses compagnons. Aussitôt, les questions fusèrent. Qui était responsable de cet attentat ? Pourquoi voler une partie de la marchandise et non la totalité ? L'entrepôt des Arboretti se situant sur le territoire de Venise, ils ne pouvaient engager de gardes privés. Seule l'armée surveillait les locaux. Tristan et Miles avaient mené une enquête dans le voisinage. Personne n'avait aperçu d'individu suspect aux alentours, ce jour-là. De toute façon, les Arboretti n'avaient que peu de chances de trouver un témoin qui n'ait pas été corrompu. Miles rejeta ses cheveux en arrière et se mit à réfléchir à voix haute :

— Je me demande pourquoi ils n'ont pas emporté toute la poudre… Peut-être n'avaient-ils pas la possibilité d'écouler beaucoup de marchandise, à moins qu'ils n'aient manqué de place pour l'entreposer. Dans ce cas, ils n'auraient volé que la quantité dont ils avaient besoin.

— S'ils n'avaient qu'un petit bateau... hasarda Sebastian, dont les yeux bleus brillaient de colère.

— Il existe une autre possibilité, dit Ian, le front plissé. Et bien moins fantaisiste. Imaginez que cette explosion soit le fruit d'un acte de malveillance. Cela expliquerait qu'il reste de la poudre. À mon avis, c'est une piste intéressante. Le coupable devait vouloir se venger des Arboretti.

— Il n'a certainement pas utilisé toute la poudre qu'il a subtilisée. Sans doute en a-t-il vendu une partie au marché noir, suggéra Christopher. Ainsi, il faisait d'une pierre deux coups : nous nuire et réaliser un certain bénéfice.

— Espérons que ce soit le cas, conclut Ian d'un air grave. Et s'il avait l'intention de provoquer une nouvelle explosion avec le reste de la poudre ? Nous sommes des cibles rêvées.

Les Arboretti gardèrent le silence. L'idée qu'on essayait peut-être de les tuer les effrayait. Ils quittèrent le bâtiment dévasté et gagnèrent l'embarcadère. Même Tristan ne parvint pas à dérider ses cousins. Sebastian, que son intelligence et son habileté à faire parler les gens désignaient comme l'enquêteur privilégié, affichait une mine encore plus sombre que les autres.

En consultant sa montre, Ian constata qu'ils étaient là depuis quatre heures. Les incendies avaient été maîtrisés. Les équipes d'ouvriers reprenaient le travail. Épuisés, les Arboretti se dispersèrent et montèrent dans leurs gondoles respectives. Tous avaient besoin de repos. Mais Ian, refusant de rentrer au palais avec Christopher, se dirigea vers l'église Santa Maria. Il était temps de tordre le cou de Bianca.

Sur le parvis de l'église régnait un indescriptible chaos : traînées de sang, corps meurtris, râles de douleur, larmes... Ian se fraya un chemin parmi la foule des blessés. Une fois dans l'église, il aperçut enfin la frêle silhouette qu'il cherchait. En la voyant si vulnérable, la tête bandée et les pieds nus, il eut soudain beaucoup moins envie de l'étrangler.

Il s'approcha d'elle et attendit qu'elle ait terminé de poser un pansement sur le bras brûlé d'un marin. Puis il posa les mains sur ses épaules pour la faire pivoter face à lui. Il imaginait déjà la scène : ses yeux pleins de douceur croisant le regard bleu et froid de son fiancé. Aussitôt, elle se mettrait à trembler de peur. Telle était l'idée romanesque qu'il s'était faite de leurs retrouvailles après l'épreuve qu'ils venaient de traverser. Mais, à sa grande surprise, Bianca le foudroya du regard.

— Lâchez-moi, Aoste !

Qu'elle emploie son titre le choqua plus encore que sa conduite déroutante. Il lui obéit machinalement et resta planté là, impatient d'entendre ses explications.

Non seulement la jeune femme ne dit rien, mais elle tourna les talons et s'éloigna. C'en était trop, même pour un homme flegmatique et posé. Cette fois, Ian la saisit par le bras et l'attira contre lui, la soulevant de terre. Sous le regard ahuri des patients, des nonnes et de ses oncles, il emmena la jeune femme folle de rage, qui se débattait comme un animal pris au piège. Une fois dans sa gondole, il la poussa dans la cabine et ordonna à ses hommes de démarrer. Alors qu'elle tentait de s'enfuir, il rattrapa Bianca par les chevilles. Depuis le parvis de l'église, ses oncles observaient la scène, médusés.

— Vous savez nager ? demanda Ian, refusant obstinément de lâcher prise.

Ulcérée, Bianca répliqua qu'elle préférait se noyer dans le Grand Canal plutôt que de partager une gondole avec son ravisseur.

— Moi, au moins, je ne suis pas un meurtrier ! rétorqua Ian avec froideur.

— Vraiment, Monseigneur ? Vous croyez que nul n'a péri des suites de l'explosion de votre précieux entrepôt ? Personnellement, j'ai dénombré vingt-cinq victimes. C'est-à-dire plus de quatre morts pour chacun des Arboretti.

Elle prononça leur nom avec un tel mépris que Ian sentit sa gorge se nouer. Puis, songeant à la théorie qu'il venait d'élaborer, il la dévisagea, les yeux plissés. Bianca avait quitté la maison aux premières lueurs de l'aube. Toutefois, si elle avait elle-même fait exploser l'entrepôt, elle n'aurait pas laissé un message indiquant sa destination. Et elle ne se serait pas attardée sur le lieu de son forfait. Cependant, là était peut-être l'aspect machiavélique de l'affaire…

— Vous nous détestez, n'est-ce pas? déclara-t-il malgré lui. C'est vous qui avez provoqué cette explosion, dans le seul but de nous nuire.

Ian eut enfin le plaisir de voir la jeune femme frissonner. Mais elle frémissait de colère, pas de peur. Jamais elle n'avait connu une telle rage. Ses mains tremblaient tant qu'elle n'aurait pu le frapper de ses poings. Elle prit une profonde inspiration et lui lança un regard meurtrier.

— Je ne vous aurais pas cru capable de tant de bassesse. Vous essayez de vous disculper en me faisant porter le chapeau. Pour quelle raison aurais-je déclenché cette catastrophe? Pour le plaisir de recoudre des plaies béantes, de bander des bras fracturés, d'écouter les cris de douleur de ces malheureux pendant des heures?

Ian ignora ces paroles sensées. Il regrettait déjà de s'être emporté, mais se refusait à l'avouer. Il décida d'éluder les questions de Bianca.

— Qu'entendez-vous par « me disculper »? Vous ne prétendez tout de même pas que c'est moi qui ai mis le feu à mon propre entrepôt?

— Non, Monseigneur. Je ne suis pas si stupide. Mais vous connaissez fort bien le danger que représente une telle quantité de poudre. Pourtant, vous persistez à la stocker au cœur du port, le quartier le plus peuplé et le plus pauvre de la ville. Vous vous moquez éperdument de la vie des autres. Car vous savez très bien quels risques vous faites courir à la population ! Même une simple femme comme moi peut comprendre une évidence aussi flagrante.

Voyant qu'il ne répondait pas, elle reprit :

— Pourriez-vous entreposer cette marchandise sous votre propre toit ?

— Bien sûr que non. C'est strictement interdit. Vous n'ignorez pas que les explosifs sont proscrits dans notre quartier.

— La vie des nantis de Venise a donc plus de valeur que celle des pauvres ? La riche veuve Falentini mérite une meilleure protection que les veuves des marins du port ?

Ian était à court d'arguments. Bianca avait raison : d'une certaine façon, il était coupable. Toutefois, il n'avait pas l'intention d'évoquer plus longtemps ce sujet épineux. Il s'adossa aux coussins en velours de la gondole et tenta de détourner la conversation.

— Étant donné que vous êtes impliquée dans une affaire de meurtre, vous êtes plutôt mal placée pour juger les autres. Je vous dispense de vos commentaires sur mon attitude et sur la politique de la ville de Venise, *carissima*, déclara-t-il d'un ton ironique. Quant à votre conduite... voilà un sujet de discussion passionnant. Qui vous a permis de vous éclipser du palais, ce matin, sans escorte ? Ne me dites pas que personne ne pouvait vous accompagner. Grâce à vos manœuvres perfides, j'étais juste à côté de vous, dans votre lit. Vous espériez peut-être que je vous laisserais me manipuler à votre guise après cette nuit de luxure ?

Bianca avait mal à la tête, la gorge nouée, les muscles courbatus, mais ces douleurs n'étaient rien par rapport au désespoir qui l'étreignit en entendant ces paroles cruelles. Ces allusions narquoises à leur nuit d'amour la blessaient profondément. Elle ne se faisait pourtant pas d'illusions. Elle se doutait que Ian n'avait pas trouvé ces moments aussi merveilleux qu'elle. Cependant, ses accusations dépassaient les bornes.

Bianca s'était montrée honnête, s'était donnée à lui corps et âme. Et lui l'avait faite sienne sans la moindre réticence, lui murmurant des paroles sensuelles, des compliments, même des mots d'amour.

Elle lui répondit, d'un ton posé qui ne trahissait rien de ses tourments :

— En l'espace de dix heures, Monseigneur, j'ai perdu ma virginité, j'ai mis un enfant au monde dans des conditions extrêmement difficiles, je me suis retrouvée enfouie sous les décombres d'une maison, j'ai installé un hôpital de fortune, soigné des blessures, pansé deux cents brûlures, bandé cinquante bras cassés, ôté un appendice infecté, recousu la jambe d'une jeune fille. Je suis flattée que vous ayez une si haute opinion de mes capacités, mais je vous assure que je ne vous ai pas séduit par intérêt. J'en serais bien incapable. Je suis trop inexpérimentée en la matière.

Elle soupira, puis reprit :

— Par ailleurs, j'ignorais qu'il me fallait votre permission et une escorte pour sortir du palais. Je suis partie en catastrophe. Cinq minutes de plus, et la jeune mère mourait avec l'enfant qu'elle portait. Vos règles rigides passent-elles vraiment avant deux vies humaines ?

Cette question ne contenait ni provocation ni sournoiserie, simplement une réelle curiosité. Bianca soutint le regard de Ian avec courage. En son for intérieur, il dut admettre qu'il était allé un peu loin dans ses accusations. C'était bien lui qui avait orchestré cette nuit avec la jeune femme. En fait, son attitude agressive dissimulait ses remords, ses doutes, son désespoir et une immense douleur. La colère était présente, certes, mais il se sentait surtout soulagé de la savoir saine et sauve et de constater qu'elle ne l'avait pas abandonné. Enfin, qu'elle ne se soit pas échappée.

— Il n'est pas question que cet incident se reproduise, dit-il.

Bianca préféra ignorer le ton péremptoire de cette déclaration.

— Je ne peux rien vous promettre, Monseigneur. De quel droit contrôleriez-vous mes déplacements ?

— Même si je n'avais pas la loi de mon côté, n'oubliez pas que je suis votre fiancé. Il me paraît évident que vous n'êtes pas apte à agir seule.

Ian baissa les yeux sur les chevilles nues de la jeune femme, ses pieds sales, sa robe déchirée, puis son regard s'arrêta sur son bandage de fortune.

— Nous vivons des événements exceptionnels, Monseigneur. On ne voit pas tous les jours de riches libertins faire sauter des entrepôts de poudre.

Le comte ne releva pas sa remarque.

— Dorénavant, vous me ferez part de toutes vos sorties, ordonna-t-il. Et vous serez toujours accompagnée d'un garde. Un adulte, pas ce petit sauvageon que vous avez ramassé Dieu sait où.

— Ce sont vos oncles qui l'ont déniché. Oseriez-vous remettre en cause le bon jugement de mes chaperons ?

— Je m'en moque. Ce gamin n'est pas de taille à vous protéger.

— Soyez raisonnable, Monseigneur. Je mène une enquête qui exige une extrême discrétion. Je ne peux pas me promener en ville avec une escorte. Heureusement que je n'ai pas l'esprit aussi mal tourné que le vôtre, sinon je jurerais que vous cherchez à me freiner dans mon travail afin que je ne réussisse jamais à prouver mon innocence.

— Vous m'obéirez, fit-il sèchement.

— Peut-être.

Un silence pesant s'installa entre les fiancés. Ian scruta la jeune femme.

Elle était sale, négligée et décoiffée, mais toujours aussi belle.

En un éclair, il eut une idée de génie. Depuis le début, il possédait le moyen de la manipuler. Comment n'y avait-il pas pensé plus tôt ? C'était précisément en prévision de telles situations qu'il avait concocté son plan, la veille. Il n'arriverait à rien en faisant appel à la raison de Bianca, alors il allait faire appel à son corps, à ses sens en éveil. Ian se leva pour murmurer quelques ordres aux gondoliers, puis revint dans la cabine. Il ferma les rideaux et prit la jeune femme dans ses bras.

D'abord, elle lui résista. Rassemblant ses dernières forces, elle resta plantée sur son siège. Mais, très vite, elle céda à ses avances. Elle était trop fatiguée pour le repousser. Le contact des mains de Ian, le parfum ambré de sa peau, la chaleur de son corps l'attiraient irrésistiblement. Toutefois, elle préféra garder une attitude inerte et passive. Ainsi, il ne pourrait plus l'accuser de vouloir le séduire.

Ian, étonné par cette apathie inattendue, posa la tête de la jeune femme sur son torse et lui caressa tendrement les cheveux. Il lui massa la nuque pour apaiser sa tension, puis le dos. Bianca savoura chacun de ses gestes.

Doucement, ses mains glissèrent sur ses hanches, ses cuisses, s'arrêtant à ses pieds. Jamais Bianca n'aurait imaginé que cette partie de son corps puisse être le siège de sensations aussi délicieuses. Ian frotta du pouce ses voûtes plantaires. Ses doigts s'activèrent avec précision sur ses orteils. Toute fatigue s'envola comme par enchantement. Soudain, les mains de Ian remontèrent sur ses cuisses, sous sa robe. Elle ne put réprimer un gémissement d'aise. Dès qu'il s'aventura plus haut, elle eut toutes les peines du monde à ne pas crier de bonheur. Lentement, il se mit à la caresser de ses doigts experts, faisant monter en elle une onde de plaisir intense. Elle se mordit les lèvres. Incapable de se retenir, elle s'entendit alors le supplier d'aller plus loin.

— Cela vous plaît, n'est-ce pas ? demanda-t-il d'une voix suave, sans cesser de la caresser.

— Oh, oui… Je vous en prie, continuez…

Ian sourit, le visage enfoui dans la chevelure emmêlée de la jeune femme. Comme le souffle de sa compagne s'accélérait, il ôta sa main.

— Non, non… implora-t-elle.

Le comte porta ses doigts à sa bouche. Sous les yeux de la jeune femme, il suça son index humide.

— Délicieux, souffla-t-il d'un ton rauque.

Elle se cambra de désir contre lui, puis s'immobilisa, tandis qu'il s'approchait de son oreille et lui décrivait tout ce qu'il brûlait de lui faire. Il avait envie de la caresser pour l'amener au bord de l'extase, avant de la pénétrer en la serrant contre lui, tout en effleurant ses mamelons du bout de la langue.

— Cela vous plairait ? murmura-t-il en frôlant son oreille, son cou et son épaule de ses lèvres fiévreuses.

Bianca hocha la tête, incapable d'articuler un mot.

— Vous promettez de ne pas quitter la maison sans ma permission ? demanda-t-il.

Bianca aurait tout accepté pour connaître à nouveau le plaisir qu'il lui offrait.

— Mais c'est du chantage… ou de la corruption, gémit-elle.

— Disons qu'il s'agit d'un accord entre nous, répondit-il. Tout le monde y trouve son compte.

Bianca jugea le marché équitable. Depuis la seconde où Ian l'avait touchée, elle n'avait plus toute sa lucidité. Pourtant, par principe, elle refusait de céder sans résister un peu. Pendant un instant, elle caressa son torse à travers sa chemise, puis elle posa ses conditions.

— Pourrai-je jouir une première fois, puis une seconde quand vous serez en moi ?

Ian comprit alors qu'il avait gagné.

— Vous êtes bien gourmande, commenta-t-il en glissant une main ferme entre ses cuisses.

La jeune femme atteignit l'extase presque aussitôt. Son fiancé s'en réjouit, car il avait toutes les peines du monde à contenir son désir. Il aimait la façon qu'avait Bianca d'écarquiller les yeux dans le plaisir, de pousser des plaintes et de petits cris stridents.

Bianca s'affairait déjà sur les lacets de ses hauts-de-chausses. À sa grande surprise, Ian constatait que ces rapports répétés n'atténuaient en rien sa propre ardeur. À la bonne heure, songea-t-il. Plus il posséderait son corps de rêve, plus la jeune femme serait à sa merci. Avec une fougue décuplée, il s'enfouit en elle.

Allongé sur le siège de la gondole, il laissa sa fiancée le chevaucher. Bianca rejeta la tête en arrière, les yeux fermés, et se mit à décrire des cercles avec ses hanches. Ian la pénétra plus profondément, les mains crispées sur ses reins. Bianca lui prit la main et la porta à ses lèvres. Elle embrassa chaque doigt, puis lui caressa la paume de la pointe de la langue, goûtant la saveur salée de sa peau. Ian eut soudain envie de la serrer dans ses bras. Il l'attira vers lui et accentua ses coups de reins. Elle se fondit en lui, s'abandonnant à leur union. Enfin, au seuil du plaisir, il prononça son prénom pour la première fois.

Après avoir fait le tour de l'île à plusieurs reprises, les gondoliers, soulagés, reçurent le signal de regagner le palais. La pluie tombait à nouveau. L'un des deux hommes envisageait avec délices la sieste qui l'attendait, mais son compagnon avait une dernière tâche à accomplir avant de se reposer. Il se demanda combien de ducats il toucherait pour raconter comment le comte d'Aoste avait passé son temps au cours du trajet de retour. D'ordinaire, les sommes qu'il empochait étaient proportionnelles à l'importance de ses informations. Cette fois, la description des ébats de ses maîtres lui rapporterait sans doute beaucoup. Il ignorait combien de ses collègues acceptaient des rétributions de cet homme inconnu pour divulguer les secrets du palais Foscari, mais ses indiscrétions augmentaient ses revenus déjà généreux. Il songea à la jolie fille qu'il avait déposée chez le comte, la nouvelle femme de chambre de sa maîtresse. Encore du travail en perspective…

En débarquant, Ian fronça les sourcils. Un son étrange parvenait à ses oreilles.

— Quel est ce vacarme ? grommela-t-il.

— Oh, j'ai oublié de vous dire… J'ai engagé une femme de chambre, fit Bianca d'un ton enjoué.

Ian reconnut alors la nature du bruit et se raidit.

— Vous comptez attendre qu'elle ait atteint l'âge adulte ?

— Non. Ce que vous entendez n'est que le bébé de Marina, celui que j'ai mis au monde aujourd'hui. Un très beau petit garçon. Elle l'a baptisé César, mais Ian est son deuxième prénom, en votre honneur, Monseigneur, mentit-elle, espérant l'amadouer.

— Vous avez engagé une femme de chambre qui vient d'accoucher ? C'est ridicule. Elle ne sera bonne à rien avant deux mois.

— Peu importe. Je n'en ai pas vraiment besoin. Je voulais lui offrir un toit décent. Enfin, un toit, tout simplement, car sa maison a été détruite lors de l'explosion.

— Pourquoi s'arrêter là ? Vous n'avez qu'à héberger toutes les femmes sans abri de l'arsenal et les payer à ne rien faire !

— C'est une excellente idée, Monseigneur. Je peux tout organiser d'ici demain, si vous le désirez.

C'en était trop. Les Arboretti étaient victimes d'un complot, il était fiancé à une femme soupçonnée de meurtre, et voilà qu'il y avait un bébé chez lui ! Entre Bianca qui feignait de ne pas comprendre ses sarcasmes et les vagissements du nourrisson, il allait vivre un vrai cauchemar. Posant les yeux sur cette femme superbe qui ne cherchait qu'à lui empoisonner la vie, il gravit les marches du perron. Les horloges du palais sonnèrent midi.

13

Enfermé dans son laboratoire, Ian se demandait comment l'aménager de façon à pouvoir y séjourner confortablement. Se faire monter des repas ne présenterait aucune difficulté. Malheureusement, le moindre espace était déjà occupé par quelque flacon, fiole ou instrument. Il pouvait à peine s'asseoir, alors se coucher... Mais il se consola vite. De toute façon, il aurait été incapable de dormir.

Depuis qu'il était rentré au palais, les vagissements continuels du bébé le rendaient fou. Il avait exigé, en vain, que ce vacarme cesse. Tous les habitants de la maison étaient sous le charme de l'enfant. Ian, lui, le trouvait laid, rougeaud et malodorant. Pour quelque raison obscure, le moindre cri de ce nourrisson faisait naître un sourire béat sur les lèvres de Bianca, de Francesco, de Roberto, de Christopher et, plus étonnant, de Giorgio. Dès que Ian ouvrait la bouche pour donner un ordre à un serviteur, les autres l'obligeaient à se taire : il ne fallait surtout pas réveiller la jeune mère endormie. De guerre lasse, ravalant jurons et menaces, Ian avait fini par se replier dans son laboratoire.

Deux heures plus tard, Ian mourait de faim. De plus, il avait besoin de plusieurs objets rangés dans une autre pièce du palais. Il poussa doucement la porte et resta un instant immobile dans le couloir, à l'affût du moindre bruit. Il entendit une porte se fermer, puis des pas précipités. Une voix d'homme s'éleva. D'autres portes, d'autres voix suivirent. Ce n'étaient que les sons habituels de la maison. Pas de pleurs d'enfant. Peut-être l'avait-on enfin dompté... ou mieux, vendu. Prenant son courage à deux mains, Ian s'aventura sur le palier et descendit les marches, savourant à l'avance son triomphe sur l'adversaire.

À mi-chemin, il croisa Giorgio et lui adressa un sourire amer.

— Je t'ai vu faire des risettes à ce maudit nourrisson. Seigneur, je croyais pouvoir compter sur toi. Toi aussi, tu joues cette triste comédie face à cet enfant ? Comment s'appelle-t-il, déjà ?

— César, répondit Giorgio.

— Cette petite peste... Lui et moi sommes de malheureuses victimes. Notre vie va vite devenir un enfer à cause de ces maudites femmes.

Giorgio marmonna quelques mots dans sa barbe.

— Tu me cherchais ? demanda Ian, furieux. Parle donc ! Aurais-tu perdu ta langue ? À moins que tu ne te sois mis à babiller, toi aussi.

— Et à crachoter, comme vous le faites en ce moment, Monseigneur.

Ian faillit étriper son fidèle valet. Connaissant son maître, celui-ci préféra battre en retraite.

— En réalité, j'étais venu vous informer que vous aviez de la visite. Où voulez-vous recevoir ce monsieur ? Il s'agit du *signore* Valdo Valdone. Il affirme que c'est à propos de l'incendie de l'arsenal.

— Quel importun ! maugréa Ian en se grattant le menton. J'imagine que vous avez enfermé ce sale marmot pour l'après-midi. Puis-je descendre sans prendre le risque qu'il se mette à brailler pendant des heures ?

— J'ai fait entrer votre visiteur dans la bibliothèque, répondit Giorgio. César est endormi à l'office. Je vous garantis que vous ne l'entendrez plus de la journée. De plus, le *signore* Valdone n'est guère en état de monter jusqu'au laboratoire. Il est, disons, d'une stature un peu supérieure à la moyenne.

En pénétrant dans la bibliothèque, Ian constata que la description de Giorgio était bien en dessous de la vérité. Souffrant d'une obésité maladive, Valdo Valdone s'étalait sur un canapé où auraient pu s'asseoir deux personnes de taille normale. En se dirigeant vers son bureau, Ian se rappela ce qu'il savait de son visiteur. Ancien fermier de province, Valdone avait fait fortune en transformant ses plantes en parfums et en onguents. Au lieu de créer des fragrances uniques et précieuses pour les dames de la haute société, il avait choisi de produire en grande quantité des eaux de toilette accessibles aux épouses de marchands et d'artisans. Valdone s'était installé à Venise, où son succès croissant l'avait rapidement fait connaître dans toute la péninsule. On murmurait que la taille de son entreprise prospère était désormais proportionnelle à celle de son propriétaire.

En l'observant de plus près, Ian se dit que tout était à l'image de ce corps monstrueux, car Valdone avait aussi une grosse tête, de grands yeux ronds et des lèvres charnues.

— Monseigneur, je ne me serais jamais imposé chez vous en une journée aussi funeste si cela n'avait été pour un problème de la plus haute importance, déclara-t-il avec force.

Impressionné par sa voix de stentor, Ian lui fit signe de continuer. Valdone se racla la gorge et reprit :

— J'ai entendu dire que vous enquêtiez sur Isabella Bellocchio, que vous recherchiez des renseignements d'ordre privé à son sujet…

Valdone se pencha en avant et lança à Ian un regard menaçant.

— Je tiens à savoir pourquoi, ajouta-t-il.

Ian réfléchit quelques instants, les paroles de son visiteur résonnant encore à ses oreilles, puis il leva la main.

— Je veux bien vous le dire, mais uniquement si vous me révélez les raisons de votre curiosité.

Valdone parcourut la pièce des yeux.

— Ce que je vais vous raconter est strictement confidentiel. Puis-je parler sans crainte ?

— Je me porte garant de ma maison et de mon personnel, répondit Ian d'un air hautain, feignant d'être offusqué.

Le jeune homme mourait de faim, mais la perspective d'inviter cet ogre à partager son repas ne le tentait guère. Il essaya d'expédier cet entretien en se montrant froid et distant. Malheureusement, il n'obtint pas le résultat escompté.

— Bien sûr. Je n'en doute pas, mais… Je préfère vous poser la question sans détour, Monseigneur : rechercheriez-vous, par hasard, l'affection d'Isabella ?

Ian fut étonné par cette suggestion incongrue. Voyant qu'il ne répondait pas, Valdo poursuivit :

— Vous voulez savoir pourquoi je m'intéresse à elle. Eh bien, voilà : je suis amoureux d'Isabella. Jamais je n'ai autant aimé quelqu'un. Même ma pauvre mère...

Il se signa, les larmes aux yeux.

— Je lui ai acheté une maison. Je lui ai offert des cadeaux. J'ai créé un parfum spécialement pour elle. Je suis conscient qu'elle ne m'aime pas en retour, mais elle a de l'affection pour moi.

Valdone s'exprimait avec fierté. Pour la centième fois, Ian se dit que les hommes devenaient vraiment stupides lorsqu'ils aimaient une femme.

— Pourquoi essaierais-je de la séduire si elle vous est attachée ? fit-il, un peu agacé.

— Ainsi, vous la courtisez ! Vous comptez l'épouser, me la voler ?

Ian remarqua soudain que les oreilles de Valdo étaient minuscules par rapport au reste de son corps.

— Je n'ai rien affirmé de la sorte.

— Vous avez suggéré...

En entendant son estomac protester, Ian décida d'abréger l'entretien. Autant dire à Valdo ce qu'il voulait savoir. S'il était le meurtrier en quête de renseignements, il n'apprendrait rien de nouveau. En revanche, s'il n'était pas l'assassin, Ian pouvait lui soutirer des informations cruciales.

— Je n'ai jamais rencontré Isabella Bellocchio et je n'éprouve aucun sentiment pour elle. Je mène cette enquête pour satisfaire ma fiancée qui est, disons, exigeante. Apparemment, Isabella et elle étaient amies. Elles correspondaient et...

— C'est impossible, coupa Valdone. Isabella ne sait ni lire ni écrire !

Ian ignora la remarque, tout en notant mentalement que Valdone était au courant de l'illettrisme de la courtisane.

— Quoi qu'il en soit, elles ont tissé des liens. Ma

fiancée est très inquiète de ne pas avoir de nouvelles de son amie. À sa demande, j'ai fait courir le bruit que je recherchais des renseignements sur Isabella.

— Vous n'avez donc pas l'intention de l'épouser ?

— Seigneur, combien de fois devrai-je vous répéter que je ne l'ai jamais rencontrée ?

— Je suis désolé, Monseigneur. Je voulais simplement en avoir le cœur net. Je vous l'ai dit, je me fais du souci.

Ian n'avait qu'une idée en tête : satisfaire son estomac. Il était temps de donner congé à son visiteur.

— J'espère vous avoir rassuré, déclara-t-il en se levant.

— Pas du tout ! s'exclama Valdo. Comment pourrais-je être rassuré alors qu'elle a disparu ? Cela fait cinq nuits que je ne dors plus. Et je n'ai personne à qui me confier. Si ma femme apprenait ma liaison... En entendant parler de vous, j'ai repris espoir. Puis j'ai voulu avoir la certitude que vous ne tentiez pas de me voler Isabella. Elle ne serait jamais partie sans prévenir. D'habitude, elle me fait porter un message, ou bien Enzo me tient au courant de ses déplacements. Cette fois, j'ai interrogé tout le monde, en vain. Je suis si angoissé que je ne mange plus.

Ian eut presque envie de l'inviter à sa table, mais il se ravisa. Il se contenta de grommeler quelques paroles de sympathie en ajoutant :

— Puis-je faire quelque chose pour vous ?

— Bien sûr ! Vous pouvez la retrouver pour moi. Cela m'est impossible, avec ma femme... Alors, aidez-moi ! Savez-vous où elle est ?

— Pour être franc, mentit Ian, je n'en ai pas la moindre idée. Je n'ai malheureusement obtenu aucun résultat concret. Et vous, auriez-vous une idée ?

— J'ai beaucoup réfléchi. Elle se rend parfois dans un petit pavillon près du lac Majeur. En fait, il offre une vue superbe sur votre magnifique villa, Monseigneur.

Valdo s'interrompit, attendant des remerciements pour ce compliment. Puis, comme son interlocuteur gardait le silence, il continua :

— J'y ai envoyé l'un de mes hommes, mais il n'a relevé aucune trace d'Isabella.

— L'un de ses parents est peut-être malade. À moins qu'elle ne soit allée porter secours à une amie en difficulté ?

— Elle ne m'a rien dit... Attendez ! Elle m'a un jour confié que si son père, un homme très pieux, découvrait sa vie de débauche, il serait fou de colère. Sans doute a-t-il appris la vérité sur sa fille et l'a-t-il emmenée avec lui pour la remettre dans le droit chemin.

Ian savait d'expérience que peu d'hommes résistaient au pouvoir de l'argent, même les plus dévots. Si Isabella avait désormais les moyens de rendre la vie de son père plus douce, celui-ci n'avait aucune raison de la faire changer. Le jeune homme communiqua cette réflexion à son visiteur, qui se rembrunit.

— Et si elle était partie pour une escapade amoureuse avec l'un de ses clients ? suggéra Valdone.

— Cela lui est-il déjà arrivé ?

— Non, jamais, admit l'autre en secouant la tête. Mais on a pu l'entraîner de force. Un homme jaloux ou dément, qui la voudrait pour lui seul, qui chercherait à la séparer de moi... Dans ce cas, elle n'aurait pas eu le temps de laisser un message chez elle.

Ian se tut un instant, avant de demander sèchement :

— À votre avis, comment votre femme a-t-elle su que vous aviez une liaison avec Isabella ?

— Co... comment ? balbutia Valdone. Je n'ai pas parlé de ma femme.

— Toute cette histoire est ridicule ! grommela Ian en frappant du poing sur son bureau. Vous ne pouvez entrer chez moi sans y être invité, me prier de vous aider et me mentir. Vous me prenez donc pour un imbécile ?

— Attendez, attendez! Ne partez pas! supplia Valdone en le voyant se lever pour la deuxième fois. J'ai besoin d'un peu de temps pour me remettre.

Atterré, il baissa la tête et ferma les yeux quelques instants. Puis il se redressa et opina du chef.

— Vous avez raison, Monseigneur. Je soupçonne ma femme. Notre couple est assez inhabituel. Nous nous sommes mariés très jeunes. À l'époque, nous habitions encore à la campagne. C'était la plus jolie fille du village. Les années ont passé. Nous sommes arrivés à Venise... J'ai commencé à regarder ailleurs, à apprécier les femmes plus jeunes.

Ian hocha la tête, se demandant pourquoi il écoutait cet importun.

— Jamais je n'aurais soupçonné Lucrèce, ma femme, si son comportement n'avait pas changé, il y a quinze jours. Elle se montre plus distante. Elle sourit aux anges, comme si elle détenait quelque secret. Elle complote contre moi. C'est une femme très rusée, vous savez, Monseigneur. Plus intelligente que moi. C'est elle qui a eu l'idée de produire des parfums. Elle est capable de tout.

— De tout? Même de violence?

Valdone parut choqué.

— Certainement pas! Elle ne ferait jamais de mal à Isabella. Elle se contenterait de l'écarter de moi.

— Dans quel but?

— Je l'ignore. C'est ce qu'il vous faut découvrir. Je veux savoir où elle est, où ma femme l'a envoyée.

Ian se renfrogna. Il avait la quasi-certitude que Bianca était coupable. Il ne servait pas à grand-chose d'aller interroger cette Lucrèce. Par ailleurs, elle lui divulguerait peut-être une information qui lui permettrait de pousser Bianca aux aveux. Après tout, il n'aurait aucun mal à rencontrer fortuitement cette femme.

— Très bien, déclara-t-il. Je parlerai à votre femme. Vous savez que je donne un bal pour célébrer mes fiançailles, après-demain.

Valdo acquiesça. Tout Venise ne parlait que de cet événement. Le palais Foscari n'avait pas connu de grande cérémonie depuis des années. La ville était en effervescence. Les artisans s'affairaient aux préparatifs. La femme de Valdo avait eu du mal à trouver un tailleur disponible.

— Je pensais que vous annuleriez la réception à cause de l'incendie.

— Il n'en est pas question, affirma Ian avec force, même s'il venait seulement de le décider. Cet attentat est une tragédie, surtout pour les habitants du port, mais mes bâtiments ne sont pas trop touchés. De plus, cette catastrophe n'a rien à voir avec mes fiançailles. Je suppose que vous viendrez accompagné de votre charmante épouse ? Très bien, alors je profiterai de l'occasion pour lui parler.

Ian se leva pour la troisième fois, espérant aller déjeuner, quand Valdo lança :

— J'ai une autre idée.

Abandonnant tout espoir de se restaurer, Ian s'écroula sur son siège. De toute façon, Bianca avait sans doute donné sa part de dessert à ce maudit bébé.

— Il serait peut-être plus facile d'obtenir des informations, de délier les langues, si vous offriez une récompense. Un millier de ducats, disons. Bien sûr, je vous rembourserais cette somme. Mais vous seriez chargé de payer. Ainsi, je ne serais pas directement impliqué.

Ian imaginait déjà le défilé d'indigents devant sa porte, alléchés par l'odeur de l'argent. Il était sur le point de refuser lorsqu'on frappa à la porte de la bibliothèque.

Bianca entra et s'approcha de Ian, ignorant la présence de l'imposant visiteur.

— Monseigneur, nous vous attendons depuis des heures pour passer à table. Je meurs de faim. Envisagez-vous de venir manger ?

C'était un prétexte ridicule. Annoncer le repas au maître de maison était le rôle des domestiques. Et pourquoi feignait-elle de ne pas voir Valdone ? Ian se demanda si elle le connaissait. En tout cas, ce ne pouvait être son complice. Avec sa corpulence, Valdone aurait eu bien du mal à courir sur les toits de Venise en pleine nuit.

— Ah, voici ma charmante fiancée ! *Carissima*, je vous présente le *signore* Valdo Valdone.

Bianca s'inclina poliment et tendit la main à l'obèse.

— Enchantée, déclara-t-elle poliment en dévisageant le protecteur d'Isabella.

Par amitié pour sa défunte amie, elle essaya en vain de se persuader que l'homme n'était pas repoussant.

— Je suis désolée d'avoir interrompu votre entretien, dit-elle sans faire mine de partir. Si j'avais su, j'aurais évité cette intrusion.

— Certainement, répondit Ian d'un ton sec.

Malheureusement, il n'avait pu voir le visage de Bianca quand elle avait salué Valdo. Celui-ci semblait subjugué par sa beauté. Manifestement, il ne l'avait jamais rencontrée.

— M. Valdone a l'intention de proposer une récompense de mille ducats pour toute information sur Isabella Bellocchio, annonça Ian.

Valdo ouvrit la bouche.

— Mais… c'est confidentiel, bredouilla-t-il. Personne ne doit le savoir. Vous m'aviez garanti la plus grande discrétion.

— Mon cher, je fais entièrement confiance à ma fiancée. Nous ne formons qu'un seul être, déclara-t-il avec emphase.

Bianca toussota.

— Très bien, si vous lui faites confiance, admit Valdo.

— C'est une excellente idée, monsieur Valdone, commenta la jeune femme. J'y avais déjà songé, d'ailleurs. J'ai fait circuler la nouvelle que j'offrais trois mille ducats pour tout renseignement sur notre chère Isabella. J'ai obtenu des résultats appréciables.

Du moins espérait-elle en avoir dans l'après-midi, ajouta-t-elle en silence.

— Attendez plutôt que ma récompense soit attribuée. Il est inutile de faire double emploi, conclut-elle à voix haute.

Les deux hommes, étonnés par cette révélation, ne répondirent pas tout de suite. Valdo fut le premier à réagir. Plein de gratitude, il s'extirpa du divan avec peine.

— Madame, votre bonté n'a d'égale que votre beauté. Je me réjouis qu'Isabella ait une amie telle que vous.

Valdo se tourna vers Ian, toujours debout derrière son bureau.

— Vous avez de la chance, Monseigneur. Je vous envie. Merci de votre aide. J'aurai le plaisir de vous revoir lundi.

Il s'inclina respectueusement et quitta la bibliothèque, escorté par le valet que Ian avait appelé.

— Vous croyez qu'il a appris cette formule dans un livre ? demanda Bianca, rompant le silence pesant qui s'était installé dans la pièce.

— Quoi ?

— Ce compliment sur ma beauté qui n'aurait d'égale que ma bonté. J'ai l'impression de l'avoir lu quelque part. À moins que je ne sois simplement flattée.

Décidément, cette femme était folle ! S'il ne se méfiait pas, il allait perdre la raison, lui aussi. Sans répondre, Ian secoua la tête et se dirigea vers la porte.

— Monseigneur ! s'écria Bianca en lui emboîtant le pas. Je ne suis pas vraiment venue vous chercher pour déjeuner. En fait, nous vous attendions bien, mais j'ai aussi quelque chose à vous dire. Enfin, à vous demander, corrigea-t-elle.

Méfiant, Ian plissa les yeux tandis qu'ils descendaient les marches.

— Où avez-vous rencontré Valdo Valdone ?

— Par sainte Barbe ! s'exclama Bianca. Vous étiez présent. Votre mémoire vous joue des tours, Monseigneur. Notre première rencontre s'est déroulée il y a deux minutes à peine, dans votre bibliothèque.

— Quelle impertinence ! Vous osez prétendre ne jamais l'avoir vu ? Alors, pourquoi nous avez-vous interrompus sous un faux prétexte ?

— J'allais vous le dire, répliqua Bianca. Je ne connaissais pas cet homme, mais j'avais entendu parler de lui. C'était un client d'Isabella. Je voulais voir sa tête, par simple curiosité. Je trouve qu'il fait un suspect très crédible. Enfin, pas à vos yeux, car vous avez déjà votre idée sur l'identité du meurtrier.

— S'il a tué sa maîtresse, pourquoi offrir une récompense pour obtenir des renseignements sur elle ? objecta Ian. Il risque d'attirer les soupçons sur lui.

— Bravo, Monseigneur ! Et si vous faisiez preuve de la même logique en ce qui me concerne ? Si j'avais assassiné Isabella, il aurait été stupide de ma part de promettre une récompense, non ?

Ian fut décontenancé.

— La différence, c'est que vous avez tout organisé en cachette. Vous comptiez peut-être traiter vos informations toute seule en achetant le silence des témoins éventuels. D'ailleurs, rien ne me prouve que vous avez effectivement promis une récompense.

Il lui adressa un regard triomphant.

— Je m'étonne que votre large front dissimule un cerveau si petit qu'il ne contienne qu'une seule idée, déclara Bianca.

— C'est votre moyen de défense ? Insulter mes capacités intellectuelles ?

— Vous le faites aussi quand vous refusez d'exploiter ces capacités pour réfléchir un peu, rétorqua-t-elle en le foudroyant du regard.

Pourquoi fallait-il qu'elle lui lance des piques chaque fois qu'elle lui parlait ? songea Bianca, furieuse contre elle-même. Elle n'avait pas de temps à perdre en joutes verbales. Il ne lui restait que peu d'heures pour convaincre Ian de son innocence.

Sur le seuil de la salle à manger, Bianca posa la main sur le bras de son fiancé.

— Pardonnez-moi, dit-elle. J'ai été stupide.

Ian se tourna vers elle. Jamais il n'aurait imaginé l'entendre prononcer de telles paroles. Ce devait encore être quelque stratagème. Pourtant, il se contenta d'un signe de tête indiquant qu'il acceptait ses excuses.

Bianca ouvrit la bouche pour continuer, mais elle surprit une lueur étrange dans les yeux de Ian et se ravisa. Finalement, elle rassembla tout son courage et déclara :

— Comme je vous l'ai dit, je suis venue vous voir dans la bibliothèque pour vous présenter une requête. Ce matin, vous m'avez soutiré une promesse. Je ne puis quitter le palais sans vous en informer. Je vous prie donc de me permettre d'effectuer une petite course, cet après-midi, après le déjeuner. Naturellement, je serai accompagnée de l'escorte de votre choix.

— Où voulez-vous aller ?

— Je préférerais ne pas vous divulguer ce détail, Monseigneur.

— Alors, vous n'irez nulle part.

Elle était capable de lui ramener des dizaines de bébés et de jeunes mères dans le besoin.

— Voyons, Ian !

Emportée par l'indignation, la jeune femme ne réalisa même pas qu'elle avait prononcé son prénom.

— Je ne réussirai jamais à prouver mon innocence si je reste confinée au palais !

Ian réfléchit un instant.

— Cette sortie est-elle vraiment nécessaire ? De quoi s'agit-il ? Encore une visite dans quelque maison close ?

« Non, Monseigneur. Je vous laisse ce loisir », faillit-elle rétorquer, mais elle se retint à temps.

Soudain, une idée lui traversa l'esprit. Fronçant les sourcils, elle déclara :

— Vous marquez un point, Monseigneur. Je peux très bien m'acquitter de ma mission ici. Si vous assistez à mon entretien et si vous remettez vous-même la récompense à mon informateur, me croirez-vous toujours coupable d'acheter le silence de mes témoins ?

— Cet entretien m'empêchera-t-il de déjeuner ? s'enquit Ian, prudent.

— Bien sûr que non. Je vais prendre rendez-vous pour 16 heures. Si vous avez faim, pourquoi restons-nous ainsi sur le seuil ? À table !

14

Au cours du repas, les conversations ne s'attardèrent pas longtemps sur l'explosion de l'entrepôt. Les convives en vinrent rapidement aux deux nouveaux habitants de la maison, Marina et César. En fait, tous voulurent entendre le récit de cet accouchement miraculeux. Les détails peu ragoûtants de l'opération ne manquèrent pas de couper le bel appétit de Ian. Bianca ne leur épargna en effet aucune précision. Ian finit par la supplier de se taire. Lorsqu'il fut décidé de reprendre cette description délicate lors du dîner, Ian se promit de ne pas y assister. Il s'enorgueillissait de posséder l'une des meilleures tables de Venise, mais il était prêt à renoncer à ses mets favoris pour éviter le cours d'anatomie féminine de Bianca.

Plus tard, il était en train de faire part de ses doléances à la jeune femme quand un domestique annonça l'arrivée de leur visiteur. Bianca se réjouit d'échapper au sermon de son fiancé. Elle se leva pour aller accueillir Enzo dans la bibliothèque. Au passage, elle faillit bousculer Giorgio, qui s'étonna de voir la jeune femme aussi empressée.

Enzo ressemblait davantage à un noble qu'au major-dome d'une courtisane. Il était vêtu à la dernière mode vénitienne et arborait même des médailles dorées sur sa veste. Bianca, ébahie, fixa les fermoirs sophistiqués de ses hauts-de-chausses. Ses longs cheveux pendaient librement sur ses épaules et il portait un bouc. Pour couronner le tout, il s'exprimait d'un ton précieux et ampoulé inspiré d'un sergent de l'armée qu'il avait rencontré autrefois et qui se disait descendant de quelque roi français. L'effet était saisissant.

Ni Ian ni Bianca ne parvinrent à prononcer un mot. Enzo s'inclina avec respect et s'installa dans un fauteuil. Ses deux hôtes le dévisagèrent tandis qu'il parcourait la pièce des yeux, évaluant d'un œil d'expert les meubles précieux et le bon goût de la décoration.

Bianca avait décidé de laisser son fiancé mener l'interrogatoire, espérant ainsi le persuader de son innocence. Pourtant, elle comprit rapidement qu'il lui faudrait intervenir.

Ian observa Enzo d'un air sceptique.

— Êtes-vous bien le domestique d'Isabella Bellocchio ? demanda-t-il.

Enzo eut un sourire rusé.

— Je préfère le terme de capitaine, cher monsieur. C'est plus élégant, non ?

— Que vouliez-vous nous dire, au juste ?

Ian priait pour que l'entretien ne s'éternise pas, car il ne supportait pas plus les manières de cet homme que les vagissements du jeune César.

— Rien en particulier, monsieur le comte. Mais je crois que je peux vous être utile. Je connais très bien la délicieuse demoiselle Bellocchio. Puisque vous cherchez des renseignements sur elle, je suis venu vous offrir mes services. Avez-vous des questions à me poser ?

— Depuis combien de temps travaillez-vous pour elle ? Comment vous a-t-elle engagé ?

— Je suis son capitaine depuis qu'elle habite cette maison. Mais je l'ai rencontrée à une époque où la vie était bien plus difficile pour nous deux.

— Avez-vous grandi ensemble ? J'ai l'impression que vous avez longtemps séjourné en France, mais où êtes-vous né ? s'enquit Ian d'un ton désinvolte.

Enzo parut flatté.

— Monseigneur, vous êtes très clairvoyant. En réalité, ma famille…

— Je ne voudrais pas m'immiscer dans votre vie privée, coupa Ian. Dites-moi simplement si vous avez passé votre enfance avec Isabella.

— Nous avions souvent l'occasion de nous croiser, en effet, fit Enzo, déçu d'avoir été interrompu dans son élan.

— Connaissez-vous son père ? Si oui, l'avez-vous revu récemment ?

— Son père ? Il est mort il y a dix ans !

Ian poussa un soupir. Au moins était-il parvenu à apprendre quelque chose. Il sentait le regard de Bianca rivé sur lui, mais se refusait à se tourner vers elle. Il reprit son interrogatoire :

— Savez-vous où Isabella est partie et avec qui ?

— Non. Je n'ai pas la moindre nouvelle d'elle. Mais ce n'est pas un comportement si étrange. C'est une femme, après tout, décréta Enzo avec suffisance.

— Par le passé, a-t-elle déjà disparu mystérieusement, sans dire à personne où elle allait ?

— Absolument. C'est une femme très secrète. Elle cache beaucoup de choses à son entourage, même à son fidèle Enzo. Elle tient tant à préserver son intimité qu'elle ne veut pas engager de femme de chambre. Elle s'occupe presque de tout en personne.

— Comment expliquez-vous que vous ne l'ayez pas vue partir ?

— Vous savez, sa maison comporte deux ailes et de nombreuses issues. Deux d'entre elles donnent sur le rez-de-chaussée, une sur le canal et une autre sur la rue. De là, on gagne les étages supérieurs par un escalier. Mais il existe une autre entrée sur la rue, qui mène directement au premier étage, dans les appartements d'Isabella.

— A-t-elle reçu de la visite depuis son départ ? demanda Ian en examinant Enzo avec attention.

— La vôtre, monsieur le comte.

Enzo esquissa un sourire impénétrable.

— Ainsi que celle de son protecteur et de ses clients habituels, ajouta-t-il.

— Pourriez-vous m'indiquer l'identité de ces clients réguliers ?

Enzo secoua la tête d'un air navré.

— Ce serait briser mon code d'honneur, Monseigneur.

Ian lui adressa un regard méprisant. Pour qui se prenait-il, ce bon à rien présomptueux ? Réprimant son irritation, il continua son interrogatoire.

— Des femmes sont-elles également venues voir Isabella ?

Cette fois, Enzo se tourna vers Bianca.

— Eh bien, la délicieuse *signorina* Salva, naturellement.

— Aucune autre femme ? La *signora* Valdone, peut-être ? L'avez-vous déjà rencontrée dans la maison ?

Enzo hésita quelques instants. Devait-il feindre l'ignorance ou avouer la vérité ?

— Je n'ai jamais vu la *signora* Valdone à la maison. Mais je l'ai croisée ailleurs. Vous savez, en ces lieux où les femmes fortunées se rendent en secret.

— Non, je l'ignore. De quoi s'agit-il ? intervint Bianca, curieuse.

Enzo parut atterré par tant de naïveté.

— Certaines dames ont des besoins un peu… spéciaux. Elles vont les assouvir dans des endroits réservés aux plaisirs de la chair sous toutes leurs formes.

Ian était outré par ces propos, mais Bianca semblait passionnée par le sujet.

— Pourriez-vous être plus précis ? insista-t-elle.

— En quoi cela concerne-t-il Isabella ? protesta Enzo, méfiant. Elle n'est pas de celles qui apprécient la compagnie des jeunes garçons ou des animaux, qui réclament des coups de fouet, des chaînes ou des insultes. Ma maîtresse a le cœur pur.

Ian eut envie de l'étrangler. Il contrôlait de moins en moins sa colère. Cet interrogatoire ne menait à rien et il ne supportait plus cet homme arrogant. Sans parler de Bianca, qui avait l'air plus intéressée par les perversions sexuelles que par l'enquête elle-même.

La jeune femme fronçait les sourcils. Ian lui demanda si elle avait encore des questions à poser à leur invité. « Des questions pertinentes », précisa-t-il froidement. Bianca mit un certain temps à sortir de sa rêverie.

— Oui, bien sûr, répondit-elle, distraite.

Elle se promit d'éclaircir cet usage mystérieux que certains faisaient des fouets et des chaînes, puis elle reprit :

— Est-il possible d'entrer dans la maison d'Isabella à votre insu ?

— Naturellement, puisqu'il y a trois portes. Les clients habituels possèdent leur propre clé. Isabella n'aime pas que l'on me dérange à tout propos.

En s'imaginant en train d'ouvrir et de fermer des portes toute la journée, Enzo frissonna d'effroi.

— Certes, vous devez avoir des choses tellement plus importantes à faire ! railla Bianca.

Elle commença à arpenter la pièce, perdue dans ses pensées. Ian était sur le point de lui ordonner de s'arrêter quand elle s'immobilisa de nouveau, face à Enzo.

— En général, les visiteurs passent-ils par la porte qui conduit directement aux appartements d'Isabella ou par l'issue latérale qui donne sur la rue ?

Enzo réfléchit un long moment.

— Ceux qui viennent voir Isabella empruntent l'entrée principale.

— Parce que certains visiteurs ne viennent pas pour elle ? demanda aussitôt Bianca.

— En effet, fit Enzo avec un sourire énigmatique.

Bianca eut l'impression désagréable que les rôles s'étaient inversés. On eût dit que, désormais, c'était le domestique qui menait le débat.

— Dernièrement, un groupe d'hommes, toujours les mêmes, avait pris l'habitude de se retrouver dans le salon situé sous la chambre d'Isabella. Mais cette information confidentielle doit rester entre nous, n'est-ce pas ?

Il attendit que le couple ait acquiescé pour continuer :

— Quoi qu'il en soit, ces hommes ne me plaisaient pas. Ils me paraissaient très louches. D'abord, ils passaient systématiquement par la porte latérale. Isabella, la tête couverte d'un voile, allait les accueillir en personne. Ensuite, ils se rendaient directement au salon et fermaient la porte sans laisser entrer ma maîtresse. Incroyable, non ? Ils se réunissaient chez elle, mais sans elle. Ce sans-gêne me contrariait beaucoup, je l'avoue.

Bianca lui adressa un regard plein de compassion.

— Avez-vous interrogé Isabella à ce sujet ? Lui avez-vous fait part de vos soupçons ?

Il hocha vigoureusement la tête.

— Bien sûr ! Je lui ai demandé pourquoi ces sales types arrivaient toujours comme des voleurs. Elle m'a répondu qu'elle ne voulait pas que le vieux Valdo, son protecteur, soit au courant de ces réunions.

— Et cette explication vous a suffi ? dit Bianca, incrédule.

— Au début, non. Mais ensuite… c'est très personnel. Vous me donnez votre parole, n'est-ce pas ? Je vais vous divulguer une grande nouvelle. Il y a trois semaines, Isabella, ma chère maîtresse, m'a annoncé qu'elle était fiancée à un riche et beau seigneur vénitien qui l'emmènerait vivre dans un palais somptueux. Au même moment, les réunions secrètes se sont brusquement arrêtées. Je me suis dit que, d'une façon ou d'une autre, elles avaient permis à ce seigneur de s'enrichir suffisamment pour épouser ma maîtresse. Il était normal qu'elle le cache à son protecteur, n'est-ce pas ? À présent, nous attendons le grand jour.

— Vous êtes certain qu'il ne s'agissait pas d'un cercle de jeu clandestin ? demanda Bianca.

— Mademoiselle, je sais distinguer le bruit que font des joueurs de cartes du simple brouhaha d'une conversation.

— Connaissez-vous le but de ces réunions ? intervint Ian, désireux de reprendre le contrôle du débat.

— S'ils interdisaient à ma maîtresse de les écouter, ils n'allaient pas me faire entrer, moi, un modeste domestique, répliqua Enzo en penchant la tête. J'ignore tout de leurs affaires. D'ailleurs, je m'en moque.

— Savez-vous qui étaient ces hommes ? insista Ian.

Enzo se contenta de sourire.

— Je suppose, fit Ian au bout d'une longue minute de silence, que vous pourriez au moins nous révéler quand ont eu lieu ces réunions, et à quelle date elles ont cessé ?

— Vous désiriez des informations sur ma maîtresse, il me semble. Or vous ne m'interrogez que sur ces hommes. J'ai eu tort de vous accorder ma confiance.

L'air désabusé, il se leva.

— Je suis venu vous aider, mais je me suis trompé. À présent, veuillez me remettre ma récompense et je partirai.

Ian allait discuter, mais Bianca le devança.

— Sans noms ni dates, vos renseignements ne valent pas un clou. Voici cinq cents ducats. Si vous changez d'avis, vous en aurez davantage. À supposer, toutefois, que personne d'autre ne parle avant vous.

Enzo hésita. Il connaissait quelqu'un qui serait disposé à lui payer ses précieuses informations aussi cher que ces deux-là, peut-être même plus. Il décida de le contacter avant d'accorder l'exclusivité au comte. Après tout, il était le seul à détenir ces renseignements. Aoste pouvait fort bien attendre encore une journée.

— Je vais réfléchir, répondit-il en s'inclinant.

Bianca appela Nilo pour qu'il raccompagne le visiteur, puis elle s'assit et se tourna vers Ian.

— Eh bien ? fit-elle.

— Quoi ?

— Je n'ai pas acheté son silence, comme vous le pensiez. Je n'ai pas dissimulé d'informations.

— Il n'y avait rien de valable, répondit Ian avec mépris. Cela ne méritait pas cinq cents ducats.

— Je ne suis pas d'accord avec vous. Je crois que nous tenons le mobile du crime. Du moins un mobile potentiel.

Ian refusa de la suivre sur ce terrain glissant.

— Enzo a tué Isabella par jalousie, c'est ça ? lança-t-il, narquois.

— Comment osez-vous plaisanter, alors que ma vie est en jeu ?

Jamais Ian ne l'avait vue aussi grave.

— Je sais que vous me considérez comme un fardeau. Mais en vous moquant du sort funeste que vous me réservez, vous dépassez les bornes. Personnellement, je ne vous trouve pas drôle du tout.

Bianca se leva et se remit à faire les cent pas, tandis que l'horloge sonnait 17 heures.

— Vous avez décidé de ne pas croire à mon innocence, très bien. Cependant, même les grands meurtriers ont droit à un procès équitable. Mais là n'est pas le problème. J'ai relevé votre défi parce que je n'avais pas le choix. À présent, il me reste moins de cinq jours pour me disculper. J'imagine que vous ne voudrez pas me raconter ce qui s'est déroulé lors de votre entretien avec Valdo Valdone, ce matin. Vous ne me communiquerez pas non plus les autres informations que vous avez pu recueillir, n'est-ce pas ? Mais si je vous posais des questions précises, auxquelles vous n'auriez à répondre que par oui ou par non, accepteriez-vous ?

— Tout dépend de la question, déclara-t-il.

Leurs regards se croisèrent, plus éloquents que des paroles. Dans ses yeux, elle crut déceler les mots doux qu'il lui avait murmurés à l'oreille, lors de leur nuit d'amour. Des souvenirs troublants lui revinrent en mémoire, semant la confusion dans son esprit. Comment cet homme pouvait-il la fasciner à ce point ? Elle inspira profondément, tentant de se ressaisir, puis elle reprit :

— J'ai échafaudé une théorie. Avant de vous l'exposer, j'aimerais savoir si vous détenez des éléments susceptibles de l'infirmer.

— Continuez, je vous en prie, fit Ian, magnanime.

Bianca s'assit.

— Avez-vous des raisons de penser que le père d'Isabella n'est pas vraiment mort et qu'il est impliqué dans cette affaire ?

— Non, répondit Ian, déconcerté.

— Quelque chose vous fait-il croire que la *signora* Valdone est impliquée ?

Ian réfléchit un instant.

— Oui et non, admit-il enfin. D'après ce que je viens d'apprendre, je dirais que non.

— Soupçonnez-vous quelqu'un d'autre ?

En voyant Ian se pencher en avant, l'air menaçant, Bianca s'empressa d'ajouter :

— À part moi, bien sûr.

— Non, répondit-il, apparemment déçu.

— Très bien. Il nous reste donc ces mystérieuses réunions évoquées par Enzo. Isabella était une femme curieuse et extrêmement jalouse. Tout Venise vous le confirmera, y compris Enzo, en insistant un peu. Je l'ai entendu le déclarer à maintes occasions.

Bianca leva la main pour empêcher Ian de l'interrompre.

— Vu son caractère méfiant, j'ai du mal à croire qu'Isabella ait accepté que ces réunions secrètes se tiennent sous son toit sans écouter ce que ces hommes se racontaient.

— Ce n'est pas une question, remarqua Ian.

— Naturellement. Bref, cela me semble fort improbable. Par ailleurs, je suis persuadée qu'Enzo a regardé par le trou de la serrure. En fait, il l'a même avoué.

Ian émit un grognement dubitatif, mais Bianca ne perdit pas patience.

— Il s'est trahi sans le vouloir, poursuivit-elle. Vous étiez présent. Il nous a affirmé qu'il ne s'agissait pas d'un cercle de jeu clandestin. Cependant, quand on y réfléchit, quelle différence y a-t-il entre des hommes qui jouent aux cartes en parlant à voix basse et des marchands en train de mener des négociations commerciales ? Aucune, surtout si l'on ne distingue pas leurs paroles.

Ian était une fois de plus abasourdi par l'intelligence et les déductions de la jeune femme. Pourtant, le plus probable était qu'elle avait commis un crime parfait et que son esprit pervers lui permettait de n'en rien laisser paraître. Depuis qu'elle vivait sous son toit, Bianca avait réussi à déjouer tous ses pièges. Quant à lui, il avait du mal à garder la tête froide. Les raisonnements sans faille de Bianca le sidéraient. Ils étaient d'une simplicité et d'une logique époustouflantes. Malgré ses réticences, il ne pouvait s'empêcher de l'admirer.

— Je suis perplexe, déclara-t-il. Suggérez-vous qu'Isabella ou Enzo, voire les deux, participaient à ces réunions ?

— Pas du tout. Enzo n'a pas menti en disant qu'Isabella en était exclue. En fait, c'est même la base de la deuxième partie de ma théorie.

— Alors, comment se sont-ils arrangés pour espionner ces hommes ? J'ignorais que les courtisanes avaient le don d'ubiquité.

Bianca était affligée. Décidément, l'esprit de Ian tournait au ralenti. Peut-être était-ce dû à la fatigue, songea-t-elle, indulgente.

— Ils ont pu écouter discrètement, cachés derrière une porte où grâce à un trou pratiqué dans le mur.

— Il en existe dans la maison, selon vous ?

— Je n'en suis pas sûre, mais cela ne me surprendrait guère. Le palais Foscari n'est-il pas truffé de passages secrets et de portes dérobées ? Tout comme la plupart des vieilles demeures vénitiennes, d'ailleurs.

— Ce n'est pas un argument valable, mentit Ian. Mais je suis impatient de connaître la suite de votre théorie.

— Vous me faites si peu confiance que j'ai changé d'avis. Je ne vois pas pourquoi je vous révélerais tout.

Le regard noir, Bianca se leva.

Ian était déçu. Il aimait l'entendre exposer ses arguments, tandis que son petit nez charmant se retroussait sous l'effet de la concentration. De plus, il devait l'admettre, ses conclusions l'intéressaient. Il fallait qu'il trouve un prétexte pour qu'elle continue.

— Si vous me dévoilez la suite, je vous dirai si je possède des arguments contradictoires.

La jeune femme ne savait plus quoi faire. L'attitude de Ian était décourageante, et elle avait de plus en plus de mal à supporter son mépris et ses sarcasmes. Pourtant, lui obéir était peut-être le seul moyen de lui soutirer des informations.

— Ma théorie repose sur l'hypothèse qu'Isabella espionnait ces réunions. Si vous n'êtes pas disposé à l'accepter, autant que je me taise tout de suite.

— Très bien. Je l'accepte dans l'intérêt de la discussion, décréta Ian.

— Le sujet de ces réunions devait être suffisamment délicat pour que ces hommes en excluent leur hôtesse. À mon avis, Isabella a voulu tirer profit de ce qu'elle avait appris à leur insu. Elle a certainement fait chanter l'un des participants. Mais pas pour de l'argent. Sinon, elle n'aurait pas été assassinée.

— À quelle autre forme de chantage pensez-vous ? Bijoux, soieries, robes, cadeaux, tout cela revient à la même chose : l'argent. De toute façon, ce pauvre homme déboursait sûrement autant pour s'offrir ses faveurs.

— Tous les clients ne sont pas aussi généreux que vous avec les courtisanes, Monseigneur, lança Bianca, fâchée de cette interruption.

À la grande satisfaction de sa fiancée, le comte eut un mouvement de recul.

— Par ailleurs, votre définition du chantage est incomplète. Enzo nous a expliqué que les réunions avaient cessé dès l'annonce des fiançailles d'Isabella avec un jeune noble de la ville. Comme vous le savez, les nobles n'épousent jamais de courtisanes. De toute évidence, Isabella s'est servie de ses informations pour pousser un homme au mariage.

À l'issue de son exposé, Bianca affichait une expression exaltée. Ian, qui n'avait toujours pas digéré sa pique, la trouva trop satisfaite d'elle-même.

Il secoua la tête, feignant la sympathie du vieux professeur aux prises avec un étudiant enflammé.

— Vous tirez des conclusions hâtives de simples coïncidences, déclara-t-il.

Bien qu'imparfaite, la théorie de Bianca était logique et ne méritait en rien un tel mépris de la part du comte. Son ton cassant blessa la jeune femme, qui décida d'abattre sa dernière carte.

— J'aurais dû me douter que vous protégeriez Christopher, dit-elle calmement.

— Christopher? Mon frère?

— Bien sûr. Il correspond en tout point à la description du fiancé d'Isabella : un grand seigneur qui vit dans une vaste demeure… Ah, je vous plains! Après son mariage, vous aurez chez vous une belle-sœur et un capitaine.

Ces sous-entendus déplurent fortement à Ian. Il avait la certitude que son frère n'était pas mêlé à cette histoire, mais imaginer l'immonde Enzo sous son toit le faisait frissonner d'horreur.

— Christopher est étranger à cette affaire, répondit-il avec fermeté.

— En êtes-vous sûr, Monseigneur? insista Bianca avec un regard candide.

— Certain. Il m'en aurait parlé.

— Il vous aurait confié qu'il était fiancé à une courtisane? fit Bianca, incrédule. Comment auriez-vous réagi?

— Là n'est pas le problème. Christopher n'est fiancé avec personne.

— Peut-être plus maintenant, puisque Isabella est morte. Mais auparavant? Pourriez-vous le prouver?

150

— *Signorina* Salva, vous allez trop loin! gronda-t-il
d'un air menaçant.

— Pas plus loin que vous, Monseigneur, répliqua
Bianca d'un ton glacial. Vous trouvez normal d'exiger des preuves de mon innocence, alors pourquoi
n'en serait-il pas de même pour vous? Vous n'avez qu'à
interroger votre frère. À moins que vous n'ayez peur
de la vérité.

Ian lui aurait volontiers tordu le cou. Elle l'avait pris
au piège et il se sentait humilié, mais son honnêteté
naturelle le poussa à accepter. Il tira le cordon et char-
gea le valet de convoquer Christopher dans la bibliothèque.

Bianca et Ian attendirent l'arrivée du jeune homme
dans un silence de mort, se fusillant du regard. L'atmosphère était si tendue que Christopher eut envie de
s'enfuir dès qu'il franchit le seuil de la bibliothèque. Il
s'inclina poliment devant Bianca et lui sourit. Puis il
adressa un signe de tête à Ian.

— Es-tu fiancé? demanda celui-ci sans préambule.
Christopher, ahuri, écarquilla les yeux.

— Pas à ma connaissance. Pourquoi? Notre mère
aurait-elle arrangé quelque union pour moi lorsque
j'étais enfant, comme la tante Renata l'a fait pour
Miles?

— Alors? Vous êtes satisfaite? lança Ian en se tournant vers Bianca.

— Votre frère voulait savoir si vous vous étiez
fiancé avec Isabella Bellocchio, précisa la jeune
femme.

— Isabella? C'est une courtisane! Je ne pourrais
pas l'épouser, même si je le souhaitais. Elle est ravissante, certes, mais de là à convoler…

Christopher secoua la tête.

— Ce serait me condamner à la déchéance sociale,
à une vie de misère.

— À présent, je suis satisfaite, déclara Bianca.
Bianca et Ian échangeaient des regards triomphants
lorsque Christopher intervint :

— Auriez-vous l'obligeance de m'expliquer ce qui se passe ?

— Non, répliqua Ian. Et ne parle de cette conversation à personne.

— Quelle conversation ? Que pourrais-je raconter ? Je n'y comprends rien !

Ian grommela tandis que le jeune homme se dirigeait vers la porte. Sur le seuil, Christopher croisa Roberto et Francesco.

— Je vous déconseille d'entrer, leur dit-il. À moins que vous n'ayez revêtu une armure.

Les deux hommes parurent surpris.

— Je crois que ces deux-là se détestent, leur confia Christopher dans un souffle. Et puis, allez-y. Vous êtes médecins, vous saurez peut-être quoi faire. Quant à moi, je pars. J'ignore quand je reviendrai. J'enverrai chercher mes affaires dans quelques jours. J'aurai du mal à déménager mes serres, mais enfin...

— Nous nous organiserons, fit Ian avec un regard furibond. Tu laisseras ta nouvelle adresse à Giorgio.

— Je peux te l'indiquer dès maintenant, répondit le jeune homme avec un soupir. Fais porter mes malles chez Isabella Bellocchio. Dois-je t'épeler son nom ?

— Dehors ! hurla Ian.

Christopher s'éloigna en riant.

Bianca eut du mal à dissimuler son amusement. Elle salua ses chaperons.

— Si nous vous dérangeons, nous repasserons plus tard, assura Francesco, un peu décontenancé.

— Non, restez. Mon entretien avec Mlle Salva n'a que trop duré, répondit Ian froidement.

— Tant mieux. Tu ne nous en voudras donc pas de te l'enlever...

— Certainement pas ! Emmenez-la loin de moi ! Vendez-la ! Et n'essayez pas d'en obtenir un bon prix.

Bianca se rembrunit aussitôt.

— Si le fait d'être vendue comme esclave peut me libérer de votre emprise, je suis prête. Mais, messieurs, ne versez pas la somme récoltée au comte d'Aoste. Il se précipiterait pour acheter les faveurs de quelque courtisane.

À ces mots, Ian blêmit. Ses oncles, eux, rougirent violemment.

— Euh… en fait, dit Roberto, nous voulions présenter le tailleur à Bianca pour les essayages de sa robe. À moins que la fête ne soit annulée ?

— Comment ? Renoncer à une occasion de célébrer des fiançailles ? Jamais ! s'exclama Ian en se détournant, car il ne supportait plus d'avoir Bianca sous les yeux.

La jeune femme s'adressa à ses chaperons :

— Je possède déjà beaucoup de robes. Je porterai l'une des miennes. Je n'ai nul besoin d'une nouvelle toilette. Ce serait dommage de dépenser de l'argent pour habiller une esclave !

Roberto et Francesco échangèrent un regard perplexe. Comment lui expliquer que ses robes modestes ne convenaient pas à une telle cérémonie ? Une future comtesse se devait d'être élégante. Francesco trouva la meilleure tactique.

— Il vous faut une nouvelle toilette. Selon la tradition, les chaperons en offrent une à la fiancée.

Il espérait qu'elle ne devinerait pas son mensonge.

— En effet, renchérit Roberto. De nos jours, il arrive d'ailleurs que les chaperons fournissent un trousseau à la jeune fille. Ne nous en veuillez pas d'avoir pris cette liberté.

— Un trousseau ? répéta Bianca, qui n'avait pas l'habitude de se soucier de son apparence.

Sa mère était morte alors qu'elle n'était qu'une enfant, et sa tante Anna s'était contentée de lui octroyer quelques robes démodées pour ses débuts dans le monde. Elle cherchait ainsi à repousser les éventuels rivaux de son cher Angelo, afin de garder la fortune de Bianca dans la famille. Toutefois, les tenues pitoyables de la jeune fille n'avaient pas empêché les prétendants de grouiller autour d'elle.

— J'admets que j'ai besoin d'une nouvelle robe de travail, car ma préférée est dans un état lamentable. Mais un trousseau…

Ian n'avait jamais remarqué ses vêtements, trop occupé à l'imaginer nue ou à se disputer avec elle. Il la voyait très bien dans une robe en brocart bleu et or, au décolleté plongeant, avec un collier de saphirs autour de son cou gracile… Soudain, sa colère fit place à un désir intense.

— Francesco et Roberto essaient de vous faire plaisir, déclara-t-il. Commandez des robes chez Rinaldo Strucchi et dites-lui que j'aime particulièrement le brocart bleu et or. Je prends tout à mes frais.

En entendant le nom du tailleur le plus réputé de Venise, Bianca eut le souffle coupé. Par amitié pour ses chaperons, elle consentait à se plier à la tradition, mais elle ne voulait rien devoir à cet homme qui la méprisait et refusait de croire à son innocence. Elle allait exprimer son opinion quand Francesco intervint :

— Il se trouve que le *signore* Strucchi vous attend au salon. Il vient d'arriver avec dix modèles de sa dernière collection, prêts pour l'essayage.

Voyant que la jeune femme ouvrait la bouche, il s'empressa de continuer :

— Ton offre est très généreuse, Ian, mais c'est notre rôle et notre privilège de chaperons de donner à la fiancée ce dont elle a besoin. Tu connais les coutumes de la famille, n'est-ce pas ?

Francesco lança à son neveu un regard appuyé.

Celui-ci garda le silence. La perspective de déshabiller une Bianca élégante lui était délicieuse, or elle semblait déterminée à ne rien accepter de lui. Il décida donc de laisser ses oncles agir à leur guise. De toute façon, l'argent dépensé serait le sien.

Malgré ses protestations, Bianca ne put échapper à la volonté des trois hommes. Sur les coups de 18 heures, elle quitta la bibliothèque, l'air morose.

Durant trois heures, elle essaya des robes somptueuses, éprouvant un plaisir qu'elle n'aurait jamais soupçonné. Mais les discussions sur les étoffes et les modèles achevèrent de l'épuiser. Au cours du dîner avec ses chaperons, elle n'eut même pas la force de leur raconter par le menu la naissance du petit César, comme elle l'avait promis. Elle ne prit la parole que lorsqu'ils abordèrent la question des fleurs pour le bal.

— Les gardénias sont les fleurs préférées de Ian, déclara-t-elle, à la surprise des deux hommes.

Sur ces mots, elle s'excusa et courut s'enfermer dans sa chambre, où elle fondit en larmes. Puis, refusant de broyer du noir pendant des heures, elle alla se coucher.

Elle dormait à poings fermés quand Ian entra subrepticement dans sa chambre, tard dans la nuit. De retour d'une soirée en ville, il avait décidé de se mettre à l'épreuve et de tester les pouvoirs de séduction de la jeune femme. Il commença par étudier son visage à la lueur de sa chandelle, ses paupières closes, ses longs cils soyeux, sa peau lisse. Bianca était allongée sur le côté droit du grand lit. Son bras nu reposait sur l'autre moitié, comme une invitation. Il écouta son souffle régulier. Une émotion étrange l'envahit soudain, qui n'avait rien à voir avec un simple désir charnel. Il se félicita de ne plus être prisonnier de ses sens. À présent, il ne risquait plus de succomber aux charmes de la jeune femme. Aussi la rejoignit-il sans crainte.

Pourtant, dès qu'il se retrouva nu contre son corps chaud, Ian comprit qu'il avait surestimé ses capacités de résistance. Malgré lui, une vague de désir le submergea. Le contact du fin coton de la chemise de Bianca le fit frissonner. Dans son sommeil, elle se blottit contre lui, laissant errer sa main sur sa joue, puis sur sa nuque. Comment ces caresses anodines pouvaient-elles l'embraser à ce point ? Résigné, il effleura à son tour la joue de la jeune femme, priant pour qu'elle se réveille et lui demande de la pénétrer.

Dans son rêve, Bianca faisait l'amour avec Ian. Elle sentait sa main descendre de sa joue à ses seins. Elle poussa un soupir d'aise et se mit à explorer son corps ferme. Très lentement, Ian releva sa chemise en coton jusqu'à sa taille. Elle savourait la chaleur de ses mains à travers le fin tissu. Lorsqu'elle fut à moitié nue, Ian se plaqua contre elle. Bianca reconnut alors l'intensité vibrante de son désir contre sa cuisse.

Elle lui caressa longuement le dos, émerveillée par la douceur de sa peau. Elle le saisit par les hanches et l'attira vers elle, puis elle écarta les jambes pour mieux sentir son membre palpitant contre sa chair humide.

Bianca fit rouler son amant sur le dos et le chevaucha, cherchant la jouissance. Ian gémit de plaisir. Elle lui chuchota à l'oreille combien elle trouvait ce contact délicieux, lui décrivit la vague sensuelle qui l'envahissait à mesure que ses coups de reins s'intensifiaient, lui dit qu'elle voulait le garder en elle pour toujours. Quand elle sentit les spasmes d'extase de Ian, elle l'emprisonna de ses bras, criant de plaisir. Très vite, les cris de Ian se mêlèrent aux siens.

Dans son rêve, Bianca murmura à Ian qu'elle l'aimait.

15

Dans la pièce obscure régnait une odeur tenace de renfermé. Un homme solidement ligoté à une chaise reprenait peu à peu ses esprits. Le corps meurtri par les coups qu'il avait reçus, il passa la langue sur ses lèvres ensanglantées. Quand il voulut bouger le bras droit, une douleur le traversa, si fulgurante qu'il faillit s'évanouir. Il respira profondément. La puanteur des lieux était insupportable. Il en vint presque à regretter d'avoir émergé de sa torpeur.

Il entendit un bruit de conversation à l'extérieur de la pièce et dressa l'oreille, en vain. Les murs épais l'empêchaient de distinguer les paroles, mais il savait à qui appartenait cette voix rauque.

C'était celle de la femme qui l'avait accueilli, la veille. Langoureusement installée sur un divan, elle laissait entrevoir ses jambes fuselées sous son peignoir en soie. Sa femme de chambre lui brossait lentement les cheveux. Les mèches tombaient avec grâce sur ses épaules nacrées et ses seins pâles. La femme était consciente de son charme irrésistible et aimait être admirée.

Face à ce spectacle excitant, l'homme se sentit troublé. La femme ne lui prêta d'abord aucune attention, puis elle lui fit signe d'approcher et renvoya sa femme de chambre.

Le garde qui l'avait conduit jusqu'ici le présenta et expliqua la raison de sa visite. La femme observa son hôte, un sourire à la fois provocateur et méfiant sur les lèvres. Il eut l'impression qu'elle lisait en lui à livre ouvert, devinant ses délices préférées et ses faiblesses, et il se promit d'être méfiant. Lorsqu'elle l'interrogea, il refusa de répondre, à moins de recevoir une certaine somme d'argent en contrepartie.

Le félicitant de sa prudence, elle l'invita à la rejoindre sur le divan et lui dit qu'ils parviendraient certainement à trouver quelque arrangement. Pendant une heure, la femme l'écouta évoquer ses origines, sa famille. Elle compatit quand il lui narra ses revers de fortune et s'indigna quand elle apprit les mensonges et les trahisons dont il avait été victime. Des larmes d'émotion lui montèrent aux yeux à mesure qu'il lui décrivait les ignobles manœuvres de ses ennemis. Le regard plongé dans le sien, elle posa une main sur sa cuisse.

Il comprit qu'elle était en train de tomber amoureuse de lui. Il le savait au plus profond de son être. Ses réactions étaient éloquentes. Aucune femme ne lui avait jamais accordé une telle attention. Elle lui demanda alors s'il était prêt à l'aider. Il ne put qu'accepter. Aussitôt, elle se pencha vers lui et l'embrassa. Il se sentit flotter sur un nuage, ivre de son parfum. Elle lui promit de lui appartenir s'il lui racontait ce qui s'était déroulé lors de l'entretien.

Ce n'était pas grand-chose, assura-t-elle. Elle voulait qu'aucun secret ne subsiste entre eux, pas même l'ombre d'un doute. Il accepta. Il lui dit tout, lui relatant la conversation dans ses moindres détails. Il jura n'avoir cité aucun nom, mais elle ne le crut pas.

Elle se détourna de lui et appela le garde.

— Ce garçon n'est pas gentil, déclara-t-elle. J'ai été trop bonne avec lui, je lui ai ouvert mon cœur. Et que me donne-t-il en échange ? Rien. C'est un ingrat, un menteur. Il n'est pas digne d'être mon ami. Il m'a trahie.

Le visiteur incriminé tenta de protester, mais la femme l'en empêcha.

— Non ! Ne dis rien. Je souffre cruellement de cette trahison. Désormais, tu es mon ennemi.

La femme lui lança un regard noir, puis elle ordonna au garde :

— Débarrasse-moi de lui ! Je ne supporte plus sa présence. Emmène-le chez toi et interroge-le. Je serais tellement heureuse si tu découvrais ce que je cherche à savoir, mon ange... Je viendrai te voir très bientôt, c'est promis, ajouta-t-elle d'un ton suave.

Au cours des heures qui suivirent, l'homme fut torturé sans merci. Le garde se rendit compte que ces sévices lui procuraient un certain plaisir. Il aimait regarder un être élégant et raffiné se tordre de douleur et ramper à terre en implorant sa pitié. Aussi mena-t-il son interrogatoire avec un zèle et un raffinement dignes de sa maîtresse. Lorsque celle-ci se présenta enfin chez lui, il frissonnait d'impatience à l'idée de la récompense qu'il allait recevoir.

Une fois qu'elle eut rapidement satisfait ses pulsions sur un banc, le jeune homme lui fit son rapport.

— Même sous les pires tortures, il a juré n'avoir fourni aucun nom. Les autres les lui ont demandés, bien sûr, mais il a refusé de répondre.

158

— Pourtant, dit la femme en lui caressant la joue, il affirme qu'elle lui a versé cinq cents ducats. Cette fille n'est pas folle au point de jeter l'argent par les fenêtres.

Le jeune homme réfléchit un instant, puis déclara :

— Peut-être que si.

La femme se redressa d'un bond. Une idée venait de lui traverser l'esprit.

— Tu es certain qu'ils l'ont bien payé ? Avait-il cet argent sur lui ?

— Quand il est arrivé, il était déjà allé jouer et avait beaucoup perdu. Mais il possédait encore plus de trois cents ducats en poche. Ils lui ont sûrement donné une grosse somme.

Pensive, elle joua avec la toison blonde qui couvrait son torse.

— Je ne comprends toujours pas, mais je suppose que ce doit être vrai, si elle est aussi stupide que tu le prétends. Tu crois qu'il pourra nous apprendre autre chose ?

Le jeune homme secoua négativement la tête.

— Tu veux bien le payer, dans ce cas ? susurra-t-elle à son oreille. Comme je te l'ai expliqué ?

Le jeune homme acquiesça, puis pencha la tête de la femme vers son membre gonflé.

Derrière la porte, Enzo écouta avec envie les cris de plaisir de son bourreau.

16

Le cœur battant, Bianca s'assit dans son lit. À côté d'elle, aucun signe de Ian. Son odeur ne flottait pas dans la pièce. Dieu merci, ce n'était qu'un rêve. Elle poussa un soupir de soulagement et se leva.

Soudain, elle perçut une sensation étrange entre ses cuisses. Ce trouble ne pouvait être que la conséquence de son rêve. Pourtant, la jeune femme n'était pas totalement rassurée. Elle s'habilla à la hâte, redoutant de croiser Ian dans les couloirs du palais. La veille, elle avait dressé une liste de tâches à accomplir pour la journée. En se rappelant sa séance d'essayage avec le tailleur, à 18 heures, elle fit la grimace. Soucieuse, elle se dirigea vers l'office.

Elle descendit vers la chambre de Marina et de César pour examiner ses patients. Tous deux se portaient à merveille. L'horloge sonnait midi quand elle prit congé. Tout en priant pour ne pas rencontrer Ian, elle gagna l'étage du palais où étaient installés les laboratoires.

Elle se rendit d'abord chez Christopher, afin de lui poser quelques questions sur les Arboretti et Isabella. S'il lui fournissait de surcroît des renseignements sur son mystérieux frère aîné, tant mieux. Bianca frappa doucement à la porte. N'obtenant aucune réponse, elle entra.

Sans le vouloir, la jeune femme emprunta un passage qui donnait dans une pièce féerique qu'elle ne connaissait pas. La pépinière regorgeait d'arbres fruitiers : pêchers, pruniers, pommiers, et une kyrielle d'espèces que Bianca aurait été bien en peine de nommer. Elle balayait l'impressionnante collection des yeux lorsqu'une voix s'éleva soudain derrière elle.

— Je me doutais bien qu'il y avait un intrus, grommela Luca.

— Bonjour, *signore* Luca, lança-t-elle poliment, espérant l'amadouer.

Mais l'hostilité du jardinier était presque palpable. Elle s'accrut encore quand la jeune femme faillit faire tomber un panier de citrons en l'effleurant de ses jupons.

— Décidément, les femmes ne créent que des ennuis, commenta l'homme avant que Bianca puisse s'excuser.

Sur ces mots, il disparut dans une autre pièce. Maudissant ses volumineux jupons, Bianca lui emboîta le pas. Il lui sembla que la serre contenait davantage de fleurs que la dernière fois. Contre les murs étaient alignés des dizaines de pots de toutes tailles. Luca allait et venait, armé d'un long couteau, coupant çà et là une fleur de son choix. Bianca l'observa quelques instants, le temps qu'il confectionne un énorme bouquet odorant, puis elle essaya d'attirer son attention.

— Je suis désolée de vous déranger, dit-elle, mais je cherche Christopher.

— Pour quoi faire ? bougonna Luca. Un seul Foscari ne vous suffit pas ?

— J'avais simplement quelques questions à lui poser, répondit-elle, gênée.

— Ça commence toujours comme ça... Quelle est cette plante ? Quelle est cette fleur ? Vous aimez ma robe ? Ensuite, elles se mettent à battre des cils, à jouer les saintes-nitouches. Pas question que mon maître tombe dans ce piège. Prenez Ian, si vous voulez, mais je tiens à protéger Christopher des créatures de votre espèce. De toute façon, mon maître est parti depuis longtemps. Vous n'avez plus rien à faire ici.

Pour toute réponse, Bianca éternua.

D'abord, elle n'y fit pas attention, puis une idée lui vint à l'esprit. Elle entreprit aussitôt de renifler toutes les fleurs une à une, ignorant les invectives de Luca. À la cinquième rangée de pots, elle identifia les fautives.

Il s'agissait de deux grosses fleurs rouges issues d'un seul bulbe, plantées dans un pot en céramique richement décoré. Apparemment, c'était l'unique exemplaire de cette espèce. Très vite, la jeune femme sentit les larmes lui monter aux yeux. Comment avait-elle pu oublier sa réaction ? Voilà l'objet qui manquait chez Isabella ! Au moment où elle se penchait pour attraper le précieux pot, Luca intervint.

— Vous débarquez sans prévenir, vous saccagez tout avec vos maudits jupons et, maintenant, vous touchez mes fleurs ! Les végétaux n'aiment pas les mains des femmes ! Surtout cette plante ! Vous n'arrêtez pas de lui éternuer dessus.

Bianca dut admettre qu'elle ne s'entendait pas avec ces fleurs. Elle recula d'un pas, sans cesser d'éternuer.

— Est-elle ici depuis longtemps ? parvint-elle à demander.

Luca plissa le front, plus contrarié que jamais.

— Cette plante vous en veut. Je n'ai pas envie de vous parler d'elle.

Bianca comprit qu'il lui faudrait le supplier pour obtenir la moindre information.

— Je vous en prie, Luca, c'est très important ! Ma vie est en jeu !

Le jardinier se pencha à contrecœur vers le pot et éternua à son tour.

— Ce n'est pas un très beau cadeau, admit-il. Elle est arrivée ce matin, emballée dans un joli paquet. Je me suis dit qu'elle devait être somptueuse.

Il eut l'air déçu et secoua la tête.

— J'avoue que je n'ai jamais rien vu de tel, reprit-il. Et M. Christopher non plus, j'en suis certain. Cette plante ne vaut pas le déplacement. En tout cas, elle ne vaut pas la peine que l'on vienne m'importuner.

Attristée, Bianca constata que des petits boutons rouges étaient apparus sur sa peau. Avant de quitter la serre, elle posa une ultime question au jardinier bourru :

— Qui vous l'a envoyée ? D'où provient-elle ? Que savez-vous, au juste ?

Luca semblait à présent éprouver de la pitié pour la jeune femme.

— Je vous ai dit que vous n'aviez rien à faire ici ! Regardez dans quel état vous êtes ! C'est insupportable. J'ignore d'où vient cette satanée plante et je ne vois pas en quoi cela vous intéresse. Vous ne voulez pas envoyer une carte de remerciement, tout de même ?

Il posa une main sur son épaule pour l'entraîner hors de la pièce, dissimulant mal son dégoût de devoir la toucher.

— Sortez d'ici immédiatement !

Bianca n'eut pas le choix. Dans le couloir, ses éternuements se calmèrent un peu et ses yeux cessèrent de pleurer, mais elle se sentait toujours un peu étourdie. Elle décida de partir à la recherche de Christopher. Son désir d'en savoir plus sur cette mystérieuse plante l'emportait sur tout le reste, même sur sa crainte de croiser Ian. Aussi entra-t-elle bravement dans la salle à manger. Seuls Roberto et Francesco étaient attablés, en grande conversation. Les deux hommes levèrent les yeux vers elle, stupéfaits.

— Seigneur, mon enfant, que vous arrive-t-il? s'enquit Roberto en s'approchant d'elle.

Inquiet, il posa une main sur son front tandis que Francesco lui faisait ouvrir la bouche. La jeune femme éternua de nouveau.

— Rien, répondit-elle en feignant l'insouciance. Disons qu'il s'agit d'une légère réaction à l'une des plantes exotiques de Christopher.

Elle prit une profonde inspiration et s'efforça de maîtriser ses éternuements.

— À présent, je vais beaucoup mieux.

Francesco l'entraîna vers un grand miroir.

— Regardez-vous, mon enfant. Je vous assure que vous êtes malade.

Bianca comprit alors pourquoi ses chaperons l'avaient dévisagée ainsi. Des boutons rouges parsemaient son visage, son cou, ses mains, et elle avait les yeux gonflés.

— Pourtant, je me sens bien, insista-t-elle.

Elle s'éloigna vivement du miroir et tenta de détourner l'attention des deux médecins, mais ils ne l'entendaient pas de cette oreille. Ils échangèrent quelques propos, puis s'accordèrent sur un traitement efficace. Ils lui administrèrent un grand verre de vin et lui ordonnèrent d'aller se coucher sur-le-champ.

Bianca protesta avec véhémence, expliquant qu'elle avait une foule de choses à faire. À bout d'arguments, elle leur rappela son rendez-vous avec le tailleur.

— Vous espérez participer au bal dans cet état ? demanda Francesco en l'obligeant à se regarder une nouvelle fois dans la glace.

Bianca dut rendre les armes et, le cœur lourd, elle monta dans sa chambre pour se coucher.

La nouvelle atteignit le palais Foscari au moment où Ian rentrait d'une réunion chez Sebastian. Les cousins avaient recensé tous les ennemis des Arboretti, cherchant le meilleur moyen de mener l'enquête sur l'explosion de l'entrepôt. De mauvaise grâce, il leur fallut admettre l'éventualité d'une trahison au sein de leur groupe. L'atmosphère était pesante. Bien qu'ils fussent tombés d'accord pour rejeter cette hypothèse, Ian et Christopher étaient en froid depuis la fin de la réunion.

De retour chez lui, Ian s'enferma dans la bibliothèque, sans même prêter attention aux pleurs du petit César. Une demi-heure plus tard, Giorgio se présenta, l'air grave.

— Vous désiriez connaître l'origine de ceci...

Giorgio posa le poignard sur le bureau.

— Vous allez peut-être le regretter, reprit-il.

Ian savait que son valet ne plaisantait jamais quand il s'agissait de sujets importants.

— Que veux-tu dire ?

— Le renseignement que j'ai obtenu ne vaut guère la peine d'être divulgué.

— Cesse donc de tourner autour du pot. Qui a fabriqué ce poignard ?

— Federico Rossi. J'avais prévu qu'aucun orfèvre ne se dénoncerait, alors j'ai utilisé votre méthode. J'ai prétendu que vous aviez reçu ce poignard comme cadeau de fiançailles et que vous ignoriez qui remercier. Les langues se sont aussitôt déliées. Ce n'est pas étonnant, car votre idée s'est révélée encore plus judicieuse que vous ne le soupçonniez.

Giorgio s'interrompit, hésitant à continuer son compte rendu.

— Voyez-vous, c'est le *signore* Giovanni Salva qui a commandé ce poignard, dit-il enfin.

— Le frère de Bianca ! s'exclama Ian en blêmissant.

« Qu'elle aille au diable ! songea-t-il, à la fois blessé et furieux. Qu'elle garde ses protestations d'innocence, ses paroles sensuelles, ses promesses ! » Elle s'était bien moquée de lui ! Comment avait-il pu être aussi stupide ? Il s'était si bien habitué à l'idée que Bianca était sans doute innocente qu'il parvenait à peine à envisager son éventuelle culpabilité. Quelque chose en lui refusait d'y croire. Pourtant, il n'existait pas d'autre explication. Son incrédulité fit vite place à une terrible rage. Cette fois, Bianca devrait se justifier. C'en était fini des excuses et des mensonges.

— Fais venir ma chère fiancée, ordonna-t-il, les traits crispés.

— Auparavant, il faut que je vous dise une dernière chose, répondit Giorgio avec appréhension. Vous n'allez pas l'apprécier non plus. Enzo, cet homme que je vous ai amené… La rumeur court dans les cuisines du palais qu'on aurait retrouvé son cadavre dans le canal, près d'ici.

Les deux hommes échangèrent un regard sombre, assaillis par les mêmes soupçons.

— Je me suis un peu renseigné, poursuivit Giorgio, mais je n'ai rien découvert de probant. Marina affirme avoir été en compagnie de sa maîtresse de 10 h 30 à midi. Vos oncles assurent qu'elle est passée les voir dans la salle à manger à la fin du repas, vers 13 heures. Elle était couverte de boutons rouges et éternuait sans cesse, alors ils l'ont envoyée se coucher. En ce moment, elle est dans sa chambre. J'ai vérifié. Mais personne ne s'est rendu près d'elle de 14 à 17 heures. Nul ne sait ce qu'elle a fait entre midi et 13 heures. L'un des domestiques l'a vue se diriger vers un escalier de service. Je n'ai pas encore parlé avec Mlle Salva. J'ai pensé que vous voudriez l'interroger vous-même.

— Va la chercher, ordonna Ian.

En entrant dans la bibliothèque, Bianca comprit que Ian s'était une nouvelle fois drapé dans sa froideur des premiers jours. Il la dévisagea, l'air glacial. Ses boutons avaient disparu, mais ses yeux étaient toujours un peu rouges et elle ressentait un picotement désagréable dans les narines. Elle n'avait pas l'air malade, se dit Ian. Une petite voix intérieure lui murmura qu'elle n'avait pas non plus l'air d'une meurtrière. Ainsi, la petite sorcière s'était non seulement insinuée sous son toit, mais aussi au fond de son âme. Il se rappela les paroles de la jeune femme et ses frissons de désir pendant son rêve érotique. Elle avait usé de ses charmes pour le manipuler et elle avait bien failli atteindre son but. Ian s'en voulut de sa faiblesse. Il n'était pas question de se laisser aveugler par le souvenir de leurs moments d'intimité. Toute la tendresse qu'elle avait pu lui inspirer se transforma en une formidable détermination. Il était temps qu'elle lui confesse ses crimes.

— Le moment est venu de m'avouer la vérité, déclara-t-il sans préambule. Toute la vérité.

« Encore ? » songea Bianca, qui était toutefois trop fatiguée pour discuter.

— Je vous ai déjà dit la vérité, répondit-elle d'un ton las. Vous savez tout.

Ian frappa du poing sur la table.

— Des mensonges ! Rien que des mensonges !

— Cette affirmation est complètement gratuite. Vous n'avez aucune preuve pour l'étayer. Aucune.

Bianca se sentit soudain envahie d'une colère aussi intense que celle de son fiancé. La rage lui rendit ses forces, lui faisant oublier son abattement.

— La voici, la preuve ! lança Ian en brandissant le poignard. Et devinez qui l'a commandé ?

— Qui ?

En toute autre circonstance, Ian aurait juré que la curiosité de la jeune femme était sincère.

— Vous êtes une actrice très convaincante, railla-t-il. C'est Giovanni qui a commandé cette arme. Giovanni Salva, votre frère.

En l'entendant, Bianca resta bouche bée. Sa surprise semblait réelle. En un geste un peu théâtral, elle porta les mains à son visage. Sans doute essayait-elle de gagner du temps pour échafauder quelque nouveau mensonge, supposa Ian.

Apparemment, elle ne trouva rien à inventer.

— Vous en êtes sûr ? demanda-t-elle.

— Vous cherchez un moyen de vous tirer de ce mauvais pas, n'est-ce pas ? C'est inutile. J'ai tout compris. Vous avez chargé votre frère de commander le poignard et l'un de vous l'a planté dans le corps d'Isabella. J'ignore encore lequel de vous deux a agi, mais vous allez me le dire. C'est donc votre frère que vous protégiez ?

L'idée que Giovanni pût être un meurtrier coupa la parole à la jeune femme. Elle ne fréquentait pas beaucoup son frère, mais elle le connaissait assez pour savoir qu'il n'était pas un assassin.

— J'aimerais pouvoir expliquer le comportement de mon frère, mais j'en suis incapable, dit-elle enfin, avec un geste d'impuissance. Nous ne sommes pas vraiment intimes.

— Voilà bien une réaction de femme ! Vous préférez faire porter le chapeau à votre frère. À mon avis, c'est vous qui avez tout manigancé, depuis le début. Je suis au courant de votre autre assassinat, ajouta-t-il brusquement.

C'était le moment de jouer la grande scène du désespoir, songea Ian. Aussi ne fut-il pas surpris de voir Bianca pâlir, désemparée. Avant qu'elle ait pu se défendre, il reprit :

— On a retrouvé le cadavre d'Enzo. Je suis étonné que vous n'ayez pas cherché à le dissimuler. Quelques pierres pour lester le cadavre auraient suffi. Après tout, vous êtes parfaitement à l'aise dans l'art de manipuler les dépouilles mortelles.

— Enzo ? fit Bianca. Le domestique d'Isabella ?

— Ce n'est pas très original de feindre l'ignorance, *signorina*. Oui, il s'agit bien d'Enzo, l'homme que vous avez fait mine de ne pas soudoyer, hier. À présent, je comprends pourquoi vous l'avez laissé partir avec mon argent.

— C'était mon argent! corrigea la jeune femme.

— En effet. Mais je suis certain que vous l'avez récupéré après l'avoir exécuté.

— Le cadavre était entièrement dénudé, intervint Giorgio, qui avait jugé plus prudent de ne pas quitter son maître.

— Bien sûr! s'exclama Ian. Je parie que vous avez conservé ses vêtements pour pouvoir vous promener dans les rues déguisée en homme. Vous n'avez sans doute eu aucun mal à le faire se déshabiller. Vous lui avez décrit l'un de vos fantasmes, je suppose. Le fouet, peut-être? Ah, je sais! Vous aimez jouer les voyeuses.

Bianca en eut le souffle coupé. Ces dernières paroles la tirèrent de sa torpeur. Elle eut l'impression de recevoir un coup de poignard en plein cœur. Tremblant de rage, au bord des larmes, elle voulut parler, mais aucun son ne sortit de sa bouche.

— Ne dites rien si vous ne comptez pas avouer. Je ne tolérerai plus aucun mensonge.

— Comment osez-vous?

Bianca se leva d'un bond, serrant les poings.

Giorgio la rattrapa avant qu'elle puisse se jeter sur son fiancé. À ce moment-là, la porte s'ouvrit sur Roberto et Francesco. Ne trouvant pas la jeune femme dans sa chambre, les deux hommes étaient partis à sa recherche, s'inquiétant de sa santé.

— Bravo! railla Ian. Quelle prestation magnifique! Votre révolte était très crédible. Vous avez failli m'avoir.

En découvrant la jeune femme en train de se débattre dans les bras de Giorgio, les chaperons restèrent interdits.

— Lâchez-la immédiatement! ordonna Roberto.

Celui-ci obéit de mauvaise grâce, mais il retint Bianca par le bras.

— Que se passe-t-il donc? demanda Francesco.

— J'essayais de tuer ce monstre, déclara Bianca en désignant Ian du doigt.

— Je vois, fit Francesco en hochant la tête. Vous n'êtes certainement pas la première femme à en avoir envie. Notre neveu a le don de provoquer ses semblables. Que vous a-t-il fait, au juste ?

— Elle n'a cessé de débiter un tissu de mensonges, répondit Ian à la place de la jeune femme. À présent, j'ai la preuve de sa culpabilité.

— Vous n'avez rien du tout ! s'écria Bianca. Vous possédez un poignard qu'un de mes proches a commandé, ainsi qu'un cadavre qu'un voisin a jeté dans le canal. Ces éléments ne m'incriminent en rien, que je sache.

— Balivernes ! Je vous connais ! Vous n'êtes qu'une intrigante. Ces meurtres portent votre signature. C'est évident.

Bianca secoua la tête, incrédule. Tel était l'homme à qui elle avait donné son âme, à qui elle avait révélé les secrets de son cœur. Et il n'avait rien compris. Il refusait obstinément de comprendre. Pourquoi était-elle sa victime innocente ?

Une partie d'elle avait envie de sauter dans le canal, de rejoindre Enzo dans la mort. Mais une autre partie était déterminée à lutter jusqu'à son dernier souffle, ne fût-ce que pour le plaisir de se venger et de prouver sa bonne foi à cet homme odieux et froid. Oui, il fallait qu'elle démasque le vrai meurtrier, à n'importe quel prix.

Francesco et Roberto se disputaient âprement avec leur neveu quand elle intervint dans leur conversation :

— Monseigneur, vous m'avez accordé cent soixante-huit heures pour prouver mon innocence. Il m'en reste quatre-vingt-onze. Manqueriez-vous d'honneur au point de rompre votre engagement ?

Ian la fusilla du regard.

— Puisque je détiens à présent la preuve de votre culpabilité, je ne vois pas pourquoi je vous permettrais de continuer votre enquête.

Bianca voulut parler, mais il l'en empêcha.

— Toutefois, tant que vous ne sortez pas de cette maison, je vous autorise à poursuivre. Vos efforts m'amuseront peut-être. Mais je vous préviens : mon personnel sera armé. Ne croyez pas que vous pourrez les séduire comme vous l'avez fait avec Enzo. Mes hommes ne se laisseront pas prendre dans vos filets.

— Ne vous inquiétez pas, répliqua Bianca. Vous m'aurez au moins appris une chose : dans la vie, le charme et la séduction ne servent à rien, si ce n'est à créer des ennuis.

Sur ces mots, elle tourna les talons et quitta la pièce sous le regard ahuri des quatre hommes.

17

Après le départ de Bianca, Ian sombra dans un désespoir sans fond. Il avait l'impression que son univers s'écroulait. La certitude de la culpabilité de Bianca, les Arboretti en danger… À la première occasion, il rejoignit Christopher dans sa serre et lui présenta des excuses. Un tel comportement lui ressemblait si peu que son frère n'en crut pas ses oreilles. Luca profita de sa présence pour lui faire part de la visite de Bianca. Voilà qui expliquait le trou dans l'emploi du temps de la jeune femme. À sa grande stupeur, Ian fut soulagé d'apprendre que Bianca possédait un alibi.

Les nerfs à fleur de peau, il décida qu'une promenade sous la pluie lui remettrait les idées en place. Il quitta donc le palais et erra au hasard dans les rues désertes. Après quelques instants, il arriva devant la maison d'Isabella Bellocchio. Soudain, presque sans s'en rendre compte, il se retrouva en train de forcer la serrure de la porte latérale. Puis, toujours dans un état second, il pénétra chez la courtisane.

Marchant à pas de loup dans la maison, il gagna d'abord la chambre d'Isabella, s'orientant grâce à la faible lueur de la lune qui filtrait par la fenêtre. Par chance, il dénicha une chandelle, mais préféra ne pas s'en servir tout de suite. S'arrêtant sur le palier, il dressa l'oreille, à l'affût du moindre bruit suspect. Il n'entendit que les battements effrénés de son cœur. Enfin, il ouvrit doucement la porte de la chambre et entra.

À la seconde où il franchissait le seuil, il eut l'impression de recevoir une enclume sur le dos. Un homme d'une force colossale le cloua à terre. Ian s'écroula sur un tapis poussiéreux. Il demeura immobile, le nez dans les fibres de laine, tandis que son adversaire pointait le canon d'une arme entre ses omoplates.

— Que faites-vous ici ? demanda-t-il.

Ian faillit rétorquer par une réplique cinglante, car il avait la fâcheuse habitude de provoquer ses ennemis, mais il ravala ses paroles en reconnaissant la voix de son agresseur.

— Valdone ? Vous avez failli me tuer !

Ce dernier crut l'identifier à son tour, mais il n'en était pas certain. Il se redressa avec peine et leva une chandelle vers le visage de sa victime.

— Aoste ! Vous ici ?

— Et alors ? Je mène mon enquête, comme vous m'en avez prié, expliqua Ian d'un ton sec.

Le jeune homme s'étira en grimaçant et vérifia qu'il n'avait rien de cassé.

— Vous m'attendiez ? reprit-il. À moins que vous ne soyez là pour une autre raison…

Valdo s'assit sur le lit et posa la chandelle près de lui. Il se mit à caresser rêveusement l'édredon en soie.

— Isabella adore cette couleur pêche, soupira-t-il. J'ai fait venir cet édredon d'Angleterre, là où elle l'a vu pour la première fois…

L'imposant Vénitien semblait sur le point de fondre en larmes. Ian, peu disposé à tolérer cette marque de faiblesse de la part de son compagnon, répondit froidement :

— Tout cela est bien joli, mais vous ne m'avez toujours pas expliqué ce que vous fabriquiez ici.

— J'attends Isabella. D'habitude, je passe la nuit du dimanche avec elle. D'abord, nous dînons, puis nous… J'espérais qu'elle rentrerait à temps pour notre tendre rendez-vous. Vous êtes au courant, pour Enzo ?

— Oui. Sa mort est très troublante. C'est d'ailleurs pour cela que je suis venu. J'aimerais vérifier une hypothèse. Peut-être pourriez-vous m'aider, au lieu de vous morfondre.

— D'accord, fit Valdone en haussant les épaules. Que cherchez-vous ?

— Des orifices incongrus pratiqués dans une paroi. Sortons, nous allons commencer par le couloir.

À la lumière de leurs chandelles, les deux hommes examinèrent les murs et le sol. Pas une planche mobile, pas un trou de souris, pas le moindre signe d'une quelconque cachette permettant d'espionner le salon. Courbatu, Ian finit par se redresser, furieux de s'être laissé influencer par les idées saugrenues d'une femme. À cette pensée, une nouvelle théorie germa dans son esprit. Les femmes étaient des êtres fragiles et délicats, qui supportaient mal le manque de confort. Écouter des conversations durant des heures, l'oreille collée au plancher, devait être très inconfortable. Depuis le début, il faisait fausse route. Le trou, s'il existait, avait certainement été percé dans un endroit plus commode.

Ian se précipita vers la chambre de la courtisane. D'abord, il s'allongea sur le lit et passa la main derrière les montants en bois, sans savoir au juste ce qu'il s'attendait à découvrir. Il ne remarqua rien d'étrange. Refusant d'abandonner, il s'assit devant la coiffeuse d'Isabella et fouilla dans tous les tiroirs. Rien. Il déboucha les flacons de parfum, ouvrit les coffrets, inspecta les onguents. Toujours rien. Le miroir était inclinable. Ian l'actionnait quand il aperçut enfin ce qu'il cherchait.

Derrière les troisième et quatrième faces du miroir se trouvait un tuyau muni d'un bouchon. Ian l'ôta et regarda à l'intérieur. Il ne vit que du noir, mais il sentit qu'il avait mis le doigt sur un élément important.

— Valdone! cria-t-il.

Lorsque son compagnon le rejoignit, il lui ordonna :

— Restez ici pendant que je vais au salon. Ne quittez pas ce tuyau des yeux. Si vous entendez ou voyez quelque chose, prévenez-moi.

Ian se munit d'une chandelle et se rua dans l'escalier. D'après l'emplacement de la chambre, il devina quelle porte menait au salon. Par chance, elle n'était pas verrouillée. Il entra et posa la chandelle sur la table, puis il commença à déclamer un poème.

Il n'avait pas terminé le premier vers que la voix tonitruante de Valdo retentissait dans la pièce :

— Non seulement je vous entends, mais je vous vois parfaitement. C'est incroyable !

Ian fit l'expérience à son tour. Stupéfait par tant d'ingéniosité, il étudia le système, se promettant d'en faire installer un chez lui.

— Vous êtes vraiment doué. Je passe tout mon temps libre ici et je ne me suis jamais douté de rien, dit Valdo, admiratif. Comment vous est venue cette idée ?

— C'est une longue histoire. Je préfère ne pas vous l'expliquer avant d'avoir résolu le mystère.

Valdo ne discuta pas. À présent, il respectait l'autorité de Ian. Il savait qu'il fallait permettre aux génies de s'exprimer. Il ne saisissait pas le lien entre le tuyau et la disparition d'Isabella, mais il pressentait que cette découverte avait une importance cruciale.

Peu après, les deux hommes sortirent de la maison. Lorsque Valdo proposa à Ian de le reconduire chez lui, celui-ci refusa, espérant qu'une petite marche sous la bruine lui éclaircirait les idées. L'existence de ce tuyau confirmait en partie la théorie de Bianca… ce qui n'était guère surprenant, puisqu'elle était coupable. Mais pourquoi lui avait-elle confié ses prétendues déductions, au risque de se dénoncer elle-même ? Elle imaginait peut-être qu'il la prendrait une nouvelle fois pour une menteuse. Oui, il en était sûr : elle n'aurait jamais pensé qu'il chercherait à vérifier la validité de ses hypothèses. Quant à Enzo, elle l'avait éliminé parce qu'il connaissait le secret de la maison d'Isabella.

Cependant, Ian ne pouvait s'empêcher de douter. Une partie de lui ne croyait pas Bianca capable de tels crimes. Il se maudit d'être aussi faible et aussi sensible à son charme. Son cœur s'emballait malgré lui quand elle prononçait son nom, quand elle lui murmurait qu'elle l'aimait. Pourtant, il savait que ces déclarations n'étaient destinées qu'à le manipuler, que les paroles chuchotées dans le feu de l'action n'avaient aucune valeur. Sa raison lui soufflait que Bianca était une meurtrière. D'ailleurs, n'avait-elle pas dit qu'elle avait envie de le tuer ?

Bianca n'en pensait pas un mot, lui rappela sa petite voix intérieure, elle était folle de rage. Ian secoua vivement la tête, comme pour chasser cette idée. Pour la première fois, ce n'était pas la voix acerbe et méprisante de Mora qui le torturait. Il se surprit à le regretter. Au moins, Mora lui avait appris à ne pas faire confiance à un assassin. À un assassin présumé, ajouta la petite voix.

En arrivant chez lui, il songea que Bianca méritait des excuses. Pas pour les accusations répétées dont il l'accablait, mais pour la façon dont il l'avait traitée. Ian avait un sens de l'honneur à toute épreuve. Un gentilhomme ne se conduisait pas ainsi. En outre, il avait plus de chances d'obtenir des aveux s'il restait en bons termes avec sa fiancée. En la revoyant, il pourrait également savoir si elle l'attirait toujours autant. Cet après-midi-là, dans la bibliothèque, la présence de la jeune femme ne l'avait pas excessivement troublé. C'était de bon augure.

Sans perdre une minute, Ian se rendit directement dans la chambre de sa fiancée pour lui présenter ses excuses. Elle serait probablement endormie, comme la veille. Il lui demanderait brièvement pardon, elle accepterait ses excuses, puis il se coucherait à ses côtés pour vérifier l'intensité de son désir pour elle. Et, s'il le fallait, il remplirait son devoir.

Contre toute attente, il trouva la chambre vide. Bianca n'était pas non plus dans le petit salon, ni dans la bibliothèque. Ian fouilla toutes les autres pièces du palais, y compris sa propre chambre. En vain. Il arpenta les couloirs de la cave au grenier, aucun signe de Bianca. Sa fiancée s'était peut-être échappée. Elle n'avait pu que s'enfuir en bateau car, à pied dans les rues désertes de Venise, on aurait trop facilement relevé sa trace. Avant de donner l'alerte, il compta ses gondoles. Il n'en manquait aucune.

Soudain, il éprouva un besoin irrésistible de retrouver Bianca. Il se précipita vers le laboratoire de la jeune femme et ouvrit la porte avec fracas. Le spectacle qui s'offrit alors à lui l'emplit d'un intense soulagement.

Assise sur un tabouret devant une fenêtre, Bianca s'était drapée dans une épaisse couverture pour se protéger du froid. Elle se tourna vers Ian, sans trahir la moindre surprise, car plus rien ne pouvait l'étonner.

La pluie avait cessé de tomber et le ciel commençait à se dégager. La lueur de la lune donnait au visage de sa fiancée un air éthéré. Ian chassa ces idées rêveuses et se rappela sa mission.

Bianca s'était replongée dans sa méditation, fixant le ciel. Elle n'avait rien à lui dire. Depuis deux heures, elle était assise dans la pénombre, à essayer de remettre de l'ordre dans ses idées. Elle avait recensé les éléments dont elle disposait, à l'affût d'un indice, n'importe lequel, mais ses pensées revenaient invariablement à Ian.

— Je voulais vous présenter mes excuses, déclara Ian à brûle-pourpoint, la tirant de sa rêverie. Aujourd'hui, j'ai prononcé des paroles injustes.

Bianca baissa la tête pour qu'il ne voie pas les larmes qui embuaient ses yeux.

— Je vous remercie, Monseigneur, répondit-elle d'une petite voix.

Puis elle se ressaisit.

— Pourquoi avez-vous prononcé ces paroles, dans ce cas ? demanda-t-elle.

— Je l'ignore. En votre présence, il m'arrive de…

Il s'interrompit.

— … de ne plus me maîtriser, conclut-il.

Bianca se mordit les lèvres pour ne pas rire.

— À mon avis, dit-elle, quelqu'un vous a fait souffrir, par le passé. À présent, vous cherchez à vous venger sur moi de cet affront.

— C'est une théorie fort intéressante, *carissima*, admit-il.

— Je suis sûre qu'il s'agit d'une femme.

Ian se raidit. Il aurait dû prendre ses jambes à son cou, fou de rage contre elle, et la punir pour avoir osé aborder ce sujet douloureux. Pourtant, il n'avait aucune envie de quitter la pièce.

— Pourquoi restez-vous ici, dans le noir ? demanda-t-il après un silence. Il fait un froid glacial.

Bianca l'observait toujours avec attention.

— Je contemple les étoiles. En réalité, je cherchais l'étoile de mon père.

— Je ne comprends pas, fit Ian, perplexe. En quoi cette étoile est-elle différente des autres ?

— On ne peut pas encore la distinguer. Mais quand mon père me fera signe, l'étoile se mettra à scintiller.

— Avez-vous déjà observé ce phénomène ?

— Non, malheureusement. Depuis sa mort, je le guette, mais je ne l'ai toujours pas vu.

La détresse qu'il perçut dans sa voix l'émut malgré lui.

— Je sais que mon père ne m'oublie pas et qu'il ne m'abandonnera jamais, continua-t-elle, mais j'aimerais tant voir son étoile ! Cela m'aiderait à me sentir moins seule en ce bas monde.

Ian dut se retenir pour ne pas la prendre dans ses

bras. Il aurait voulu lui dire qu'elle se trompait, qu'elle n'était pas seule. Il avait envie de l'embrasser tendrement, de l'envelopper de sa chaleur, de lui promettre de la protéger et de s'occuper d'elle… Mais c'était impossible.

— D'après ce que j'ai lu sur les étoiles, je doute qu'elles soient le reflet de l'âme des défunts, déclara-t-il.

La lèvre inférieure de la jeune femme se mit à trembler. Redoutant de la voir fondre en larmes, Ian fouilla dans sa mémoire. Qu'aurait fait Christopher à sa place ? De toute façon, son frère ne se serait jamais fourré dans un tel pétrin. Désemparé, Ian se raccrocha à la première idée qui lui vint à l'esprit.

— Ce que je veux dire, c'est que vous cherchez peut-être au mauvais endroit. Votre père vous envoie des signes chaque jour, sans que vous vous en rendiez compte. Bien sûr, je peux me tromper. Si vous vous intéressez vraiment à cette science passionnante qu'est l'astronomie, je possède dans mon laboratoire un appareil qui permet d'observer les étoiles de plus près. Sans doute distinguerez-vous un peu mieux celle de votre père, qui sait ?

Bianca avait du mal à suivre le raisonnement étrange de son fiancé. Mais cette invitation dans son prestigieux laboratoire était une occasion inespérée. Depuis le premier jour, elle rêvait de pénétrer dans ce lieu mystérieux. Elle avait entendu parler de domestiques imprudents qui, perdus dans les couloirs du palais, s'étaient retrouvés dans la pièce interdite, confrontés à une machine effrayante. Un homme avait même gardé des traces de brûlure après avoir été en contact avec une substance inconnue et extrêmement inflammable.

Poussée par la curiosité, Bianca accepta volontiers la proposition de Ian. Toujours enveloppée dans sa couverture, elle lui emboîta le pas dans le couloir sombre. Il ouvrit la porte et l'invita fièrement à entrer. Des miroirs tapissaient les quatre murs du laboratoire, faisant paraître la pièce démesurée. Tournant sur elle-même, Bianca vit son image se refléter en une multitude d'exemplaires. Désorientée, elle heurta un établi sur lequel étaient posées les répliques en plusieurs tailles d'un même appareil. Plus loin, une table était jonchée de livres. Tandis que Bianca contemplait les lieux, les yeux écarquillés, Ian alluma plusieurs chandelles.

— À quoi servent donc ces machines extraordinaires ? demanda-t-elle.

— Elles permettent d'observer les objets en bien plus grand. Si l'on examine une roche, par exemple, on en distingue non seulement la surface, mais aussi les particules minuscules qui la composent.

— Vraiment ? Un tel outil me serait extrêmement utile dans mon travail d'anatomiste, commenta-t-elle avec enthousiasme.

— Malheureusement, ce ne sont que des prototypes de qualité médiocre. Je n'en suis encore qu'au stade expérimental. À la longue, j'espère mettre au point un appareil grâce auquel je pourrai voir à travers la surface des choses.

Bianca scruta le visage de Ian. Que n'aurait-elle pas donné pour avoir un aperçu de ce qui se cachait sous sa carapace de froideur ?

— Quoi qu'il en soit, nous ne sommes pas venus ici pour parler de ces machines, décréta-t-il. Ce qui nous intéresse, c'est cet autre appareil.

Il désigna du doigt un imposant objet métallique de forme cylindrique.

— C'est celui qui sert à regarder les étoiles de plus près ? demanda Bianca, incrédule. Mais comment faites-vous ? Les murs ne comportent aucune fenêtre.

Sans répondre, Ian tira sur un cordon. D'abord, Bianca ne remarqua rien puis, peu à peu, la lumière se modifia. Elle leva les yeux et constata que le plafond avait disparu, cédant la place à des milliers d'étoiles dans un ciel bleu sombre. Elle comprit vite ce qui s'était passé. Le cordon actionnait une bâche, qui dissimulait un plafond vitré. L'effet était saisissant. La jeune femme en resta bouche bée.

Ils gardèrent le silence pendant que Ian réglait le télescope. Il posa le cylindre sur un pied et le dirigea vers le ciel. Ensuite, il fit coulisser un des panneaux du plafond en verre. Regardant d'un œil à une extrémité du cylindre, il tourna plusieurs molettes. Lorsqu'il eut terminé, il invita la jeune femme à approcher.

Quand elle reconnut ce qu'elle voyait, Bianca poussa un cri ravi.

— C'est magique! J'ai l'impression que je pourrais toucher les étoiles! Comment est-ce possible? Comment avez-vous réussi ce prodige?

Ian affichait un sourire radieux.

— Je vous l'expliquerai un jour, c'est promis, mais pas ce soir, ce serait trop long. Il s'agit du même principe que pour le tuyau installé chez Isabella.

— Quoi? s'écria Bianca en se retournant brusquement vers lui. Quel tuyau?

— Celui grâce auquel elle espionnait les conversations.

— Ainsi, c'était vrai? Vous l'avez trouvé?

Bianca était contente d'avoir deviné juste et heureuse que Ian l'ait prise au sérieux, malgré son scepticisme naturel.

— Je me suis rendu chez Isabella dans la soirée, répondit-il, et j'y ai découvert son système d'écoute.

— Vous voyez! Je suis innocente! C'est pour cela que vous m'avez présenté vos excuses?

— Si je me suis excusé, c'est uniquement parce que mes paroles avaient dépassé ma pensée. Ce système d'écoute ne prouve en rien votre innocence. D'ailleurs, le fait que vous soyez au courant de son existence tendrait plutôt à démontrer votre culpabilité.

Ian s'exprimait d'un ton neutre, mais il regrettait d'avoir abordé ce sujet.

— Vous vous trompez, répliqua Bianca, indignée. J'ai simplement suggéré cette éventualité. Comment aurais-je pu savoir qu'il y avait réellement un système d'écoute installé dans le plancher ou derrière la coiffeuse ?

— La coiffeuse ! Vous vous êtes trahie !

— C'est une évidence, voilà tout ! Je parierais que vous avez d'abord cherché dans le plancher, vous aussi. D'ailleurs, je ne vous en aurais pas parlé si j'étais coupable du meurtre.

Ian entreprit d'exposer calmement sa théorie à Bianca, comme s'il s'adressait à quelque collaborateur et non au premier suspect du meurtre.

— J'y ai songé. Vous pensiez sans doute que je croirais à un mensonge de votre part, parce que je vous soupçonne systématiquement de mentir. Cette fois, je vous ai bien eue.

— Quelle clairvoyance, Monseigneur ! rétorqua-t-elle. C'est l'idée la plus absurde que j'aie jamais entendue. Pourquoi aurais-je agi de la sorte ? C'était trop risqué.

— La raison est évidente : pour me forcer à élargir la liste des suspects. Cette ruse aurait fonctionné si Enzo n'était pas mort, mais...

Ian dut se taire, car Bianca venait de poser les lèvres sur les siennes. La jeune femme avait soudain eu une envie folle de l'embrasser, ne fût-ce que pour faire cesser ces terribles accusations.

— Et si nous laissions ces histoires de côté jusqu'à demain matin ? proposa-t-elle. J'apprécie tant votre compagnie... Oublions nos soucis un moment.

Elle le regarda droit dans les yeux.

Ian comprit qu'il était encore irrésistiblement attiré par la jeune femme. Au moindre contact de ses mains, chaque parcelle de son corps réagissait. Une partie de lui résistait encore, mais l'autre se rangeait à l'avis de Bianca. Ils auraient le temps de parler de l'enquête plus tard. Pour l'heure, ils avaient mieux à faire. Son corps s'abandonna volontiers au désir de sa fiancée.

Il répondit à son baiser avec passion. Bianca lui caressa la joue, glissa ses doigts dans sa chevelure blonde, lui effleurant la nuque. Ils restèrent longuement enlacés, à s'embrasser en échangeant mille caresses. Très vite, le désir de Ian balaya ses bonnes résolutions. Il souleva la jeune femme et la porta vers une table. Il y étala la couverture qui entourait les épaules de Bianca, puis défit les lacets de sa robe pour dénuder sa peau nacrée.

Le spectacle de sa fiancée nue, offerte, le paralysa un instant. Dès que Bianca commença à délacer ses hauts-de-chausses, il se ressaisit et ôta sa chemise. Dans le miroir, elle découvrit son dos musclé, ses fesses rondes et fermes. Elle frissonna de désir. Ian se pencha vers elle pour prendre un mamelon durci entre ses lèvres. Mais, brusquement, elle l'écarta.

— Tout à l'heure, dans la bibliothèque, vous avez insinué que j'étais perverse, dit-elle. Le pensiez-vous sincèrement ?

Ian baissa les yeux, l'air penaud. De toute évidence, ses excuses n'avaient servi à rien.

— Non, *carissima*. Vous n'êtes pas perverse. Vous êtes très libre et sensuelle, voilà tout.

L'expression peinée de la jeune femme lui fit l'effet d'un coup de poignard en plein cœur. Comment avait-il pu être aussi odieux ? Comment avait-il pu lui reprocher une sensualité si délicieuse et si grisante ? Inconsciemment, il savait pourquoi. Il avait eu peur, peur qu'elle ne soit vraiment coupable de ces meurtres, peur de devoir renoncer à elle pour toujours. Et il avait utilisé cette peur comme une arme, pour la punir de l'effet dévastateur qu'elle produisait sur lui. Comment effacer les mots blessants qu'il avait prononcés ? L'idée qu'il avait peut-être perdu, par ces malheureuses paroles, la compagne la plus exaltante qu'il ait jamais connue le désespérait. Il fallait qu'il réagisse au plus vite.

Quand il la souleva de la table, Bianca ne résista pas. Il s'assit sur un tabouret et l'installa entre ses cuisses, de telle sorte qu'elle soit face au miroir.

— J'aimerais vous faire un cadeau. Je voudrais vous montrer combien vous êtes belle dans l'extase, *carissima*, lui murmura-t-il à l'oreille, la voix rauque.

De la main droite, il se mit à caresser doucement ses seins, tandis que son autre main glissait lentement sur le ventre de la jeune femme. D'abord, il se contenta de l'effleurer, puis ses doigts s'aventurèrent plus profondément en elle, cherchant à faire monter son plaisir. Sa main droite descendit à son tour. Il lui écarta les cuisses pour qu'elle puisse voir les mouvements circulaires de ses doigts sur sa chair gonflée. La jeune femme haletait, s'approchant de la jouissance, mais Ian souhaitait prolonger son plaisir.

Il voulait qu'elle sache combien elle était radieuse quand l'extase l'emportait. Tout en continuant à la caresser, il se leva et se plaça derrière elle. Bianca se fondit contre lui, savourant le contact de son membre raidi dans son dos. Soudain, Ian vint s'agenouiller devant elle. Elle ne distinguait plus que ses cheveux entre ses cuisses. D'une main tremblante, elle serra la tête de son fiancé contre elle et gémit de plaisir à mesure que la langue de Ian se livrait à des caresses de plus en plus intimes, de plus en plus audacieuses. Les jambes en coton, elle avait peine à tenir debout. Elle se sentait aimée, désirée, comblée. Dans un dernier sursaut, elle atteignit l'extase par vagues sans cesse renouvelées.

Perdant toute raison, elle s'agrippa à Ian et cria son prénom. Il comprit alors qu'elle avait accepté son offrande. Il se redressa et l'embrassa de ses lèvres encore humides. Bianca se blottit aussitôt contre lui. Elle se vit dans le miroir, entre ses bras, la tête sur son épaule, les seins contre son torse. Elle aurait voulu rester ainsi à jamais.

Puis elle sentit le membre de Ian palpiter contre sa cuisse. Lui aussi méritait ce plaisir indicible. Croisant le regard de son fiancé dans le miroir, elle glissa la main vers son ventre.

Ian serra les dents sous ses caresses. Il mourait d'envie de la pénétrer, mais songea à lui proposer un fantasme secret. Il l'entraîna vers un tabouret.

Comme si elle lisait dans ses pensées, la jeune femme se pencha en avant, son ventre tiède plaqué contre le bois frais du siège. Dans la glace, elle regarda son fiancé s'approcher d'elle. Il la pénétra si lentement qu'elle en frémit de plaisir. Puis il prit ses seins dans ses mains et les caressa doucement, au rythme de ses coups de reins. Il aimait sa façon de se cambrer vers lui, de l'appeler en elle. Très vite, il accentua ses mouvements, savourant le regard brûlant de Bianca fixé sur son reflet, dans le miroir.

Dans un dernier spasme, il la sentit se contracter. Leurs cris se mêlèrent alors qu'ils montaient ensemble au septième ciel.

Trop épuisés pour regagner leurs appartements, ils s'allongèrent sur la table de travail. Très vite, Bianca s'assoupit, apaisée. À ses côtés, Ian éprouvait un sentiment nouveau, quelque chose qui ressemblait étrangement au bonheur. Il contempla longuement Bianca, se rassasiant de sa beauté, puis il leva la tête vers le ciel. Il se demandait ce qu'ils allaient devenir quand un événement incroyable se produisit.

Ian était trop étonné pour bouger, mais son exclamation admirative réveilla Bianca. Elle suivit son regard. Les étoiles s'envolaient une à une, traversant le ciel dans un ballet magique et lumineux.

18

Bianca se précipita vers la fenêtre, cherchant l'origine des cris qui venaient de la tirer d'un profond sommeil. Elle écarta le rideau et se retrouva nez à nez avec un paon dont les prouesses sonores auraient eu raison des oreilles les plus patientes. À cet instant, la porte de sa chambre s'ouvrit brutalement. Nilo entra, Francesco sur les talons.

— N'y touchez pas ! s'écria Nilo.

— Il a peur. Ce n'est rien, ajouta Francesco. Il nous a pris par surprise. Nous ignorions qu'il allait s'envoler.

— Avez-vous prévu d'autres animaux ? demanda la jeune femme. Des tigres, peut-être ? Nous pourrions transformer la salle de bal en ménagerie.

— *Signorina* Salva, répondit Francesco d'un ton poli mais offensé, vous ne connaissez manifestement rien à l'organisation d'un banquet digne de notre rang. Les paons sont absolument indispensables.

Le médecin se dirigea vers la pauvre bête affolée. Agacée, Bianca quitta sa chambre, laissant Nilo et Francesco en grande discussion sur le meilleur moyen de faire descendre le capricieux volatile du rebord de la fenêtre.

Dans le palais Foscari régnait une agitation inhabituelle. Du jour au lendemain, le personnel avait triplé de volume. Les domestiques époussetaient, lavaient, astiquaient les moindres recoins de la maison.

Quand Bianca pénétra dans la salle à manger, elle fut soulagée de trouver Christopher seul. C'était justement lui qu'elle voulait voir, mais elle redoutait de contrarier l'irascible Luca en se rendant à nouveau dans la pépinière.

Le jeune homme la salua avec entrain.

— Dites-moi, Monseigneur, est-il vraiment nécessaire de faire venir des paons pour le bal ?

— Bien sûr, affirma-t-il avec le plus grand sérieux. Vous connaissez la tradition : plus il y a d'oiseaux, plus la fête est somptueuse. Ian refuse de participer à une soirée où figurent moins de dix paons. Pour ma part, je suis moins guindé. Un jour, je suis même allé à une réception qui ne comptait que deux paons. J'avoue que c'était un peu ennuyeux.

— Je promets de ne le répéter à personne, assura la jeune femme, taquine.

— Je vous crois sur parole. Au fait, aviez-vous une question à me poser, hier, ou désiriez-vous simplement me voir ?

— Je suis désolée, fit Bianca, confuse. Je crains d'avoir dérangé ce pauvre Luca.

— Ce n'est rien. Un peu de compagnie féminine lui ferait du bien, répondit le jeune homme avec un sourire malicieux.

Bianca avala une bouchée de tarte, l'air rêveur, puis elle reprit la parole :

— Vous avez certainement entendu parler de ma réaction face à votre nouvelle plante exotique. J'ai demandé à Luca d'où elle venait, mais il a été incapable de me renseigner.

— C'est très étrange, en effet, dit Christopher. J'ai reçu cette plante hier, emballée dans un beau paquet, avec une carte portant mon nom, mais il n'y avait aucune signature. Cela m'ennuie, car j'ignore qui remercier.

— Il vous arrive souvent de recevoir des cadeaux aussi mystérieux ?

— En général, une personne qui offre un présent coûteux s'arrange pour se faire connaître, afin qu'on puisse lui témoigner sa gratitude.

Bianca chercha ses mots, car elle ne voulait pas effrayer le jeune homme, ni exciter sa curiosité.

— Dites-moi… vous a-t-on déjà remis un cadeau plutôt… dangereux ? demanda-t-elle.

— À moi ? Une plante dangereuse ? Mais pourquoi ? Qui ferait une chose pareille ?

La jeune femme tenta d'adopter un ton désinvolte.

— Je ne sais pas. Quelqu'un qui envierait la richesse de votre pépinière, peut-être, ou un ennemi juré des Arboretti.

Christopher regarda la jeune femme avec attention. Ian l'aurait-il chargée de l'interroger discrètement ? Les excuses de son frère cachaient sans doute quelque machination.

— Vous avez raison, les Arboretti ont de nombreux ennemis, mais…

— Qui ? coupa vivement Bianca, oubliant toute prudence.

Christopher décida de se montrer franc.

— Tous les concurrents que nous battons. Les Bartolini, par exemple. Jamais ils ne nous pardonneront d'avoir remporté le marché des épices avec l'Orient. Beaucoup jalousent notre réussite. Il y a aussi Giulio Cresci et Filippo Nonte, qui feraient n'importe quoi pour ruiner notre réputation. Quant aux animosités personnelles… Morgana da Gigio déteste Ian, et mon cousin Julian en veut à mort au prince de Navarre.

La surprise de Bianca disparut vite lorsqu'elle entrevit les implications de ces paroles.

— Morgana da Gigio? Une femme! s'exclama-t-elle. Je parie que c'est la femme d'il y a deux ans!

Si Ian et cette jeune veuve avaient été amants, tout s'éclairait. Il suffisait que Morgana da Gigio entre dans une pièce pour qu'elle éclipse toutes les autres femmes. Non seulement elle était d'une beauté à couper le souffle, mais il émanait d'elle un charme indescriptible qui avait le don d'ensorceler les hommes. Bien que Bianca ne l'ait vue que de loin, au cours de soirées mondaines, elle l'avait toujours trouvée fascinante.

— Mora, comme on la surnomme, a séjourné plusieurs années au palais, admit Christopher. Ian et elle étaient très bons amis. Elle l'avait littéralement envoûté.

Le jeune homme imaginait déjà la colère de son frère quand sa fiancée lui rapporterait ses propos.

— Que s'est-il passé? Pourquoi en veut-elle à ce point à Ian? demanda Bianca d'une voix mal assurée.

Christopher haussa les épaules et repoussa sa chaise.

— Vous n'aurez qu'à poser la question à mon cher frère. N'oubliez pas de préciser que je n'ai pas parlé d'un éventuel héritier Foscari.

Sur ces mots, Christopher quitta la pièce. Bianca avait l'impression que le monde s'écroulait sous ses pieds. Ian et Morgana avaient été amants… Cette nouvelle la terrassait. Et ils avaient peut-être eu un enfant!

Par rapport à sa rivale, la jeune femme se trouvait laide, quelconque, inexpérimentée, ennuyeuse à mourir. Comment Ian avait-il pu supporter de lui faire l'amour après les délices qu'il avait dû connaître dans les bras de Morgana ? Il suffisait de la regarder pour comprendre que tous les hommes ne rêvaient que de passer une nuit avec elle.

Christopher n'aurait rien dit s'il avait deviné la portée de ses paroles un peu indiscrètes. Bianca, à présent, redoutait de croiser Ian. Qu'avait-elle à lui offrir ? Dès le premier jour, elle aurait dû se rendre compte qu'elle n'avait aucun attrait en comparaison. Pourtant, même après sa visite à Tullia, elle avait refusé d'ouvrir les yeux. Elle regrettait amèrement d'avoir posé des questions sur son fiancé.

Les horloges de la maison sonnèrent 10 heures, lui rappelant que le temps s'écoulait inexorablement. Elle soupira, découragée par l'ampleur de la tâche qui l'attendait. Il lui restait soixante-quatorze heures pour démasquer le véritable assassin et elle n'avait pas l'ombre d'une piste.

À partir de 20 heures, les invités commencèrent à affluer. Les gondoles s'arrêtaient une à une devant le palais Foscari avant de repartir. Tous les personnages importants de la ville étaient conviés. Certains venaient par amitié ou par loyauté, d'autres par pure curiosité. La fiancée du comte éveillait en effet l'intérêt des Vénitiens. Lors des quelques bals auxquels elle avait participé, Bianca avait fait tourner bien des têtes. Pourtant, elle savait que les mères de famille de la noblesse ne l'appréciaient guère. Certes, elle était riche, jeune et belle, mais elle était également excentrique et se moquait des convenances comme d'une guigne.

Rassemblés dans l'immense salle de bal, les convives, une coupe de vin à la main, se lancèrent dans des conversations animées. La plupart commentaient la fantaisie juvénile de Bianca et riaient déjà des impairs qu'elle ne manquerait pas de commettre au cours de la soirée.

Selon la coutume, les fiancés ne devaient se montrer qu'une fois tous les invités réunis dans la salle. Les autres Arboretti jouaient les hôtes auprès des membres de la haute société. Jongleurs et acrobates distrayaient l'assistance, multipliant pirouettes et tours de magie. Quant aux innombrables paons, ils s'ébattaient librement, à la vue de tous.

Les riches Vénitiennes arboraient des robes somptueuses aux couleurs chatoyantes, certaines striées d'or, d'autres ornées de perles. Elles s'observaient d'un œil critique, échangeant des remarques acerbes sur les bijoux de leurs amies et voisines. Comme toujours, les ragots allaient bon train. Tout le monde s'accordait toutefois à louer la réussite de la soirée avant même le début du bal.

Sur le coup de 21 heures, le silence se fit dans la foule. Les invités se regroupèrent pour mieux apercevoir le jeune couple lors de la traditionnelle descente des marches. Un quatuor se mit à jouer une mélodie solennelle, écrite pour l'occasion.

À la fin du morceau, comme personne n'arrivait, les musiciens recommencèrent.

Ils s'apprêtaient à l'entonner pour la troisième fois lorsqu'un domestique leur transmit l'ordre d'arrêter. Il n'y aurait pas de descente des marches. À la stupeur des Arboretti, la fiancée demeurait introuvable. Les convives échangèrent des regards entendus. Bianca n'avait pas attendu longtemps pour démontrer une nouvelle fois son manque de savoir-vivre.

Ian marchait de long en large dans la chambre de Christopher, en proie aux pires tourments. Il passait en revue les différents moyens de retrouver Bianca quand, enfin, Giorgio apparut en compagnie de l'intéressée.

— Elle était tout simplement à l'office avec Marina, annonça-t-il.

Ian ravala ses réflexions acides et ses reproches. Toute rancœur disparut même de son esprit.

Bianca portait une robe en velours doré, dont la couleur était parfaitement assortie à la topaze qui ornait son cou gracile. Son décolleté ourlé de soie blanche mettait en valeur ses seins ronds et fermes. Le tissu était délicatement brodé de fleurs d'argent. Quant aux cheveux de la jeune femme, ils tombaient librement sur ses épaules. Autour de sa tête brillait un diadème en diamants. Ses yeux semblaient plus grands, ses lèvres plus pulpeuses. Ian sentit sa gorge se nouer.

Il eut envie de lui dire combien elle était belle, mais il ne parvint qu'à bredouiller :

— Vous vous étiez enfuie par les cuisines ?

Son ton était plus dur qu'il ne l'avait voulu. Il avait eu trop peur de la perdre.

Bianca était consternée. Elle n'avait pas cherché à le mettre en colère, au contraire.

— J'avais besoin d'aide pour ma coiffure, expliqua-t-elle. Je regrette de vous avoir embarrassé.

— Ce retard est très fâcheux. Allons-y. J'ai assez perdu de temps à écouter vos excuses.

Il la prit par la main et l'entraîna vers la porte.

— Giorgio ! Tu peux dire aux musiciens que ma charmante fiancée est de retour de l'office et que nous sommes prêts.

Il tenta de la fusiller du regard, mais dès qu'il posa les yeux sur elle, il sentit fondre sa détermination. Au lieu de s'emporter et de se répandre en imprécations, il l'enlaça et l'embrassa avec fougue.

— Bianca… souffla-t-il d'un ton rauque, avec une douceur inhabituelle.

À cet instant, les premières notes de musique retentirent, interrompant leurs retrouvailles. Le moment était venu de faire leur apparition face à la haute société vénitienne.

En descendant les marches devant eux, Giorgio fronça les sourcils. Les exclamations des invités couvraient presque la musique. Il comprit rapidement la cause de cette agitation : Morgana da Gigio entrait d'un pas lent dans la salle, sublime dans sa robe en velours rouge. Son arrivée, comme elle l'avait prévu, coïncidait avec celle du jeune couple. Elle voulait ainsi embarrasser Ian et démontrer à tous combien cette jeune pimbêche de Bianca semblait terne à côté d'elle. Implacable, Mora espérait même que la fiancée fondrait en larmes.

D'abord, tout se déroula à merveille. L'entrée de Mora provoqua des remous parmi l'assistance. Ses admirateurs se massèrent autour d'elle. Mais quand elle croisa le jeune couple, elle resta bouche bée. La fiancée ne ressemblait absolument pas à ce qu'elle avait imaginé. À son goût, cette petite intrigante n'était pas assez laide. Quant à Ian, il paraissait contrarié de la voir. Mora s'inclina poliment, révélant la naissance de ses seins à quelques jeunes gens bien placés.

Bianca tendit la main à Mora, tandis que Ian faisait les présentations devant la foule avide de scandale.

— *Carissima*, voici Morgana da Gigio, mon ancienne maîtresse.

Mora elle-même n'aurait pu faire autant sensation. Des semaines plus tard, tout Venise s'extasiait encore devant la tendresse évidente de Ian pour Bianca et riait du camouflet qu'il avait infligé à l'arrogante Mora. Aux yeux de beaucoup, il devint aussitôt un héros de roman. À la fin de la soirée, Ian regrettait presque son ancienne réputation d'homme froid et arrogant. Désormais, toutes les jeunes filles étaient à ses pieds, le trouvant irrésistible. Bianca, elle, mourait d'envie de l'embrasser, mais elle se retint, par respect des convenances.

Ian venait de remporter une bataille, et Mora le savait. Acceptant de mauvaise grâce sa défaite, elle s'écarta, non sans avoir adressé au jeune homme un de ses célèbres sourires ravageurs.

Ses minauderies eurent l'effet escompté. Le contraste entre les deux femmes devint éclatant. La simplicité et la modestie de Bianca ne faisaient guère le poids face à la beauté flamboyante de Mora. La force que le baiser de Ian lui avait insufflée abandonna rapidement Bianca. Elle se trouvait plus laide à chaque seconde, avec ses yeux ternes et son corps sans formes. Les invités, conscients de sa détresse, la saluèrent courtoisement, et même avec affection. Bianca se doutait qu'ils n'éprouvaient que de la pitié pour elle, mais elle leur était reconnaissante de ne pas l'humilier davantage. Elle parvint à terminer la première danse sans se faire remarquer par quelque faux pas. Un peu rassurée, elle se sentit alors en mesure de mener à bien la première mission qu'elle s'était fixée.

Comme Ian la gardait confinée au palais, Bianca avait décidé de profiter du bal pour examiner à loisir tous les fiancés potentiels d'Isabella. Elle se remémora la liste de candidats que Tullia avait dressée pour elle et commença à chercher les jeunes gens dans la foule. Elle repéra vite Brunaldo Bartolini près de la fontaine, en compagnie de sa sœur jumelle. Elle voulut s'approcher d'eux, mais se ravisa en voyant combien leur discussion semblait intime. On racontait dans Venise qu'ils étaient plus proches que n'auraient dû l'être un frère et une sœur. Bien qu'elle ne crût guère à ces commérages, Bianca préféra ne pas les interrompre. Remarquant Lodovico Terreno, elle s'apprêtait à le rejoindre quand quelqu'un lui tapota l'épaule.

Avec ses petits yeux noirs, ses cheveux raides et sa voix de fausset, Giulio Cresci était persuadé d'avoir un charme irrésistible. Il ne perdit pas de temps en vaines flatteries et ordonna :

— Dansez avec moi, *signorina*.

Bianca fut entraînée malgré elle sur la piste. En d'autres circonstances, elle se serait libérée de son emprise, la tête haute, mais l'audacieux Giulio faisait partie des fiancés potentiels d'Isabella. Bianca endura donc cette épreuve sans broncher. Ils échangèrent quelques paroles anodines. Bianca comprit vite qu'elle devrait discuter en tête à tête avec lui si elle voulait obtenir des réponses précises à ses questions.

Faisant mine d'être épuisée, elle lui proposa de sortir dans le parc et de s'asseoir sur un banc. Elle s'en mordit aussitôt les doigts, car Giulio parut se méprendre sur ses intentions. Elle réussit à l'interroger discrètement, mais les réponses du jeune homme restèrent vagues. Il se contenta de sous-entendus égrillards, ponctués de rires gras. Lorsqu'elle lui demanda s'il possédait une maison à la campagne, il esquissa un sourire suggestif.

— Vous avez donc l'intention de quitter les bras de ce cher Foscari ?

Quand elle aborda le sujet des Arboretti, Giulio haussa les sourcils : pour l'heure, il avait bien autre chose en tête. Quant à son intérêt pour les fleurs, il se limitait à des images d'un goût douteux concernant son amour pour les boutons de rose des jeunes filles. Atterrée, Bianca s'enfuit.

Ses autres interrogatoires se révélèrent moins pénibles, mais tout aussi stériles. Sergio Franceschino avait vendu son domaine du lac de Côme, Lodovico Terreno collectionnait les plantes médicinales et Brunaldo Bartolini avait la passion de l'apiculture. Ils déclaraient tous vouer une admiration sans bornes aux Arboretti. Toutefois, Bianca crut déceler chez Brunaldo une certaine antipathie pour Ian, bien qu'il refusât farouchement de l'admettre. Finalement, la jeune femme n'apprit qu'une chose : il était presque impossible de discuter sérieusement en plein bal.

La conversation de Ian avec la femme de Valdone ne fut guère fructueuse, elle non plus. Lucrèce était moins corpulente que son époux, mais plus exubérante. Elle accepta l'invitation à danser de son hôte avec de telles exclamations de joie que le jeune homme crut qu'elle allait défaillir. Manifestement, elle ne s'intéressait guère aux frasques de son mari, trop occupée à batifoler de son côté. Lorsqu'elle fit au comte des propositions explicites, celui-ci fut d'abord surpris. Il se demandait comment échapper à cette situation délicate quand Lucrèce jeta son dévolu sur un jeune valet. Ian se promit d'attribuer une prime à son domestique, si toutefois il sortait vivant de cette mésaventure.

Le reste de la soirée se déroula sans encombre. Les convives festoyaient gaiement. Bianca heurta malencontreusement Sebastian, le cousin de Ian, qui lisait les lignes de la main à la ravissante Cecilia Priuli dans une alcôve. Sa cousine Analinda, à qui Christopher avait adressé deux compliments, se réjouissait déjà de vivre bientôt sous le même toit que Bianca. Tristan était en grande conversation avec Catarina Nonte, sous le regard boudeur d'Emilio, le frère de la jeune fille, qui ne la lâchait pas d'un pouce. Bianca se mit à penser à son propre frère. Giovanni était-il vraiment le meurtrier d'Isabella ? Où donc était-il passé ?

Très vite, Bianca, fatiguée, présenta ses excuses à quelques amies venues la féliciter et se rendit dans sa chambre pour se détendre un instant. Elle avait à peine eu le temps de refermer la porte que celle-ci s'ouvrait à nouveau sur l'ensorcelante Mora.

— J'étais sûre de vous trouver ici, *carissima*, lança l'intruse d'une voix suave.

Bianca sentit une peur irraisonnée l'envahir. Rassemblant son courage, elle salua la jeune femme.

— Vous semblez épuisée, déclara Mora. Venez. Asseyons-nous pour bavarder tranquillement.

Elle entraîna Bianca vers un divan recouvert de satin et s'installa à côté d'elle.

— Vous savez, je dormais dans cette chambre, naguère. Ian avait chargé Paolo Véronèse de la décorer.

Bianca hocha la tête, décontenancée. La chambre était en effet digne de la beauté de Mora, mais elle ne comprenait pas pourquoi celle-ci tenait tant à lui parler.

Comme si elle lisait dans ses pensées, Mora sourit.

— Vous vous demandez quel est le but de ma visite, pourquoi je ne retourne pas auprès de mes admirateurs, n'est-ce pas ? La réponse me paraît évidente.

Elle prit les mains de Bianca dans les siennes.

— C'est Ian qui m'a chargée de venir vous voir. Il désire que je vous enseigne l'art d'aimer, les caresses qu'il affectionne. Il affirme qu'il a essayé de vous former à son goût, mais que vous avez, disons, un caractère assez marqué.

Sous le choc, Bianca resta interdite. Ces paroles sonnaient faux, pourtant Mora affichait un regard candide qui inspirait la confiance. Il était difficile de ne pas la croire. De plus, Bianca était persuadée de ne pas être digne de Ian. Pourquoi ne souhaiterait-il pas améliorer ses manières ? En fait, il était généreux de lui accorder une seconde chance au lieu de la répudier.

Ce fut ainsi que Mora lui présenta la situation. Depuis sa rencontre avec la fiancée de Ian, elle cherchait un moyen de la manipuler. À sa haine pour le comte s'était ajoutée une nouvelle motivation : son désir pour Bianca, qui n'avait cessé de croître au cours de la soirée. Mora n'était pas certaine que ses attentions parviendraient à détourner définitivement la jeune femme des bras de Ian, mais elle avait assez d'expérience pour atténuer ses ardeurs de fiancée amoureuse. Par chance, au moment où elle avait trouvé la meilleure stratégie, Bianca avait abandonné son groupe d'amies pour regagner sa chambre. La chambre qui avait été la sienne. L'occasion était trop belle.

Mora porta la main de Bianca à ses lèvres et lui baisa doucement les doigts, le regard plongé dans le sien. Elle se pencha en avant, laissant apparaître un mamelon rose au bord de son décolleté. Avec un sourire, elle posa la main de Bianca sur son sein.

— Ian adore cela, susurra-t-elle. Et vous ?

Ensorcelée, Bianca était incapable de bouger, de respirer, d'accepter ou de refuser. Son corps ne lui appartenait plus. Elle ressentait des picotements un peu partout. La peau de Mora lui parut douce et soyeuse. Comme Ian avait dû aimer embrasser ce corps divin, ce sein généreux ! Et elle, qu'avait-elle à offrir à son fiancé ? Devinant son désarroi, sa compagne lui adressa un regard de pitié.

Mora eut toutes les peines du monde à ne pas caresser à son tour les seins de la jeune femme. Elle se contenta d'effleurer son décolleté affriolant et ses cheveux qui cascadaient sur ses épaules nacrées. Elle aurait voulu l'embrasser dans le cou, avant de descendre lentement le long de ses épaules et de son ventre, mais elles risquaient à tout instant d'être dérangées. Elle préféra attirer Bianca vers elle et l'embrasser sur les lèvres.

En un éclair, Bianca sortit de sa torpeur. Il était impossible que Ian ait chargé Mora de son éducation. Si elle se laissait séduire par cette femme sublime, elle le ferait souffrir encore davantage. Elle refusait d'être un pion dans la vengeance d'une femme bafouée. Elle s'écarta brusquement de Mora.

— Je dois retourner auprès de mes invités, déclara-t-elle sèchement. Merci pour cette leçon.

Sur ces mots, elle quitta vivement la pièce.

Mora, indignée, ne fit pas un geste pour la retenir. Cette petite égoïste repoussait ses avances, alors qu'elle avait sacrifié ses admirateurs pour elle ! Bianca avait eu le privilège de toucher son corps superbe puis, inconsciente de l'honneur que lui faisait Mora en lui accordant ses faveurs, elle était partie comme une voleuse. Mora se consola en songeant à l'horreur qu'elle lirait sur le visage de Ian lorsqu'il apprendrait ce qui s'était passé entre elles. Peut-être même renverrait-il cette mijaurée du palais… Nul n'éconduisait Morgana da Gigio sans en subir les conséquences. Elle se jura de rendre la monnaie de sa pièce à l'effrontée.

Pour l'heure, elle avait envie de chasser le goût des lèvres de Bianca de sa bouche et son image de son esprit. Elle envisagea de convoquer un de ses nombreux soupirants et de se donner à lui dans cette chambre… Quelle revanche sur Ian, qui avait fait décorer la pièce spécialement pour elle ! Mais elle renonça à ce projet. Elle eut une autre idée que, cette fois, elle mit en pratique.

Aux premières lueurs de l'aube, Bianca, Tristan et Miles raccompagnèrent les derniers invités à leurs gondoles. Sebastian était parti plus tôt, bredouillant une vague excuse. Christopher et Ian avaient disparu depuis plusieurs heures. Miles, qui semblait apprécier de plus en plus sa future cousine par alliance, la félicita chaleureusement et lui relata les commentaires élogieux de leurs amis. Mais la jeune femme, préoccupée, l'écouta d'une oreille distraite. Elle n'avait qu'une idée en tête : retrouver Ian pour lui demander s'il n'avait pas eu honte d'elle au cours de la soirée. Lorsque Roberto et Francesco vinrent à leur rencontre, la jeune femme se retira, prétextant la fatigue.

Elle monta rapidement dans sa chambre. Sans prendre le temps de changer de robe, elle emprunta le passage secret qui menait chez Ian. Elle était sur le point d'entrer quand elle entendit des bruits.

Des gémissements de plus en plus intenses s'élevaient de l'autre côté de la cloison. Paralysée, Bianca dressa l'oreille.

— Mora… Mora… Oh, Mora… soufflait l'homme.

Puis la voix grave ne put retenir ses cris d'extase.

19

Bianca, désespérée, se dit qu'elle n'avait plus qu'à se jeter dans le Grand Canal. Devait-elle sauter de la fenêtre de sa chambre ou monter sur le toit du palais ? De là-haut, elle était certaine de réussir son suicide. Elle décida de se rendre sur le toit. Sans prendre la peine de contempler une dernière fois les superbes fresques qui ornaient les murs de sa suite, elle gravit les marches quatre à quatre. Soudain, elle heurta un mur.

Bianca rétablit son équilibre. A priori, ce mur ressemblait à tous les autres murs du palais, mais elle révisa son jugement quand elle vit apparaître deux bras et qu'elle entendit une voix, puis une autre.

— Aoste, il suffit donc que tu prononces le nom d'une femme pour qu'elle se jette à ton cou ?

— C'est un don de la nature, répondit Ian d'un ton qui se voulait léger.

À sa grande stupeur, Bianca était livide. Il l'enlaça tendrement et lui présenta son ami :

— *Carissima*, vous connaissez sans doute le duc d'Aquila. Il m'interrogeait justement sur l'avancée de vos recherches en anatomie.

Bianca avait déjà rencontré Alessandro Cornaro, duc d'Aquila, à l'occasion d'un bal. Il avait beau être très sympathique, elle n'était pas d'humeur à se laisser divertir. Son corps lui murmurait que Ian l'entourait en ce moment même de ses bras rassurants, mais sa raison savait que c'était impossible. Comment Ian pouvait-il se trouver dans ce couloir, alors qu'il était au lit avec son ancienne maîtresse, trois étages plus bas ?

— Merci de m'avoir fait visiter ton laboratoire, déclara Alessandro. C'est une pièce très agréable. Lorsque je rentrerai de mon prochain voyage, il faudra que vous veniez voir mes propres installations. J'aimerais beaucoup avoir votre avis à tous les deux.

— Vous étiez ensemble dans le laboratoire ? fit Bianca d'un ton un peu brutal.

— Naturellement. Aquila partage mon... notre intérêt pour les étoiles.

Ian sentit la jeune femme se détendre contre lui. Il la regarda, cherchant à déchiffrer sur son visage les émotions qui l'étreignaient.

Alessandro enviait le jeune couple. Ils étaient si amoureux l'un de l'autre qu'ils semblaient évoluer dans un monde à part. Il préféra ne pas s'attarder. De toute évidence, les fiancés mouraient d'envie de se retrouver en tête à tête. Il prit donc congé en assurant à ses hôtes qu'il n'était pas nécessaire de le raccompagner. En descendant les marches, il regretta de ne pas avoir fait la cour à Bianca plus assidûment, lors des débuts de la jeune fille dans le monde. Puis il songea qu'il n'aurait pas eu la moindre chance face au séduisant comte d'Aoste.

Dès que le duc d'Aquila fut hors de vue, Ian desserra son étreinte.

— Vous étiez vraiment dans le laboratoire avec lui ? insista Bianca.

— Pourquoi cette question ? En quoi est-ce si important ? demanda Ian, presque agacé.

Bianca s'écarta légèrement de lui pour mieux observer sa réaction.

— Vous n'étiez pas avec Mora ? Dans votre chambre ? Dans votre lit ?

— C'est elle qui vous a raconté ce tissu de mensonges ? s'exclama-t-il, furieux.

— Non. Je vous ai entendus derrière la porte.

À peine avait-elle fini sa phrase que Ian se précipitait dans l'escalier. Bianca hésita un instant. Devait-elle se suicider ou suivre son fiancé ? Finalement, elle lui emboîta le pas. Après tout, le canal n'allait pas disparaître dans l'heure. Il serait toujours temps de se noyer.

La chambre était vide, mais le parfum entêtant de Mora flottait dans la pièce. Un bas de soie était négligemment posé sur le divan. Les draps portaient encore l'empreinte de deux corps. Ian sentit une rage folle l'envahir. Cette intrigante avait intentionnellement laissé des traces de son passage.

— Inutile de vous expliquer, Monseigneur, murmura Bianca. Ni de nier l'évidence. Je comprends fort bien ce qui vous attire en elle. Moi-même, je la trouve fascinante. Je vais donc monter sur le toit pour…

Bianca s'interrompit en voyant le regard tourmenté de Ian.

— Arrêtez ! ordonna-t-il d'un ton sans réplique. Ce n'était pas moi. Pas avec elle. Plus jamais. Il faut me croire !

— Je vous crois, Monseigneur, répondit-elle.

Elle aurait dit n'importe quoi pour effacer cette expression douloureuse des traits de son fiancé.

Il sembla se détendre. Bianca en profita pour lui poser la question qui lui brûlait les lèvres :

— Lui avez-vous demandé d'assurer mon éducation ? De m'apprendre à vous faire l'amour comme vous le souhaitez ?

Ian en resta sans voix. L'idée que Bianca ait quoi que ce soit à apprendre dans ce domaine lui paraissait ridicule. Mais il était évident qu'elle ne plaisantait pas.

— Certainement pas ! Qui vous a dit une chose pareille ? En réalité, je m'en doute. Ce doit être Mora elle-même.

Ian se détourna pour lui cacher sa colère. Soudain, un son étrange attira son attention. Bianca pleurait.

— Seigneur ! Elle vous a terriblement choquée, n'est-ce pas ? La garce ! Je vais l'étrangler de mes propres mains. Que vous a-t-elle fait ? Il faut me le dire, Bianca.

La jeune femme secoua la tête, incapable de contrôler ses larmes.

— Elle… elle ne m'a rien fait, répondit-elle à travers ses hoquets. Elle m'a simplement embrassée. Mais j'avais si peur que vous ne l'ayez vraiment chargée de mon éducation, comme elle l'avait affirmé… J'avais peur de ne pas vous plaire, de vous dégoûter…

Ian l'étreignit avec passion. Il se promit de la protéger, de lui montrer combien il la trouvait attirante. Elle le sentit frissonner de désir.

Sans un mot, ils gagnèrent le grand lit défait. Avec des gestes lents et sensuels, Ian déshabilla entièrement la jeune femme, lui laissant son pendentif en topaze. Dès qu'ils furent nus, ils s'allongèrent côte à côte et s'aimèrent longuement, avec une tendresse infinie. Ensuite, ils discutèrent du bal, enlacés, savourant leur intimité nouvelle. Lorsque Bianca lui rapporta sa conversation avec Giulio Cresci, Ian eut envie de provoquer ce malotru en duel. Heureusement, quelques baisers de Bianca parvinrent à le faire changer d'avis. Dans la cheminée, les braises s'éteignaient doucement quand ils s'endormirent enfin, bercés par le bruit de la pluie qui martelait les carreaux.

Des cris de rage réveillèrent Bianca en sursaut. L'homme allongé près d'elle proférait des paroles incompréhensibles. Son bras musclé s'abattit soudain sur son visage, l'empêchant de respirer.

— Ian… souffla-t-elle.

Elle se dégagea de son étreinte et le secoua pour le réveiller à son tour. Il s'écarta brusquement et tomba du lit.

— Ian ! appela-t-elle en se penchant vers lui. Ian ! Réveillez-vous !

Le jeune homme s'assit sur le sol, haletant, et se mit à jeter des coups d'œil effrayés autour de lui. Puis il aperçut Bianca et reprit ses esprits. C'était un cauchemar différent, cette fois, plus réaliste et plus intense que de coutume. Tout était la faute de Mora, qui avait empoisonné l'atmosphère de la chambre avec son parfum, ramenant à la surface des souvenirs douloureux. Bianca l'aida à se recoucher et se blottit dans ses bras.

Sa présence attentive rassura Ian. Peu à peu, il se calma. Elle lui caressa tendrement les cheveux.

— Racontez-moi ce cauchemar, murmura-t-elle.

Il se raidit et tenta de s'écarter de la jeune femme, mais elle le retint contre elle. Elle aurait tant voulu le comprendre, découvrir ses secrets, ses doutes !

— Il faut parler, insista-t-elle. Sinon, vos cauchemars ne vous quitteront jamais.

Le silence s'installa entre les deux amants. La tête posée sur la poitrine de Bianca, Ian caressait de la joue la peau soyeuse de sa maîtresse, sentant le désir monter en lui. Il avait envie de l'aimer encore, de se perdre en elle, de se noyer dans la volupté, puis de s'endormir pour échapper aux tristes pensées qui le hantaient. Doucement, il s'allongea sur elle.

— Aimons-nous, *carissima*. Prenez-moi en vous, murmura-t-il d'une voix rauque.

— Non, répondit-elle, le regard voilé. Pas avant que vous m'ayez raconté ce terrible cauchemar. Je veux savoir ce qui vous torture ainsi. Je veux vous aider à surmonter cette souffrance.

À sa grande surprise, il éclata d'un rire démoniaque. Il se redressa sur les coudes pour s'esclaffer de plus belle. Son expression était si étrange et si désespérée que Bianca frissonna.

Ian savait qu'elle ne voudrait plus faire l'amour avec lui quand elle connaîtrait la vérité. Elle refuserait de le toucher et s'enfuirait à toutes jambes. S'il riait ainsi, c'était parce qu'elle était sa prisonnière. Elle ne pouvait le quitter. Il continuerait à l'aimer, à la regarder reculer devant lui, à la sentir frémir de dégoût sous ses caresses. Toutes les prédictions de Mora se réaliseraient. Cette fois, Bianca le détesterait réellement.

Ian ne s'arrêtait pas de rire, malgré les injonctions de la jeune femme. Elle souhaitait le connaître davantage, être plus proche de lui ? Très bien. Dans un instant, il lui donnerait l'occasion de le voir sous son véritable jour. Après cela, il n'aurait plus rien à lui expliquer. Elle le mépriserait profondément et tout serait fini.

— Nous allons faire l'amour. Tout de suite ! ordonna-t-il. C'est préférable. Ensuite, il vous sera plus facile de me haïr, *carissima*. Croyez-moi.

Tout en parlant, il essaya de lui écarter les cuisses. D'abord, elle réussit à l'en empêcher, mais il lui maintint les poignets au-dessus de la tête et glissa brutalement un genou entre ses jambes. Sans lui lâcher les mains, il se mit à lui caresser fébrilement un sein et tenta de la pénétrer. Il la vit écarquiller les yeux d'effroi. Elle commença à se débattre de toutes ses forces en hurlant.

— Non ! Ian ! Non ! cria-t-elle.

Ian ferma les yeux et redoubla d'efforts pour la pénétrer.

— Jamais je ne vous détesterai ! Jamais vous n'y arriverez !

Un sourire triste apparut sur les lèvres du jeune homme. Il rouvrit les yeux.

— Je croyais que vous me détestiez déjà. Vous me l'avez dit dans cette pièce, il y a quelques jours.

— J'avais tort. J'étais blessée et j'ai voulu me venger, bredouilla Bianca.

— Cette fois, vous ne serez pas seulement blessée dans votre orgueil, *carissima*.

La jeune femme résistait toujours, avec l'énergie du désespoir.

— Traitez-moi d'ordure, lui souffla Ian à l'oreille. Traitez-moi de lâche ! De violeur !

— Non, répéta-t-elle. Non, non, jamais !

— Dites-moi que vous me détestez. Dites-le !

Bianca secoua la tête et répondit d'une voix curieusement calme :

— Inutile, Monseigneur. Je ne le dirai pas. À quoi bon vous cacher sans cesse, repousser quiconque s'intéresse à vous ? Vous pouvez me faire souffrir, Monseigneur, me violer, répandre votre semence dans mes entrailles, mais vous ne m'entendrez jamais prononcer de paroles injustes envers vous.

Son ton posé eut plus d'effet sur Ian que ses paroles elles-mêmes. Le visage déformé par la douleur, il s'écroula dans ses bras, à bout de forces. Bianca soupira, soulagée. Elle venait de leur épargner une épreuve qui les aurait meurtris tous les deux. Elle avait fait se craqueler la carapace de froideur de son fiancé. Désormais, plus rien ne serait comme avant, mais elle espérait que leurs rapports y gagneraient en sincérité.

Dès qu'il lui eut lâché les poignets, Bianca l'enlaça. Il tremblait de tout son corps, mortifié, horrifié par la violence qu'il avait failli lui infliger. Il ignorait quel démon s'était emparé de lui. Son cauchemar était soudain devenu réalité, les menaces de Mora s'étaient concrétisées. Son comportement abject lui donnait la nausée. Il ne se supportait plus.

Pourtant, les bras de Bianca le serraient avec une tendresse sincère. Si elle lui pardonnait son geste, il pourrait se pardonner à lui-même. Toutefois, il lui devait des excuses. Et des explications. Il fallait qu'il lui raconte l'histoire que dissimulait ce cauchemar, l'histoire pour laquelle il n'y aurait pas de pardon. Mais pas tout de suite. D'abord, il voulait s'enivrer une dernière fois de ce corps superbe et rassurant, avant qu'il ne lui soit définitivement interdit.

— Je vous demande mille fois pardon, murmura-t-il contre sa poitrine.

— À présent, embrassez-moi, fit-elle d'une voix douce.

— Vous êtes sûre ? demanda-t-il, hésitant, presque intimidé.

Mais quand il croisa son regard confiant, il sentit ses doutes s'envoler. Il effleura ses lèvres d'un baiser.

— Pardon, répéta-t-il à son oreille. Mille fois pardon.

Elle le serra plus fort contre elle.

— Je sais que vous regrettez de vous être emporté. J'avoue que j'ai eu une peur bleue.

Sa sincérité toucha Ian au plus profond de son être. Il se promit d'être franc, à son exemple. Mais, tout comme elle, il avait peur, peur qu'elle ne le haïsse en apprenant la vérité. Et il savait qu'il mériterait cette haine. Même une femme soupçonnée de meurtre ne pouvait supporter de vivre avec un lâche.

Pourquoi redoutait-il tant qu'elle le repousse ? Et pourquoi voulait-il soudain qu'elle connaisse tout de son douloureux passé ? Sans se poser davantage de questions, il commença son récit :

— Je n'ai raconté cette histoire qu'à une seule personne avant vous. Aucun des Arboretti n'est au courant. Je vous demande de ne jamais rien répéter à quiconque. Je serais déshonoré.

Elle hocha la tête, lui jurant de garder son secret. Alors, il s'installa confortablement, de façon à ne pas la regarder dans les yeux. Blotti dans ses bras, il reprit :

— Mon ami Christian est né deux jours après moi. Nous avons grandi ensemble, comme des frères jumeaux. Tout le monde s'amusait de notre ressemblance frappante et se félicitait de notre bonne entente. Nos familles étaient proches, nous avions les mêmes précepteurs, partagions les mêmes activités. Plus tard, nous avons beaucoup voyagé ensemble. Notre amitié était indestructible. Du moins, c'est ce que je croyais.

« Je devais me rendre en Sicile pour affaires quand Christian a décidé à la dernière minute de m'accompagner. Il venait de rompre ses fiançailles avec une riche héritière florentine et voulait fuir les ragots. J'étais ravi de l'avoir à mes côtés. Nous ne nous étions pas vus depuis longtemps, car il avait passé beaucoup de temps à Florence pour préparer ses fiançailles. Quant à moi, j'avais également été très... occupé. Ce voyage m'enthousiasmait.

« Nous avons pris le bateau pour Messine, avant de gagner Syracuse à cheval. Nous ne demeurâmes là-bas que peu de jours. Ayant mené à bien mes négociations commerciales, j'étais impatient de rentrer à Venise pour en parler aux autres Arboretti.

Ian s'interrompit et frissonna.

— C'était l'été. Les journées étaient longues. J'ai voulu voyager très vite. Le deuxième jour de notre trajet de retour, Christian est tombé malade. Il m'a supplié de partir en avant, disant qu'il me rejoindrait à Messine. Giorgio nous y attendait avec le bateau. Mais nous n'avions que peu de domestiques, et je répugnais à le laisser en arrière. Après tout, il était malade et vulnérable. Malgré ses protestations, je suis resté avec lui au campement, en priant pour qu'il se remette au plus vite. Le soir, comme il se sentait mieux, nous avons repris la route, espérant avancer un peu avant la nuit noire.

« Je me suis mordu les doigts de m'être précipité ainsi. J'aurais dû être plus prudent. De jour, la Sicile est un lieu sûr. Mais, la nuit, des hordes de bandits sillonnent les campagnes. J'avais supposé que personne ne viendrait s'attaquer à nous, car nous ne transportions aucune marchandise de valeur. Pourtant, nous avons fait une mauvaise rencontre. Ils étaient cinq. Nos six domestiques se sont enfuis, nous abandonnant avec nos épées pour seul secours. Les bandits nous ont encerclés.

La voix de Ian se noua.

— Ils étaient trois autour de moi. J'en ai tué deux sans difficulté. Christian était encore meilleur que moi aux armes, aussi n'étais-je pas très inquiet pour lui. J'avais tort. Au moment où je m'attaquais au troisième bandit, j'ai entendu Christian hurler de douleur.

« En me retournant, j'ai vu un homme en train de l'égorger sauvagement. Je suis resté pétrifié, incapable de bouger. Le bandit l'a décapité sous mes yeux. On m'a retrouvé quatre jours plus tard dans une rue de Messine, prostré. Je ne souffrais d'aucune blessure apparente. Je n'ai pas cherché à défendre mon ami.

Sa voix se brisa, sa respiration s'accéléra.

— Ils ont tué mon ami le plus proche et je n'ai pas lutté une seconde pour lui sauver la vie !

Bianca le tenait toujours dans ses bras, mais il était incapable de la regarder en face, car il savait d'avance ce qu'il lirait dans ses yeux. Et il ne supporterait pas de voir que l'horreur et le mépris y avaient remplacé l'amour et la confiance.

— Comment êtes-vous parvenu jusqu'à Messine ? demanda-t-elle.

Ian fut sidéré. Non seulement Bianca lui posait une question logique, mais elle ne lui faisait aucune critique, aucun reproche. Elle l'avait écouté patiemment et, à présent, elle ne l'accusait pas.

— Je ne m'en souviens pas, avoua-t-il. J'ai tout oublié. Quand j'ai ouvert les yeux, Giorgio était penché sur moi. Nous étions en pleine mer. Il m'a raconté qu'il avait mené une enquête, en vain.

Il se tut, accablé. Bianca fit un effort surhumain pour prononcer le nom de sa rivale :

— Et Morgana ? Elle vous était proche, elle aussi. Elle vivait même sous votre toit.

Ian prit une profonde inspiration.

— Lorsque je suis arrivé à Venise, elle était déjà au courant de la mort de Christian. Elle a exigé que je lui raconte tout, dans les moindres détails. Je lui ai obéi, puis elle est partie.

« Et Bianca va me quitter à son tour », ajouta silencieusement le jeune homme.

— Avant cela, poursuivit-il, elle m'a dit ce qu'elle pensait de moi. Elle m'a traité de lâche. Selon elle, je n'étais pas digne d'être aimé. Elle s'en doutait déjà, paraît-il. D'après elle, mes proches n'avaient rien à espérer de moi. Je ne connaissais rien à l'amour, aux sentiments, au bonheur. Elle m'a ensuite révélé que l'enfant qu'elle attendait n'était pas de moi, que je ne la satisfaisais plus depuis un certain temps, que j'étais un amant égoïste et pitoyable... Si je vous confie tout cela, c'est pour vous éviter de devoir me tenir le même discours.

— Ne vous inquiétez pas, Monseigneur. Je ne vous traiterai pas de lâche. Vous êtes agaçant, parfois entêté, mais jamais lâche.

Elle se moquait de lui ! Il lui avait ouvert son cœur et elle se moquait de lui ! Furieux, il voulut la maudire, mais ses paroles amères restèrent coincées dans sa gorge. Il la regarda enfin et vit que ses yeux étaient embués de larmes.

— C'est vrai, vous aimez la provocation, et vous êtes contrariant.

Tandis qu'elle parlait, les larmes se mirent à couler sur ses joues.

— Mais vous êtes également un homme fascinant, intelligent, merveilleux. Dois-je continuer ?

Ému à son tour, Ian se contenta d'opiner du chef. Puis il demanda :

— Vous avez d'autres compliments à me faire ?

Bianca éclata de rire.

— Un ou deux, peut-être. Vous êtes spirituel, courageux et… charmant.

— Charmant ? fit-il. Ce n'est pas très exaltant. Ne serait-ce pas plutôt fougueux, ardent ou adorable ?

La petite voix désormais familière le tourmentait à nouveau. Elle lui rappelait les mots d'amour que Bianca avait prononcés en rêve, mais Ian n'osait pas y croire.

— Je ne voudrais pas que ces compliments vous montent à la tête, dit-elle, taquine.

Ian la contempla longuement en silence. Il lui effleura la joue du bout des doigts, puis il l'embrassa dans le cou et posa la tête sur son épaule.

— Vous me trouvez vraiment merveilleux ?

— Par sainte Agathe, j'ai déjà eu assez de mal à énumérer vos qualités, ne me demandez pas de recommencer !

— Je ne plaisante pas, Bianca.

Elle vit son poing se crisper.

— Oui, Monseigneur, je vous trouve merveilleux.

— Et séduisant ?

— Je ne crois pas avoir mentionné cette qualité, fit Bianca d'un ton badin.

— Alors, je ne vous plais pas, répliqua Ian.

— Monseigneur, je doute qu'il existe une seule femme dans toute l'Europe qui ne vous trouve séduisant. Voilà, vous êtes satisfait ?

Ian hocha la tête. Il se moquait de l'opinion des autres femmes. Il voulait être séduisant aux yeux de Bianca. Il aurait aimé qu'elle le lui dise clairement, mais il préféra ne pas insister.

— Vous avez également parlé de courage.

— Combien d'hommes seraient prêts à se fiancer à une meurtrière, Monseigneur ?

Elle venait de marquer un point, admit Ian en son for intérieur, bien qu'elle ne lui parût vraiment pas dangereuse, pour une meurtrière… Il chassa rapidement cette pensée et posa à la jeune femme une ultime question :

— Et… charmant?

— Vous êtes tout à fait charmant.

Toujours blotti contre elle, il sentit le cœur de sa compagne s'emballer.

— Malgré ce que je vous ai raconté sur la mort de Christian?

— Pour être honnête, Monseigneur, cette histoire vous rend encore plus charmant.

— Vous êtes décidément une femme singulière, commenta-t-il.

— Je me demandais si vous vous en rendriez compte un jour, Monseigneur, fit-elle avec un soupir.

— Appelez-moi Ian.

— D'accord.

— Embrassez-moi, dit-il.

— Embrassez-moi, vous aussi.

Ian s'exécuta.

20

Ils marchèrent jusqu'à la porte sur la pointe des pieds. Giorgio leur fit signe de rester silencieux. L'un des Arboretti regarda par le trou de la serrure, puis un autre prit sa place.

— Je n'en crois pas mes oreilles, chuchota Tristan en secouant la tête. Il est en train de siffloter! Ian est gai comme un pinson!

— Absolument, confirma Christopher. Mais il chante si faux qu'il ferait mieux de s'abstenir.

— Mon Dieu, j'ai entendu un rire! déclara Sebastian, horrifié.

— M. le comte se comporte ainsi depuis le début de la matinée, expliqua Giorgio, l'air soucieux. J'ai pensé que vous devriez en être témoins. C'est plutôt inquiétant, n'est-ce pas?

— Très, approuvèrent les autres.

— C'est peut-être à cause de Bianca, suggéra Miles, dont l'affection naissante pour la jeune femme n'avait pas échappé à ses cousins.

— Non, c'est impossible ! décréta Sebastian avec force. Ian a séduit des milliers de femmes. Aucune n'a eu ce genre d'effet sur lui.

— Mais Bianca n'est pas comme les autres, reconnais-le, objecta Miles.

— Morgana da Gigio n'était pas banale non plus, et elle ne l'a jamais rendu aussi heureux. Pas en dehors de ses bras, en tout cas.

Le sous-entendu grivois de Tristan ne trouva aucun écho auprès de ses compagnons, trop préoccupés par la métamorphose de Ian.

— Il avait l'air parfaitement normal, hier soir, non ? s'enquit Giorgio.

— Si tu veux dire bougon, froid, guindé et effrayant, oui, il était en grande forme, répondit Christopher.

— C'est plus grave que nous ne le pensions. Regardez-le maintenant.

Sebastian attira leur attention sur le trou de la serrure, ses yeux bleus pétillant de malice.

Ian était installé à son bureau dans une posture habituelle, à une différence près : il souriait.

— Ce n'est pas l'un de ses sourires forcés. C'est un sourire... authentique, observa Miles, le poète du groupe, qui cherchait toujours le mot juste.

— Il faut absolument l'aider, implora Giorgio à mi-voix. Cette bonne humeur n'est pas saine. La dernière fois qu'il a affiché une mine pareille, il a fait sauter la maison de Roche-Bernard. Vous n'avez pas oublié cette pénible tragédie.

À la suite d'une réflexion désobligeante sur l'une de ses conquêtes féminines, Ian s'était en effet rendu en France pour venger l'honneur de sa belle. Il avait fait d'une pierre deux coups, car il avait profité de cet attentat pour expérimenter un nouvel explosif de son invention. À la stupeur des Arboretti, l'essai s'était révélé concluant. Par la suite, les jeunes gens avaient été indésirables en France pendant plusieurs années.

Seul dans la bibliothèque, Ian se sentait flotter sur un nuage. Il était très satisfait de lui-même. Son passage au Rialto avait été fructueux. Cependant, bien qu'il refusât de l'admettre, sa gaieté n'était pas uniquement due à ses emplettes du matin. Il avait fait répéter mille fois à Bianca combien elle le trouvait charmant. Et elle n'avait pas hésité, malgré tout ce qu'il lui avait raconté de son passé.

Toutefois, ce n'était pas une raison pour modifier son attitude. Si Bianca avait menti, s'il découvrait finalement qu'elle s'était moquée de lui, il risquait de se couvrir de ridicule. Après tout, sa fiancée était habile et rusée.

Quand il entendit frapper à la porte, il répondit froidement et prit un air renfrogné. Il lui fut difficile de ne pas saluer Giorgio et les Arboretti avec chaleur, de ne pas leur confier son tendre secret. Mais il jugeait préférable d'agir comme si rien n'avait changé.

Ian fut si convaincant dans son rôle de bougon que les autres crurent avoir rêvé. En voyant ses lèvres crispées, comment aurait-on pu penser qu'il sifflotait joyeusement quelques secondes auparavant ? Quant à rire avec désinvolture... Christopher ne put s'empêcher d'effleurer des doigts la serrure pour s'assurer qu'elle n'avait rien de magique.

— Nous nous demandions si tu voulais que la réunion se tienne en bas, comme d'habitude, ou ici, dit Sebastian, le premier moment de surprise passé. Je crains que ta délicieuse fiancée n'attire pas mal de monde pour le banquet. Mieux vaut éviter la foule. Personnellement, il ne me déplairait pas de revoir le joli minois de Cecilia Priuli, même si je ne supporte pas les allusions à peine voilées de sa mère à mes origines étrangères.

Ian avait tout oublié du traditionnel déjeuner qui suivait les fiançailles. Bianca, elle, ignorait sans doute l'existence de cette coutume, qui voulait que la fiancée reçoive parentes et amies le lendemain de la réception. Quel saint allait-elle invoquer en apprenant la nouvelle ? En imaginant sa mine déconfite lorsque ses chaperons viendraient la chercher, Ian faillit éclater de rire. Il se retint à grand-peine et hocha la tête sans mot dire.

Tandis que les domestiques apportaient des sièges et servaient des rafraîchissements, les Arboretti observèrent Ian avec attention. Une fois installés, ils se tournèrent tous vers Sebastian.

— Si je vous ai convoqués aujourd'hui au lieu d'attendre notre réunion de demain, c'est parce que le temps presse, déclara celui-ci. De plus, j'ai besoin de vos conseils judicieux. Comme vous le savez, j'ai quitté le bal hier soir pour me rendre à un rendez-vous.

Sebastian leva la main avant que Tristan puisse intervenir.

— Non, je ne suis pas allé retrouver Cecilia sur la terrasse. Je le déplore, crois-moi. En réalité, il s'agissait d'une personne beaucoup moins charmante, mon oncle Selim.

Le père de Sebastian, seul descendant masculin de Benton Walsingham et de son épouse vénitienne, avait hérité du nom prestigieux de sa mère et de l'esprit vagabond de son père. Il avait été ambassadeur et émissaire dans l'Empire ottoman. Là-bas, il avait épousé une jeune Turque, l'une des filles du sultan. Sebastian était né au palais. Quand les relations entre Vénitiens et Ottomans s'étaient dégradées, la famille était revenue s'installer à Venise. Selim, fils cadet du sultan et oncle de Sebastian, séjournait régulièrement au palais Foscari, où il était apprécié des Arboretti. Ceux-ci l'avaient malheureusement beaucoup moins vu depuis qu'il avait succédé à son père.

— Selim est en ville ? Pourquoi ne l'as-tu pas invité à la fête, au lieu de filer comme un voleur ? demanda Christopher d'un ton réprobateur.

— Justement, il n'est pas à Venise. Du moins, pas officiellement. Il voyage incognito. Il se fait passer pour un des religieux qui l'accompagnent d'habitude.

Tristan, Miles, Christopher et Ian s'exclamèrent en chœur, ébahis :

— Selim ? Un religieux ?

Cette image pieuse ne correspondait en rien à leurs souvenirs. Selim avait la réputation justifiée d'apprécier les courtisanes et la bonne chère.

— Plus de vin, plus de femmes, plus de réjouissances, expliqua Sebastian, l'air malicieux. Il a passé une bonne partie de la nuit à me raconter ses malheurs. En fait, il voulait me demander si je connaissais quelque courtisane extrêmement discrète. Mais il a également mentionné un détail qui pourrait avoir de l'importance.

Le jeune homme refusa d'indiquer quelle courtisane il avait recommandée à Selim et continua son récit avec sérieux :

— Il semble que mon oncle ait toutes les peines du monde à assurer l'unité de l'empire. Il est à court de munitions. Comme vous le savez, seuls les Anglais et les Portugais acceptent de vendre des armes aux Turcs. Profitant de leur monopole, ils ont multiplié leurs tarifs par mille. Résultat, les Turcs sont obligés d'avoir recours au marché noir. Le vaisseau sur lequel est arrivé Selim était censé rencontrer un bateau vénitien pour lui acheter un millier de tonnes de poudre.

Sebastian marqua une pause. Depuis toujours, les Ottomans étaient les ennemis jurés des Vénitiens. Une telle quantité de poudre aurait suffi à faire sauter la ville entière. L'accord conclu par Selim relevait de la haute trahison.

— Le rendez-vous n'a pas eu lieu ? demanda Ian en prenant garde à ne pas trahir sa bonne humeur du moment.

— Non. Les trafiquants ont envoyé un émissaire qui leur a promis une livraison partielle pour hier, à condition qu'ils paient aussitôt pour la totalité.

212

— Laisse-moi deviner. Ils leur ont proposé sept cents tonnes ?

Tristan venait de citer la quantité de poudre dérobée dans leur entrepôt.

— Non, répondit Sebastian. Seulement cinq cents. Mais les Ottomans ont refusé de payer une marchandise non livrée. De leur côté, les Vénitiens n'ont pas voulu céder, affirmant avoir eu de grosses difficultés à se procurer la poudre.

— Des difficultés ! railla Ian. Ils ont cambriolé notre entrepôt et soudoyé les témoins !

— Comment sais-tu qu'il s'agit bien de notre poudre ? demanda Miles en rejetant ses cheveux en arrière. D'après Sebastian, la quantité ne correspond pas.

— Les dates concordent, répliqua Ian. Souviens-toi, le vaisseau que nous devions envoyer en Angleterre, celui contre lequel notre cousin Julian nous a mis en garde, était censé transporter mille deux cents tonnes de poudre.

— Cette quantité n'a rien de spécial, objecta Miles.

Ce fut Tristan qui répondit :

— Justement. Pourquoi pas un chiffre rond, comme mille tonnes ?

— Dans ce cas, intervint Christopher, pourquoi ne vendre qu'une partie du butin ? Pourquoi en conserver deux cents tonnes ? Pour faire sauter un bâtiment quelconque ?

— Samedi, j'ai suggéré que les Arboretti étaient menacés, rappela Ian. À mon avis, ces deux cents tonnes de poudre nous sont réservées.

— Je ne suis pas d'accord avec toi, dit Sebastian. Les trafiquants ont sans doute volé notre poudre, mais cela ne signifie pas pour autant que nous soyons visés personnellement.

Miles, Tristan et Christopher acquiescèrent. Ian, lui, ne pouvait se défaire de l'intuition que quelqu'un en voulait aux Arboretti. Mais peut-être était-il trop méfiant, trop soupçonneux. Le nouveau Ian ne devait pas céder à la manie de la persécution. Ses compagnons avaient certainement raison, décida-t-il.

— Très bien, déclara-t-il. Reste que notre poudre est négociée illégalement par des traîtres. Ils peuvent faire beaucoup de tort à notre réputation. Si les choses venaient au grand jour, le nom des Arboretti se retrouverait mêlé à celui des trafiquants. De plus, il est de notre devoir de veiller à ce que toute trahison soit condamnée. Il nous faut découvrir de qui il s'agit.

— J'ai chargé Selim de mener l'enquête. Il n'aura aucun mal à convaincre l'équipage de lui dévoiler le nom des Vénitiens compromis.

Sebastian balaya l'assemblée du regard et s'arrêta sur Tristan.

— J'espérais aussi que tu interrogerais tes… anciens amis.

Tristan avait un passé plutôt tumultueux, sujet sur lequel il était très susceptible. Aussi ses cousins n'y faisaient-ils allusion qu'en cas d'urgence, lorsque ses mauvaises fréquentations d'autrefois pouvaient se révéler utiles.

— J'y avais pensé, répondit Tristan. J'aurai du nouveau dès demain matin.

Ils abordèrent ensuite des sujets plus généraux, notamment le bal de la veille. Soudain, des bruits de voix leur parvinrent de l'étage inférieur. Envoyé en éclaireur, Christopher emprunta un escalier secret pour observer ce qui se passait dans le grand hall. Une foule de femmes affluaient pour le déjeuner, accueillies par une Bianca resplendissante.

— Il y a environ cent cinquante convives, y compris la veuve Falentini qui mange comme quatre, raconta Christopher en rejoignant ses compagnons. Il faut voir le visage de Bianca ! Non seulement elle est parfaitement dans son élément, mais il y a autre chose… C'est indescriptible.

Curieux, Miles et Tristan descendirent à leur tour.

— On dirait qu'elle détient un secret qu'elle n'est pas disposée à nous divulguer, commenta Tristan.

Quelque chose qui lui donnerait envie de siffloter gaiement, de sourire aux anges quand elle est seule…

— Non, tu te trompes, déclara Miles. C'est différent… Elle dégage un je-ne-sais-quoi, une sorte d'impatience un peu fébrile, comme si elle attendait qu'un événement se produise.

— À moins qu'elle ne prépare un mauvais coup, suggéra Ian, qui la connaissait bien. Seigneur ! Protégez-nous des manigances de ma délicieuse fiancée.

Quarante-huit heures plus tard, il ne se serait pas exprimé d'un ton aussi badin.

— J'ignorais que le vert était à la mode, cette saison, dit Anna Grifalconi, sans chercher à masquer son aversion pour la robe de sa nièce.

La tante de Bianca soupira en agitant son éventail.

— Enfin, reprit-elle, je suis de la vieille école.

— Non, Anna chérie, nous devons montrer l'exemple. Personnellement, je n'ai vu personne en vert depuis fort longtemps, répondit Serafina Terreno, son amie.

Les deux femmes partageaient la certitude d'avoir été pendant leur jeunesse les deux plus belles créatures de la haute société. À leur avis, cela faisait tout naturellement d'elles des arbitres du bon goût et de la mode.

— Il faut avouer que cette toilette ne lui sied pas si mal.

Anna et Serafina froncèrent les sourcils en entendant la voix stridente de Carlotta Nonte, leur amie de toujours.

Celle-ci était aussi pulpeuse qu'elles étaient maigres. Des trois, c'était celle qui avait le mieux réussi : elle avait épousé un homme excessivement riche et sa fille, Catarina, était d'une grande beauté.

Anna soupira encore et lui tapota le bras.

— Carlotta, tu sais bien que tu n'as aucun sens des couleurs. Je voulais d'ailleurs te dire que ta Catarina est bien plus jolie en marron qu'en bleu. Le bleu fait ressortir l'azur de ses yeux. C'est vraiment excessif.

— Voire vulgaire, renchérit Serafina. En revanche, une belle teinte terre de Sienne…

Carlotta regarda ses amies avec gratitude. Catarina les critiquait, mais elles se montraient toujours si attentionnées…

— Terre de Sienne ? répéta-t-elle d'un ton interrogateur.

Serafina et Anna échangèrent un coup d'œil apitoyé.

— Il s'agit d'un brun rougeâtre.

— Comme de la boue ?

Les trois femmes levèrent les yeux vers Bianca.

— Quoi de plus affreux qu'une robe de cette teinte ? reprit leur hôtesse.

— Quelle coïncidence ! Nous étions justement en train de discuter de ton sens inné des couleurs, fit Anna d'un ton méprisant.

Bianca était si concentrée sur sa stratégie qu'elle ne songea même pas à répliquer. Au lieu de cela, elle adressa un sourire chaleureux à ses trois invitées. Elles constituaient un public de choix pour lancer son opération.

— Votre compliment me touche profondément, tante Anna. Mais je ne suis pas venue discuter de mes robes. Figurez-vous qu'on m'a appris une nouvelle incroyable…

Bianca parlait volontairement un peu fort.

— Il paraît qu'un noble jeune homme de notre ville envisage d'épouser Isabella Bellocchio, la courtisane. Vous imaginez le scandale ! Nous allons bientôt côtoyer une courtisane dans nos soirées mondaines ! N'est-ce pas fascinant ?

— C'est affreux ! corrigea Serafina aussitôt, le regard sévère. Qui est ce misérable ? demanda-t-elle avec aigreur. Un vieux célibataire lubrique, sans doute, qui aura oublié tout sens de l'honneur.

— Oh, non ! répondit Bianca avec un regard candide. Au contraire, il s'agit d'un jeune homme charmant. Il est si amoureux d'Isabella qu'il a mis leur accord par écrit. Je connais quelqu'un qui a lu ce document, mais qui refuse obstinément de divulguer son nom. Tout ce que je sais, c'est que ce jeune noble a les cheveux blonds. C'est drôle, non ?

Les trois mères de famille étaient épouvantées. Toutes avaient des fils célibataires et blonds. À mesure que la nouvelle se répandait dans l'assemblée, les invitées affichaient des mines contrariées. Très vite, les femmes commencèrent à prendre congé sous divers prétextes. Elles voulaient s'assurer que leur progéniture n'avait pas quitté le droit chemin. Quant aux autres, celles dont les fils étaient bruns, elles s'empressèrent d'aller donner des ordres pour se faire tailler des robes vertes.

Quand elle eut salué les dernières invitées, refusant de leur indiquer le nom de son tailleur, Bianca fit débarrasser les restes du banquet. Elle s'était tant amusée à lancer ces ragots qu'elle partit à la recherche d'un nouvel auditoire. Les cinq Arboretti étaient toujours réunis dans la bibliothèque. Ils étaient tout désignés pour recevoir cette nouvelle fracassante.

— Que faites-vous ici ? demanda Ian d'un ton glacial. N'avez-vous pas des invitées à accueillir ?

— Elles m'ont abandonnée, expliqua-t-elle.

— Que leur avez-vous donc fait ? Auriez-vous manqué de savoir-vivre ?

— Certainement pas, Monseigneur. En fait, je me suis inspirée de vos propres manières.

Les autres rirent sous cape. Ian les foudroya du regard.

La jeune femme se contenta de sourire.

— Je suis désolée de vous interrompre, messieurs. Je voulais simplement vous dire que vous pouviez descendre sans crainte. Les femmes sont parties. Mais vous semblez bien moroses. Ne me dites pas que l'un de vous s'est fiancé !

— Rien d'aussi grave, fit Sebastian. Nous évoquions une affaire de haute trahison.

— Qui ne vous concerne en rien, ajouta Ian.

— Nous nous demandions aussi lequel d'entre nous avait eu le plus de succès auprès de la gent féminine, hier soir, intervint Christopher.

— Je regrette d'avoir à vous le dire, déclara Bianca, mais c'est sans conteste le comte d'Aoste qui a fait chavirer tous les cœurs.

— Si vous envisagez de vous mettre à l'escrime pour protéger votre foyer de ces jeunes filles nubiles, je serai votre professeur, proposa Tristan.

— Voyons, Tristan, tu oublies que c'est moi, le maître d'armes de la famille, protesta Miles.

— Peu importe, dit Ian. Ma fiancée n'a pas besoin d'une épée. Les mots lui suffisent à se défendre.

Bianca le fixa intensément, un sourire malicieux au coin des lèvres.

— Et comment m'y prendrai-je pour vous dompter, Monseigneur ?

— Vous n'aurez aucun mal à me manipuler, répliqua Ian. Vous êtes tenace et volontaire.

— Je ne voudrais pas me montrer mauvais perdant, dit Sebastian, mais j'aimerais savoir si l'on a fait des commentaires sur nous, pauvres Arboretti qui n'avons pas le charme de Ian.

Bianca ne put résister à la tentation.

— Malheureusement, répondit-elle en secouant la tête d'un air désolé, les conversations concernaient surtout les femmes. Enfin, une femme en particulier : Isabella Bellocchio, la courtisane. Il paraît qu'elle est fiancée à un noble vénitien. Je trouve cela merveilleux, mais les autres femmes ne partagent pas mon enthousiasme.

Christopher ouvrit la bouche, mais Ian le fit taire d'un regard.

— De qui s'agit-il ? demanda Miles. Lequel d'entre nous a échappé au mariage arrangé avec une riche héritière sans charme ?

— Sans charme ? répéta Bianca. Merci, Monseigneur. Je vous rappelle que je suis aussi une riche héritière.

— Je ne parlais pas de vous, protesta-t-il aussitôt. Vous n'êtes pas sage et guindée comme les autres, qui jouent les effarouchées et ne se laissent pas toucher le petit doigt...

Se rendant compte de sa maladresse, il rougit et se mit à bredouiller :

— Enfin, c'est-à-dire... Je...

Une lueur amusée dans les yeux, Tristan vint à la rescousse de son cousin.

— Ne lui en voulez pas. En votre présence, il n'est plus lui-même. Il est fiancé depuis l'âge de cinq ans, le pauvre, aussi supporte-t-il assez mal toutes ces histoires de mariage. Toutefois, vous n'avez pas répondu à sa question. Qui est donc le fiancé d'Isabella ?

— En fait, j'espérais un peu que vous pourriez me le dire, avoua la jeune femme. Je sais simplement que c'est l'un de ses clients réguliers. Et qu'il est blond.

— Bianca, appela Ian d'une voix sévère.

Celle-ci, qui tournait le dos à son fiancé, fit volte-face dès qu'il prononça son nom.

— De qui tenez-vous ces informations ? demanda-t-il en la dévisageant.

Bianca soutint son regard, feignant l'innocence. Elle ne voulait pas que Ian soupçonne qu'elle était à l'origine de ce ragot.

— D'une invitée. Carlotta Nonte, je crois.

Ian scrutait le visage de sa fiancée, à l'affût du moindre battement de cils, du moindre tressaillement des lèvres qui aurait pu mettre en doute la sincérité de Bianca.

— Et elle ne vous a pas indiqué le nom de l'heureux élu ?

— Non. Je vous ai répété ses paroles, mot pour mot. Et tout le monde l'a entendue.

— Je connais une personne qui correspond à merveille à ce portrait, lança Tristan avec un large sourire. Christopher, pourquoi nous avoir caché que tu allais te marier ?

— Tu peux demander à n'importe qui, je ne suis pas du genre à me marier. De plus, tu vois Isabella plus souvent que moi, répliqua l'intéressé. Et tu es presque blond, sous une certaine lumière.

Sebastian jeta un coup d'œil aux cheveux bruns de Tristan.

— Quelle lumière ? fit-il, narquois. Le clair de lune ?

— La lumière du regard de sa bien-aimée, suggéra Miles, le poète.

— Dites-moi, Isabella a-t-elle d'autres clients blonds ? demanda Bianca, d'un ton qu'elle espérait désinvolte.

— Peut-être, mais un homme n'aime guère faire partie d'un groupe, dans ce domaine, répondit Tristan.

— Il veut dire qu'un homme qui paie une courtisane préfère ne pas penser aux autres clients auxquels elle accorde ses faveurs, expliqua Sebastian.

Bianca hocha la tête.

— Chez Isabella, il est parfois difficile d'ignorer les autres. Elle donne des rendez-vous si rapprochés que les clients se croisent dans l'escalier, déclara Christopher. Un jour, j'ai rencontré Emilio Nonte.

— Ce pourrait être lui, le mystérieux fiancé, hasarda Miles. Il est blond, et c'est sa mère qui vous a raconté l'histoire. Elle voulait sans doute guetter la réaction des gens à l'annonce d'une telle nouvelle.

Bianca ajouta mentalement le nom d'Emilio sur la liste des suspects.

Tristan, un peu pensif, prit la parole :

— Je viens de me rappeler un détail. La dernière fois que je suis allé chez Isabella, votre frère sortait de chez elle. Il est blond, lui aussi.

— En effet, renchérit Ian, saisissant l'occasion de contrarier Bianca. Ce cher Giovanni serait-il fiancé ?

— Mon frère ne me fait aucune confidence sur sa vie privée, dit-elle d'une voix ferme. Mais avoir une courtisane dans la famille ne me dérangerait pas le moins du monde.

— C'est une idée franchement déplaisante, oui, rétorqua Ian.

— Vous n'avez aucune imagination, Monseigneur.

— Elle a raison, Ian, dit Christopher. Nos réceptions seraient encore plus attrayantes si elles comprenaient des membres du demi-monde. Toute la ville se précipiterait chez nous, alléchée par le parfum de scandale…

Giorgio coupa court à la conversation en surgissant dans la pièce, à bout de souffle. Il parut soulagé de trouver les Arboretti encore réunis et s'adressa aussitôt à Sebastian :

— Monseigneur, j'ai une question étrange à vous soumettre. Votre oncle a-t-il un penchant marqué pour la cannelle ?

— Le sultan ? fit le jeune homme, abasourdi. La cannelle ? Pas à ma connaissance. Pourquoi ? Vous comptez lui envoyer un présent ?

— Non. Je me posais la question. Du moins, quelqu'un se pose la question.

Giorgio se mit à rougir.

— Un client de la taverne, balbutia-t-il.

En l'entendant mentir si mal, Bianca ne put réprimer un gloussement.

Ian fusilla sa fiancée et son valet du regard. Il ne supportait pas qu'on lui cache des choses au sein de sa propre maison. Or il avait de plus en plus l'impression de perdre le contrôle du palais. Il se promit d'en parler à Bianca ce soir-là, quand ils dîneraient ensemble. Son irritation s'atténua un peu. Elle serait ravie de la surprise qu'il lui avait préparée. Il imaginait déjà son sourire émerveillé…

— Au fait, déclara Christopher, j'ai une nouvelle à vous annoncer. Nous avons résolu le mystère de la fleur rouge. Ce n'est pas très intéressant, je le crains.

Bianca dressa l'oreille.

— Selon Sebastian, c'est une plante qui ne pousse qu'à Constantinople, une mauvaise herbe. Elle symbolise la loyauté entre commerçants. Un de nos bateaux est revenu de Turquie il y a quelques jours, chargé d'épices. L'un de mes hommes a dû cueillir cette plante à Constantinople à mon intention.

— Je vois.

En réalité, elle n'acceptait que difficilement cette hypothèse. Ian reconnut l'expression soucieuse qui se peignit sur son visage. Comment une simple plante pouvait-elle la mettre dans cet état-là ? L'inquiétude du jeune homme s'accrut encore lorsque Bianca sollicita la permission de se retirer.

— Où allez-vous ? demanda-t-il vivement.

Bianca pencha légèrement la tête. Son air lointain fit place à un sourire taquin.

— J'ai envie de me promener, de faire un tour en gondole. Ensuite, je me rendrai dans un lieu où l'on satisfait les moindres désirs des femmes. Fouet, chaînes, animaux…

Les Arboretti restèrent muets de stupeur.

— Mais non, je plaisante, Monseigneur. Si je vous dis la vérité, vous allez mourir d'ennui, et je ne voudrais pas me retrouver sans mari.

Avant que Ian ait pu lui répondre, elle s'empressa d'ajouter :

— Si vous tenez tant à le savoir, je vais examiner Marina et son bébé. Ensuite, je compte écrire quelques lettres urgentes, dit-elle en martelant les mots.

Elle espérait qu'il saisirait cette allusion au peu de temps dont elle disposait pour prouver son innocence.

— Mais si vous avez peur que je ne m'échappe, accompagnez-moi.

Ian se ressaisit.

— Je n'ai pas l'intention de vous suivre partout comme un petit chien. On risquerait de me prendre pour un amoureux transi et flagorneur. Ma réputation de séducteur serait mise à mal. De plus, je n'aurais plus une minute à accorder aux autres femmes.

— En effet, répondit Bianca, soudain morose. Je ne voudrais pas vous empêcher de profiter de la vie.

— Ne vous inquiétez pas, assura Christopher. Cela fait des années qu'il n'a pas profité de la vie.

— C'est vrai, admit Ian, à la stupéfaction de son cadet.

Puis il se tourna vers Bianca et lui ordonna, sans laisser paraître aucun signe de sa jubilation intérieure :

— Pour être certain de rester le triste sire que vous connaissez, j'exige que vous partagiez mon repas, ce soir. Nous avons à parler en tête à tête. Et n'oubliez pas de vous habiller en conséquence. Le vert n'est pas du tout en vogue, cette saison.

Bianca partit en claquant la porte et courut dans le couloir, fuyant le rire moqueur de Ian.

21

Quand Nilo revint avec un message pour sa maîtresse, Bianca se trouvait dans la chambre de Marina. Depuis le départ du jeune garçon, trois heures plus tôt, elle brûlait d'impatience. Le succès de son plan dépendait de la réponse que lui rapporterait ce dernier. Pendant de longues minutes, elle arpenta sa chambre de long en large. Ensuite, excédée, elle essaya de lire, en vain. Elle passa en revue les listes qu'elle avait dressées et les messages qu'elle avait rédigés au cas où elle pourrait continuer l'exécution de son projet. Jamais elle ne s'était sentie aussi angoissée. N'y tenant plus, elle sortit de sa chambre et se mit à contempler les tableaux qui ornaient les murs du palais, imaginant les noms des illustres personnages qu'ils représentaient. Puis, fébrile, elle regagna sa suite et chercha une robe pour le repas du soir, changeant sans cesse d'avis, incapable de se décider.

Deux heures interminables s'étaient écoulées, et Bianca tournait en rond comme un lion en cage. Puisqu'elle avait annoncé à Ian qu'elle devait rendre visite à Marina, pourquoi ne pas le faire ? songea-t-elle. Au moins, elle aurait quelqu'un à qui parler.

Folle d'énervement, elle oublia de frapper à la porte avant d'entrer. Elle surprit la jeune mère en train de donner le sein à César, tandis que Giorgio lui massait sensuellement les pieds. En voyant Bianca, le valet se leva d'un bond, et Marina se cacha pudiquement sous les couvertures. Amusée par leur embarras, Bianca éclata de rire.

— Je suis désolée de surgir ainsi sans prévenir, dit-elle. Je ne voulais pas vous déranger. Je m'en vais.

Elle s'apprêtait à partir quand Giorgio la rattrapa par le bras.

— Vous ne direz rien au comte, n'est-ce pas ? demanda-t-il, l'air affolé.

— Pourquoi ? Que faut-il lui cacher ? Que vous faites preuve de gentillesse envers autrui ?

— Euh, oui… Que je fais preuve de gentillesse envers une femme, précisa Giorgio, confus.

Bianca eut envie de défier le jeune homme, mais elle préféra laisser le domestique s'arranger avec Ian.

— Très bien. Je ne lui dirai rien. Je ne voudrais pas détruire votre réputation.

Plein de gratitude, Giorgio lui prit la main. Décidément, la fiancée de son maître était la plus charmante meurtrière qu'il ait jamais rencontrée.

— J'étais sur le point de me retirer, assura-t-il en la voyant s'éloigner. Je dois retourner à l'office. Je vous en prie, restez. Marina apprécie beaucoup votre compagnie.

Bianca attendit qu'il soit parti pour s'adresser à la jeune mère :

— Peux-tu m'aider à me coiffer ?

— Vous voulez encore de moi ? s'enquit Marina d'une petite voix. Vous n'allez pas me chasser du palais ?

— Pourquoi ? Parce que tu as conquis le cœur de Giorgio ? Ce n'est pas un crime.

Le visage de Marina s'illumina soudain.

— Vous croyez qu'il est amoureux de moi ? demanda-t-elle en gloussant. Vous savez, c'est la première fois de ma vie qu'un garçon se montre aussi gentil et attentionné avec moi. Et avec le petit.

— J'espère que tu ne te fatigues pas trop, dit Bianca. Il faut que ta plaie cicatrise.

— Madame ! Je comprends à quoi vous faites allusion. N'ayez crainte, nous sommes très sages. Justement, c'est ce qui me plaît chez Giorgio. Il vient me voir, il est poli, il m'offre de petits cadeaux. Ce n'est pas comme ce goujat de gondolier, qui pense pouvoir m'impressionner en exhibant l'or qu'il a en poche. Avant, il m'aurait intéressé, mais j'ai changé de vie.

Marina continua à parler en coiffant Bianca. Elle lui brossa soigneusement les cheveux et les laissa cascader librement sur ses épaules. Ensuite, elle prit deux longues mèches sur l'avant du visage, les tressa et les parsema de perles, avant d'attacher les nattes ensemble sur la nuque de la jeune femme. Elle tendait un miroir à sa maîtresse lorsque Nilo arriva.

— Enfer et damnation ! s'écria-t-il, à la stupeur des deux femmes.

— Nilo ! Surveille ton langage, je te prie, gronda Bianca.

— M. le comte utilise souvent cette expression, répliqua Nilo.

— Je sais, mais c'est un adulte, rétorqua-t-elle.

Le garçon réfléchit un moment, puis hocha la tête :

— Vous avez raison. Je ne la répéterai plus avant d'avoir atteint la même taille que lui.

— Très bien. Passons à autre chose. Comment a-t-elle réagi ? demanda la jeune femme, au comble de l'impatience.

— Elle n'a rien dit, répondit Nilo, candide. Enfin, à part : « Attends, petit. »

— Alors ?

— J'ai attendu.

— Et après ? insista Bianca plus fermement.

— Elle est revenue et m'a donné ceci.

Nilo sortit une lettre de sa veste.

Bianca s'en saisit et rompit le sceau. Elle découvrit deux lignes calligraphiées sur un papier parfumé, en lettres rondes et élégantes, à l'image de la femme qui les avait tracées :

Ma chérie, tout ce que j'ai est à ta disposition. Je serai ravie de t'aider si je le peux.

Elle était d'accord ! Le plan de Bianca démarrait sous les meilleurs auspices. La jeune femme ignorait si elle était heureuse ou terrifiée. Quand elle se remit un peu de son émotion, l'horloge sonnait 20 heures. En prenant congé de Marina, elle ordonna à Nilo d'aller se restaurer à l'office avant de la retrouver dans sa chambre.

En l'attendant, elle prit les six rouleaux couleur crème posés sur son bureau et les relut. Une fois qu'ils seraient envoyés à leurs destinataires, les dés seraient jetés. Si tout se déroulait sans encombre, le piège n'aurait plus qu'à se refermer. La tactique qu'elle avait adoptée était risquée, mais elle n'avait pas d'autre solution. Ces messages devaient partir au plus vite.

Bianca s'inquiétait surtout pour Nilo. Il se présenta bientôt, les joues roses, rassasié. Son sourire s'évanouit lorsqu'il vit l'expression grave de sa maîtresse.

Elle lui tendit les six rouleaux.

— Tu vas livrer ces messages dès ce soir, déclara-t-elle d'une voix solennelle. Cette mission n'est pas compliquée. Mais il faudra t'arranger pour ne pas être suivi, capturé ou repéré, ni ce soir ni jamais. Tous les hommes qui recevront ces lettres seront bouleversés, l'un d'eux en particulier. Il deviendra peut-être dangereux.

Nilo hocha la tête, l'air grave, et examina les rouleaux avec soin. Chacun portait un cachet de cire qu'il ne connaissait pas et une adresse tracée d'une écriture qui se voulait différente de celle de Bianca. L'une d'elles attira son attention.

— Maîtresse, vous êtes certaine de ne pas vous être... fit-il en levant les yeux vers elle.

— Je sais, coupa-t-elle. Ce sera le message le plus difficile à livrer. C'est aussi le plus important des six.

Nilo glissa les précieux messages sous sa veste pour les protéger de la pluie, puis il s'inclina avec respect.

— Sois prudent, petit, reprit Bianca d'une voix plus douce. Je ne voudrais pas qu'il t'arrive malheur.

— Je ne vous le souhaite pas non plus, répondit-il galamment.

Ils ne se rendirent pas compte qu'une tierce personne les avait rejoints. Sur le seuil de la chambre, Ian observait sa fiancée et son messager. Il finit par s'éclaircir la gorge pour signaler sa présence.

— J'espère, mon garçon, que tu ne demandais pas la main de cette jeune fille, dit-il à Nilo.

Celui-ci rougit et baissa les yeux.

— Non, Monseigneur. Je dois attendre d'être aussi grand que vous pour avoir le droit de me marier et de dire : « Enfer et damnation ! »

— J'ai donc encore un peu de temps, conclut Ian. D'ici là, cela ne t'ennuie pas que j'invite ta maîtresse à dîner ?

Nilo secoua la tête, tandis que Ian offrait son bras à Bianca.

La jeune femme dévisagea son fiancé, cherchant à se rappeler pourquoi elle s'était emportée contre lui quelques heures plus tôt. Il était superbe, avec sa chemise en soie bleue assortie à la couleur de ses yeux. Sa veste noire arborait deux élégants fermoirs en or. Ses hauts-de-chausses noirs moulaient ses cuisses musclées. Au contact de sa main sur son bras, elle sentit son cœur s'emballer.

Ils descendirent le majestueux escalier mais, au lieu de continuer vers la salle à manger ou les appartements de Ian, ils franchirent une porte dérobée que la jeune femme n'avait jamais remarquée. À la lueur des chandelles, ils gravirent un large escalier. Sur les murs en porphyre s'étalaient des fresques représentant des satyres et de jeunes vierges. Bianca était si fascinée par ce spectacle insolite que Ian dut user de toute la persuasion dont il était capable pour l'attirer en haut des marches. Là, il ouvrit une nouvelle porte.

Sur le seuil, Bianca s'immobilisa, émerveillée. Elle avait l'impression de se trouver dans un jardin de la Rome antique, par une belle journée de printemps. Les peintures étaient si réalistes qu'elle pouvait presque sentir le parfum des fleurs et la brise dans les peupliers.

— Où m'avez-vous emmenée ? demanda-t-elle enfin.

— Dans l'ancienne salle à manger privée de mes grands-parents, expliqua-t-il fièrement. Ma grand-mère détestait l'hiver. Mon grand-père a donc fait venir le grand Raphaël pour décorer cette pièce.

— Nous sommes encore au palais ?

Ian rit, oubliant de jouer son rôle de monstre froid et implacable.

— Oui. À l'entresol, sous les appartements de Roberto et de Francesco.

— Qu'est-ce que cela ? fit Bianca en entendant de la musique.

— De la magie.

En réalité, il ne répondait pas à sa question. La véritable magie, c'était la silhouette de la jeune femme qui tournoyait devant lui, examinant les fresques, ses cheveux voletant sur ses épaules. Sa robe lui allait à merveille. L'or du brocart mettait en valeur sa peau laiteuse. Il sut alors que, malgré tous ses efforts, il ne cesserait jamais de la désirer. Et il comprit aussi qu'il aurait été incapable d'éprouver de tels sentiments pour une meurtrière. Au plus profond de lui, il avait toujours voulu croire à son innocence. À présent, il en avait la certitude.

Toutefois, il n'osa pas le lui dire, de peur de gâcher la soirée en évoquant le meurtre. Il pourrait s'expliquer et s'excuser plus tard, car le temps ne leur était plus compté. Cette perspective l'emplit d'une douce chaleur. L'espace d'un instant, il eut envie de sauter le repas et d'entraîner sa fiancée dans la chambre voisine. Mais il préféra prolonger l'attente, profiter de chaque seconde de ce tête-à-tête qu'il avait préparé dans les moindres détails.

Il prit la jeune femme par la main et l'emmena vers la table, dans un coin, sous une tonnelle couverte de jasmin. Les fleurs paraissaient si réelles que Bianca tendit instinctivement la main pour les toucher.

— Allez-y, murmura Ian. Ce sont de vraies fleurs. Ma grand-mère adorait le jasmin. Nous le cultivons en sa mémoire.

Qui aurait imaginé que cet homme froid et distant pouvait faire preuve d'un tel raffinement ? songea Bianca. Il cueillit délicatement une fleur parfumée et la glissa dans le décolleté de sa fiancée. Dès que ses doigts la frôlèrent, la jeune femme sentit sa peau s'embraser. Elle se demanda s'il était disposé à se passer de manger. Mais, avant qu'elle ait eu le temps de le lui proposer, il la fit asseoir sur un banc.

L'argenterie des Foscari étincelait sur la nappe en damas blanc. Trois domestiques entrèrent à pas de loup, l'un portant une carafe de vin, les deux autres des plats. Ils déposèrent le tout en silence et se retirèrent discrètement. Ian remplit deux coupes, puis il plaça un objet devant Bianca.

Il s'agissait d'un coffret en bois sur lequel étaient gravées les initiales du plus grand joaillier de Venise. Chez Tullia, Bianca en avait vu un semblable, mais plus petit. Attristée et furieuse, elle fixa le coffret. Finalement, elle le repoussa.

— Je ne puis accepter, Monseigneur.

Ian eut l'impression de recevoir un coup de poignard en plein cœur. Non seulement elle refusait son cadeau, mais elle semblait même folle de rage.

— Pourquoi ?

— Je n'en veux pas. Seigneur ! Je suis amoureuse de vous et vous me traitez comme l'une de vos vulgaires catins !

Ian était stupéfait. Elle l'aimait ? Non, c'était impossible. Tout au plus le trouvait-elle charmant…

— Je vous traite comme une courtisane en vous offrant un cadeau ?

— Oui. Vous me donnez ce bijou pour ne pas avoir à me donner quelque chose de plus précieux et de plus rare. À mes yeux, jamais un bijou ne pourra remplacer votre cœur, votre confiance, votre amour.

Le moment était venu de lui avouer qu'il croyait à son innocence, qu'il lui accordait sa confiance et qu'il pensait l'aimer, lui aussi. Mais la réaction de Bianca face à sa surprise le paralysait, l'empêchant de parler. Se méprenant sur son silence, la jeune femme se leva pour partir.

Il la retint par le bras, l'obligea à se rasseoir et poussa de nouveau le coffret vers elle.

— Ouvrez-le, ordonna-t-il.

Bianca ne bougea pas.

— Ouvrez-le, répéta-t-il plus fermement.

Bianca secoua la tête.

Ian posa la main sur sa joue et la força à le regarder.

— Je vous en prie, dit-il d'une voix douce.

La jeune femme finit par céder, attendrie par son regard désespéré. Elle souleva le couvercle, un peu à contrecœur.

En découvrant le contenu du coffret, elle eut le souffle coupé. Aussitôt, elle fut envahie de remords. Les ciseaux de son père étaient là, sous ses yeux, réparés.

— Ils sont superbes ! Mon Dieu, c'est merveilleux ! s'exclama-t-elle. Oh, Ian, comment vous remercier ?

Elle affichait une expression pleine d'adoration et de gratitude. Ian s'éclaircit la gorge, soudain intimidé, puis ouvrit la bouche pour parler. Une question lui brûlait les lèvres. Mais il ne parvint à bredouiller que ces quelques mots stupides :

— Voulez-vous de la soupe ?

— Vous êtes extrêmement séduisant, répondit-elle.

— De la soupe au potiron, précisa-t-il.

— Chaque fois que vous me touchez, mon cœur se met à battre la chamade, continua Bianca.

— Elle va refroidir…

— Vous êtes l'homme dont j'ai toujours rêvé.

— Le cuisinier y ajoute un soupçon de cannelle.

Ian se détourna pour qu'elle ne remarque pas les larmes qui brillaient dans ses yeux.

— Vous êtes l'homme le plus merveilleux que je connaisse, murmura Bianca en s'approchant de lui.

— Saupoudré d'amandes effilées, c'est délicieux, déclara-t-il en lui tendant un bol.

— Ian Foscari, je vous aime, conclut-elle en portant la main de son fiancé à ses lèvres.

C'était dit. Elle l'aimait. Le bol tomba à terre avec fracas, mais aucun des deux ne s'en soucia. Ian s'empara de sa bouche. Jamais il ne s'était senti aussi heureux.

Oubliant sa faim, il attrapa la carafe de vin et les coupes, puis il entraîna Bianca vers une porte dérobée, au fond de la salle à manger.

Lorsqu'ils entrèrent dans la pièce, le parfum du jasmin s'évanouit, remplacé par une odeur musquée. Sur les murs, des fresques représentaient des couples se livrant à des ébats passionnés dans des positions variées. Bianca aurait voulu les étudier de plus près, mais les doigts de Ian sur son épaule lui rappelèrent qu'elle avait mieux à faire. Il l'emmena vers un immense lit à baldaquin recouvert de soie dorée. Tout autour, des chandeliers en argent diffusaient une douce lumière. Des bâtons d'encens brûlaient aux quatre coins de la chambre, plongeant la pièce dans une atmosphère sensuelle et orientale.

Les yeux mi-clos, Bianca respirait les parfums avec délices quand elle sentit les mains de Ian attacher le fermoir d'un bijou sur sa nuque.

— Si je vous promets que j'ai acheté ce collier pour moi plus que pour vous, accepterez-vous de le porter ? Je vous le demande comme une faveur.

Bianca chercha un miroir. Ian lui fit signe de regarder au plafond. Les glaces étaient installées de façon à permettre aux occupants du lit de contempler les fresques érotiques. Levant la tête, Bianca découvrit les saphirs et les diamants qui ornaient son cou gracile. Elle ne pouvait refuser ce cadeau somptueux, puisque Ian l'avait acheté pour lui-même, et non pour elle. Elle n'osait s'avouer que le bijou lui plaisait et qu'elle aimait le contact des pierres froides sur sa peau nue.

— D'accord, je le mettrai pour vous faire plaisir, déclara-t-elle, magnanime. Mais j'exige que vous me rendiez un service, en échange.

— Tout ce que vous voudrez, répondit Ian, rassuré.

— Déshabillez-vous, ordonna-t-elle.

Bianca s'assit sur le lit pour contempler son fiancé. Il dégrafa lentement les fermoirs de sa veste et l'ôta, avant de se débarrasser de sa chemise en soie. Ensuite, il s'attaqua aux lacets de ses hauts-de-chausses, sous les yeux attentifs de sa fiancée. Soudain, sa gorge se noua. Ses doigts tremblaient d'impatience et d'excitation. Jamais il ne s'était senti si vulnérable, si transporté de désir. Il ne se pressa pas, s'assurant que le souffle de Bianca s'accélérait à mesure qu'il entrouvrait son vêtement pour révéler son membre gonflé. Alors, il se retourna, lui dévoilant d'abord son dos musclé, puis ses fesses rondes.

Mille fantasmes naquirent dans l'esprit de Bianca. Elle eut envie de prendre possession de ce corps superbe, de le toucher, de l'embrasser, de le lécher, d'en explorer les moindres replis. Elle se leva doucement et demanda à Ian de s'allonger sur le lit.

Elle observa sa démarche souple, le mouvement de ses hanches, les courbes de ses cuisses et sa virilité vibrante. Il s'étendit sur le côté, la tête appuyée sur une main, fou de désir. Bianca se servit du vin et en but une gorgée, puis elle se pencha vers lui et prit son membre dans sa bouche.

Aussitôt, il sentit la fraîcheur du vin, la douceur des lèvres de Bianca. Elle avala le vin, accentuant la douce pression de sa bouche sur sa peau, et il gémit de plaisir. Audacieuse, elle le caressa lentement. Ian leva les yeux pour admirer le reflet de la jeune femme dans le miroir du plafond. Comment avait-elle deviné son fantasme? Comment savait-elle qu'il trouvait ces caresses encore plus délicieuses si elle restait habillée?

Tout en le caressant de plus en plus vite, elle se mit à le lécher du bout de la langue. Il ne put réprimer un cri de plaisir. Soudain, il se cambra dans un dernier spasme et l'inonda de sa semence.

Cette expérience plut énormément à la jeune femme, qui vint se blottir dans les bras de son fiancé.

— Il ne faut plus jamais recommencer, souffla-t-il en la serrant contre lui.

Bianca le dévisagea, les yeux écarquillés.

— Je dis cela dans notre intérêt à tous les deux, ajouta-t-il très sérieusement. Si vous épuisez mes forces, je ne pourrai plus vous satisfaire.

Il lui adressa un sourire qui lui parut plus doux que toutes les caresses du monde. Toutefois, elle se garda de le lui dire.

— Vous êtes très prévenant, Monseigneur, répondit-elle. Mais ne vous inquiétez pas. Pour l'heure, j'ai simplement envie de manger.

— Non.

— Non? répéta la jeune femme en haussant les sourcils.

— Non, fit Ian.

— Pardon?

— Vous ne mangerez pas. En tout cas, pas avant d'avoir enlevé cette robe superbe. Vous risquez de la tacher.

— Votre sollicitude pour mes vêtements est touchante, Monseigneur, déclara-t-elle tandis qu'il la déshabillait, ne lui laissant que son collier de saphirs et de diamants.

— Il faut bien que quelqu'un s'en soucie.

— Mmm... gémit-elle lorsqu'il lui caressa le dos, puis les hanches.

Il s'arrêta brusquement et lui tendit la main pour l'aider à se lever du lit.

— Non… fit-elle en lui ouvrant les bras. Revenez, s'il vous plaît.

— Je croyais que vous aviez faim, dit Ian en prenant deux peignoirs en soie. Si vous êtes sage, nous pourrons assouvir toutes nos envies.

Enthousiasmée par cette perspective, Bianca suivit Ian dans la pièce voisine. Les domestiques avaient dressé une autre table, sur laquelle attendait un plat fumant.

Ils dégustèrent du vin rouge et de généreuses pièces de bœuf à la florentine, le mets favori du comte. Il voulait faire découvrir son univers à Bianca. Celle-ci mangea de bon appétit, sous le regard enchanté de son fiancé. Quand elle eut terminé, elle lui sourit. Ian lui rendit son sourire.

— Je suis rassasiée, annonça-t-elle. Serait-il temps de satisfaire mes autres envies ?

— Venez, fit Ian. Je pense que la chambre est prête.

Il entraîna la jeune femme dans la chambre. Près du lit défait se trouvait un saladier contenant un gros bloc de glace surmonté de boules multicolores. Bianca était abasourdie par tant de surprises. Comment les domestiques savaient-ils ce qu'il fallait apporter, et à quel moment ? Mieux valait ne pas trop se poser la question. Elle interrogea Ian sur ces mystérieuses boules.

— De la glace parfumée, expliqua-t-il en lui tendant une boule rose. Goûtez, c'est délicieux, dit-il en la voyant sceptique.

Bianca ferma les yeux pour savourer le doux parfum de framboise qui lui emplissait la bouche. Lorsqu'elle rouvrit les yeux, Ian lui présentait une nouvelle cuillerée. De la pêche, cette fois. Il la fit s'allonger sur le lit et lui proposa tous les autres parfums.

— Voici mon préféré.

Bianca dégusta la bouchée de sorbet à l'orange, tandis que Ian les débarrassait de leurs peignoirs en soie et se mettait à caresser le corps de la jeune femme. Après quelques minutes, elle réclama du citron. Ils partagèrent une boule de glace, puis il se pencha pour embrasser ses seins.

Le contraste entre le froid et la chaleur de ses lèvres embrasa le désir de Bianca, qui se lova sensuellement contre Ian. Il s'écarta un moment, avant de revenir vers elle.

Au lieu de la satisfaire immédiatement, il prit son temps, léchant la traînée de glace qu'il avait déposée sur son ventre, laissant le liquide parfumé couler entre ses cuisses. Les gouttes froides et sucrées firent frissonner Bianca de la tête aux pieds.

Ian glissa de la glace entre les lèvres de la jeune femme, puis entre les siennes, et entreprit d'explorer son intimité. Sa langue froide éveilla mille sensations nouvelles chez Bianca. Elle se cambra sous ses assauts.

Un plaisir inconnu et indicible l'envahissait. Elle avait l'impression qu'elle n'en aurait jamais assez. La glace fondit vite sur sa peau brûlante. Ian ne cessait de la caresser, meurtrissant délicatement son bouton de rose.

Elle se rappela alors le miroir au plafond. Les yeux écarquillés, elle se regarda poser les mains sur la chevelure blonde de son amant et l'attirer contre elle. Les doigts agiles de Ian rejoignirent sa bouche au cœur de sa féminité offerte. La voyant au bord de l'extase, il retarda l'instant final. Le corps de la jeune femme tressauta, puis elle s'écroula dans une plainte, tremblant de tout son être.

Ian vint s'allonger à côté d'elle et admira l'éclat des saphirs contre sa peau nacrée.

— Cela t'a plu ? s'enquit-il, adoptant spontanément le tutoiement.

— C'était… charmant, répondit-elle, taquine.

— Plus charmant que moi-même ?

— Autant.

235

— Tu étais sincère, tout à l'heure ? demanda-t-il en se redressant sur les coudes.

— Quand ? Ah, au moment de la soupe ?

Avec un sourire, elle l'attira vers elle et se blottit contre lui.

Il n'était pas certain d'avoir obtenu une réponse à sa question, mais cela n'avait plus d'importance. Son désir était à son comble, occultant toute autre pensée.

— Et si nous faisions l'amour, Ian ? proposa-t-elle d'une voix rauque.

— Si tu y tiens, répondit-il en la pénétrant aussitôt.

Cette fois, ce fut différent. Ils oublièrent le miroir. Ian plongea dans les profondeurs de son regard, cherchant à comprendre pourquoi elle l'aimait. Les grands yeux noisette de Bianca lui disaient de se mettre à nu, qu'il serait en sécurité avec elle. Alors, ils se donnèrent l'un à l'autre sans réserve, sans appréhension, sans limites.

Tous deux ne tarderaient pas à se demander comment ils avaient pu être aussi naïfs en cet instant.

22

Le jeune homme passa lentement le doigt sur la poitrine dénudée de sa maîtresse.

— Je pourrais pratiquer une incision ici, écarter la peau et lui arracher le cœur.

La femme esquissa un sourire complaisant, car elle avait encore besoin des services de son complice.

— Et pourquoi pas la flagellation ? suggéra le jeune homme d'un air sadique, car cette perspective l'excitait. Ce serait bien plus intéressant que de la voir se débattre avec ses chaînes.

Cette fois, la femme secoua la tête en signe de désapprobation, les lèvres pincées.

— Tu n'as rien de plus original à proposer? À moins que les liens qui vous unissent ne prennent le dessus sur ton affection pour moi et ne troublent ton jugement.

C'était en effet un risque à courir, elle ne l'ignorait pas.

— Je ne me soucie que de ton plaisir. Je ne cherchais pas l'originalité, je voulais simplement te satisfaire au mieux, protesta-t-il.

Elle l'examina attentivement, les yeux mi-clos. Persuadée qu'il ne mentait pas, elle se mit à le caresser doucement.

— Dans ce cas, j'ai une idée. Amène-la-moi. Je me chargerai d'elle.

— Me diras-tu quel sort tu lui réserves?

Imaginer cette fille captive de sa maîtresse était terriblement excitant.

— Bien sûr, il me faudra passer du temps seule avec elle, répondit la femme d'un ton posé, comme si elle discutait de questions frivoles. Je veux savoir pourquoi elle a déployé tant d'efforts pour me nuire. Quant à la suite des événements, je n'ai pas encore pris de décision. Peut-être connaîtra-t-elle le même destin que cet infortuné Enzo. Mais nous avons aussi nos amis les colosses, ajouta-t-elle, tandis que ses mains descendaient le long du ventre de son complice.

— Les colosses? répéta le jeune homme, de plus en plus troublé par les caresses expertes de la femme.

— Oh, oui… gémit-elle. Il faut qu'elle ait peur, très peur. Cette fille doit apprendre ce que c'est que d'être violentée, humiliée, bafouée. Et elle recevra ce qu'elle mérite. Mais ce n'est qu'un aspect du problème.

Sa voix se fit lointaine, presque rêveuse.

— Je veux qu'elle porte des marques indélébiles de ces sévices, des cicatrices profondes. Je ne triompherai que quand ce monstre découvrira son corps meurtri et qu'il comprendra que justice a été faite.

Sur ces mots, elle sourit et laissa le jeune homme la pénétrer brutalement.

— Ma victoire sera encore plus intense que je ne l'avais prévu, souffla-t-elle. Ce lâche sera anéanti, lorsqu'il se rendra compte qu'il a été incapable de protéger sa catin.

Ensuite, le couple demeura silencieux, haletant, jusqu'à ce que la femme donne ses ordres au jeune homme :

— Tu me l'amèneras dès demain. Tu sais où la trouver. Amène-la et nous nous amuserons comme des fous.

23

Ce matin-là, Christopher, perdu dans ses pensées, entra dans la chambre de Ian sans frapper. Mal lui en prit. Il n'ignorait pas que son frère exerçait ses droits de fiancé sur la délicieuse Bianca, mais il ne s'attendait pas à les découvrir tendrement enlacés dans le même lit. Trébuchant sur le tapis, le jeune homme ne put réprimer un juron, réveillant les amants endormis.

— Je suis désolé, balbutia Christopher en voyant l'air ahuri de son frère. Si j'avais su que tu n'étais pas seul, je ne serais pas entré sans frapper.

— Ce n'est rien, assura Bianca en étouffant un bâillement. J'allais me lever. Tournez-vous un instant, je vous prie. Ensuite, je vous laisserai tous les deux.

Ian, encore somnolent, essaya de la retenir, mais Bianca sortit du lit et enfila son peignoir. Elle déposa un baiser sur le front de son fiancé et quitta la pièce d'un pas léger. À aucun prix elle ne voulait empêcher cette conversation.

— Peux-tu m'expliquer pourquoi tu viens gâcher cette matinée de rêve ? demanda Ian d'un ton bourru. À voir ta mine, on dirait que tu as mal dormi. Qu'as-tu donc fait, cette nuit ?

Christopher parut amusé par cette question indiscrète. Il y avait belle lurette que son frère aîné ne se souciait plus de ses activités nocturnes.

— Je t'assure que je vais très bien. D'ailleurs, j'ai passé l'âge d'avoir un chaperon. Malgré ta curiosité manifeste, je ne suis pas là pour te raconter mes frasques, mais pour te montrer cette lettre.

Il brandit une feuille de papier.

— On m'a apporté ce message ce matin, pendant que je me préparais.

Ian le lut rapidement :

Isabella Bellocchio m'a confié que vous étiez intimement liés. Si les détails de cette histoire tombaient entre de mauvaises mains, votre vie pourrait devenir très pénible. Pour éviter tout ennui, présentez-vous masqué dans le petit salon, chez Tullia, aujourd'hui, sur le coup de 17 heures.

— C'est charmant, commenta Ian. J'ai la nette impression que tu es victime d'un chantage, mon vieux. Combien de ducats crois-tu qu'ils vont te soutirer pour ne pas divulguer la nouvelle de tes fiançailles ?

— Je t'ai pourtant donné ma parole d'honneur, protesta Christopher en s'asseyant dans un fauteuil. Je n'ai jamais été fiancé à Isabella.

— Dans ce cas, comment expliques-tu ce message ? insista Ian en cherchant un indice quelconque sur le document.

Christopher croisa les jambes et s'installa plus confortablement.

— Je n'en ai pas la moindre idée. C'est pourquoi je suis venu te consulter. Je me suis dit que tu saurais peut-être quelque chose. Tu sembles t'intéresser pas mal à Isabella Bellocchio, depuis quelque temps.

— Lui aurais-tu malencontreusement révélé une information importante, dont elle pourrait se servir pour te nuire ?

— Contrairement à toi, je ne parle jamais affaires avec les femmes.

Christopher faisait allusion à une indiscrétion de Ian, qui avait eu pour effet la réussite financière de Mora, des années auparavant. Contre toute attente, son frère ne réagit pas à la provocation.

— Voilà ce que j'en pense, déclara Ian. Selon toi, Isabella n'a aucune raison de te faire chanter. Il n'existe donc aucune menace réelle à ton encontre. Tu n'as rien à craindre.

Christopher se leva, visiblement soulagé, mais Ian reprit la parole :

— Malheureusement, il est toujours possible qu'une personne mal intentionnée ait inventé de toutes pièces une affaire compromettante pour ruiner ta réputation. Nous savons tous deux que les commérages sont monnaie courante à Venise.

— Je vois, fit Christopher, abattu, en se rasseyant. Avec cette rumeur de fiançailles, aucun de nous n'est à l'abri d'un scandale, c'est ce que tu veux dire ? Il est facile de m'incriminer, car je n'ai aucun moyen de prouver ma bonne foi tant qu'Isabella ne réapparaît pas. J'imagine déjà les conséquences pour les Arboretti...

— Quelqu'un prétendait hier que des fiançailles de ce genre pouvaient être un avantage, répliqua Ian avec malice.

Christopher secoua la tête, penaud.

— Je doute que les grands de ce monde acceptent encore de me recevoir quand ils apprendront que je suis fiancé à une courtisane. Autant renoncer à nos échanges commerciaux avec l'Angleterre.

— Julian pourra peut-être intervenir en notre faveur. Ou Miles, fit Ian d'un ton encourageant. Quoi qu'il arrive, il nous reste le marché noir.

Christopher était troublé. Depuis quand son frère plaisantait-il sur la ruine éventuelle des Arboretti ? Cette tentative de chantage l'avait rendu fou. À moins que ce ne soit Bianca...

Giorgio frappa à la porte, coupant court à ses pensées.

— Ce monsieur très corpulent de l'autre jour est de retour, annonça-t-il à son maître. Il insiste pour vous rencontrer. Il prétend que c'est urgent.

— Tu l'as installé dans la bibliothèque ?

— Avec difficulté, oui.

Ian sourit, mais se ressaisit vite et se renfrogna. Ce changement d'humeur était inquiétant. Christopher y vit un nouveau signe de la démence de son frère.

— Tu es sûr que tu vas bien, en ce moment ? lui demanda-t-il.

— Naturellement, fit Ian avec un regard perplexe. Bon, il faut que je m'habille si je veux me présenter chez Tullia, tout à l'heure.

Il ordonna à Giorgio de sortir sa cape noire et son masque de carnaval.

— Tu ne peux pas faire cela ! protesta Christopher. Je préfère y aller.

— Non, pas question, déclara Ian d'un ton autoritaire. Je suis moins impliqué que toi dans cette affaire. Je saurai rester objectif, quelles que soient les circonstances. De plus, n'oublie pas que je suis le chef des Arboretti. Il est de mon devoir de protéger nos intérêts. J'irai donc à ta place. Inutile de discuter.

— Et si ces gens refusent de négocier avec toi ? insista Christopher. S'ils prennent cette substitution pour une provocation ?

Ian tendit le message à son frère.

— Il est précisé qu'il faut venir masqué. Personne ne fera la distinction entre nous deux.

La ressemblance entre les deux frères était en effet frappante. En outre, Ian était plus diplomate que son frère, parfois trop fougueux. Mais Christopher se sentait coupable des difficultés qu'ils traversaient. Il chercha un nouveau prétexte pour assumer ses responsabilités.

— Et si ces hommes se révélaient dangereux ? lança-t-il en désespoir de cause.

— Insinuerais-tu que mes talents à l'épée laissent à désirer? rétorqua Ian d'un ton glacial.

— Bien sûr que non! assura son frère. Mais je n'aime pas que…

— Tu n'as pas l'air dans ton assiette, toi non plus, coupa l'aîné. Va donc te coucher.

Sur ces mots, Ian se leva et s'éloigna vers son cabinet de toilette.

Christopher comprit qu'il pouvait disposer. Il essaya de trouver un ultime argument, en vain. En réalité, il était soulagé de ne pas avoir à se rendre à ce rendez-vous mystérieux. Il songea à sa future belle-sœur, se demandant quels étaient ses projets pour l'après-midi. Finalement, il quitta la chambre sans saluer son frère.

En observant ses maîtres, Giorgio songea qu'il devait une fière chandelle à Bianca. Non seulement la jeune femme n'avait rien dit de son idylle avec Marina, mais elle avait permis à Ian de redevenir un peu lui-même, un homme enjoué, sans amertume et de bonne compagnie.

S'il avait connu l'opinion de Giorgio sur la métamorphose du comte d'Aoste, Valdo Valdone aurait été pour le moins surpris. Le jeune aristocrate élégant et imperturbable qui se présenta à lui n'avait en effet rien d'un homme guilleret. Entre les mains de son visiteur, Ian découvrit une invitation semblable à celle que Christopher avait reçue. Malgré sa stupeur, il resta impassible. Valdo trouva son absence de réaction très décevante. Le comte d'Aoste ne manifestait ni étonnement ni colère, se contentant de hocher la tête.

— Savez-vous d'où peut provenir ce message? demanda-t-il.

— Du ravisseur qui a enlevé ma chère Isabella, bien évidemment!

Ian lui tendit la lettre, mais Valdo refusa de la reprendre, de crainte de s'emporter et de la déchirer en mille morceaux.

— En tout cas, cela prouve une chose, déclara Ian sans tenir compte de la réponse de Valdo. Bien que mon entretien avec votre femme ne m'ait pas entièrement convaincu, nous pouvons affirmer que ce n'est pas elle qui retient Isabella en otage.

En voyant l'air désorienté de Valdo, Ian s'expliqua :

— Votre femme ne menacerait jamais de se révéler à elle-même une information qu'elle possède déjà.

— Ma femme, répéta Valdo, hébété, ma femme...

Il s'épongea le front du revers de la manche, puis il sembla se ressaisir.

— J'ai promis à ma femme de l'emmener à 17 heures sur la place Saint-Marc. Comment faire si je dois être chez Tullia en même temps ? Quelle excuse inventer pour m'éclipser ? Lucrèce va tout deviner.

Son expression atterrée disparut soudain. Son visage s'illumina.

— J'ai une idée ! Et si vous l'emmeniez se promener place Saint-Marc ? Je sais que c'est beaucoup demander, mais Lucrèce ne refusera pas votre invitation. Ainsi, je pourrai m'absenter en toute discrétion. Vous n'aurez qu'à solliciter un entretien en privé. Elle sera ravie.

Aux yeux de Ian, il n'existait pas de perspective plus pénible qu'un tête-à-tête avec la fougueuse Lucrèce Valdone.

— Vous me flattez en suggérant que votre femme daignerait accepter ma compagnie, mais je crains que ce ne soit impossible.

— Que faire, alors ? Que lui raconter ?

— Et si j'allais à ce mystérieux rendez-vous à votre place ? proposa Ian en s'efforçant de ne pas paraître trop enthousiaste.

— Vous me rendriez ce service ? fit Valdo, les yeux embués de larmes.

— Bien sûr. C'est le meilleur moyen de découvrir qui détient Isabella, répondit Ian d'un ton sec, espérant tempérer par sa froideur la gratitude de son visiteur.

Avec toute la rapidité dont il était capable, Valdo se leva et s'inclina avec respect. Puis, au bout d'une éternité, il se redressa.

— Que votre dévouement envers vos amis soit objet de jalousie pour votre fiancée, déclara-t-il en guettant la réaction du comte. Que pensez-vous de ce compliment ? Je l'ai composé spécialement pour vous. Je suis en train de rédiger un recueil de citations pour chaque occasion, des maximes que je crée au gré de mon imagination fertile. Ainsi, le lecteur ne sera jamais à court de compliments.

— C'est une merveilleuse idée, répondit Ian, se retenant à grand-peine d'exploser de rire. Vous êtes l'auteur idéal pour ce type d'ouvrage.

En prenant congé de son hôte, Valdo affichait un large sourire. Après son départ, Ian savoura le silence bienfaisant qui avait remplacé la présence envahissante de son invité. Mais sa tranquillité fut de courte durée, car Bianca vint frapper à la porte.

En apercevant la silhouette reconnaissable de Valdone, dans le vestibule, elle avait décidé qu'il valait mieux parler à Ian sans tarder. Bien que le protecteur d'Isabella ne fît pas partie de la liste des suspects, elle lui avait adressé un message, pour s'assurer que Ian serait au courant du rendez-vous même si Christopher omettait de lui en faire part. Si elle avait bien deviné les raisons de la visite de Valdo, son plan se déroulait à merveille.

— Je suis désolée de te déranger, Ian, dit-elle en entrant dans la bibliothèque, mais je voulais te demander l'autorisation de faire quelque chose.

Elle portait toujours son collier de saphirs, dont le bleu s'assortissait parfaitement à la couleur des fleurs qui parsemaient sa robe dorée. Ian était si fasciné par sa beauté qu'il ne comprit pas tout de suite le sens de ses paroles.

— Mon autorisation ? fit-il enfin. Pour quoi ? Faire sauter un château ?

Un sourire enjôleur aux lèvres, Bianca se pencha vers lui.

— Allons, Ian, je ne suis pas si téméraire. Je connais mes limites.

Ian grommela quelques paroles inintelligibles.

— En fait, j'aimerais passer chez moi, dans la maison que je partageais avec mon frère quand je ne vivais pas chez ma tante Anna. J'ai quelques affaires à prendre là-bas. Serait-ce trop exiger ?

— Non, bougonna Ian.

— Non ? répéta Bianca, craignant un refus.

— Non, ce n'est pas trop exiger, précisa-t-il. Tu peux y aller. Mais pas seule.

— Avec un gondolier ? Ou dois-je faire appel à l'armée pour m'escorter ?

— File ! ordonna Ian à contrecœur. J'ai du travail.

Bianca obéit, après avoir contourné le bureau pour embrasser son fiancé sur les lèvres. Pendant une demi-heure, Ian fut en proie à un cruel débat intérieur. Il mourait d'envie d'aller chercher Bianca et de l'entraîner dans sa chambre... À moins que le bureau ne fût plus approprié, ou la pépinière ? Finalement, il décida qu'il aurait le temps de lui faire l'amour dans toutes les pièces du palais et se raisonna. Dans l'immédiat, il devait se mettre au travail et se préparer pour ce mystérieux rendez-vous chez Tullia.

Le maître chanteur s'était probablement attaqué à plusieurs victimes, songea Ian. Cependant, il n'était guère judicieux de sa part de rassembler celles-ci dans un même lieu, ce qui risquait de se produire si elles se présentaient toutes chez Tullia à l'heure convenue. Il était plus facile de soutirer de l'argent à un homme seul qu'à un groupe d'anciens amants menacés, qui avaient toujours la ressource de s'unir pour se rebeller. La situation promettait d'être explosive.

— Au travail, déclara-t-il à voix haute dans la bibliothèque déserte.

Il ne pensait plus aux formes voluptueuses de Bianca. Depuis la mort de son ami Christian, il n'avait pas touché une arme, ni effectué la moindre expérience sur ses explosifs. Il avait trop peur de ses souvenirs. Ses armes, comme ses sentiments, étaient enfermées sous clé dans une petite pièce maudite où il s'était juré de ne jamais remettre les pieds. Cette fois, pourtant, il n'avait pas le choix.

— Ah, je comprends ! lança Christopher à Bianca, qui était attablée face à lui dans la salle à manger. Vous me trouvez hideux et stupide, c'est cela ?

Il leva la main pour l'empêcher de protester.

— N'essayez pas de me complimenter sur mes cheveux soyeux ou mes chevilles graciles. Je ne suis pas dupe.

— Et votre nez aquilin, votre mâchoire volontaire ? fit-elle d'un ton qui se voulait enjoué.

— À quoi bon ? répondit Christopher. Je ne vois pas d'autre raison à votre refus de vous promener avec moi.

Bianca se sentait à la fois flattée par l'intérêt de Christopher et prise au piège. Si le jeune homme proposait de lui tenir compagnie, cela signifiait que Ian se rendrait à sa place au rendez-vous chez Tullia, comme elle l'avait espéré. Mais la réaction de Christopher lui compliquait la tâche. En d'autres circonstances, elle aurait apprécié de passer cet après-midi avec lui. Pour l'instant, c'était hors de question. Bianca était trop nerveuse pour feindre l'insouciance face à Christopher. De plus, il lui fallait arriver chez Tullia avant ses invités.

— Vous n'êtes pas en cause, Monseigneur, déclara-t-elle pour l'amadouer. Mais je suis un peu fatiguée, aujourd'hui, et je ne puis vous accorder l'attention que vous méritez.

Christopher refusait d'abandonner.

— Balivernes ! Je n'attends rien de vous. Je veux bien me charger de faire la conversation, si vous le souhaitez.

— Malheureusement, j'ai mal à la tête, dit Bianca, qui devinait que ce mensonge deviendrait vite réalité.

Christopher se mit à murmurer :

— Dans ce cas, je ne dirai rien. Je goûterai votre compagnie dans le silence complet, tel un poète.

— J'ai quelques courses à faire, reprit Bianca, au bord du désespoir. Ce ne sera pas très amusant pour vous.

— Miracle ! J'ai des courses à faire, moi aussi. Nous nous ennuierons ensemble.

Christopher lui adressa un large sourire. Bianca crut que le ciel lui tombait sur la tête. Jusqu'à présent, tout avait bien fonctionné, et voilà qu'elle butait sur un obstacle de taille. De toute évidence, Christopher était aussi entêté que son frère.

Le jeune homme dut entendre des voix inconnues, des voix qui lui donnaient le consentement de Bianca malgré elle. La jeune femme ne vit pas d'autre explication quand il lui déclara, satisfait :

— Parfait. Alors, tout est arrangé. Nous partirons à 15 h 30, dans moins d'une heure. Il faut d'abord que je me change. Je tiens à être présentable pour m'afficher à votre bras.

Avant que la jeune femme puisse protester, il quitta la salle à manger, visiblement ravi. Bianca réfléchit intensément, cherchant un moyen de se tirer de ce mauvais pas. Si elle sortait subrepticement du palais, comme elle l'avait prévu, son absence serait vite remarquée. Par ailleurs, elle ne réussirait pas à retenir le jeune homme à la maison, et il était trop tard pour glisser quelque substance dans sa nourriture. Il ne lui restait plus qu'à lui fausser compagnie durant leur promenade. C'était risqué, mais elle n'avait pas le choix. Le succès de son plan en dépendait.

À l'heure prévue, Christopher emmena la jeune femme maussade dans sa gondole. La cabine était très confortable, avec ses chandelles et ses petits bouquets de fleurs. Dès que Bianca fut installée sur les coussins en soie, Christopher lui décrivit leur itinéraire :

— Je dois passer chez un ami pour lui remettre un paquet. Ensuite, nous pourrions rendre visite à votre charmante cousine Analinda.

Bianca hocha la tête.

— Je suis sûre qu'elle sera enchantée de vous revoir, assura-t-elle en se forçant à sourire. Mais j'aimerais d'abord faire un saut à mon ancienne maison de Campo San Paolo, si vous êtes d'accord. Je préférerais y arriver avant que le soir ne tombe, afin de ne pas avoir besoin de chandelles.

C'était un mauvais prétexte, car le ciel était déjà sombre et chargé de lourds nuages. Par chance, Christopher ne posa aucune question.

— Allons-y maintenant, si cela vous rassure. Je ne suis pas pressé. Ce paquet peut attendre.

— Je ne voudrais pas vous ennuyer. Et si vous me déposiez chez moi pendant que vous portez le paquet à votre ami ? s'exclama-t-elle. Ensuite, vous viendrez me chercher pour aller chez Analinda.

— Certainement pas, répondit Christopher en se penchant vers elle. Vous ne me dérangez pas le moins du monde. De plus, nous sommes presque arrivés.

Peu de temps après, la gondole s'arrêtait en effet devant l'ancienne demeure de Bianca. La jeune femme la trouva bien triste et petite, à côté du palais Foscari. Le gondolier amarra l'embarcation, et ils mirent pied à terre.

La maison était fermée depuis le départ de son frère, plusieurs semaines auparavant. Leurs pas résonnèrent sur le marbre tandis qu'ils gagnaient l'étage.

— Mettez-vous à l'aise, Monseigneur, dit Bianca en ôtant les housses des meubles. Je vais rassembler quelques effets dans ma chambre. J'en ai pour une minute.

En la regardant s'éloigner, Christopher songea distraitement qu'un libertin digne de ce nom aurait profité de la situation pour séduire la jeune femme. Puis son attention fut attirée par une plante étrange posée dans un coin de la pièce. Il l'examina de plus près et constata qu'elle était en train de dépérir. Il ne faudrait que quelques jours à Luca pour la faire revivre, grâce à son nouvel engrais. Christopher était si enthousiaste à l'idée d'expérimenter ce produit qu'il n'entendit pas les craquements de l'escalier de service, ni les couinements des gonds rouillés de la porte de l'office quand Bianca s'éclipsa sur la pointe des pieds.

Elle se drapa dans sa cape noire pour dissimuler ses bijoux somptueux et sa robe élégante, car elle n'avait pas eu le temps d'enfiler une tenue plus discrète. Le cœur battant, elle hâta le pas dans les ruelles sombres de San Paolo, les yeux rivés au sol, priant pour que personne ne la reconnaisse.

Son appréhension s'accrut lorsqu'elle parvint au pont du Rialto. Le centre financier de la ville attirait des marchands de toutes les contrées. Elle croisa des hommes enturbannés, d'autres portant chapeau et moustache, des moines faisant l'aumône et même un religieux turc. Elle ne remarqua toutefois aucune autre femme non accompagnée. À mesure que la foule se faisait plus dense, Bianca attirait de plus en plus les regards.

Elle gravit les marches qui menaient au pont et scruta la rue derrière elle pour voir si elle était suivie. Personne. Soudain, au moment où elle soupirait, soulagée, elle aperçut la chevelure blonde de Christopher parmi les turbans. Il la repéra aussitôt et tenta de se frayer un chemin pour la rejoindre. Il ignorait pourquoi elle s'était échappée et redoutait qu'il ne lui arrive malheur. Ou qu'elle ne disparaisse...

Bianca accéléra, affolée, sans prendre garde aux passants qu'elle bousculait au passage. Christopher gagnait du terrain. Ian l'avait sans doute chargé de la surveiller. Quand elle atteignit l'autre côté du pont, elle était presque à portée de main du jeune homme.

Elle saisit alors une petite bourse cachée sous sa cape et en vida le contenu par-dessus son épaule. Attirés par cette pluie de pièces d'or et d'argent, les passants surgirent de tous côtés, gênant Christopher.

Lorsqu'il se dépêtra enfin de la mêlée, Bianca s'était évanouie.

Les mendiants qui encombraient le Sottoportego della Bissa, la rue la plus mal famée de Venise, nièrent avoir vu une femme en cape noire, malgré les pièces d'or que Christopher leur proposa en échange de toute information. Si cette dame valait si cher, l'affaire devait être sérieuse, et ils préféraient ne pas s'en mêler. Bianca emprunta la Calle del Paradiso, puis le Campo Santa Maria Formosa, et se retrouva devant la porte de Tullia. À ce moment-là, Christopher avait complètement perdu sa trace.

La courtisane ouvrit aussitôt à la jeune femme essoufflée. Elle fit asseoir son amie sur un banc, dans la cuisine. Daphné lui tendit un gobelet d'eau. Bianca but avec avidité et ôta sa cape trempée par la pluie.

— On en voulait à tes saphirs? s'exclama Tullia, admirative, en découvrant le collier de son amie. Pour une telle splendeur, je serais prête à accorder mes faveurs à un homme pour le restant de ses jours.

Bianca porta la main à son cou.

— Non, répondit-elle. Du moins, je ne crois pas. C'est Christopher Foscari qui me poursuivait. Le frère de Ian.

— Mais pourquoi...

Tullia s'interrompit brusquement, se rappelant la nouvelle qu'elle avait apprise la veille.

— Chérie, je te dois des excuses, déclara-t-elle. La semaine dernière, quand tu es venue, j'ignorais que tu étais la fiancée de Ian. Tu sais, l'autre jour, il ne s'est rien passé entre nous. Ian n'était pas... disposé à m'honorer, dirons-nous. Mais il s'est montré charmant. C'était étrange. Bref, je suis désolée si je t'ai contrariée ou blessée.

Bianca eut un geste d'indifférence, à la fois étonnée et enchantée par cette révélation.

— Tu n'as pas à t'excuser. En fait, d'une certaine façon, je te remercie... Enfin, nous discuterons plus tard. Il est plus de 16 heures, je pense?

Tullia hocha la tête.

— Peux-tu demander à quelqu'un de vérifier si Christopher me suit toujours ? Et même de l'envoyer dans la mauvaise direction ? S'il se rend compte que tu habites tout près, il risque de venir me débusquer ici.

Tullia décrivit Christopher à l'un de ses domestiques et lui indiqua ce qu'il devait lui dire, puis les deux femmes montèrent au salon.

— J'ai recommandé à Daphné de fermer tous les volets et d'allumer un seul chandelier. Tu es certaine d'avoir assez de lumière pour voir leurs visages ?

— Justement, je préfère rester dans la pénombre, du moins jusqu'à la fin, expliqua Bianca. Je n'aimerais pas faire de tort à un innocent, et il ne faut surtout pas qu'on me reconnaisse.

— Bien sûr, approuva Tullia. Daphné et moi nous demandions vraiment pourquoi tu désirais ce déguisement. À présent, j'ai compris. Le peignoir va être un peu trop long, ma belle. Veux-tu des chaussures à talons ?

Bianca ne put s'empêcher de sourire à cette idée.

— Je serais peu crédible si je me tordais la cheville en plein discours.

— Au contraire, fit Tullia en la prenant par la main. Tu seras plus imposante et moins reconnaissable.

Elle emmena Bianca dans une pièce voisine et lui donna un peignoir, un masque et des chaussures. Une fois déguisée, celle-ci s'entraîna à marcher, aidée par les conseils de Daphné. L'horloge sonna 17 heures. Tullia et sa servante tinrent compagnie à la jeune femme tandis que ses invités arrivaient. Elles étaient presque aussi nerveuses qu'elle. Quand le valet annonça que la pièce était pleine, le cœur de Bianca s'emballa. Elle respira profondément, embrassa son amie et entra dans le petit salon.

Cinq hommes l'y attendaient.

— J'exige… commença l'un d'eux.

— Vous devriez être six, coupa-t-elle. Je vais donc vous demander d'enlever vos masques pour savoir qui n'est pas venu.

— Ce ne sera pas nécessaire, dit un autre homme. Je suis présent au nom de deux personnes.

En entendant la voix de Ian, Bianca se réjouit d'être masquée. Elle se sentit rougir. Son plan avait fonctionné. Il était là. Encore quelques minutes, et elle aurait réussi. Il lui suffisait de désigner le meurtrier en présence de son fiancé.

Bianca fit un signe de tête, et Ian devina aussitôt son identité. Lorsque leur hôtesse avait pénétré dans la pièce, il avait eu l'impression de l'avoir déjà vue, mais avait écarté l'idée que ce pût être Bianca. Pourquoi sa fiancée aurait-elle manigancé un tel stratagème ? C'était absurde. En outre, elle était plus petite que la femme qui se tenait devant eux. Mais ce geste familier, ce hochement de tête si caractéristique, venait de la trahir.

Sans lui laisser le temps de réagir, Bianca déclara :

— Très bien, nous pouvons commencer. Vous avez tous reçu un message identique, menaçant de révéler votre relation avec Isabella si vous n'acceptiez pas mon invitation…

— Alors, vous admettez ne rien posséder contre nous ? C'est une plaisanterie de fort mauvais goût ! lança un homme à la voix nasillarde.

— J'avoue que vous n'êtes pas tous incriminés, fit Bianca. Mais, à l'issue de cette réunion, nous saurons lequel d'entre vous est un meurtrier, un voleur et un traître.

Tous demeurèrent stupéfaits. Apparemment pris d'un malaise, l'un d'eux s'écroula, renversant le chandelier posé sur la table. Les bougies s'éteignirent, plongeant la pièce dans l'obscurité. D'instinct, Bianca se pencha en avant pour se protéger, mais une douleur fulgurante lui traversa l'épaule droite. Le sang se mit à couler. Elle se redressait péniblement quand un coup de feu retentit. Retenant son souffle, elle attendit la mort, mais elle ne vint pas. Des mains fermes la saisirent par la taille et la soulevèrent pour l'emmener hors de la maison. Avant de perdre conscience, sa seule consolation fut de se dire qu'elle ne souffrirait plus quand elle serait auprès de son père.

24

Ce jour-là, la mort ne voulut pas de Bianca. À son réveil, la jeune femme ressentit d'abord la douleur lancinante de sa blessure, puis un creux à l'estomac : elle avait une faim de loup. Enfin, elle ouvrit les yeux et se rendit compte qu'elle était allongée sur un lit inconnu, dans une pièce sombre. À sa droite, un mince rayon de lumière filtrait sous la porte. Dehors s'élevaient des voix indistinctes. Elle essaya de tourner la tête vers la droite et ne put réprimer un cri de douleur.

Des pas s'approchèrent aussitôt. Dans la pièce, il fit soudain un peu plus clair. Bianca n'osait pas bouger la tête, par crainte de ce qu'elle allait découvrir. Elle avait recommandé la plus grande prudence à Nilo, mais elle n'aurait jamais imaginé que cet homme puisse se montrer aussi dangereux. Il l'avait manifestement enlevée, et le pire était sans doute à venir. Atterrée, elle se mit à prier en silence.

— Bianca, vous m'entendez ?

La jeune femme sentit son cœur bondir dans sa poitrine, puis des larmes lui montèrent aux yeux. Avec un soupir de soulagement, elle se tourna lentement vers ses chaperons.

— Non, ne cherchez pas à vous lever, lui conseilla Roberto. Restez tranquille. La balle vous a effleuré l'épaule, mais vous avez perdu beaucoup de sang.

— Où suis-je? demanda-t-elle.

— Dans une chambre d'amis. Nous voulions absolument vous garder près de nous, expliqua vivement Francesco.

— Mais ma suite se trouve juste au-dessus de vos appartements, objecta-t-elle, retrouvant peu à peu ses esprits.

— En effet, admit Francesco en implorant son compagnon du regard.

— Ian a jugé bon de vous installer dans une pièce dénuée de larges fenêtres.

— Ian... Il est blessé? demanda-t-elle avec appréhension.

— Non, répondit Francesco. Apparemment, vous étiez l'unique cible.

On frappa à la porte. Christopher apparut.

— La prochaine fois que vous n'aimerez pas la coupe de mon costume, dites-le-moi franchement. Inutile de sillonner la ville en semant des pièces d'or, déclara-t-il d'un ton enjoué.

Il prit la main que Bianca lui tendait.

— En fait, ce n'est pas la coupe de votre costume qui me déplaisait, mais sa couleur, plaisanta-t-elle. Me pardonnez-vous ma conduite irresponsable?

Il hocha la tête.

— Je dois avouer que vous m'avez époustouflé, mais Ian m'a tout expliqué et je crois avoir compris la situation.

— Vraiment? Pour ma part, je ne peux pas en dire autant.

Personne n'avait entendu Ian entrer dans la chambre, mais ses paroles anéantirent la bonne humeur ambiante.

— Quel dommage! fit-il. J'espérais pourtant obtenir des explications, *carissima*.

Il avait les lèvres pincées, le regard glacial. Bianca le dévisagea avec attention. L'homme dont elle était tombée amoureuse, l'homme à qui elle voulait désespérément prouver son innocence, avait fait place à un monstre de froideur. Elle frissonna d'effroi en voyant son air implacable.

— Monseigneur, dit-elle avec respect, j'avais l'intention de pousser l'assassin à se démasquer.

— L'assassin ? répéta Christopher, étonné.

Ian ignora la remarque de son frère.

— Quelle idée lumineuse ! railla-t-il. Et tu n'as pas pensé que cette révélation risquait de coûter la vie à quelqu'un ? À toi, par exemple ?

— Un assassin ? fit à nouveau Christopher, sans succès.

— Non, je n'y ai pas pensé, admit la jeune femme. Et j'ai eu tort. C'était une grossière erreur.

— Une erreur ? gronda Ian. Tu viens de frôler la mort parce que tu as commis une erreur ?

— Comment prouver mon innocence autrement ? rétorqua Bianca. Vous ne m'avez guère laissé le choix, Monseigneur, continua-t-elle, retrouvant d'instinct le vouvoiement que leur intimité avait effacé. Je devais vous désigner le véritable coupable pour vous convaincre de mon innocence.

Ahuri, Christopher fixait le jeune couple.

— Une meurtrière ? Bianca ?

Ian persistait à l'ignorer.

— Comment oses-tu me reprocher ce qui s'est passé aujourd'hui ?

— Ce n'est rien par rapport à ce que vous me reprochez, répliqua Bianca, pâle de colère. Je suppose que vous allez considérer cette mésaventure comme une preuve supplémentaire de ma culpabilité. J'ai sans doute organisé moi-même cette tentative de meurtre, c'est cela ?

— Je te crois capable de tout, déclara Ian, avant de tourner les talons et de s'éloigner.

Il se réfugia dans la solitude de la bibliothèque. Il en voulait terriblement à Bianca d'avoir couru de tels risques. Et il se reprochait amèrement de l'avoir poussée à une telle imprudence. Avec une bouteille de *grappa* pour tout réconfort, il se sentait complètement perdu. Mille questions se bousculaient dans sa tête. Cette histoire regrettable aurait sans doute pu être évitée, lui murmurait une petite voix. Après tout, s'il avait dit à Bianca qu'il était convaincu de son innocence, elle serait restée tranquillement au palais. Au deuxième verre de *grappa*, il commençait à voir les choses sous un autre angle. Peut-être la vie de Bianca n'avait-elle pas été menacée ? Et s'il s'agissait d'une intrigue sournoise de sa part ? Et si elle était coupable ? Tout la désignait. Au quatrième verre, il décida qu'elle était bel et bien coupable. Mais son cœur refusait de le suivre. Il maudit sa stupidité. Elle l'avait si bien ensorcelé qu'il ne pouvait s'empêcher, au plus profond de lui-même, de croire encore à ses mots d'amour. L'esprit embrumé, il buvait la dernière goutte de vin quand un garde vint lui annoncer une terrible nouvelle.

Bianca Salva avait été dénoncée par un témoin anonyme qui l'accusait du meurtre de la courtisane Isabella Bellocchio. Ladite *signorina* Salva devait comparaître devant les juges le lendemain, sur le coup de 9 heures. Elle pourrait présenter sa défense. Seuls ses parents et son fiancé étaient autorisés à témoigner en sa faveur. Les accusations portées contre elle étaient graves et passibles de la peine de mort.

En une nuit, Isabella Bellocchio passa du statut de catin vénale et arriviste à celui de malheureuse victime d'une femme jalouse. Lorsque l'horloge de la place Saint-Marc sonna 9 heures, le lendemain matin, la salle d'audience était noire de monde, malgré la pluie battante. Le palais des Doges, qui abritait les plus hautes instances de la ville, était souvent inondé en hiver. Cela n'empêcha pas les spectateurs avides de sensations fortes d'affluer. Tous voulaient jouir du privilège de voir une jeune et belle aristocrate affronter son destin.

Bianca était au lit quand elle avait pris connaissance des chefs d'inculpation. Un garde fut posté devant sa porte. Pendant des heures, l'importun chantonna le même air lugubre, empêchant la jeune femme de dormir. Pourtant, malgré cette nuit blanche, Bianca semblait fraîche et dispose.

Elle se prépara avec soin, grimaçant de douleur à chaque mouvement. Son apparence était primordiale, car il lui faudrait convaincre ses trois juges par tous les moyens possibles. Un geste, un regard, un sourire pouvait la sauver ou la condamner.

Puis le découragement s'empara d'elle. En réalité, elle se moquait bien de la sentence du jury. Une personne en savait assez pour la disculper, et seule son opinion lui importait. Mais si Ian la croyait coupable au point de la dénoncer, alors plus rien ne comptait à ses yeux. La vie sans lui n'était pas imaginable.

Lorsqu'elle annonça à ses chaperons qu'elle ne chercherait pas à se défendre, les deux hommes furent horrifiés. Avec l'énergie du désespoir, ils tentèrent de l'en dissuader, mais elle s'enferma dans le silence, comme elle avait l'intention de le faire devant les juges. Elle accepta toutefois de porter les vêtements qu'ils avaient choisis pour elle. Durant une bonne partie de la nuit, Roberto et Francesco avaient en effet mis au point la tenue de leur protégée. Finalement, ils s'étaient décidés pour une robe en soie bordeaux, ornée de perles et de dentelle blanche. Ainsi habillée, Bianca respirait l'élégance et le raffinement.

À l'arrivée de la jeune femme au palais des Doges, des exclamations admiratives s'élevèrent de la foule. Courtisanes et prostituées se tenaient en retrait des autres spectateurs. Au moment où Bianca passa devant les badauds, ceux-ci retinrent leur souffle, attendant secrètement que les catins se jettent sur elle ou la lynchent. Au lieu de cela, les femmes de mauvaise vie tendirent la main vers l'accusée pour lui témoigner leur affection. Une courtisane richement parée se précipita même pour l'embrasser.

— Nous prions pour ton salut, déclara Tullia, la voix brisée par l'émotion. Nous savons que tu n'as rien fait de mal. Nous t'aiderons de notre mieux.

Ce geste de solidarité toucha la jeune femme au plus profond de son âme. Elle en oublia presque ses souffrances et ses blessures. Face aux encouragements de Tullia et de Daphné, Bianca eut honte de son manque de combativité. Comment avait-elle pu croire une seconde que la vie ne valait pas la peine d'être vécue sans Ian ? Son existence ne devait pas dépendre d'un homme, surtout quand celui-ci avait une si mauvaise opinion d'elle. Non, elle ne se laisserait pas détruire par un être qui refusait de la comprendre. Il était hors de question qu'elle baisse les bras aussi facilement.

— Merci, dit-elle à Tullia. Ton soutien compte beaucoup pour moi. Si je sors d'ici, je t'expliquerai pourquoi.

Elle ne put lui en dire davantage. Les gardes l'entraînèrent sans ménagement. Son procès n'allait pas tarder à commencer.

En entrant dans l'immense salle d'audience, Bianca découvrit trois imposants fauteuils vides. Les juges n'étaient pas encore là. Elle balaya du regard la pièce austère. Parmi les spectateurs assis sur les bancs en acajou sculpté, elle reconnut plusieurs personnes. La seule femme présente était sa tante Anna, flanquée de son fils et de son mari, Guido. Anna bouillait visiblement de colère. Angelo semblait aussi contrarié que sa mère. Quant à Guido, il s'assoupissait déjà.

Ensuite venaient les Arboretti, ainsi que Francesco et Roberto. Seul Ian manquait à l'appel. Tous lui adressèrent des signes d'encouragement. Miles esquissa même un sourire, mais rien ne pouvait compenser l'absence de Ian. C'était lui qui l'avait dénoncée. Cette fois, elle en était sûre. Pourtant, il apparut enfin sur le seuil. Ignorant les regards courroucés de ses oncles, il prit place à côté de ses compagnons, le front soucieux, les yeux plissés, comme s'il souffrait d'une migraine.

Le jeune homme s'était en effet réveillé avec l'impression désagréable qu'un étau lui enserrait les tempes. La veille, après avoir vidé la bouteille de *grappa*, il avait bu une carafe entière d'*amaretto*. En outre, il venait de passer deux heures cloîtré au Sénat, la seule assemblée ayant le pouvoir de lever la condamnation à mort de Bianca, le cas échéant. Mais il avait eu beau jouer de son influence face aux sénateurs, exposer les arguments qui prouvaient l'innocence de la jeune femme, rien n'y avait fait. Désespéré, Ian avait déclaré qu'il était sacrilège de juger pour meurtre la fiancée d'un membre d'une des plus anciennes familles de Venise. Il avait énuméré les services que ses ancêtres avaient rendus à la ville, en vain. Malgré leur bienveillance et leur compassion, les sénateurs avaient refusé d'abandonner les poursuites. À présent, Ian n'osait même pas regarder Bianca en face. Il avait tout tenté, allant jusqu'à proposer de s'exiler avec l'accusée. Maintenant, il ne lui restait plus qu'à attendre, impuissant, que la femme qu'il aimait soit condamnée à mort.

Les gardes annoncèrent l'arrivée de la Cour et ordonnèrent à l'assemblée de se lever. Nul ne connaissait encore l'identité des magistrats, coutume ancienne destinée à éviter tout risque de corruption. Cela n'empêchait pas certains de proposer des sommes généreuses à tous les juges potentiels, ainsi qu'on l'avait fait dès l'aube pour Bianca. En entrant dans la salle, l'un des juges au moins pouvait se réjouir d'avoir aisément gagné mille deux cents ducats.

Les magistrats s'assirent lourdement. Dehors, la foule protestait à grands cris, car l'huissier tentait de refermer les portes du palais. Les Vénitiens étaient avides d'entendre ce qui se passait à l'intérieur. Cette fois, les juges refusèrent catégoriquement de laisser les portes ouvertes. Ils savaient d'expérience qu'un tel procès soulèverait les passions.

Le silence s'installa dans la salle. Bianca demeura seule sous les yeux du public, impassible, déterminée à se battre jusqu'au bout. Elle ne voulait pas donner à Ian la satisfaction de se débarrasser aussi facilement d'elle. Apparemment, son fiancé n'avait même pas le courage de la regarder. L'un des juges se leva. Il s'agissait d'Alvise da Ponte, un homme grand et sec, d'une maigreur cadavérique. Sa voix lugubre ajouta encore à l'atmosphère pesante. Quand il eut terminé son discours d'introduction, il se tourna vers l'accusée.

— *Signorina*, vous savez que la Cour ne tient en général pas compte des dénonciations anonymes, à moins qu'elles ne soient accompagnées de preuves irréfutables. Or votre dossier est conséquent et bien documenté. Vous êtes accusée du meurtre d'Isabella Bellocchio, courtisane en cette ville. Si vous plaidez non coupable, vous pourrez vous défendre. Dans ce cas, le procès sera long, pénible et inutile, puisque nous possédons un grand nombre d'éléments indiquant votre culpabilité. Je vous conseille donc d'avouer dès maintenant votre crime. Que Dieu vous soit clément. Avouez-vous ?

Fous d'angoisse pour leur protégée, Francesco et Roberto retinrent leur souffle.

Bianca regarda le juge droit dans les yeux et déclara sans crainte :

— Je n'ai pas tué Isabella Bellocchio.

Le juge soupira, résigné. Il avait espéré pouvoir partir en villégiature, loin de la grisaille de l'hiver. À cause de cette jeune meurtrière, il lui faudrait rester à Venise.

— Très bien, répondit-il. Voici donc les faits : dans l'après-midi du 11 novembre de cette année, vous avez assassiné Isabella Bellocchio, courtisane, dans son propre lit. On nous rapporte que, furieuse de voir vos avances repoussées par la jeune femme, vous lui avez planté un poignard en plein cœur. Ensuite, vous avez emporté le cadavre et passé plusieurs jours à le dépecer et à le dessiner.

Ian se leva d'un bond et poussa un cri de protestation.

Le juge se tourna vers lui, l'air agacé.

— Monsieur le comte, je vous prie de ne pas troubler l'audience. Encore une manifestation de ce genre et j'appelle les gardes pour vous faire sortir.

Ian se rassit sans un mot.

Bianca n'en croyait pas ses oreilles. Pourquoi Ian avait-il présenté son travail d'anatomiste et ses dessins comme des signes de perversion et de démence ? Elle voulut le fusiller du regard mais, au même moment, un garde lui tendit un objet.

— Votre expression indique que vous reconnaissez ce document.

— En effet, monsieur le juge. Il s'agit du troisième sonnet de Pétrarque.

Le deuxième juge, le vénérable Archimède Seguso, prit la parole :

— Épargnez-nous vos leçons de poésie, mademoiselle. Pouvez-vous, oui ou non, identifier cette écriture ?

Bianca hocha lentement la tête.

— Oui. C'est la mienne.

— Combien de sonnets d'amour avez-vous adressés à la victime ?

— Aucun.

Seguso écarquilla les yeux.

— Alors, expliquez-nous pourquoi ce sonnet écrit de votre main se trouvait au domicile de la victime.

— Je l'ai écrit là-bas, répondit Bianca, très calme. Isabella était illettrée. Je lui apprenais à lire et à écrire. Un jour, elle m'a demandé de lui laisser un poème d'amour pour qu'elle puisse s'exercer à le recopier.

Bianca avait surestimé l'intelligence de son auditoire. Les juges semblaient stupéfaits.

— N'abusez pas de notre crédulité, mademoiselle. Depuis combien de temps étiez-vous amoureuse de la victime ?

— Je n'ai jamais été amoureuse d'elle, rétorqua Bianca, dont les pieds s'engourdissaient sur le sol humide.

— Naturellement. Les créatures de votre espèce n'appellent pas cela de l'amour. Quand avez-vous commencé à lui faire des avances ?

— Je ne lui ai jamais fait d'avances, répliqua-t-elle, tandis que le froid gagnait ses jambes.

— Mademoiselle, mettez-vous à notre place. Nous possédons de nombreuses preuves démontrant que vous n'êtes pas attirée par les hommes.

— Vraiment ? fit-elle, frigorifiée. J'aimerais beaucoup les connaître. Je risque de m'amuser follement.

Cornelio Grimani, le troisième juge, portait un lorgnon. Il était réputé pour l'efficacité de ses interrogatoires et sa capacité à faire avouer les coupables. On racontait même que son lorgnon lui conférait le pouvoir de lire dans les pensées.

Les pires malfrats étaient impressionnés par la dureté de son regard. Bianca, elle, ne broncha pas. Elle se demandait à quoi Ian avait voulu en venir en accumulant tant d'éléments contre elle. Malgré son intérêt sincère pour les sciences, il devait trouver ses dessins d'anatomie pervers. Mais comment pouvait-il affirmer qu'elle n'aimait pas les hommes ? À quoi servait ce mensonge ?

— Vous avez peut-être raison, dit Grimani sans la quitter des yeux. Je pense que vous allez vous amuser.

Il fit signe aux gardes d'introduire le premier témoin.

À la stupeur de la jeune femme, Giulio Cresci apparut. Il salua pompeusement les spectateurs et se plaça en face des juges.

— Monsieur Cresci, veuillez répéter ce que vous nous avez déclaré, ordonna le premier juge.

Cresci feignit de réfléchir, puis il soupira longuement.

— D'abord, je crois avoir déclaré que Bianca Salva était aussi froide qu'un glaçon, de l'avis de tous.

— En effet, confirma Cornelio Grimani avec une moue de réprobation. Continuez, je vous prie.

Cresci lança un coup d'œil furtif à l'accusée. Raconter son histoire devant un public exclusivement masculin avait été facile. Mais, à présent, Bianca était là pour le contredire.

— C'était lundi soir, lors du bal organisé en l'honneur de ses fiançailles. Je suis allé la féliciter. Étant de nature joviale, j'ai fait quelques plaisanteries. Figurez-vous que Mlle Salva s'est levée et m'a regardé avec mépris, comme si j'étais un moins que rien ou quelque bête répugnante !

Bianca eut envie de lui demander de répéter la phrase exacte qui avait déclenché sa réaction. Elle trouva par ailleurs qu'il s'était fort bien décrit.

— Quelle conclusion en tirez-vous, monsieur Cresci ? interrogea Alvise da Ponte.

— C'est évident, répondit le témoin en se tournant vers le public. Elle déteste les hommes.

— N'est-ce pas plutôt la preuve qu'elle vous déteste, vous ? objecta Cornelio Grimani.

Cresci s'empourpra. Il semblait sur le point de provoquer le juge en duel. Mais le vénérable Grimani venait de fêter ses soixante-quinze printemps et le duel était interdit à Venise.

— C'est très drôle, fit Cresci. Mais je vous assure qu'elle a traité de la sorte de nombreux autres prétendants. Et vous avez entendu ce type, à propos des vêtements.

Bianca pencha la tête sur le côté et regarda les juges.

— Un domestique du palais Foscari a témoigné que vous lui aviez versé une forte somme d'argent en échange de ses vêtements, expliqua Archimède Seguso. Aimeriez-vous être confrontée à cet homme ?

— Non, répondit Bianca. Ce qu'il a dit est vrai. En revanche, je ne saisis pas le rapport avec le meurtre d'Isabella.

— Une femme qui aime s'habiller en homme peut aimer se comporter en homme dans tous les domaines. Au lit, par exemple, suggéra Cornelio Grimani.

— Par sainte Thérèse, c'est insensé! s'exclama Bianca, atterrée par tant de bêtise. D'abord, si je détestais les hommes, pourquoi voudrais-je les imiter? De plus, je connais un tas de raisons qui poussent une femme à porter des vêtements masculins.

— Expliquez-vous, ordonna Cornelio Grimani. Personnellement, je ne vois aucune raison valable d'agir ainsi. Quelles étaient vos motivations?

Bianca se rendit compte qu'elle avait commis une erreur. Elle s'était habillée en homme pour s'introduire plus facilement chez Isabella. Mais si elle disait la vérité, cela sonnerait comme un aveu de culpabilité. Par ailleurs, si elle mentait, Cornelio le devinerait aussitôt.

— Ils permettent une plus grande liberté de mouvements, répondit-elle. Et même si je n'aimais pas les hommes, ce que je nie farouchement, en quoi cela ferait-il de moi une meurtrière?

— Cela ne ferait pas de vous une meurtrière, admit Alvise da Ponte, mais cela augmenterait les probabilités que vous ayez été amoureuse de la victime.

— Vous concluez que j'étais amoureuse d'Isabella uniquement parce que je ne suis pas attirée par M. Cresci, c'est bien cela?

— Nous ne tirons aucune conclusion pour l'instant. Nous travaillons sur les informations qui nous ont été fournies, intervint Archimède Seguso. Niez-vous que votre entretien avec M. Cresci se soit terminé comme il l'a décrit?

Soudain, Bianca comprit comment elle avait été trahie. Ian l'avait amenée à se confier à lui, pour pouvoir ensuite utiliser ce qu'elle lui avait dit contre elle. Il s'était emparé du moindre détail, telle cette conversation avec Giulio Cresci.

Et il n'avait pas hésité à simuler un cambriolage.

— Vous avez parlé de dessins, fit-elle à brûle-pourpoint. Les avez-vous?

— Cela n'a aucun rapport avec vos sentiments pour la victime, fit Alvise da Ponte en se tordant les mains.

— En effet. Je me demandais simplement s'ils étaient en votre possession.

Bianca retint son souffle.

— Oui, on nous les a apportés au moment de la dénonciation. Après les avoir examinés, nous avons décidé de ne pas les produire devant la Cour, car ils étaient trop suggestifs.

C'était la réponse qu'elle attendait et qu'elle redoutait à la fois. Elle recula d'un pas, les jambes tremblantes, frappée de plein fouet par la perfidie de Ian. Il avait fait voler ses dessins pour les remettre à la justice. Et dire que, ce soir-là, il l'avait accusée d'avoir un complice, alors qu'il était le seul responsable du larcin !

Soudain, elle entrevit la vérité. Ian avait un complice. Il protégeait quelqu'un, quelqu'un qui comptait plus que tout à ses yeux. Quelqu'un comme Morgana da Gigio.

Ian s'était joué d'elle pour venir en aide à celle qu'il aimait vraiment. Le cœur de Bianca se serra de douleur. Elle ne pouvait continuer à l'aimer. À présent, elle n'avait plus qu'à le détester, à le haïr pour ce qu'il lui avait infligé et lui infligeait encore.

Le rose aux joues, elle songea aux efforts qu'il avait dû déployer pour simuler le plaisir entre ses bras, puis aux heures qu'il avait sans doute passées dans le lit de Mora, à lui décrire la naïveté de sa fiancée, à se moquer d'elle. Il avait même inventé cette histoire abracadabrante sur Christian pour l'attendrir. Elle sentit la colère monter peu à peu en elle. Ian était allé trop loin. Elle refusait de servir de bouc émissaire. Il n'était pas question qu'elle soit condamnée pour un crime commis par la maîtresse de Ian.

— Je déplore que vous n'ayez pas jugé bon de montrer mes dessins au public, dit-elle d'un ton glacial. Avant qu'ils ne me soient volés, je comptais les publier.

— Volés ?

Bianca constata avec satisfaction qu'elle avait réussi à tirer Archimède Seguso de sa somnolence.

— Oui. Dans mon laboratoire, au palais Foscari.

— Volés ? répéta le juge. Par qui ?

Elle courait le risque qu'il l'interroge sur l'identité de la femme que représentaient ses dessins, mais il n'en fit rien.

— Manifestement, la personne qui veut m'incriminer, déclara Bianca avec aplomb. Soit la meurtrière elle-même, soit son complice.

— Vous prétendez que quelqu'un cherche à vous faire condamner à sa place ?

Pour la première fois depuis de nombreuses années, le visage d'Alvise da Ponte s'anima.

— Absolument, répondit Bianca, qui mourait d'envie de se tourner vers Ian pour guetter sa réaction.

Le juge Archimède Seguso scruta Bianca avec attention, se demandant si elle jouait ou non la comédie.

— Dans ce cas, comment expliquez-vous que toutes les preuves soient contre vous ?

Elle faillit le prier de présenter ces fameuses preuves, mais elle opta pour la prudence.

— Je me suis déjà expliquée. Il est facile de fabriquer de fausses preuves, voire de les planter.

— Les planter ! s'écria le juge Cornelio Grimani, si fort qu'il fit sursauter son voisin.

Bianca craignit un instant de l'avoir contrarié, mais il ne lui prêtait plus aucune attention. Il appela les gardes.

— La plante !

Quelques secondes plus tard, Luca apparut avec la plante à fleurs rouges.

Ian se leva d'un bond et se précipita vers le jardinier.

— Pourquoi ne m'as-tu rien dit ? Qu'ont-ils...

Il fut interrompu par deux gardes qui le saisirent sans ménagement par les bras.

— Nous vous avions prévenu, monsieur le comte, rappela Alvise da Ponte d'un ton lugubre. Toutefois, par égard pour votre rang, nous vous accordons une dernière chance si vous promettez de ne plus entraver le déroulement du procès.

— Ne vous donnez pas cette peine, répliqua Ian en haussant les épaules. Je m'en vais. Je n'ai rien à apprendre, ici.

Fou de rage, il se dirigea vers la sortie.

— Il ne vous sera plus possible d'entrer, prévint Archimède Seguso.

La porte se referma lourdement sur le comte.

La foule massée à l'extérieur n'en crut pas ses yeux. Le fiancé de l'accusée quittait la séance. Il semblait si furieux que les curieux n'osèrent pas lui poser de questions. Seule Tullia eut le courage de s'approcher de lui. Mais il passa sans la voir et descendit les marches vers la gondole qui l'attendait.

L'arrivée de Luca et le comportement étrange de Ian ne manquèrent pas d'étonner Bianca. Quelle lâcheté de battre en retraite ainsi, avant qu'on ait pu lui ordonner de témoigner! Sa sortie fracassante allait conforter les juges dans leur opinion. Mais Bianca, elle, était convaincue que son fiancé était impliqué dans le meurtre.

La jeune femme fit mentalement le bilan de sa courte existence. Son caractère indépendant, son esprit rationnel, son travail de recherche ne lui rapporteraient finalement que quelques jours en prison et une peine de mort.

Une profonde tristesse l'envahit soudain, puis elle se mit à éternuer.

Luca avait posé la plante sur une table, aussi loin d'elle que possible.

— Vous reconnaissez cette plante? s'enquit le juge Archimède Seguso.

Bianca éternua de plus belle et hocha la tête, incapable de parler.

Le juge plongea alors la main dans le pot et en ressortit un poignard à la lame effilée, de la taille de celui qu'on avait utilisé pour tuer Isabella.

— Comment expliquez-vous que ce poignard, sans doute l'arme du crime, soit enfoui sous la terre ? reprit le juge.

— Je n'en sais rien, répondit-elle entre deux éternuements. Je n'ai jamais vu cette arme.

— Ce n'est pas vous qui avez caché ce poignard dans cette plante ?

— Non. C'est impossible. La seule présence de cette plante dans une pièce me rend malade. Je ne vais pas tarder à avoir des plaques rouges sur tout le corps si vous ne l'enlevez pas d'ici.

— Votre allergie ne justifie rien. Avoir quelques boutons ne vous aurait pas empêchée de dissimuler le poignard dans le pot, rétorqua Archimède en se tournant vers Luca. Veuillez répéter votre témoignage.

Luca s'éclaircit la gorge et jeta un regard inquiet à Christopher, avant de s'adresser aux juges :

— C'était dimanche, la veille du grand bal. J'ai trouvé la *signorina* Salva dans la serre. Elle fouinait partout. Elle m'a demandé où était mon maître. Je lui ai répondu qu'il était absent, mais elle est restée quand même. Elle a commencé à se promener dans les allées, sans faire attention aux dégâts qu'elle causait aux fleurs avec sa robe. Puis elle s'est arrêtée devant cette plante et m'a posé des questions à son sujet. J'ai bien vu que la plante n'appréciait pas sa présence. Je n'ai rien dit, mais je me suis posé des questions. Hier soir, vous êtes tous venus m'interroger et vous avez découvert le poignard dans la plante. Maintenant, je comprends pourquoi elle n'aimait pas cette femme.

— L'accusée a-t-elle eu l'occasion de placer le poignard dans le pot ? s'enquit Cornelio Grimani.

Luca émit un grognement méprisant et lança un regard ahuri au juge.

— Les femmes sont capables de tout, vous le savez bien !

Le juge décida de ne pas poursuivre l'interrogatoire. Ses confrères, qui avaient faim et froid, s'accordèrent avec lui pour suspendre la séance. Alvise da Ponte demanda si un parent de l'accusée souhaitait faire une déclaration. Il n'obtint pour toute réponse que quelques grommellements indistincts. Les Arboretti ne furent pas consultés. Selon la loi, seul Ian, son fiancé, aurait pu prendre la défense de Bianca. Les trois juges avaient rarement vu une telle absence de soutien au cours d'un procès. Certains silences en disaient plus long que les pires accusations.

Après le départ des juges, Bianca resta debout, au milieu de la salle. Elle entendait la pluie marteler les vitres et le brouhaha de la foule qui attendait à l'extérieur du palais. Elle avait l'esprit embrumé, le corps transi de froid. Quand avait-on mis le poignard dans le pot de fleurs ? De toute façon, cela n'avait plus d'importance. Lorsque les juges annoncèrent la sentence, elle ne broncha pas.

— Nous vous déclarons coupable du meurtre d'Isabella Bellocchio, dit le juge Cornelio Grimani. Vous serez exécutée dans les deux jours.

Bianca balaya la salle du regard. Elle s'attarda sur le visage de sa tante, puis sur celui de son cousin, et n'y lut que la honte et la haine. Les Arboretti lui adressèrent des signes de soutien et d'encouragement. Francesco et Roberto semblaient très émus.

Les deux gardes s'approchèrent et la saisirent brutalement par les bras. Bianca salua les Arboretti et ses chaperons d'un hochement de tête, tandis qu'on l'entraînait vers une porte latérale. Elle se retrouva enfermée dans une cellule humide et nauséabonde. Au moment où le gardien tournait la clé dans la serrure, l'horloge sonna douze coups. Il était midi. Ironie du sort, les cent soixante-huit heures que Ian lui avait accordées venaient de se terminer.

25

Ian ne tenait pas en place. À bout de nerfs, il se leva de son fauteuil et se mit à arpenter la pièce comme un lion en cage. Il ne parvenait pas à trouver le repos. Il avait besoin de se confier, mais son fidèle Giorgio semblait avoir disparu.

Quand son domestique n'avait pas répondu à son appel, Ian l'avait cru occupé à la préparation du repas. Dix minutes plus tard, il avait pensé qu'il était parti faire une course. Mais, au bout d'un quart d'heure de silence, Ian avait commencé à s'inquiéter. Giorgio aurait-il eu un accident ? Il s'était donc rendu dans la chambre de son valet et était entré sans frapper. La pièce était vide.

Depuis, Ian l'attendait, l'esprit en ébullition. Au début du procès, il n'avait pas prêté grande attention au débat. Il connaissait déjà les moindres détails de l'affaire. Puis sa curiosité avait été piquée au vif. Si les dessins devaient être utilisés comme preuves contre Bianca, le voleur ne pouvait être son complice. Mais si l'homme qui avait dérobé les croquis n'était pas son complice, comment avait-il su que le cadavre était caché dans le laboratoire ? Ou qu'Isabella avait reçu un coup de poignard en plein cœur ? Seules trois personnes, lui-même, Giorgio et Bianca, avaient vu le corps. Ne restaient que deux solutions : soit Giorgio avait dénoncé Bianca, soit Bianca n'était pas la meurtrière et avait été dénoncée par le véritable assassin.

Lorsque Luca s'était présenté à la barre des témoins, Ian avait eu la quasi-certitude que Giorgio était à l'origine de la dénonciation. Dans ce cas, il n'existait pas d'autre coupable possible que Bianca. Fou de rage et de douleur, il avait quitté la salle d'audience, sans mesurer les conséquences dramatiques de son geste sur l'opinion des juges et sans imaginer une seconde le désarroi de Bianca.

Mais Ian ne comprenait pas pourquoi son valet avait dénoncé la jeune femme sans lui en parler. Sans doute avait-il voulu épargner un maître aveuglé par son amour pour sa fiancée. Puis, par crainte du courroux de Ian, il s'était enfui.

Emporté par la course folle de ses pensées, Ian se sentait de plus en plus désespéré. Il allait demander de la *grappa* quand un domestique pénétra dans la bibliothèque pour lui annoncer l'arrivée d'un visiteur.

Ian consulta sa montre. De toute évidence, il était trop tôt pour que les juges aient déjà rendu leur verdict. Ce ne pouvait donc être quelqu'un venu le féliciter d'avoir échappé aux griffes de Bianca.

— Qu'il entre, ordonna-t-il. Et apporte-moi une bouteille de *grappa*, ajouta-t-il en s'asseyant à son bureau.

L'apparition d'Angelo le mit en colère. Il avait mal évalué la durée du procès. Se félicitant d'avoir demandé de l'alcool, il accueillit en grommelant le cousin de Bianca.

Angelo accepta un verre de *grappa* et s'installa en face de Ian.

— Je désirais vous exprimer mes regrets de vous avoir impliqué dans cette affaire sordide, déclara-t-il en croisant les jambes, l'air détaché.

Ian posa son verre.

— Vous n'avez aucune raison de vous excuser. C'est moi qui ai voulu ces fiançailles.

— Vous avez sans doute raison, Aoste, fit le jeune homme en hochant la tête. Mais si j'avais agi comme je le devais, votre nom n'aurait pas été sali.

— Ne vous souciez pas de ma réputation, dit Ian en repoussant son verre. Vous n'auriez jamais pu me faire changer d'avis à propos de ces fiançailles

Angelo parut à la fois peiné et embarrassé.

— Je suis vraiment désolé, monsieur le comte… Voyez-vous, il y a un an, Bianca et moi nous sommes fiancés. Cette union nous semblait naturelle. Nous avons presque grandi ensemble. Il y a quelques semaines, nous nous sommes un peu disputés au lit. Ce n'était pas la première fois, d'ailleurs. Bref, Bianca est partie sur un coup de tête. Ensuite, j'ai appris vos fiançailles.

Ian ne s'attendait guère à ces révélations.

— Au lit ? s'exclama-t-il malgré lui.

Angelo afficha un sourire plein de remords.

— Naturellement. Nous avons consommé nos fiançailles dès la signature des documents officiels. Bianca y tenait beaucoup. Vous n'ignorez pas qu'elle a des appétits insatiables. Elle m'a même fait promettre qu'elle pourrait fréquenter tous les hommes qu'elle voudrait. D'abord, j'ai refusé, mais en constatant son ardeur hors du commun... Je ne réussissais pas à la satisfaire tout en m'occupant de mes affaires. Je suis certain que vous avez rencontré ce problème, vous aussi.

Ian se promit de ruiner les activités commerciales d'Angelo et de lui infliger une sévère correction. Il ne supportait plus la présence de ce jeune homme arrogant en face de lui.

— Ma vie privée ne vous regarde en rien, répliqua-t-il, la mâchoire crispée. Allez-vous-en. Je ne vous souhaite pas le bonjour.

Angelo lut la colère sur le visage de son hôte, mais il ne se leva pas. Il appréciait ce petit jeu et décida de profiter de son avantage.

— Rien n'est plus sensuel que son adorable grain de beauté sur la hanche droite, n'est-ce pas, mon cher comte ?

La réaction de Ian le déçut. Le visage fermé, il saisit son verre de *grappa* et le vida d'un trait. Il aurait pu étrangler Angelo.

— Si vous aimez tant votre cousine, pourquoi n'avez-vous pas protesté quand nous nous sommes fiancés ?

— Vous êtes un homme très puissant, expliqua Angelo. De plus, je commençais à me fatiguer d'elle. Ses ardeurs ne me laissaient pas une minute pour ma maîtresse. Sans parler du fait qu'elle ne paraissait même pas capable de concevoir un enfant.

Ce dernier commentaire mit la fureur de Ian à son comble. Il se jura de chasser Angelo de la ville pour ne plus risquer de l'y croiser. Il se leva, indiquant ainsi la fin de l'entretien, mais Angelo ne bougea pas.

— Comme je vous l'ai dit, je me sens responsable de cette triste histoire, poursuivit l'importun. Mais j'ai une idée pour me racheter.

Malgré son impatience de le voir partir, Ian se rassit.

— Puisque Bianca va être exécutée…

Angelo s'interrompit, une main sur la bouche, feignant la confusion.

— Vous le saviez, n'est-ce pas ? fit-il. Bref, sa fortune ira à ma sœur Analinda, qui en fera sa dot. Si vous consentez à épouser ma sœur à la place de Bianca, les fiançailles pourraient avoir lieu très rapidement.

Fou de rage, Ian faillit lui demander si les talents d'Analinda au lit étaient dignes de ceux de Bianca, mais il était incapable de prononcer un mot. L'arrivée impromptue des Arboretti et de ses oncles le tira de ce mauvais pas.

Ils s'étaient tous réunis chez Tristan et Sebastian pour décider de l'attitude à adopter envers Ian. Furieux contre lui, ils envisagèrent les pires châtiments, même Francesco. Roberto finit par les convaincre que ce n'était pas en étranglant Ian qu'ils parviendraient à sauver la vie de Bianca.

Angelo se leva et prit congé.

— Veille à ce que ce vaurien débarrasse le plancher, recommanda Ian à son domestique, avant de se tourner vers ses compagnons. Apparemment, vous êtes déjà au courant…

Roberto avait été chargé de s'exprimer au nom de tous, mais Christopher le devança :

— En effet.

— Ce devait être émouvant, commenta Ian en buvant une gorgée d'alcool. Bianca est-elle tombée à genoux pour implorer tous les saints ?

— Non. La malheureuse a crié trois fois ton prénom en implorant ta pitié, fit son frère d'un ton sarcastique et glacial.

— Elle s'est surpassée, alors, dit Ian en haussant les sourcils. Mais qu'elle ne compte pas sur moi pour la prendre en pitié. Elle aurait mieux fait de s'adresser au Ciel.

— Ce n'est pas certain. Tu te comportes souvent comme si tu étais Dieu le père, tu joues avec la vie et les sentiments de simples mortels. Il n'est guère étonnant qu'elle vous confonde.

— Allons, Christopher, fit Francesco en posant une main apaisante sur le bras de son neveu.

— Il serait temps que quelqu'un lui dise qu'il n'est qu'un odieux égoïste!

— Je le sais très bien, déclara Ian d'une voix étrangement calme. Inutile de te fatiguer.

— Non, insista Christopher en secouant la tête. Tu penses sans doute à l'égoïsme dont t'accusait Mora. Tu te trompes. Je parle de ce sentiment qui te pousse à fuir les gens qui t'aiment, qui t'oblige à les faire souffrir, à abandonner la seule femme qui t'ait jamais aimé. Si elle voulait de moi, je l'aimerais volontiers. Au lieu de cela, moi, ton frère, jour après jour, je suis obligé d'être le spectateur de ta conduite haineuse!

Après cette tirade, un silence pesant s'installa dans la pièce.

— C'est tout? demanda enfin Ian en portant son verre à ses lèvres.

À bout d'arguments, Christopher s'écroula dans un fauteuil, la tête entre les mains.

— Ce fut un discours très touchant, mais je n'ai rien compris, continua Ian. Tu sembles croire que Bianca m'aime et que je suis fou de ne pas rester à ses côtés. Tu considères donc que je gâche ma vie en évitant d'épouser une meurtrière, une intrigante, une menteuse? J'ai du mal à te suivre, je l'avoue. De plus, rien ne prouve que Bianca m'aime. Son cousin m'a justement démontré le contraire.

Les autres Arboretti vinrent se placer derrière Christopher tandis que Ian reprenait :

— Il soutient non seulement qu'ils étaient fiancés, mais qu'ils ont consommé leur union à maintes reprises.

— Angelo ne serait pas le premier homme à se vanter de conquêtes imaginaires, intervint Miles.

— Peut-être, répliqua Ian, mais il possédait une preuve irréfutable. Il m'a parlé d'un détail intime, un grain de beauté sur la hanche dr...

Ian s'interrompit brusquement et blêmit. Angelo avait évoqué la hanche droite de Bianca, il en était sûr. Durant tous ces jours, Ian avait longuement caressé, embrassé la peau soyeuse de la jeune femme. Or ce grain de beauté se trouvait sur sa hanche gauche. De la part d'un amant qui affirmait avoir passé d'innombrables nuits de volupté entre les bras de Bianca, c'était une erreur improbable et impardonnable, lui soufflait une petite voix intérieure. Toutefois, rien n'était impossible. Angelo était peut-être distrait. Mais le plus logique restait que le jeune homme n'avait jamais connu Bianca intimement, que celle-ci n'avait jamais trompé Ian en feignant l'innocence.

Ian se ressaisit. Une immense fatigue l'accablait soudain. Il voulut se servir un nouveau verre de *grappa*, mais Francesco lui prit la bouteille avec un regard si menaçant qu'il n'osa pas insister. Puis il soupira et se tourna vers son frère.

— Tu m'accuses de garder des secrets douloureux au fond de moi et de faire du mal à mon entourage. Tu penses à Bianca, j'imagine. Eh bien, je vais tout vous avouer. Ensuite, vous tirerez vos propres conclusions.

Les autres le regardaient, étonnés. Ian parlait comme s'il était en transe.

— Je me suis fiancé avec Bianca parce que je la prenais pour une meurtrière, dit-il en préambule. J'avais été appelé d'urgence chez Isabella. En arrivant, j'ai découvert Bianca auprès du cadavre, un poignard à la main.

Il ouvrit un tiroir de son bureau et en sortit l'arme.

— Celui-ci. Il porte les armes des Foscari. J'en ai conclu que Bianca avait assassiné Isabella avec l'intention de m'incriminer, et je l'ai accusée. Elle a nié avec l'entêtement dont peut faire preuve une femme.

Il poursuivit, s'adressant à ses oncles :

— Quant à vous deux, vous ne cessiez de me pousser au mariage, me disant qu'une compagne m'aiderait à surmonter les démons qui sommeillaient en moi. En voyant cette femme ensanglantée, j'ai voulu vous donner une leçon. Me fiancer publiquement était sans danger, puisque je savais qu'elle serait bientôt exécutée pour son crime. En l'installant au palais, je vous faisais enfin taire.

Ian se tourna ensuite vers ses cousins. Il s'exprima d'une voix nouée par l'émotion.

— Bianca avait besoin de s'occuper en attendant que l'affaire n'éclate au grand jour. Je lui ai donc permis de mener une enquête sur l'affaire. Je lui avais accordé un délai d'une semaine, jusqu'à aujourd'hui à midi, pour se disculper. Il y a plus d'une heure, elle était censée me livrer le vrai coupable. À cette heure précise, elle a été condamnée à mort. Je dois avouer que c'est une jeune femme très ponctuelle.

Francesco sembla horrifié par cette réflexion déplacée.

— Tu veux dire que tu t'es servi d'elle parce que tu nous reprochais de trop nous soucier de ton bonheur? Tu as fait souffrir cette malheureuse pour nous contrarier? C'est intolérable!

Roberto le prit par le bras pour le soutenir, mais Francesco se dégagea brusquement.

— J'en ai suffisamment entendu! s'écria-t-il. Je t'en prie, partons.

Roberto lança un regard meurtrier à Ian et suivit son compagnon.

Quand la porte se fut refermée sur les deux hommes, le silence retomba.

— C'est immonde, déclara enfin Miles. Comment peux-tu être aussi cruel et insensible ?

Ian se contenta d'attraper la bouteille de *grappa* sans répondre. Il était satisfait de constater que ses cousins et son frère commençaient à entrevoir le monstre qu'il était.

— Quelles preuves possèdes-tu de sa culpabilité ? demanda Tristan.

— J'en ai bien plus que de preuves de son innocence, répliqua Ian en avalant sa *grappa* d'un trait.

Par mesure de précaution, Sebastian vint s'asseoir à côté de Christopher, au cas où celui-ci aurait des idées de meurtre sur son frère.

— Tu étais encore dans la salle lorsqu'elle a parlé de ses dessins, dit-il. De quoi s'agit-il ? Ont-ils vraiment été volés ?

Ian fixa le fond de son verre vide.

— Oui, soupira-t-il. J'ai ordonné à Giorgio de transporter le cadavre dans un des laboratoires afin que Bianca puisse le disséquer à souhait et réaliser des planches anatomiques. Elle a découpé la dépouille de l'infortunée Isabella pour dessiner ses entrailles et son squelette. Quand on a retiré le corps, les dessins sont restés dans le laboratoire. Un cambrioleur s'est introduit pendant la nuit et les a subtilisés.

— Si les juges détiennent ces documents, Bianca a raison de penser que le voleur est aussi celui qui l'a dénoncée. Est-il possible qu'elle ait tout manigancé elle-même ? fit Tristan, incrédule.

Ian se leva lentement. Il en avait assez d'écouter les arguments rationnels de ses compagnons et il n'aimait pas entendre les autres exprimer ses propres doutes.

— À moins que tu ne l'aies dénoncée, de peur qu'elle ne prouve son innocence, ce qui t'aurait obligé à l'épouser et à vivre heureux, suggéra Christopher. Je suis certain que c'est ainsi que les choses se sont déroulées. Elle risquait de devenir gênante, alors tu t'es débarrassé d'elle. Ordure !

Enfin, Christopher l'abandonnait. Ian s'était souvent demandé pourquoi son frère ne le laissait pas tomber. Il se sentit soudain très calme. Sans confirmer ni nier cette accusation, il passa devant Christopher et quitta la pièce.

Cinq heures plus tard, à son retour au palais, Giorgio apprit que le maître de maison le cherchait partout. Il partit aussitôt en quête de Ian, sans prendre la peine d'ôter ses bottes trempées. Il découvrit le comte dans son laboratoire, assis sur une chaise, devant un miroir, le regard vague. À l'arrivée de son valet, il ne se retourna pas, mais lui fit signe d'approcher.

— Je suis heureux que tu sois rentré, dit Ian en s'adressant au reflet du jeune homme.

— Je n'aurais pas dû m'absenter aussi longtemps sans vous prévenir, concéda Giorgio.

— En effet, tu n'aurais pas dû. Mais je comprends pourquoi tu as agi ainsi. C'est très logique.

— Vraiment ? fit Giorgio, stupéfait.

Il scruta le visage de son maître, mais ne décela aucune trace d'ironie ou de sarcasme sur ses traits.

— Oui. Tu as bien fait.

— Ah, bon ? Vous êtes sincère ? demanda Giorgio, perplexe. Je m'attendais à vous trouver en colère.

— Pourquoi ? Parfois, les hommes se laissent ensorceler par les femmes…

— C'est vrai. Mais je ne pensais pas que vous l'accepteriez si facilement.

Giorgio fixa le miroir, comme si celui-ci pouvait déformer les paroles de Ian.

— Je dois avouer que je n'ai pas compris tout de suite. En fait, j'étais furieux. Mais j'ai réfléchi et j'ai vu combien tu avais été avisé. Et généreux.

— Merci, dit simplement le domestique, qui n'était pas certain d'avoir agi par pur altruisme.

— Tu as pris de gros risques, déclara Ian. J'aurais pu être fou de rage, te chasser du palais. J'y ai songé.

— Je sais, mais je n'avais pas le choix. La situation était désespérée. Vous sembliez de plus en plus enclin à accepter l'idée du mariage. Alors, je me suis dit qu'avec le temps, vous vous y habitueriez et que vous seriez même heureux de sa présence à la maison.

Ian s'en voulut de sa faiblesse, qu'il avait été le seul à ne pas remarquer.

— Je suis un imbécile, Giorgio. J'ai de la chance de t'avoir. Parfois, j'ai l'impression que tu me connais mieux que moi-même.

— Seulement quand il est question des femmes, répondit le domestique sans hésitation.

Ian poussa un long soupir. Il s'était peut-être laissé piéger par Bianca, mais qui n'aurait pas succombé à ses grands yeux si innocents ?

— Tu dois admettre que c'est vraiment une femme remarquable, dit-il.

Giorgio ressentit un plaisir évident à entendre un commentaire aussi élogieux.

— Je suis d'accord avec vous, elle est remarquable, sauf votre respect.

— Je t'en prie. Après tout, c'est toi qui as fini par l'avoir.

Ian se tourna vers lui et saisit une bouteille entamée de *grappa*.

— Cela s'arrose, décréta-t-il en servant deux verres d'alcool.

Giorgio était tellement surpris par la réaction de son maître qu'il ne songea pas à lui demander comment il avait appris la nouvelle, puisqu'il n'en avait parlé à personne. Après deux gorgées de *grappa*, il décida tout de même de se jeter à l'eau.

— Puis-je savoir qui vous a mis au courant, Monseigneur ?

Ian vida son verre d'une rasade.

— J'ai simplement deviné. C'était évident.

— Alors, elle ne vous a rien dit ? reprit Giorgio.

— Elle ? fit Ian, le front plissé.

— Votre fiancée. La *signorina* Salva.

Soudain, Ian parut avoir désespérément besoin d'un remontant. Giorgio lui tendit son propre verre.

— Bianca ? s'enquit Ian, interloqué. Mais comment…

— Je crois qu'elle a eu des doutes, expliqua Giorgio en songeant à l'apparition de la jeune femme dans la chambre de Marina. Elle nous a vus ensemble et elle en a tiré les conclusions qui s'imposaient.

— Bianca sait donc que tu l'as dénoncée ? demanda Ian, incrédule.

— La dénoncer ? Pourquoi aurais-je dénoncé la *signorina* Salva ?

En pleine confusion, Giorgio attrapa la bouteille de *grappa*.

— Combien de verres en avez-vous bu ? interrogea-t-il.

— Pas assez, on dirait.

Ian fit la moue, tendit la main vers la bouteille, puis se ravisa.

— Ainsi, tu n'as pas dénoncé Bianca ?

— Mais non ! Je la crois innocente.

— Peux-tu le jurer ? insista Ian, l'air grave.

— Vous avez ma parole, répondit le jeune homme, la main sur le cœur.

— Alors, de quoi venons-nous de discuter, que diable ?

Giorgio recula d'un pas, redoutant la réaction de son maître.

— De mon mariage.

— Ton mariage ?

— Oui.

Giorgio observa Ian pour s'assurer qu'il avait bien compris.

— Avec Marina, la femme de chambre de votre fiancée. En apprenant que celle-ci avait été dénoncée, j'ai eu peur que vous ne chassiez Marina du palais. Je l'ai donc emmenée en promenade, cet après-midi, pour lui demander sa main.

— C'est tout ? Tu te maries ? C'est de cela que tu me parlais ?

Giorgio en fut presque blessé.

— Eh bien, oui, répliqua-t-il sèchement. Qu'aviez-vous en tête ?

— Des sottises, Giorgio… Mais peu importe. La hanche droite ! J'ai dû avoir une crise de démence pendant quelques heures. À présent, tout va bien. Il n'y a pas une seconde à perdre. Il faut trouver un moyen de sauver Bianca.

Giorgio eut un regard sceptique.

— Certainement. Mais vous n'ignorez pas qu'il est quasiment impossible de s'évader du palais des Doges.

— Alors, nous devrons contourner l'obstacle, fit Ian, une lueur inquiétante dans les yeux.

— Et si nous faisions appel à tous les Arboretti ? suggéra Giorgio. Leur aide nous sera fort utile.

— Tu as sans doute raison. Tristan s'y entend à merveille pour forcer les serrures. Bien sûr, nous devrons ensuite partager notre triomphe avec eux.

— Quel triomphe ? demanda Giorgio. Nous serons bannis à jamais de Venise !

— Allons, Giorgio, ne sois pas si rigide, lança Ian en entraînant le jeune homme vers la porte.

— Rigide, moi ? s'indigna Giorgio.

26

Dans la salle de réunion située sous la bibliothèque, Tristan fixait le poignard. Par chance, le blason de sa famille n'était pas trop trahi par la contrefaçon.

— Tu comptes ajouter cette pièce magnifique à ta collection d'objets d'art ? demanda Christopher en souriant. Si tu me proposes une commission raisonnable, je veux bien négocier avec Ian.

— Tristan, je te conseille d'accepter la proposition de Christopher, intervint Sebastian. Ce poignard irait à merveille à côté de ton Michel-Ange.

Tristan repoussa le funeste objet.

— Je vous remercie de vous soucier de ma collection, mais je préfère en rester aux toiles contemporaines. De plus, cette horreur est le seul indice concret dont nous disposions.

— Non, il y en a un autre, déclara Sebastian. N'oublions pas que Ian a été convoqué sur le lieu du crime. L'assassin s'est arrangé pour que ce soit lui qui découvre le cadavre. Il a remplacé la véritable arme du crime par ce poignard orné de notre blason, afin de faire peser les soupçons sur Ian. Qui peut lui en vouloir à ce point ?

— Nous aurions moins de mal à établir la liste de ceux qui ne lui en veulent pas, plaisanta Christopher. Personnellement, j'ai souvent songé à l'étrangler.

Miles sortit de sa rêverie pour ajouter :

— Nous faisons peut-être fausse route. De toute façon, les ennemis de Ian sont légion. Nous n'avons pas le temps d'explorer cette piste.

— Tu veux dire que l'assassin a tenté de lui faire porter le chapeau par pure méchanceté, et non pour se venger de quelque affront ? interrogea Sebastian.

— Exactement, répondit Miles. Ce qui nous amène au problème suivant : qui pouvait souhaiter la mort d'Isabella Bellocchio ? Tristan et Christopher, vous qui la connaissiez bien, auriez-vous une idée ?

Christopher secoua aussitôt la tête, mais Tristan réfléchit longuement.

— Il y a bien cette rumeur dont Bianca nous a parlé, hasarda-t-il. Souvenez-vous : Isabella allait épouser un jeune noble blond de la ville.

— Si ce que Ian a dit à Christopher est exact, Bianca n'a lancé cette rumeur que pour attirer les suspects chez Tullia, dit Sebastian.

— Non! s'exclama Christopher en se levant. Ce n'est pas possible. Quelques jours avant que Bianca ne nous rapporte ces ragots, Ian m'a convoqué dans la bibliothèque pour me demander, en présence de Bianca, si j'avais l'intention d'épouser Isabella. Cela signifie qu'ils croyaient tous les deux à cette rumeur. Vous les auriez vus... Il régnait une atmosphère détestable. Bref, je pense qu'elle n'a rien inventé.

— Tristan, tu sous-entends que c'est le fiancé d'Isabella qui l'aurait tuée? s'étonna Miles. Pourquoi un homme qui était prêt à renoncer à tout pour elle voudrait-il l'éliminer?

— Peut-être est-ce un homme indécis, d'humeur changeante... comme Ian, suggéra Tristan. Un jour, il offre les bijoux de famille à Bianca; le lendemain, il la dénonce à la justice.

— Nous cherchons donc un homme qui ressemble à Ian, résuma Sebastian.

— Mais qui lui voue une haine farouche, compléta Tristan en désignant le poignard.

— J'y suis! s'écria Miles en frappant du poing sur la table. Le poignard! Il suffit de trouver qui a commandé ce poignard. Il nous mènera tout droit à l'assassin.

— Nous n'avons pas le temps, objecta Tristan. Il est presque 18 heures. Nous devons découvrir une preuve concrète avant demain. Or il existe plusieurs centaines de joailliers sur la place de Venise...

— Alors, que proposez-vous? demanda Miles en se laissant aller contre le dossier de son fauteuil.

— À mon avis, c'est évident, déclara Ian en apparaissant sur le pas de la porte, Giorgio sur les talons. Il faut faire évader Bianca.

— Naturellement! railla Sebastian. C'est évident!

— Je ne plaisante pas, répondit Ian. Christopher et Miles feront diversion pendant que Tristan forcera les serrures. Toi et moi, nous neutraliserons les gardiens. Cela ne nous prendra pas plus d'une demi-heure.

— As-tu déjà visité les cachots installés au sous-sol du palais ? demanda Tristan, qui y avait séjourné autrefois.

— Non, mais tu connais déjà les lieux, il me semble…

Tristan implora Giorgio du regard. Celui-ci se contenta de hausser les épaules. Christopher intervint à point nommé, lui évitant de décrire le labyrinthe de couloirs et de grilles.

— Ne serait-il pas plus facile de faire libérer Bianca en revenant sur ta dénonciation ? lança-t-il froidement. À moins que tu ne sois trop fier et trop entêté pour admettre ton erreur.

— Allons, Christopher, dit Ian en secouant la tête. Ce n'est pas moi qui ai dénoncé Bianca. Tu me prends donc pour un monstre ?

Son frère ouvrit la bouche, mais Sebastian le fit taire d'un regard.

— Même si tu ne l'as pas dénoncée, répliqua-t-il, tu la crois toujours coupable.

— Je le pensais, avoua Ian. Jusqu'à tout à l'heure. À présent, j'ai changé d'avis.

— Comment pouvons-nous avoir la certitude que tu ne vas pas changer une nouvelle fois d'avis dans cinq minutes ? lança Miles.

— Son innocence ne fait aucun doute. J'en ai désormais la preuve.

— Une preuve ? s'exclamèrent les autres en chœur.

— Le tribunal ne s'en contentera pas, mais elle me suffit. Voilà pourquoi nous devons faire sortir Bianca de prison. Il n'y a pas de temps à perdre.

Ce fut au tour de Giorgio d'implorer Tristan du regard. Celui-ci soupira et déclara :

— C'est hors de question.

D'abord, Ian n'en crut pas ses oreilles. Puis il s'assit lourdement, l'air abattu.

— C'est vraiment impossible ? Tu ne dis pas cela pour me contrarier ?

— Quels que soient mes sentiments actuels à ton égard, fit Tristan, mon seul souci est de sauver la vie d'une innocente qui a déjà beaucoup souffert. S'il existait la moindre chance d'y arriver, je n'hésiterais pas une seconde.

— Alors, nous n'avons plus qu'une solution, conclut Ian. Nous devons démasquer le véritable assassin.

Un silence pesant s'installa dans la pièce. Miles décida d'approfondir sa théorie et demanda :

— Sais-tu qui a commandé ce maudit poignard ?

— Oui. Giorgio a découvert son identité. Mais cela ne nous avancera pas. Il s'agit du frère de Bianca.

Miles grimaça en voyant son hypothèse anéantie.

— Seigneur, ce ne pourrait pas être pire !

— Serait-il possible que Giovanni Salva soit le meurtrier ? hasarda Giorgio.

Sebastian et Tristan secouèrent la tête. Giovanni était arrogant et fat, mais aucun ne l'imaginait en assassin.

— Certes, il ne faut pas se fier aux apparences, concéda Tristan. Regardez Bianca, par exemple...

Ian l'interrompit brusquement :

— Ce n'est pas Giovanni, j'en suis sûr. La personne qui a tué Isabella a aussi éliminé Enzo, son domestique.

Il se mit à arpenter la pièce. Ses compagnons le suivirent du regard, interloqués, avides d'en savoir plus. Mais les explications viendraient plus tard. Pour l'heure, chaque minute comptait, et Ian n'avait pas le temps de leur exposer en détail tous les mystères de l'affaire.

— Or Giovanni ne se trouvait pas à Venise quand on a assassiné Enzo, ajouta ce dernier. Notre agent de Trieste me l'a confirmé.

Miles, désespéré de ne pouvoir aider Bianca, prit la parole :

— Bref, tous les jeunes nobles blonds de la ville sont suspects. Cet homme doit en outre être un ami de Giovanni Salva et un ennemi de Ian.

Les autres approuvèrent, pensifs.

— Cela nous laisse environ une centaine de candidats, déclara Christopher.

Ian marchait toujours de long en large, émettant de temps en temps un grommellement incompréhensible. Les autres ignoraient s'il écoutait ou non leur conversation. Soudain, il s'arrêta net.

— Nous sommes des imbéciles ! s'écria-t-il en se rasseyant. En réalité, il ne reste que quatre suspects.

— Lesquels ? s'enquit Miles.

— C'est bien le problème, soupira Ian. Bianca a invité six hommes à sa petite réunion chez Tullia, en affirmant que l'un d'eux était le meurtrier. Je ne sais pas comment elle est arrivée à dresser cette liste de suspects, mais elle avait apparemment vu juste. Seul le coupable aurait pris le risque de tirer sur elle. Nous pouvons éliminer Christopher et Valdo Valdone. Ils étaient absents, et je doute qu'ils soient coupables. À mon avis, elle les a convoqués pour s'assurer que je viendrais. Le meurtrier est donc l'un des quatre autres invités.

— Ils étaient tous masqués, précisa Christopher.

— As-tu une idée de leur identité ? demanda Miles. Ian secoua la tête.

— Et Tullia ? fit Sebastian. Puisque la réunion avait lieu chez elle, elle est peut-être au courant de quelque chose.

— Peut-être, admit Ian. Mais elle ne me dira rien. Mon manque de soutien envers Bianca m'a attiré de nombreux ennemis.

— Pourvu qu'ils n'aient pas tous des instincts meurtriers, railla son frère.

— L'un de nous pourrait rendre visite à Tullia, suggéra Sebastian. Nous ne sommes pas ses clients, mais je suis sûr qu'elle voudra bien venir en aide à Bianca.

Giorgio s'éclaircit la gorge.

— Il existe un moyen plus rapide, déclara-t-il. Mais ce ne sera pas facile. Bianca confiait sa correspondance à Nilo, le neveu de Marina. Peut-être...

— Bien sûr ! s'exclama Ian, se rappelant la soirée du mardi précédent, lorsqu'il avait surpris Bianca en compagnie du jeune garçon. Je suis certain que Nilo se souviendra des noms des correspondants. Fais-le monter tout de suite.

— Je ne promets rien, Monseigneur, répondit Giorgio. Je crains qu'il ne fasse partie de vos ennemis récents. Il est persuadé que vous avez trahi Bianca.

— Bon sang! Nous n'avons pas le temps de prendre en compte les états d'âme d'un gamin. Use de ton influence sur lui. Après tout, tu seras bientôt son oncle.

— Son oncle? répéta Christopher, étonné.

Giorgio s'empourpra.

— Giorgio a décidé de se marier avec cette fille, la mère du petit Cosimo, expliqua Ian.

— Je crois qu'il se prénomme César, corrigea son frère.

Quand le domestique se fut éloigné pour accomplir sa mission, Sebastian reprit la parole :

— J'admets que cette liste de suspects sera précieuse, mais elle ne nous dira pas qui a tué Isabella, ni pourquoi.

Ian fronça les sourcils.

— En réalité, je connais le mobile. Bianca l'a établi, il y a quelques jours. D'après elle, Isabella avait surpris une conversation compromettante et faisait du chantage à un homme pour qu'il l'épouse. Je lui ai répondu qu'il ne s'agissait que de coïncidences, avoua-t-il, furieux contre lui-même. À présent, je sais qu'elle avait raison.

— Quelles informations Isabella détenait-elle? demanda Miles.

— Bianca l'ignorait. Elle avait simplement deviné qu'Isabella espionnait des réunions secrètes qui, selon Enzo, se tenaient régulièrement chez elle.

— Je n'imagine pas Isabella en train de regarder par le trou de la serrure, protesta Tristan.

— C'était bien plus machiavélique, expliqua Ian. Dans sa maison, entre la salle de réunion et sa chambre, se trouve un système d'écoute qui permet de voir et d'entendre en toute discrétion. Isabella était aux premières loges.

— Cela ne nous dit toujours pas ce qu'elle avait appris de si important, remarqua Miles.

— Non, admit Sebastian, mais avec les noms…

Des bruits en provenance du couloir l'obligèrent à s'interrompre. Les Arboretti se levèrent et ouvrirent la porte. En d'autres circonstances, ils auraient ri de bon cœur en découvrant la scène qui s'offrit alors à leurs yeux. Giorgio tirait Nilo par le bras, le traînant presque derrière lui. Le jeune garçon refusait de le suivre.

— Le comte n'a même pas attendu que la sentence soit prononcée! protestait-il. Il l'a à peine regardée! Il a osé rire pendant l'audience! Il paraît qu'il s'est rendu au Sénat pour convaincre les sénateurs de faire condamner sa fiancée à mort. Il a versé à chaque juge mille deux cents ducats pour être bien sûr qu'ils la déclareraient coupable. Pas question de lui parler. C'est un traître! Je le déteste et je n'ai pas honte de le dire!

En prononçant cette phrase, il défia du regard les Arboretti.

— C'est vrai? demanda Miles à Ian. Tu as remis mille deux cents ducats aux juges pour qu'elle soit déclarée coupable?

— Non, seulement cinq cents. Le reste devait provenir d'une autre source, répondit Ian.

— Seigneur, comment peux-tu plaisanter en un moment pareil? s'exclama Christopher. As-tu soudoyé les juges, oui ou non?

— Non. Je suis peut-être un monstre, mais je n'ai acheté aucun juge.

— Et le Sénat? fit Sebastian.

— Non plus. Je voulais au contraire les persuader de libérer Bianca.

— Même si tu la croyais coupable? intervint Miles, l'air soupçonneux.

— Je n'en savais rien… D'ailleurs, peu importe. Coupable ou innocente, elle mourra si nous n'agissons pas au plus vite.

288

Giorgio avait relâché son emprise sur Nilo, qui écoutait les propos des Arboretti, le regard triste. Il s'avança vers Ian.

— Monseigneur, vous jurez de ne pas avoir soudoyé les juges ? demanda-t-il d'un ton si grave que Ian faillit éclater de rire.

— Je le jure. Et je n'ai pas ricané au tribunal.

— Tu as grommelé, avoue-le, dit Christopher.

Ian leva les yeux au ciel.

— Cela n'avait rien à voir avec les paroles de Bianca. Je venais de me rendre compte que Giorgio l'avait dénoncée.

Nilo se tourna vers le domestique, l'air féroce. Ian s'empressa de poursuivre :

— C'était faux, bien entendu. Mais je l'ai cru un moment. À présent, Nilo, j'ai besoin de ton aide pour prouver l'innocence de Bianca.

Le jeune garçon le fixa intensément, sans rien dire.

— Que puis-je faire ? demanda-t-il enfin.

Les Arboretti soupirèrent de soulagement. Ils rentrèrent dans la salle de réunion, suivis des deux domestiques. Ian fit asseoir Nilo à côté de lui.

— J'aimerais que tu me donnes les noms qui figuraient sur les messages que tu as distribués mardi soir. J'en connais déjà deux, Valdo Valdone et mon frère Christopher. Il nous en manque encore quatre.

— Je ne sais pas, répondit le jeune garçon. Il n'y avait aucun nom. Seulement des initiales.

— Lesquelles ? demanda Ian, de plus en plus impatient. S'il te plaît, c'est très important.

Nilo hésita, puis il répéta les quatre groupes de lettres, ainsi que les adresses écrites par Bianca. Miles les nota aussitôt. Ian remercia le jeune garçon et le pria de se retirer. Celui-ci refusa de partir, jusqu'à ce que Christopher lui promette de l'avertir s'ils avaient à nouveau besoin de lui.

Demeurés seuls, les Arboretti et Giorgio étudièrent la liste. Ils ne mirent qu'un instant à identifier les quatre hommes.

— Nous pourrions nous rendre chez chacun d'eux en groupe, ce serait moins dangereux, suggéra Tristan.

— Nous n'obtiendrons aucun aveu de cette façon. Et le temps presse, rappela Ian en repoussant la liste. Nous ne possédons pas assez d'éléments pour les menacer de les dénoncer.

Sebastian réfléchit quelques instants.

— Peut-être que si. Nous possédons les mêmes éléments que Bianca, voire davantage. Elle a effrayé l'assassin au point qu'il a tiré sur elle. Il doit y avoir un détail qui nous échappe.

— J'ai beau remuer le problème dans tous les sens, fit Christopher, je n'aboutis à rien. Nous avons le mobile, le nom de celui qui a commandé le poignard...

Miles frappa du poing sur la table.

— Combien d'hommes présents chez Tullia ont également participé au bal, lundi soir ? demanda-t-il.

— Tous, répondit Ian. Pourquoi ?

Miles repoussa sa chaise et secoua la tête.

— Alors, tant pis. Je pensais que la véritable arme du crime avait peut-être été placée dans la plante pendant le bal. Mais s'ils étaient tous là, on ne peut en éliminer aucun...

— De plus, ajouta Christopher, l'arme du crime était sans doute déjà dans la plante lorsque celle-ci est arrivée au palais.

Cette hypothèse fit replonger Ian dans ses souvenirs. Les yeux perdus dans le vague, il se revit sur le lieu du crime et fouilla mentalement la chambre, en quête du moindre indice. Ce fut un son qui lui revint en mémoire.

— Cette plante se trouvait chez Isabella, déclarat-il après quelques minutes. Je ne l'ai pas remarquée, mais elle devait y être car Bianca ne cessait d'éternuer.

— Cela signifie que l'assassin a mis l'arme du crime dans le pot aussitôt après avoir commis le meurtre et qu'il l'a remplacée par le poignard orné de notre blason. Celui qui a envoyé la plante est le coupable!

L'enthousiasme de Miles fut vite tempéré par Christopher.

— J'ignore qui m'a adressé cette plante, rappelle-toi, expliqua-t-il, atterré. Je l'ai reçue la veille du bal, sans carte. J'ai cru qu'elle provenait d'un de nos navires de retour de Turquie. J'ai interrogé nos hommes, mais personne n'a pu me renseigner.

— Des navires arrivent de Constantinople chaque jour, dit Miles.

— Comme celui de Selim, renchérit Sebastian. Le bateau venait chercher un chargement de poudre à canon.

— Mille deux cents tonnes de poudre, précisa Tristan, qui eut soudain une idée. Mille deux cents tonnes de poudre, mille deux cents ducats de pot-de-vin. C'est une coïncidence étrange.

— Les réunions qu'Isabella a espionnées avaient peut-être trait aux négociations pour cette cargaison de poudre, suggéra Miles. Dans ce cas, les Ottomans auraient offert cette plante en signe de bon augure pour ces transactions commerciales.

— C'est fort probable, commenta Ian, qui s'en voulait de ne pas avoir compris plus tôt. Bianca a dû tirer les mêmes conclusions.

Les Arboretti gardèrent les yeux rivés sur Ian tandis qu'il s'expliquait :

— Lorsqu'elle nous a convoqués chez Tullia, elle a affirmé que l'un d'entre nous était un assassin, un traître et un voleur. Elle connaissait le sens caché de cette plante, et je suis persuadé qu'elle avait établi le lien entre les réunions secrètes chez Isabella et cette cargaison de poudre. À présent, tout s'éclaire. C'est l'accusation de traîtrise qui lui a valu ce coup de feu.

— Alors, nous tenons notre homme, déclara Tristan d'une voix mal assurée.

Les autres le dévisagèrent, se demandant s'il plaisantait.

— Sebastian, as-tu la liste des hommes avec qui nous sommes censés négocier les cargaisons de munitions?

Sebastian hocha lentement la tête. Il tira de sa tunique un document qu'il posa au milieu de la table. Les autres s'approchèrent pour comparer les deux listes de noms. Quand ils s'écartèrent, ils affichaient tous le même sourire triomphant. Un seul nom apparaissait à la fois sur la liste des suspects de Bianca et sur la liste des traîtres éventuels des Arboretti. Ils savaient qui était l'assassin.

27

Assise sur une misérable paillasse, dans une cellule humide du palais des Doges, Bianca voyait le jour tomber à travers les barreaux en fer. Bientôt, son cachot serait plongé dans un noir d'encre.

La jeune femme frissonna. Elle pataugeait dans une eau nauséabonde et le froid la transperçait jusqu'aux os. Sa blessure à l'épaule la faisait souffrir. Elle se sentait plus que jamais seule au monde, désespérée. Les mêmes pensées tournaient en boucle dans son esprit. Comment avait-elle pu tomber amoureuse du comte d'Aoste? Aveuglée par ses sentiments, elle l'avait laissé la manipuler à son insu. À présent, elle se reprochait amèrement son manque de clairvoyance. Elle songea au soir où il l'avait chassée après l'avoir fait déshabiller devant lui, la rabaissant au rang d'une femme impudique qui implorait les hommes de la posséder.

Ian avait sans doute eu toutes les peines du monde à masquer son dégoût, à se forcer à la toucher, à feindre la jouissance, à embrasser chaque parcelle de son corps frémissant de désir… Au souvenir de ses caresses exquises, elle se troubla. Malgré les épreuves, elle n'avait rien oublié de leurs ébats. Ian avait-il vraiment simulé l'extase ?

Elle finit par se dire qu'elle n'était pas entièrement responsable de son triste sort. Certes, elle s'était montrée naïve et stupide, mais Ian avait déployé mille ruses pour la séduire. Il lui avait même raconté une histoire triste à pleurer pour l'attendrir. Il avait su gagner sa compassion et son amour.

Il avait pourtant paru très touché lorsqu'elle lui avait dit qu'elle l'aimait, mais elle comprenait maintenant qu'il n'avait fait que masquer son sentiment de triomphe. L'aveu de son amour pour lui marquait la réussite totale de son plan machiavélique. Une intense colère l'envahit. Cet homme n'avait pas le droit de jouer avec sa vie. Elle refusait de mourir pour un crime qu'elle n'avait pas commis. Surtout si Ian était le vrai coupable.

Non, elle ne voulait pas mourir ! Et elle ne mourrait pas. Elle survivrait envers et contre tout. Certes, elle avait été trahie, mais il fallait tourner la page. Il fallait que justice soit rendue, même si elle devait pour cela accuser l'homme qu'elle aimait. L'homme qu'elle avait aimé.

Forte d'une détermination nouvelle, elle se leva et arpenta sa cellule en réfléchissant. L'eau lui arrivait aux mollets. Comment dénoncer Ian ? Ce n'était pas chose facile, d'autant plus qu'elle n'était pas considérée comme un témoin crédible.

Elle se retrouvait désarmée face au sort funeste qui l'attendait.

— Ouh… fit une voix, qui ne pouvait être que la sienne, puisqu'elle était seule.

Elle scruta les alentours, cherchant malgré tout un signe d'une présence. La voix résonna de nouveau.

— Ouh… gémit-elle.

Bianca s'éloigna du mur. Cette fois, elle en était certaine, il y avait quelqu'un. Un frisson de terreur lui parcourut tout le corps. Non, elle n'avait pas peur. Elle perdait simplement la raison. Il n'y avait rien à craindre à parler avec l'au-delà, avec l'âme des condamnés ayant occupé cette cellule avant elle.

La jeune femme s'éclaircit la gorge et s'approcha du mur, se demandant comment l'on s'adressait aux esprits.

— Non, n'avance pas, fit la voix.

Bianca se raidit, le cœur battant. Finalement, la curiosité l'emporta sur la peur. Elle se tourna en direction de la voix mystérieuse.

— Je suis désolée, dit-elle. J'ignorais qu'il y avait quelqu'un. Où êtes-vous ?

— Si tu regardes droit devant toi, tu me verras. Je suis là, comme toujours.

« Bien sûr, songea la jeune femme. Les fantômes vivent dans des lieux sombres. » En scrutant le coin de sa cellule, il lui sembla discerner la tête d'un petit homme. Elle eut un brusque mouvement de recul. Le fantôme lui sourit, puis une main lui fit signe d'approcher.

— Pourquoi hésites-tu ainsi ? Quel genre de meurtrière es-tu donc ? Tu n'as pas le courage de venir saluer le vieux Cecco ?

— Je n'ai tué personne, protesta Bianca. Mais je sais qui a commis le crime pour lequel on m'a condamnée. Il faut que j'avertisse quelqu'un.

La fin de sa phrase mourut sur ses lèvres quand elle se rendit compte qu'elle n'avait personne à qui s'adresser. Sa famille l'avait abandonnée, et elle ne pouvait compter sur les Arboretti pour incriminer Ian, même s'ils ne la croyaient pas coupable.

Cecco l'observa quelques instants.

— Si tu n'as pas tué, que fais-tu dans ce cachot ? Voilà une énigme digne du sphinx, non ?

— Quelqu'un m'a dénoncée, mais je suis innocente.

Soudain, une idée lui traversa l'esprit. Tullia l'aiderait, elle.

— Je vous en prie, implora-t-elle, il faut m'aider à joindre mon amie afin que je retrouve la liberté.

Cecco secoua la tête.

— Ah, les amateurs, vous êtes tous les mêmes ! Vous commettez des meurtres, mais vous n'en acceptez pas les conséquences. De mon temps, c'était autre chose... Les jeunes d'aujourd'hui n'ont aucun cran.

— Je vous répète que je n'ai tué personne ! insista Bianca, exaspérée. Je dois entrer en contact avec une amie pour lui raconter ce que je sais. Avez-vous des pouvoirs spéciaux ? Pouvez-vous m'aider ?

— Vous, une femme, vous sollicitez mon aide ? fit la petite tête d'un air féroce. Autrefois, j'avais la liberté et l'amour, mais j'ai tout perdu. Tout perdu à cause d'une femme ! Bien sûr, vous ne ressemblez en rien à cette mégère. Mais vous n'en êtes pas moins une femme.

— Puisque je ne lui ressemble pas, venez-moi en aide ! supplia-t-elle.

Cecco fronça les sourcils.

— J'étais le meilleur. Le meilleur de tous. Quand il fallait régler son compte à quelqu'un, c'était à moi que l'on s'adressait. J'étais un professionnel. Je ne traitais qu'avec des hommes. Mais un jour, cette femme m'a convoqué. Elle m'a cajolé, séduit, m'a complimenté sur mes beaux yeux, mes petites oreilles. Eh bien, elles m'ont trahi, ces maudites oreilles, car je me suis laissé convaincre de faire ce qu'elle me demandait, et voilà ce que j'y ai gagné !

Ne sachant comment réagir, Bianca se contenta de hausser les épaules.

— Rien ! À présent, je suis condamné à errer dans les recoins sombres de cette geôle, en attendant que la nuit tombe. Moi, l'illustre Cecco ! s'indigna-t-il.

— Elle vous a tué de ses mains ? s'enquit Bianca, curieuse malgré ses préoccupations.

— Oh, elle aurait adoré ! Mais je lui ai échappé. J'ai disparu. Jamais elle ne me retrouvera.

Troublée par ces réponses peu logiques de la part d'un fantôme, Bianca décida de mettre à l'épreuve ses pouvoirs surnaturels.

— Pouvez-vous bouger ? Pourquoi ne pas hanter la maison de cette femme au lieu de rester là ?

— Vous voulez que j'aille dans sa chambre pour lui faire coucou ?

— Pourquoi pas ?

— Je ne veux plus jamais revoir cette garce ! De toute façon, je ne suis pas un passe-muraille.

— C'était pourtant mon impression, répliqua Bianca.

— Vous me prenez pour un esprit qui traverse les murs ? fit Cecco en riant.

Étonnée par ce rire, Bianca se dirigea vers la voix. Une fois encore, elle s'en voulut de sa crédulité. Son fantôme était en fait un homme en chair et en os, qui la regardait à travers une ouverture pratiquée dans le mur.

— Vous n'êtes pas un revenant ? s'exclama-t-elle.

— Un revenant ? répéta Cecco. Je vous ai dit qui j'étais. Seriez-vous sourde, *signorina* ?

— Vous n'êtes qu'un simple prisonnier, comme moi, constata Bianca, désespérée.

— Ah, non ! Je n'ai rien de commun avec vous, rétorqua Cecco avec une moue de dégoût. D'abord, j'ai de ravissantes oreilles. Ensuite, vous n'êtes qu'une femme. Et puis, je ne suis pas prisonnier.

— Alors, pourquoi croupissez-vous dans cette cellule ?

— Vous êtes bouchée, ma parole ! Je viens de vous le dire. J'habite ici.

— Vous habitez en prison sans être prisonnier ? demanda Bianca, incrédule.

— Où iriez-vous chercher refuge pour échapper à une sorcière ?

— Vous vous cachez ? Uniquement pour éviter les foudres d'une femme ? Qui est-elle ? interrogea Bianca, qui n'y comprenait plus rien.

Cecco l'observa longuement avant de répondre :

— Vous êtes une femme, donc incapable de garder un secret. Mais autant vous l'avouer, puisque vous mourrez noyée avant demain matin.

Bianca voulut répliquer, mais il lui fit signe de se taire.

— Je vais vous raconter mon aventure, histoire de tuer le temps. Mais ne m'interrompez pas sans cesse avec vos questions de femme.

Cecco frissonna, comme s'il évoquait quelque torture.

— Je n'ai pas envie de rester debout aussi longtemps. Donnez-moi la main pour que je vous fasse passer dans ma cellule.

Bianca hésita. Si cet homme n'était pas prisonnier, il accepterait peut-être de transmettre un message à Tullia. Mais elle devrait pour cela le convaincre de rendre service à une femme. Ce n'était guère le moment de le contrarier, aussi attrapa-t-elle les mains de son compagnon. Elle se glissa souplement par l'ouverture et retomba dans l'eau froide. Lorsqu'elle cessa de tousser, elle rouvrit les yeux. La cellule était exiguë et inondée, comme la sienne. Elle découvrit aussi une lampe à huile suspendue au-dessus d'un divan recouvert de brocart et surélevé par une estrade. Sur l'ancienne paillasse, on avait disposé une nappe et des couverts. Les murs étaient tapissés d'étagères encombrées d'objets hétéroclites.

En se tournant vers la gauche, elle ne put réprimer un cri. Une tête d'homme se balançait de haut en bas, affichant un sourire carnassier.

— Pourquoi criez-vous si fort ? demanda la tête d'une voix irritée.

— Je vous en prie, ne me faites pas de mal ! Laissez-moi partir ! fit Bianca en reculant.

— Vous faire du mal ? Mais c'est moi qui souffre ! J'ai mal aux oreilles à cause de vous.

La tête se leva vers le divan. Deux bras sortirent de l'eau, puis un torse et de petites jambes atrophiées. Cinq ans plus tôt, son catogan et ses épaulettes étaient encore à la mode. Il portait une culotte bouffante et des souliers pointus. Bianca comprit qu'il s'agissait d'un nain.

Une fois que Cecco se fut hissé sur le divan, il s'adressa à son invitée :

— À présent, voulez-vous que je vous raconte mon histoire ?

Bianca hocha la tête, trop étonnée pour prononcer un mot. Dès qu'elle fut assise à côté de lui, Cecco s'éclaircit la gorge et commença son récit :

— J'étais le meilleur dans mon domaine, jusqu'à ce que cette sorcière ne s'empare de moi.

— Quel travail faisiez-vous ?

Cecco la fusilla du regard.

— Quel travail ? Vous n'avez jamais entendu parler des exploits de Cecco, le tueur à gages ? Le meilleur tueur professionnel de la région ? Vous plaisantez !

De peur de le fâcher, Bianca lui sourit poliment.

— Assez de questions idiotes. Je vais encore tout mélanger. Je ne veux pas être interrompu. Donc, j'étais le meilleur. J'avais un associé du nom de Carlo. La garce m'a fait venir et m'a proposé un contrat très facile. L'un de ses admirateurs l'ennuyait et elle désirait s'en débarrasser. Il ne l'amusait plus, disait-elle. J'ai eu pitié de cet homme et je lui ai demandé si la mort n'était pas un châtiment trop sévère. Elle m'a répondu que c'était la seule solution. Elle m'a offert de nombreuses pièces d'or et m'a dit qu'elle m'enverrait son nouvel amoureux pour voir si tout se déroulait comme prévu. J'étais un peu hésitant, mais mon cher Carlo adorait l'or. Il m'a convaincu. La sorcière me flattait, elle admirait mes petites oreilles. J'ai accepté, conclut-il en haussant les épaules.

— Je comprends, commenta Bianca. Moi-même, on m'a manipulée. Je...

— Vous voilà repartie ! Ce n'est que le début, *signorina*.

Cecco fronça les sourcils, les mains sur les hanches.

— Rien ne presse. Vous ne risquez pas de sortir d'ici de sitôt, surtout si l'eau continue à monter ainsi. Vous avez tout le temps de noyer votre chagrin, ajouta-t-il en riant de sa propre plaisanterie.

— Vous voulez dire que l'eau va envahir toute la cellule ?

— Exactement ! J'ai entendu les gardiens discuter, tout à l'heure. Venise connaît des inondations terribles à cause des pluies torrentielles de ces derniers jours.

— Pourquoi ne vient-on pas nous chercher ? demanda la jeune femme.

— À quoi bon ? Si vous mourez noyée, ils n'auront plus à vous exécuter. Ce n'est pas si facile que cela, de tuer quelqu'un. Et les bourreaux sont paresseux comme des couleuvres. Ils préfèrent laisser la nature effectuer leur sale besogne.

— Pourquoi ne pas essayer de nous évader ? proposa Bianca, désespérée. Il faut absolument que je parle à mon amie ! Pourquoi restons-nous assis à ne rien faire ?

— Bah ! fit Cecco avec mépris. À ne rien faire ? Je suis en train de vous raconter ma vie ! Quelle ingratitude !

— Comment pouvez-vous attendre la mort sans réagir ?

— Vous n'avez jamais pensé à vous faire examiner les oreilles ? rétorqua Cecco. Je n'ai pas dit que j'allais mourir. Je ne suis pas un prisonnier, moi. Je suis libre de partir quand bon me semble.

— Vous connaissez un moyen de sortir d'ici ? Vous pouvez vous échapper ? demanda Bianca, la voix tremblante. Je vous en supplie, partons tout de suite. Vous serez bien récompensé, je vous l'assure.

Cecco afficha un air féroce.

— Figurez-vous que la sorcière m'a dit la même chose avant de m'anéantir. C'est comme cela que je me suis retrouvé sur un bateau en partance pour la Sicile, couteau à la main, pour régler son compte à cet homme.

Cecco tira son poignard de sa ceinture et le brandit d'un air menaçant.

Bianca écarquilla les yeux, étonnée. Décidément, la Sicile était le lieu de tous les malheurs. S'imaginant qu'elle s'intéressait à son histoire, Cecco poursuivit :

— J'ai mis deux jours à réunir des hommes fiables, puis trois autres à débusquer ma proie. L'homme voyageait dans le pays avec un ami. Ils étaient donc deux : l'ancien amant de la sorcière, dont elle voulait se débarrasser, et le nouveau. Et je vous garantis qu'il ne s'agissait pas de deux gringalets. Nous avons attendu qu'ils soient en rase campagne. Pour mon malheur, ils ne se sont pas comportés comme prévu. La sorcière m'avait assuré que le voyageur à épargner resterait en retrait, afin que la cible se retrouve seule avec quelques indigènes qui s'enfuiraient au moindre danger. Mais les choses ne se sont pas déroulées ainsi.

« La nuit venait de tomber. J'ai cru que mes yeux me trahissaient. Non seulement je voyais deux hommes avancer vers nous, mais ils se ressemblaient comme des jumeaux. Il nous fallait faire un choix, car nous devions en tuer un et laisser l'autre en vie, selon les instructions de la sorcière. J'ai dit à Carlo de désigner la victime, car ç'était lui qui nous avait fourrés dans ce pétrin, avec son fichu amour de l'or. Nous nous sommes séparés en deux groupes. Carlo était chargé de tuer la proie, moi de neutraliser son compagnon. L'homme s'est débattu comme un forcené. J'ai même pensé que nous nous étions trompés de cible, car l'autre paraissait un peu faiblard. Mais il était trop tard pour changer quoi que ce soit. Carlo l'avait déjà égorgé.

Cecco passa la lame de son poignard sur son cou.

— Alors, le deuxième homme s'est précipité vers Carlo pour lui trancher la tête. Moi, je ne voulais pas qu'il tue un associé de valeur. Je l'ai fait tomber de son cheval, et ce fut terminé.

Il frappa le manche de son poignard dans sa paume.

À mesure que Cecco avançait dans son récit, Bianca l'écoutait avec une attention de plus en plus soutenue. Elle ne voyait pas le niveau de l'eau monter. Les similitudes avec l'histoire de Ian étaient troublantes. Et si

Cecco disait la vérité ? Ian n'aurait pas menti... Peut-être était-il innocent... Peut-être ne l'avait-il pas trahie... Peut-être n'aimait-il plus Mora.

Mais elle refusait de s'aveugler une seconde fois. Il ne s'agissait peut-être que d'une coïncidence. De nombreux bandits sillonnaient la Sicile. Elle ne pouvait avoir de certitude tant qu'elle ne disposait pas d'éléments supplémentaires.

— Que s'est-il passé ensuite ? demanda-t-elle avec un intérêt qui flatta Cecco.

— Puisque la sorcière voulait l'un d'eux vivant, nous avons retapé le blessé tant bien que mal. Puis nous l'avons emmené à Messine, où nous l'avons abandonné. Comme il n'arrêtait pas de reprendre conscience et de crier, nous lui avons donné quelques coups sur la tête. Mais il fallait le garder en vie pour la sorcière. Entre-temps, Carlo est tombé malade. Il est mort à notre retour à Venise. Depuis, je ne suis plus le même.

Il se tut, essuya une larme sur sa joue et reprit :

— Enfin, il valait mieux pour lui, car nous avions tué le mauvais. La sorcière criait vengeance. Elle réclamait ma tête sur un plateau. C'était il y a deux ans, et je n'ose toujours pas montrer le bout de mon nez en ville. Si je réapparais, soit la garce va m'envoyer l'un de ses mignons, soit l'homme que je devais éliminer me retrouvera et me réglera mon compte.

Cecco secoua la tête.

En voyant les quatre rubis qui ornaient le manche de son poignard, Bianca eut une illumination.

— Par sainte Grace ! s'exclama-t-elle. Quelle imbécile je fais !

Le poignard orné de pierreries était la clé du mystère de la mort d'Isabella. Soudain, tout lui semblait limpide. La personne qui avait voulu incriminer Ian était en bons termes avec son frère Giovanni et avait chargé celui-ci de lui procurer l'arme compromettante. Giovanni connaissait tous les hommes que Bianca avait fait venir chez Tullia, mais un nom s'imposait comme une évidence. Il ne s'agissait pas seulement d'un ami proche de son frère, mais de son cousin Angelo.

L'esprit de Bianca était en ébullition. Le récit de Cecco confirmait la version de Ian. Il n'avait donc pas inventé cette histoire pour l'attendrir. Bianca sentit son cœur se gonfler de joie. Son fiancé n'avait pas cherché à lui nuire, elle en était persuadée. Il ne l'avait jamais trahie. En réalité, c'était lui qu'on avait trompé. Seule Mora pouvait être la sorcière décrite par le nain. Même si Ian aimait encore cette femme, la confession de Cecco lui ouvrirait les yeux.

Bianca avait toutes les peines du monde à garder son calme. Elle ne devait pas s'emballer. Ian n'avait-il pas obstinément refusé de croire à son innocence ? Ce comportement ne prouvait-il pas qu'il ne ressentait rien pour elle ?

L'image de Ian dansait dans son esprit. Il représentait son idéal masculin, malgré ses défauts. Du moins, il aurait pu l'être, s'il l'avait aimée en retour. L'espace d'un instant, ses sentiments prirent le pas sur sa raison. Son cœur se mit à battre la chamade. À présent, plus rien ne s'opposait à leur mariage... à part sa raison.

Vivre avec lui en sachant qu'il ne l'aimait pas serait le pire des cauchemars. Elle l'aimait trop. Au début, tout irait bien mais, au fil des années, Ian deviendrait amer et finirait par la mépriser. Si dur que ce fût, il valait mieux le laisser épouser une femme qu'il aimerait.

Elle ne le verrait plus, n'essaierait plus de le rencontrer, n'attendrait rien de lui. Elle fuirait Venise et le libérerait de l'engagement des fiançailles. Ainsi, il pourrait continuer sa vie avec la compagne de son choix.

Mais elle devait d'abord s'assurer qu'il croyait à son innocence, lui montrer qu'elle ne lui avait pas menti. Elle ne savait que trop combien les doutes étaient douloureux et ne voulait pas imposer cette épreuve à Ian. Jamais elle ne serait une seconde Mora.

Elle n'avait pas une minute à perdre. Le niveau de l'eau montait à vue d'œil. Il fallait qu'elle sorte de ce cachot pour transmettre un message à Ian, pour lui expliquer…

— Si je vous promets de vous faire absoudre de votre crime et de vous rendre votre… métier d'autre-fois, accepterez-vous de m'aider ? demanda-t-elle à Cecco.

— Après ce que je viens de vous raconter, vous me faites des promesses de femme ? répliqua le nain avec une grimace.

Bianca maudit intérieurement Mora.

— Il faut me croire, je vous dis la vérité ! Je connais l'homme que vous étiez chargé d'éliminer et la femme qui vous a engagé. Ian Foscari est grand et beau, il est blond et a les yeux bleus. Quant à la femme…

Bianca eut un frisson de dégoût et de jalousie.

— La femme est brune, très belle. Elle se nomme Morgana da Gigio.

— Et alors ? fit Cecco. Que voulez-vous que cela me fasse ?

— Je peux vous aider, intervenir en votre faveur. Si vous racontez votre histoire à Ian Foscari, il vous remerciera, je vous l'assure.

Cecco grommela, incrédule.

— J'ai essayé de le tuer, je l'ai frappé, et vous pen-sez qu'il va me remercier ? Vous êtes des gens bizarres, dans la haute société. Non, merci. Je l'ai vu se défendre. Il est redoutable.

Bianca tenta de convaincre son compagnon :

— Mais ce doit être terrible pour un homme de votre qualité d'être enfermé dans cette prison. Bien-tôt, elle sera inondée. Vous n'aurez plus rien. Vous ne pourrez pas revenir avant des semaines, voire des mois. Où irez-vous ? Que ferez-vous ?

Elle se tut et guetta la réaction du nain. Leurs regards se croisèrent, puis il secoua la tête.

— Je parie que vous ne savez même pas nager, dit-il enfin. Je refuse de risquer ma vie pour une femme, surtout si elle ne sait pas nager. Non, merci. Vos promesses, je vous les laisse.

— Vous ne m'emmenez pas avec vous ? Vous ne voulez pas m'aider à m'évader ? demanda-t-elle, désespérée.

— Même si je le voulais, ce qui n'est pas le cas, vous êtes trop grande. Les égouts ne sont praticables que pour une personne de ma taille.

— Vous allez nager dans les égouts ? Ne pourriez-vous pas m'y conduire, puis continuer tout seul ? Me montrer la direction à prendre ?

Cecco fit la grimace.

— Je ne tiens pas à revenir dans quelques semaines pour retrouver votre cadavre en décomposition devant la grille.

— Je vous en supplie, aidez-moi ! Il faut que je sorte d'ici. Je n'ai tué personne et je ne veux pas mourir.

— Pourquoi ne pas l'avoir dit aux juges quand vous en aviez l'occasion ? rétorqua Cecco. Écoutez, *signorina*, je vous crois car vous n'avez pas l'étoffe d'une tueuse, ajouta-t-il d'un ton plus doux, mais je ne peux pas vous emmener. Cependant, j'accepte de porter un message pour vous, si vous m'assurez que je n'ai rien à craindre.

Sur ces mots, il se prépara à partir. Bianca comprit que c'était sa dernière chance. Elle décida de le suivre, bien que ce fût risqué. Mais il fallait que Ian connaisse la vérité sur la mort de Christian et sur son innocence. Elle lui offrirait ce cadeau, songea-t-elle, avec l'espoir secret de faire naître des sentiments dans son cœur. Si seulement il venait la sauver de cette prison… Mais l'heure n'était pas aux illusions. Le temps pressait. Plus vite Cecco serait parti, plus vite elle le suivrait, plus elle avait de chances de survivre.

Avec un profond soupir, la jeune femme dut se résoudre à remettre son destin entre les mains du nain récalcitrant. Mais peut-être valait-il mieux mourir noyée, après tout, songea-t-elle. Car si elle s'en sortait, elle n'aurait jamais la force de rester éloignée de Ian.

— Je vous serais reconnaissante d'aller au palais Foscari, dit-elle. Racontez votre histoire au comte d'Aoste. Expliquez-lui également comment nous nous sommes rencontrés. Dites-lui que je suis innocente et que le coupable est mon cousin Angelo.

Elle hésita un instant, pensant qu'elle serait sans doute morte quelques heures plus tard, que cela n'avait plus d'importance, et ajouta :

— Dites-lui que je l'aime.

— Je savais bien qu'une femme ne pourrait s'empêcher de sombrer dans le sentimentalisme, commenta Cecco. Je dirai ce que bon me semblera. J'aviserai selon les circonstances.

Sur ces mots, le nain plongea et s'évanouit dans les eaux sombres.

— *Signore* Cecco ! *Signore* Cecco ! appela Bianca en sautant à sa suite.

Elle chercha à tâtons l'ouverture, mais ne sentit rien sous ses doigts engourdis par le froid. Cecco avait disparu, la laissant seule avec le morne gargouillis de l'eau qui envahissait à une vitesse vertigineuse les cellules de la prison.

28

De plus en plus excité, le jeune homme regarda la femme tendre le bras pour saisir une pâte de fruits sur un plateau d'argent. Voyant que cette longue attente commençait à ennuyer son amant, elle entrouvrit son peignoir en soie bordeaux, révélant un sein laiteux. Elle s'approcha de son compagnon et fit glisser la confiserie sur son mamelon dénudé, le couvrant de sucre. Puis elle prit son amant par la nuque et attira ses lèvres sur son sein pour qu'il lèche le sucre.

— Ce n'est qu'un aperçu de la récompense que je te réserve, mon ange, déclara-t-elle d'une voix rauque. Tu obtiendras tout ce que tu as toujours désiré.

— Ce que je veux, en ce moment, c'est que tu me caresses, répondit l'homme avec une assurance nouvelle.

Elle leva les yeux au ciel et rit à gorge déployée.

— Je vois que tu apprends vite à commander, dit-elle avec un sourire. Cependant…

On frappa à la porte. Les deux hommes qui entrèrent étaient si grands qu'ils durent baisser la tête pour franchir le seuil. La femme reconnut les gardes de son frère. Le pape en personne lui avait offert ces deux géants blonds aux yeux d'un bleu perçant. La femme leur fit signe d'avancer.

— Alors ? fit-elle, impatiente.

— Votre frère vous envoie ses hommages et nous charge de vous informer que tout est prêt selon vos désirs, madame, annonça l'aîné avec un léger accent nordique.

Une lueur cruelle pétilla dans le regard de la femme. Cette nouvelle signifiait que sa victoire était désormais à portée de main. Il lui suffisait de patienter encore un peu pour triompher.

— Le bateau est à votre disposition. Vous pouvez embarquer quand vous voulez. Votre frère vous rejoindra dans trois jours. En échange, il vous propose notre compagnie. Nous sommes là pour accéder à vos moindres souhaits.

La femme toisa les deux colosses musclés. Son frère avait bien choisi ses messagers. Lui seul savait la traiter à sa juste valeur. Il la faisait garder comme un trésor.

— J'en suis très heureuse, déclara-t-elle en tournant le dos à son amant.

Le jeune homme se leva et gagna un couloir qui menait au canal.

— Nous partons bientôt, mon ange, mais pas tout de suite ! lança la femme pour le retenir.

— Il serait stupide d'attendre plus longtemps, gémit-il, revenant malgré tout sur ses pas. Nous serions bien plus en sécurité dans la gondole.

— Mon très cher ange, tu ne me priverais tout de même pas de cet instant de triomphe ? susurra-t-elle en l'attirant vers elle.

Sans savoir pourquoi, elle s'était peu à peu attachée au jeune homme. Tandis qu'elle le cajolait, un brouhaha leur parvint de l'extérieur. La femme se tut et dressa l'oreille, puis un large sourire se dessina sur ses lèvres pulpeuses.

— Enfin ! Voilà qui promet d'être très divertissant.

Ils s'asseyaient sur le divan lorsque la porte s'ouvrit avec fracas. Un domestique maure, le turban de travers, surgit, parlant de poignards et d'ordres du Sénat. La femme le congédia d'un geste. Quand il fut parti, si troublé qu'il en oublia de refermer la porte, la femme s'intéressa à ses deux visiteurs inattendus.

— Je suis ravie de te revoir, Ian, lança-t-elle avec un bonheur sincère. Je ne suis pas très étonnée, puisque c'est moi qui ai tout organisé. Toutefois, à mesure que le temps passait, je redoutais de devoir écouter le récit de tes souffrances au lieu d'en être le témoin. C'est vraiment gentil d'être venu à un moment aussi opportun.

— Je vais te décevoir, Morgana. Je n'ai pas l'intention de mourir tout de suite. Et je ne suis certainement pas venu pour toi, ajouta-t-il avec mépris. Ce qui me console, c'est que tu t'attendes à un tel comportement de ma part.

— Avant, il m'appelait Mora, expliqua la femme en se tournant vers ses autres compagnons. Il me dévorait des yeux, buvait mes paroles. Il était maladroit et rustre, mais je l'ai gardé auprès de moi par pitié. Regardez-le, à présent. Il envahit ma maison, remet en cause mon autorité…

Elle secoua la tête d'un air réprobateur et s'adressa à Ian :

— Tu ne comprends décidément rien. Tu es venu me rendre visite, il me semble. Et tu vas bientôt mourir.

D'une certaine façon, tu n'as pas tort. Tu ne périras pas tout de suite, car j'ai décidé de t'anéantir avant de te tuer. Le sort que je te réserve est bien pis que la mort.

— J'aimerais vraiment en savoir plus, répondit Ian en se dirigeant vers le jeune homme, Christopher derrière lui. Mais nous sommes là pour arrêter ton nouveau protégé, que nous accusons du meurtre d'Isabella Bellocchio.

— Non, c'est impossible, répliqua Mora. Vois-tu, Angelo et moi partons justement pour Zante.

Elle fit discrètement signe aux deux colosses.

— Il paraît que le climat y est moins pluvieux qu'à Venise. La pluie nuit à ma santé.

— Je ne voudrais pas t'empêcher de veiller sur ton bien-être. Tu peux partir si cela te chante. Quant à nous, nous arrêtons Angelo Grifalconi. Toi, tu es libre.

Ian tenta d'attraper Angelo par le bras, mais une force phénoménale l'immobilisa. L'un des colosses venait de l'agripper par-derrière. Rassemblant ses forces, il lui assena un violent coup de coude qui n'eut pratiquement aucun effet. Cet homme était un roc. Pendant ce temps, son compagnon s'était emparé de Christopher. Il le tenait fermement, mais le bras gauche du jeune homme demeurait libre. Ian remercia le Ciel que son frère fût gaucher. C'était leur unique avantage, et il l'exploiterait au maximum.

— Rappelle tes bouffons et laisse-moi Angelo ! ordonna Ian. Je n'ai pas de temps à perdre.

Mora le regarda, amusée.

— J'avais oublié combien tu pouvais être drôle, fit-elle. Mes bouffons, dis-tu ?

Elle se mit à rire.

— Tu sais combien il me coûte de te refuser une requête après la passion que nous avons partagée, reprit-elle. Mais Angelo n'ira nulle part avec toi.

Christopher observait son frère, stupéfait. À quoi pensait-il donc ? Personne ne connaissait Mora mieux que lui. Pourtant, il agissait comme s'il avait eu une enfant en face de lui. Au lieu d'user de subtilité et de ruse, il jouait franc jeu. La tension avait dû lui monter à la tête, songea-t-il. Au bord de la panique, il vit la tête et le bras de son frère s'agiter. Craignant une crise de convulsions, il allait tendre le bras vers lui pour le soutenir quand il devina ce que Ian attendait de lui.

— Morgana, tu me surprends, déclara ce dernier, soulagé de constater que son frère avait compris sa manœuvre. Ce brave Grifalconi n'a rien de plus que les autres.

— Tu es jaloux ! s'exclama-t-elle en fermant les yeux pour savourer son triomphe.

Elle ne perçut pas le léger mouvement de la main gauche de Christopher.

— Tu me reconnais enfin à ma juste valeur, continua-t-elle avec une satisfaction évidente. Vois-tu ce que j'aurais pu représenter pour toi si tu n'avais pas été si lâche ?

— Tu es vraiment une femme déterminée. N'est-ce pas, Christopher ? fit Ian pour attirer le regard de son frère.

Celui-ci lui lança un clin d'œil, avant de planter le poignard qu'il avait tiré de sa ceinture dans la cuisse de son agresseur. Le colosse émit un grognement de douleur. Sous l'effet de la surprise, son complice relâcha son emprise. Ian réussit à se dégager à son tour et à sortir son épée. Brandissant son arme, il se dirigea droit vers le divan.

— Si tu oses t'approcher plus près, ton frère mourra, prévint Mora d'un ton posé.

Ian s'immobilisa à un pas d'Angelo et se tourna vers Christopher. Le colosse tenait un couteau contre la gorge de son frère. Le cauchemar recommençait. Mais, cette fois, Ian ne resterait pas passif. Il décida de s'attaquer à l'assassin. Comme dans un rêve, il pointa son épée sur Christopher et le colosse. Le prisonnier regarda son frère avec effroi. Aveuglé par la rage et le remords, Ian s'avançait lentement, tandis que le colosse menaçait d'exécuter Christopher.

— Ian! appela son frère, désespéré. Ian!

Ian, le visage dur, résolu, ne ralentit pas. Christopher se préparait à mourir quand il s'arrêta soudain.

Ian était sur le point d'enfoncer son épée dans le corps du colosse lorsque la lumière se fit dans son esprit. Il fixa son arme, troublé, puis leva les yeux vers son frère. Il mit un certain temps à le reconnaître. Alors, il baissa son épée, anéanti par l'horreur de l'acte qu'il avait failli commettre.

— Ian, gémit Christopher. Ne laisse pas tomber... Rappelle-toi... Bianca...

Une horloge sonna 21 heures. Dans l'esprit de Ian, la Sicile et ses souvenirs douloureux cédèrent la place à une détermination farouche. Il avait abandonné Christian, mais il sauverait Bianca et Christopher. Il ne resterait pas immobile, à regarder ceux qu'il aimait se faire trancher la gorge.

Ian réfléchit à toute vitesse. Il savait que Mora irait jusqu'au bout. Un pas de plus, et Christopher mourrait. Même s'il rendait les armes, le colosse était capable d'éliminer son frère par simple jeu. Et si Mora faisait exécuter Christopher, elle n'hésiterait pas à le tuer aussi.

En entendant Mora bouger derrière lui, Ian se raidit. Au lieu de se moquer de lui, elle parla calmement, comme si rien ne s'était passé.

— Cela m'excite, toutes ces armes dans ma maison, dit-elle en frissonnant. Si tu tiens à ton frère, je suggère que tu ranges la tienne.

En un éclair, il comprit que Mora et Angelo n'avaient rien vu de la transe qui l'avait saisi. Cela lui donna une idée.

C'était un risque à courir, mais il n'avait pas d'autre solution. Il espérait que les réactions de Mora étaient aussi prévisibles qu'autrefois. Il se tourna vers elle, le visage dur.

— Tes menaces ne servent à rien, déclara-t-il. Tu

sais bien que, depuis que tu m'as quitté, je suis incapable d'éprouver le moindre sentiment.

— Tout est ta faute. J'ai voulu t'apprendre à aimer, à te sacrifier pour les autres, mais tu étais trop égoïste. C'est pour cela que tu m'as perdue.

Mora soupira au souvenir de ses efforts restés vains.

— Pourtant, je n'ai jamais cessé de croire que, même si tu n'aimais plus personne, tu avais toujours de la tendresse pour ton frère.

— Non. Tu as tout détruit. À présent, mon cœur est un désert aride. Je n'aime pas plus Christopher que cette catin qui était ma fiancée ou un inconnu croisé dans la rue. En fait, Christopher est vraiment pénible. Si tu savais comme j'ai du mal à le supporter depuis deux ans !

Mora fixa intensément son ancien amant. Il ne pouvait être indifférent à ce point, malgré leur rupture. Il devait aimer ce garçon si loyal. Il bluffait, c'était évident.

— Dans ce cas, pourquoi hésites-tu ? demanda-t-elle. Pourquoi ne pas laisser mon ami nordique l'éliminer ?

— Je préférerais avoir ce plaisir moi-même, répliqua Ian.

— Vraiment ? fit Mora, désarçonnée. Et comment t'y prendrais-tu ?

Dans les yeux de Ian brillait une lueur cruelle qui la fit frémir de peur et d'excitation mêlées.

— J'ai bien réfléchi, dit-il. Un coup de poignard dans le cœur serait trop rapide, pas assez palpitant. Non, je pensais à une mort lente, une longue agonie. Je lui couperais la main droite, pour commencer. Puis je l'obligerais à me regarder agir. Alors, avec ce poignard…

Ian sortit un couteau de sa ceinture et le brandit.

— … je l'éventrerais.

Il remit son couteau dans sa ceinture, laissant le manche dépasser assez pour pouvoir le saisir de nouveau.

— À mon avis, mieux vaut sortir pour ne pas trop salir ta maison.

Mora esquissa un sourire cruel. La prenait-il vraiment pour une femme crédule? Une fois dehors, les deux hommes s'échapperaient à la première occasion. C'était amusant, mais elle se sentait un peu insultée. Ian avait-il donc une si mauvaise opinion de son intelligence? En tout cas, elle ne lui donnerait pas le plaisir de l'emporter sur elle.

— Non. Je n'ai aucune envie de rester sous la pluie. Or je ne veux pas manquer une seconde de ce spectacle de choix. Je t'en prie, vas-y. Les domestiques se chargeront de tout nettoyer.

À la stupeur de Mora, Ian ne se troubla pas. Au contraire, il parut satisfait. Il s'inclina devant elle et lui tourna le dos pour se diriger vers son frère.

— Tu as entendu ce que j'ai dit, cher frère? demanda-t-il d'une voix glaciale.

Sur l'ordre de Mora, le colosse avait éloigné son couteau de la gorge de Christopher. Celui-ci hocha la tête, guettant un message de son frère, mais Ian demeura impassible.

Ses yeux fixaient toujours Christopher lorsqu'il brandit son épée pour lui trancher la main droite. Le jeune homme retint son souffle.

La douleur attendue ne vint pas, bien qu'il sentît un liquide chaud couler dans son dos. Puis il comprit que ce n'était pas lui qui saignait, mais le colosse. Ian l'avait touché, profitant d'une seconde d'inattention du géant. Christopher attrapa le couteau de son frère.

— Tu ne me détestes donc pas? souffla-t-il, incroyablement soulagé.

Ian se jura de lui raconter ce qu'il avait ressenti à le voir menacé. Pour l'heure, ils n'avaient pas une seconde à perdre.

— Tu te charges d'Angelo et m...

Soudain, le colosse poussa un hurlement de douleur. Christopher se dégagea du géant ensanglanté qui venait de s'écrouler sur lui et se précipita vers Angelo. Le second colosse n'eut pas le temps de réagir. Ian le frappa en plein cœur, et il tomba à son tour, sans connaissance.

Christopher poussa Angelo vers la sortie, la lame de son poignard à quelques centimètres du visage du jeune homme. Ian les suivit, entendant les applaudissements ironiques de Mora résonner derrière lui.

Quand Christopher ouvrit la porte, Ian comprit la réaction de Mora. La partie n'était pas gagnée. Cinq géants en armure bloquaient l'issue.

— Tu ne pensais tout de même pas que je lâcherais Angelo aussi facilement ? lança Mora depuis le divan. Il se trouve que je me suis attachée à lui. Tout s'est passé exactement comme je l'avais prévu. À présent, je suis impatiente de partir.

Ian et Christopher n'étaient pas de taille à lutter. Ils durent remettre leur prisonnier et leurs armes aux colosses. Angelo rejoignit sa maîtresse d'un pas nonchalant et se réfugia dans ses bras.

— Attachez-les contre le mur pour qu'ils ne puissent pas s'enfuir, ordonna-t-elle. Mais ne leur faites aucun mal. Je veux qu'ils puissent entendre ce que j'ai à leur dire.

— De toute évidence, tu as l'intention de nous tuer, intervint Ian, tandis qu'un gardien l'enchaînait. Pourquoi ne pas en finir tout de suite, au lieu de nous ennuyer avec tes histoires ?

— Tu n'as donc pas écouté ce que j'ai dit ? Non, c'est normal. Le grand Ian Foscari est trop préoccupé par ses petits problèmes, trop égoïste pour se soucier des besoins des autres.

Mora parlait comme une mère un peu sévère.

— Si j'avais seulement voulu te tuer, je l'aurais fait depuis des heures, des années même, au lieu de retarder cet instant délicieux. Non. Je te réserve quelques tortures de mon cru avant de te tuer. Te mettre simplement à mort serait banal et ennuyeux.

— Je le déplore, répondit-il, sachant qu'il n'avait rien à perdre. Au moins, je n'aurais pas à supporter tes babillages stupides. De plus, en repoussant ton départ pour Zante, tu prends des risques.

— Je suis touchée que tu te préoccupes de mon bien-être, mais je t'assure que ce léger retard sera largement compensé.

Tandis qu'elle parlait, les gardiens avaient suspendu les deux frères au-dessus du sol, par les poignets. Ian sentit une douleur fulgurante lui traverser les bras, mais il savait que cette position n'était pas la plus pénible. Il s'efforçait de réfléchir lorsqu'un son attira son attention.

Mora s'était retournée vers Angelo, à qui elle susurrait :

— Veux-tu que nous leur expliquions ce que nous avons préparé pour ta cousine ? Ainsi, ils pourront penser à elle quand l'horloge sonnera.

Elle se passa la langue sur les lèvres. Angelo hocha la tête.

— Qu'avez-vous fait à Bianca ? demanda Ian, qui en oublia ses bras qui s'engourdissaient.

Mora caressa l'épaule d'Angelo.

— Je ne lui ai encore rien fait... Mais, dans exactement deux heures et demie, au moment où l'horloge de la place Saint-Marc sonnera minuit, l'aile est du palais des Doges explosera, et ce sera ta faute. Tu vois de quelle aile il s'agit, n'est-ce pas ? Celle dont Véronèse vient de retoucher les peintures, celle qui recèle...

— La prison ! coupa Christopher. Mon Dieu, cette folle va tuer Bianca !

Mora regarda ses prisonniers.

— En effet, approuva-t-elle. Pourquoi faut-il que tu comprennes tout plus vite que ton frère ?

Elle observa Ian.

— En fait, ce n'est que le commencement. Après l'explosion, les Arboretti seront dénoncés pour trahison. Votre commerce illicite de munitions avec les Turcs sera révélé au grand jour, de même que votre complot pour faire sauter le palais des Doges. Naturellement, comme d'habitude, tu auras partiellement échoué, ajouta-t-elle avec un regard haineux à l'adresse de son ancien amant. Seule une aile du palais sera détruite. Des barils de poudre au nom des Arboretti seront encore visibles. Ta réputation sera partie en fumée, ainsi que ta petite traînée. Si tu te rends sur place, ta culpabilité sera d'autant plus évidente. Une dénonciation anonyme la confirmera dès demain. Mon plan fonctionnera à merveille. Tout est réglé comme une horloge, conclut-elle avec un rire de gorge. Mon seul regret sera de ne pas assister aux tortures suprêmes que le Sénat réserve aux traîtres de ton espèce.

Ian fut parcouru d'un frisson d'effroi. C'était un plan brillant. Qu'il soit présent ou absent du palais, l'attentat porterait sa signature. Et Bianca allait mourir.

— Tu sembles avoir beaucoup réfléchi, commenta-t-il en serrant les dents.

— Tu es bien placé pour savoir que je ne fais jamais rien à moitié, répondit-elle avec un battement de cils. Tout est prévu.

Christopher prit la parole, la voix teintée d'impatience. Comment son frère pouvait-il discuter tranquillement avec ce monstre alors que leurs vies étaient en jeu ?

— Pourquoi agissez-vous ainsi ? demanda-t-il brusquement. Pourquoi punir Bianca ? Que vous a-t-elle donc fait ? Et nous ?

Mora le fixa, les yeux écarquillés.

— Tu oses me poser la question ?

Elle cessa de caresser Angelo.

— J'ai tout abandonné pour Ian, j'ai perdu tout ce qui comptait pour moi. J'ai cédé à ses moindres désirs et veillé à ce qu'il ne manque de rien. Dis-lui, Ian !

— Ce n'est pas le souvenir que je garde de notre accord, déclara sèchement l'intéressé.

— Quelle ingratitude ! Quel égoïsme ! Après tout ce que j'ai enduré ! J'ai sacrifié mon bonheur, ma

jeunesse, mon seul amour. Et qu'ai-je reçu en échange ?
Rien.

— D'après mes calculs, fit Ian, tu as reçu environ un million de ducats – sans compter l'argent que tu as gagné en te servant d'informations confidentielles –, la maison dans laquelle tu vis encore, les rubis que tu portes, les boucles d'oreilles...

Mora eut un geste d'indifférence.

— À quoi bon, si je n'ai pas l'amour ? Pendant des années, j'ai cru que tu pouvais devenir meilleur. Je me berçais d'illusions. Je pensais que tu finirais par me donner l'amour que je mérite. J'ai essayé de faire en sorte que nous nous séparions en bons termes, mais tu ne l'as pas permis.

— C'est étrange. Il me semblait pourtant que c'était moi qui avais rompu, parce que je ne t'aimais pas.

— Tu as toujours menti pour te mettre en valeur, riposta Mora. Tu as prétendu être responsable de notre rupture, mais tout le monde a compris que c'était faux. Tu étais aveugle. Tu n'as pas réalisé que j'en aimais un autre et qu'il me rendait cet amour. Néanmoins, je n'avais pas envie de te faire souffrir. Je voulais t'épargner la peine de découvrir la vérité.

— Je t'assure que tu n'aurais pas dû t'inquiéter, coupa Ian.

Mais Mora ne parut pas l'entendre. Elle continua :

— Alors, j'ai trouvé le moyen de te délivrer de la passion que tu éprouvais pour moi. En cadeau de rupture, j'ai envoyé quelqu'un en Sicile, pour m'assurer que tu ne reviendrais pas à Venise pour me voir au bras d'un autre.

— Que veux-tu dire ? Tu as chargé quelqu'un de m'assassiner ?

— C'est un mot affreux pour un geste de bonté. Je n'aurais pas pu vivre en te sachant malheureux à cause de moi. J'ai dépensé une fortune pour engager le meilleur des tueurs, car je tenais à ce que le travail soit effectué proprement. Je ne pensais qu'à ton bien. Pourtant, c'est lui qu'ils ont tué, mon cher Christian.

Toi, tu as survécu. Tu n'as rien fait pour sauver ton ami. Tu as pratiquement aidé ces tueurs à assassiner l'homme que j'aimais !

Choqué, Ian ne comprit pas tout de suite le sens des paroles de Mora.

— Christian ? répéta-t-il enfin, incrédule.

— Oui. Nous étions follement amoureux l'un de l'autre.

Les différentes pièces du puzzle commençaient à se mettre en place dans l'esprit de Ian.

— Alors, c'est toi qui as tout manigancé ? demanda-t-il lentement. Tu es responsable de cette agression…

Pour la première fois, il voyait clair dans ses souvenirs les plus pénibles. Il savait Mora égocentrique et amorale, mais il n'aurait pas imaginé qu'elle puisse être aussi cruelle. Elle agissait comme bon lui semblait, sans tenir compte du bien et du mal. À cause d'elle, il avait gâché sa vie et celle de ses proches pendant deux longues années. Il se promit de ne plus jamais se montrer rigide et implacable. Si toutefois il sortait vivant de cette mésaventure, ajouta-t-il pour lui-même.

La voix de Mora s'éleva de nouveau, différente, triomphante.

— Il y a deux ans, tu as fait échouer tous mes projets, Foscari. Mais c'est terminé, maintenant. Mon heure a enfin sonné. J'aurais préféré que ta catin ne ramasse pas ce maudit poignard. Son frère Giovanni l'avait commandé pour moi. Je voulais te faire accuser du meurtre. Finalement, ce n'est pas plus mal. L'affaire n'en est que plus spectaculaire, plus palpitante. J'ai le plaisir de te voir souffrir.

Elle se tourna vers les deux gardiens qui avaient enchaîné Ian et son frère.

— J'espère que le cadenas est robuste. Je n'aimerais pas que mon plan échoue à cause d'une défaillance stupide.

Sous le regard de leur maîtresse, les gardiens vérifièrent la solidité des chaînes et du cadenas. Christopher lança à l'un d'eux un coup de pied dans le ventre. Sans broncher, l'homme déclara que les prisonniers ne pourraient jamais s'évader.

— Vous trois, ordonna Mora aux colosses qui surveillaient la porte, retournez chez mon frère avec les blessés. Les autres guideront le bateau dans la tempête. Quant à toi, mon petit ange, tu vas me distraire jusqu'à Zante, conclut-elle à l'adresse d'Angelo.

Les deux frères étaient pris au piège, sans espoir de salut. L'horloge de la place Saint-Marc sonna 22 heures.

29

— Au secours !

Les Arboretti dressèrent l'oreille. La voix semblait trop aiguë pour être celle de Christopher et trop effrayée pour être celle de Ian.

— Au secours ! Venez vite ! cria la voix en se rapprochant.

Quelqu'un courait dans le couloir. Tristan ouvrit la porte de la bibliothèque et Nilo entra en trombe, heurtant le jeune homme au passage.

— Au secours ! cria le garçon de plus belle.

— D'accord, d'accord... Calme-toi et dis-nous ce qui se passe, déclara Miles.

— C'est une catastrophe ! hurla Nilo, les cheveux ruisselant de pluie. Elle va faire exploser la *signorina* Salva ! Les autres sont enchaînés ! Il y a des géants...

— Voyons, voyons ! fit Tristan en posant une main apaisante sur son épaule. Assieds-toi et raconte-nous tout.

— Mais je n'ai pas le temps ! protesta Nilo. Il faut y aller tout de suite, avant minuit.

— Aller où ? Pour quoi faire ? demanda Sebastian.

Comprenant qu'il n'avait pas le choix, Nilo soupira et commença son récit :

— M. Ian et M. Christopher se sont rendus chez cette femme, celle qui est arrivée en retard au bal et que tout le monde traite de sorcière…

— Morgana da Gigio ? dit Tristan, sceptique.

— Oui. Ils voulaient arrêter le *signore* Angelo. Ils ont essayé de l'emmener, mais deux colosses se sont emparés d'eux par-derrière et…

— Des colosses ? répéta Miles, tout aussi incrédule que ses cousins.

— Des hommes si grands qu'ils ressemblaient à des géants, expliqua Nilo. Bref, ils se sont battus. Je n'ai pas vu ce qui se passait. Ensuite, la *signora* leur a ordonné d'enchaîner mes maîtres et elle a raconté ce qu'elle allait faire à ma maîtresse.

Il s'interrompit pour reprendre son souffle, au bord des larmes, puis continua :

— Elle a dit que quand l'horloge de la place Saint-Marc sonnerait minuit, la prison exploserait et que tout le monde penserait que vous êtes coupables. Vous serez tous accusés de trahison. Il faut empêcher cela ! Il le faut ! Sinon, ma maîtresse mourra !

— Ce sont Ian et Christopher qui t'ont emmené avec eux ? demanda Sebastian en fronçant les sourcils.

Nilo se mordit les lèvres et baissa la tête, l'air confus.

— Non, je les ai suivis à leur insu, avoua-t-il. Je me suis caché dans la gondole. J'avais peur… Je n'ai pas réfléchi. Étant donné l'attitude de M. le comte lors du procès, je n'avais pas confiance en lui pour sauver ma maîtresse. J'ai même cru qu'il voulait lui faire du mal, alors j'ai préféré en avoir le cœur net.

Le rouge aux joues, il se mit à parler plus vite :

— Je m'étais trompé. Mais j'ai bien agi, car vous pouvez la sauver, maintenant. Il faut partir sans tarder !

Alarmé par les cris de son futur neveu par alliance, Giorgio surgit à son tour dans la pièce.

— Il y a un problème ?

— Nilo vient de nous apprendre une nouvelle inquiétante, expliqua Sebastian en posant ses yeux bleus sur le jeune garçon. Tu dis que Ian et Christopher sont enchaînés ?

— Oui, mais ce n'est pas le plus important.

Partagé entre colère et désespoir, Nilo agita les mains en tous sens.

— Il faut d'abord sauver ma maîtresse ! s'écria-t-il.

— Nous ferons tout notre possible, assura Tristan. Mais nous devons en savoir plus. J'ai entendu Bianca évoquer ta mémoire phénoménale. Te souviens-tu des paroles exactes de Morgana da Gigio ?

Giorgio passa un bras autour des épaules de Nilo pour l'encourager.

— Sois très précis, Nilo. Le moindre détail peut nous être utile.

Le jeune garçon plissa le front, l'air pensif, fouillant dans sa mémoire. Puis il récita mot pour mot les déclarations de Morgana, sous les regards ébahis de ses compagnons.

— Il semblerait qu'elle ait fait placer des explosifs dans la prison du palais, conclut Sebastian quand Nilo eut terminé son rapport. Elle a dû poster quelqu'un pour mettre le feu aux poudres. Si nous parvenons à le repérer…

— Ce n'est pas évident, intervint Miles. Voyons un peu. Nilo, elle a bien dit que tout était réglé comme une horloge ? Et elle a ri ?

— En effet, répondit le jeune garçon, impatient. Mais ce n'était qu'une plaisanterie. Le plus important, c'est que…

— Non, je ne crois pas qu'elle plaisantait, coupa Miles. J'ai entendu dire qu'on pouvait régler une bombe sur le mécanisme d'une horloge. C'est un procédé indécelable. De plus, personne n'a à rester sur place pour déclencher l'explosion. Les Turcs emploient fréquemment ce système.

Il regarda Sebastian, qui hocha la tête.

— Grâce à ses relations dans le monde ottoman,

Mora s'est arrangée pour que l'explosion ait lieu sur le coup de minuit.

— Nous devons donc interrompre le processus, voilà tout, déclara Tristan avec enthousiasme.

— Ce n'est pas si simple ! s'écria Miles en levant les mains au ciel. C'est un mécanisme très sophistiqué. Cela prendrait des heures, voire des jours. Sans compter les risques de fausse manœuvre.

— Tu es en train de nous dire qu'il est impossible de déconnecter le système, dit Sebastian, la mine sombre. Alors, que faire ? Tu es pourtant un spécialiste en la matière. Je suis sûr que tu peux y arriver.

Miles réfléchit quelques instants, puis soupira.

— Je veux bien essayer, bien que je n'aie aucune expérience dans ce domaine précis. Certes, j'ai lu quelques descriptions de mécanismes, mais…

Connaissant les talents et la modestie légendaire de Miles, Sebastian jugea que la situation n'était pas désespérée.

— Nous irons tous les deux place Saint-Marc…

— Non, j'irai seul, coupa Miles. C'est trop dangereux. À la moindre erreur, tout saute. Je refuse de mettre en péril une autre vie que la mienne.

— Tu n'as pas à décider pour moi, insista Sebastian. Je suis adulte et responsable. Tu ne peux pas toujours faire cavalier seul. De plus, pourquoi aurais-tu le monopole des sensations fortes ?

— Je parie qu'il a encore le béguin pour Bianca, railla Tristan, tandis que Miles s'empourprait. Elle sera très impressionnée. Mais moi ? Quelle est ma mission ? Attendre ici que vous deveniez des héros ? Plus jamais je ne pourrai courtiser une femme dans cette ville !

Ignorant la plaisanterie de Tristan, Sebastian s'adressa à Nilo :

— Tu vas conduire Tristan auprès de Ian et de Christopher. Lui seul est capable de les libérer. C'est un ancien cambrioleur.

Nilo s'approcha de Tristan et le dévisagea avec

admiration, puis tous deux s'éloignèrent vers la porte.

— Nous nous retrouverons place Saint-Marc dans une heure, lança l'ancien chef des brigands avant de partir. S'il en reste quelque chose...

— Où diable es-tu allé chercher cette histoire d'éventration ? demanda Christopher à son frère. Tu m'as vraiment fait peur, tu sais.

— J'ai dit la première chose qui me venait à l'esprit. J'étais fou d'inquiétude, admit Ian avec une franchise peu coutumière.

Les deux frères gardèrent un moment le silence.

— Je n'imaginais pas que Mora était aussi... malade.

— Moi non plus, avoua Ian. Quand nous étions ensemble, je la trouvais simplement capricieuse. Mais je prenais aussi Bianca pour une criminelle, alors...

La pluie martelait violemment les carreaux.

— Tu crois que nous entendrons l'explosion d'ici ? s'enquit Christopher.

— Je préfère ne pas y penser. En fait, je concentre mon esprit sur la douleur de mes poignets.

— Parce que tu sens encore tes poignets ? Moi, je suis tout engourdi.

— Tu as de la chance, marmonna Ian entre ses dents.

— Je me demande si je pourrai à nouveau bouger...

— Chut ! coupa Ian. Écoute.

Christopher ne perçut tout d'abord que de vagues échos d'aboiements. Puis les jappements s'intensifièrent, avant de s'arrêter brusquement.

— Selon toi, combien d'hommes ont un tel pouvoir sur les animaux ? murmura Ian.

— Je n'en connais qu'un. Le prince des voleurs. Mais comment Tristan nous aurait-il retrouvés ? répondit Christopher sur le même ton.

— Je n'ai plus la force de réfléchir. Pourvu que ce soit bien lui !

Les deux frères se turent, tendant l'oreille dans l'obscurité, suspendus à ce dernier espoir. Au début,

ils n'entendirent que le bruit de la pluie, puis un craquement à peine audible, un bruit sourd, un nouveau
craquement. Le silence retomba, suivi du grincement
d'une porte et des pas étouffés de Nilo et de Tristan.

— Ian! Christopher! chuchota Tristan. Vous êtes
conscients?

— Oui, répondit Ian.

— Dieu soit loué! J'avais peur d'arriver trop tard.

— C'est peut-être le cas s'il est près de 23 heures,
répondit gravement Ian. Nous devons être place Saint-
Marc avant que l'horloge…

— … ne sonne douze coups, termina Tristan à sa
place. Je suis au courant. Miles et Sebastian sont déjà
en route. Miles croit pouvoir neutraliser le système.
D'abord, il faut vous libérer. Je n'y vois rien. Vous êtes
attachés?

— Nous sommes enchaînés avec des menottes,
expliqua Ian. Comme des esclaves. Les serrures sont
neuves. Elles ressemblent à celles de la prison, avec
une clé triangulaire.

— Je suis ravi que tu n'aies pas oublié mes leçons,
déclara Tristan tout en ouvrant sa sacoche à outils.

Autrefois, quand Ian lui avait demandé de lui enseigner l'art de forcer les serrures, le jeune homme avait
pensé qu'il se moquait de lui. Mais il s'était trompé.
Ian s'intéressait sincèrement à ce qu'il appelait «les
mystères du cambriolage».

— Je ne me souviendrai plus de rien si tu ne me
sors pas de ce mauvais pas, répliqua Ian.

— Je fais tout mon possible, je te le garantis. Il va
falloir échapper à ces maudits chiens. Nilo, trouve-
moi un tabouret ou autre chose.

— Tu as pris Nilo comme assistant? s'étonna Ian.
Pourquoi? Giorgio sera furieux s'il l'apprend.

— Giorgio est au courant. Sans Nilo, je ne serais
pas là. Il a entendu les paroles de Mora et s'est précipité au palais pour nous prévenir.

Perché sur une chaise, Tristan s'attaqua au gros
cadenas qui reliait les deux frères.

— J'y suis presque, annonça-t-il. Attention, vous allez tomber à terre, prévint-il.

Ian et Christopher heurtèrent lourdement le sol.

— Je vous enlèverai les menottes à bord de la gondole, dit Tristan. Vous pouvez courir ? demanda-t-il en rangeant ses outils.

Ian hocha la tête et s'appuya sur Nilo, tandis que Tristan soutenait Christopher.

— Venez. C'est par ici, fit Nilo en attrapant Ian par la cape pour le guider.

Aussitôt, il se retrouva avec la cape dans la main. Ian s'était écroulé, les jambes engourdies, incapable de mettre un pied devant l'autre.

— Partez en avant, murmura-t-il aux autres. Je vous rattraperai.

— Moi aussi, souffla Christopher.

Tristan et Nilo ne parvinrent pas à convaincre les deux frères de bouger. Toutefois, en entendant un bruit de pas, Ian et Christopher se dirigèrent précipitamment vers la porte rouillée qu'avaient empruntée leurs sauveurs, moitié marchant, moitié rampant. Ils venaient de la refermer lorsque la porte principale s'ouvrit avec fracas.

Les six hommes qui pénétrèrent dans la pièce savaient qu'ils seraient sévèrement punis si leur maîtresse apprenait l'évasion des prisonniers.

— Bloquez toutes les issues ! Les escaliers ! Lâchez les chiens ! hurla leur chef.

Au pied des marches menant au chenil, Tristan stoppa net. Les autres le bousculèrent. Il leur fit signe de se taire, puis il entrouvrit la porte et scruta les alentours. Les chiens aboyaient férocement. Deux domestiques étaient en train de les libérer. Prenant un air autoritaire et implacable, Tristan entra dans le chenil, suivi de ses compagnons encore menottés.

— Arrêtez ! ordonna-t-il aux domestiques. J'ai rattrapé les fuyards. Allez dire au chef des gardiens que tout est réglé. Je m'occupe des chiens et des prisonniers, ajouta-t-il avec un geste en direction de ses cousins.

Les serviteurs parurent soulagés.

— Bien, monsieur, répondirent-ils en s'inclinant.

Tristan se tourna vers les chiens. Son sifflement les calma aussitôt. Lorsque les serviteurs furent partis, Nilo surgit de derrière la porte, plein d'admiration pour les talents de Tristan.

— Vous avez été formidable, Monseigneur, souffla-t-il.

— Pourquoi m'as-tu craché dessus ? protesta Christopher en jetant un regard noir à Tristan.

— C'est une vieille astuce, expliqua celui-ci. Mais ne perdons pas de temps. Il faut filer d'ici tout de suite.

Nilo ouvrit la marche. Après avoir traversé les cuisines, ils débouchèrent dans une ruelle qui longeait la maison. Jamais Ian et Christopher n'avaient été aussi heureux de se retrouver dans les rues de Venise, malgré la pluie battante qui tombait sur leurs têtes nues.

— La gondole est à deux pas, dit Tristan à ses cousins. Nous sommes sauvés.

À peine avait-il terminé sa phrase qu'un cri retentit derrière eux.

— Ils sont là !

Tristan se mit aussitôt à courir, tout en jetant un coup d'œil par-dessus son épaule. Trois des gardiens s'élançaient dans leur direction. Nilo avait déjà détalé, mais les deux frères étaient trop faibles pour réagir. Tristan vit avec horreur les poursuivants gagner du terrain et les rattraper.

Puis il comprit que Ian et Christopher avaient fait semblant de traîner. Ils levèrent leurs poignets menottés et frappèrent leurs agresseurs à la tête. Le troisième homme s'enfuit, de peur de subir le même sort.

Redoutant que des renforts n'arrivent, Tristan agita la main pour indiquer à ses cousins de le rejoindre. Les trois hommes se hâtèrent vers la gondole. Nilo les attendait déjà à bord.

— Vite ! À Saint-Marc ! ordonna Tristan. Je crois avoir entendu l'horloge sonner 23 heures.

Sur la place balayée par des bourrasques de vent, Miles et Sebastian coururent jusqu'à la tour de l'Horloge. La serrure de la lourde porte avait été forcée. Quelqu'un était entré par effraction. Miles gravit les marches quatre à quatre. À bout de souffle, il atteignit l'imposante horloge lorsqu'elle sonna le onzième coup.

Quand ses yeux se furent accoutumés à l'obscurité, il trouva ce qu'il cherchait. Le mécanisme de mise à feu, presque aussi complexe que l'horloge elle-même, comprenait quatre roues et plusieurs pendules. Miles se hissa sur la plate-forme destinée à assurer l'entretien de l'horloge et examina l'engin de plus près. Sebastian préféra rester en retrait de ce sinistre objet.

— C'est du beau travail ! commenta Miles avec un sifflement d'admiration.

N'ayant pas la moindre idée de la façon de neutraliser le système, il tendit une main hésitante vers le mécanisme et la retira aussitôt.

— Tu as peur qu'elle te morde ? demanda Sebastian, qui ne plaisantait qu'à moitié.

Cet enchevêtrement de manettes et de poulies ne lui disait rien qui vaille.

— Il est trop tôt pour le dire, répondit gravement Miles. Tu as pensé à prendre la sacoche en cuir ?

Parmi ses outils, il choisit une longue tige en métal.

— Tu y vois clair ? s'enquit Sebastian.

— Non, pas vraiment.

— Tu sais ce que tu fais, j'espère.

— Non, avoua Miles avec calme.

Armé de son outil, il entreprit de soulever un côté du mécanisme. Sebastian n'entendait qu'un frottement métallique.

Soudain, un craquement retentit, puis un éclair illumina la petite pièce. Sebastian se plaqua contre le mur, les mains sur les yeux. Une seconde plus tard, l'odeur âcre de la poudre flottait dans l'air.

— Que s'est-il passé ? fit-il.

N'obtenant aucune réponse, il se redressa en toussotant. L'épaisse fumée lui brouillait la vue.

— Miles ? cria-t-il, inquiet.

Seul un silence lugubre lui répondit, puis il entendit une légère toux.

— Je suis là… bredouilla une voix faible.

Sebastian plissa les yeux et découvrit le sommet du crâne de Miles, sous la plate-forme.

Il mit un certain temps à comprendre la situation. Suspendu dans le vide, Miles se retenait à la plate-forme du bout des doigts.

— Sebastian… gémit-il. Je vais tomber…

Sebastian l'attrapa par les poignets et le tira jusqu'à lui. Il attendit que Miles se soit remis de ses émotions pour l'interroger :

— Que s'est-il passé ?

Miles secoua la tête, tout en essuyant son front couvert de suie du revers de la manche.

— Je n'en suis pas certain, mais j'ai l'impression qu'il ne s'agissait que d'une mesure de protection. Le véritable système doit être bien plus puissant.

— Comment cela ?

— Cette précaution visait à empêcher quiconque d'intervenir sur le système. Celui qui a imaginé cela est un véritable génie. Je ne peux rien faire sans prendre le risque d'une nouvelle explosion.

Les deux hommes se regardèrent en silence.

— C'est donc sans espoir ? fit Sebastian. Nous n'avons plus qu'à attendre la catastrophe inéluctable ?

Miles, abattu, ne répondit pas. Sebastian décida de le provoquer.

— Tu vas laisser Bianca mourir sans broncher ?

— Ce n'est pas mon problème. Bianca n'est pas ma fiancée, que je sache, répliqua Miles, feignant une indifférence qu'il était loin de ressentir.

— Naturellement. Mais elle fait presque partie de la famille. Nous ne pouvons rester insensibles au sort de l'une des nôtres.

— Qui prétend que je suis insensible ? rétorqua Miles, piqué au vif.

— Ne viens-tu pas de dire que tu abandonnais ?

— Je parlais de ce mécanisme de malheur, précisa Miles en repoussant ses cheveux en arrière. Il existe cependant une dernière solution.

— Laquelle ? demanda Sebastian, le cœur battant.

— Empêcher l'horloge de sonner les douze coups.

Sebastian dévisagea son cousin avec inquiétude. Avait-il perdu la raison ?

— Tu sais bien que cette horloge est conçue pour ne jamais s'arrêter ! On dit que l'Empire vénitien s'écroulera si cela se produit.

— C'est notre seul espoir, répondit Miles. Avec un peu de chance, personne ne remarquera qu'elle est arrêtée. À cette heure-ci, tout le monde dort. Encore faut-il que je puisse bloquer le mécanisme…

— Ne suffirait-il pas d'empêcher les cloches de bouger ? suggéra Sebastian.

— Tu ne les as jamais vues de près ! Chacune est assez gigantesque pour écraser un homme sous son poids. De plus, ce ne serait qu'une solution provisoire. Non, il faut immobiliser l'horloge, du moins jusqu'à demain, quand il y aura assez de lumière pour repérer la poudre et démonter cet engin.

— Très bien. Vas-y, à toi de jouer ! lança Sebastian.

— Tu crois que c'est facile ? Que je n'ai qu'à claquer des doigts ? Ta confiance me flatte, mais je dois avouer que je n'ai pas la moindre idée du moyen d'arrêter cette maudite horloge.

Sebastian fixait son cousin de ses grands yeux bleus lorsque les cloches sonnèrent 23 h 30.

Les gondoliers luttaient inlassablement contre les éléments déchaînés qui agitaient le Grand Canal.

Même par beau temps, aller de la maison de Mora à la place Saint-Marc prenait une demi-heure. Cette fois, Ian trouvait le trajet interminable. Grâce à ses talents, Tristan l'avait libéré de ses menottes. Ses membres étaient encore endoloris et il ne pouvait se joindre aux efforts des gondoliers. Au lieu de cela, il marmonnait, furieux de se sentir aussi impuissant.

Ils approchaient de la place Saint-Marc quand retentit un son de cloche.

— Était-ce… fit Christopher, qui s'interrompit en voyant l'angoissse se peindre sur les traits de son frère.

Les trois hommes et Nilo sentirent leur cœur s'emballer.

Ils arrivaient en vue du palais de Doges lorsqu'ils entendirent le deuxième coup.

— Vite ! implora Nilo.

Les gondoliers firent virer l'embarcation vers le quai. Puis le troisième coup résonna.

— Cela signifie-t-il que Miles… hasarda Tristan.

Le quatrième coup retentit.

La gorge sèche, Ian était fou d'impatience, prêt à sauter à l'eau. Finalement, ils atteignirent le quai. Un gondolier lança une corde.

Les cloches sonnèrent un cinquième coup.

Le vent se leva soudain sur la lagune, faisant tanguer la gondole. La corde se rompit.

Le sixième coup retentit.

N'y tenant plus, Ian sortit de la cabine, malgré les protestations de ses compagnons, et sauta dans les eaux démontées du canal.

Il refit surface au septième coup de minuit.

L'eau était glaciale. Il dut lutter contre le courant qui l'entraînait vers le large. Le souffle court, il progressa lentement vers la rive.

Au huitième coup, il se hissa sur le quai, pantelant, trempé jusqu'aux os, juste devant le palais des Doges. Sans un regard pour la gondole, il se précipita vers la tour de l'Horloge au moment où les cloches sonnaient le neuvième coup.

Il se rendait à peine compte qu'il allait au-devant de la mort. Il fallait arrêter cette maudite horloge, même au prix de sa vie. Il fallait sauver Bianca. Il ne voulait plus qu'une chose, la tenir dans ses bras, malgré la pluie, malgré le vent.

La porte de la tour était à quelques mètres de lui lorsqu'il perçut le dixième coup.

Il entendit des voix derrière lui, mais il ne se retourna pas. Trouvant la porte ouverte, il gravit les marches quatre à quatre.

Le onzième coup sonna si fort qu'il en fut étourdi. Il ne vit pas tout de suite Miles et Sebastian, suspendus à deux immenses manettes.

— Arrêtez-la ! cria-t-il. Il faut l'arrêter !

Ses paroles résonnèrent contre la pierre.

Puis ce fut le silence. Miles retint son souffle. Sebastian fit une prière à voix basse. Ian serra les dents.

Le silence se prolongea.

— Je crois que nous avons réussi, dit Miles d'une voix mal assurée.

Sebastian poussa un cri de joie. Ian aida ses cousins à redescendre sur la plate-forme. Une minute plus tard, Tristan les rejoignit, Christopher et Nilo sur les talons.

— Vous y êtes arrivés ! lança-t-il avec un sourire ému. Le palais est encore debout.

— Je n'en crois pas mes yeux, avoua Miles, encore tremblant. J'ai du mal à me faire à l'idée que tout est terminé.

— Ce n'est pas terminé, corrigea Ian. Il faut sauver Bianca. Je ne partirai pas d'ici sans elle.

— Allons, Ian, fit Christopher. Cette nuit, elle ne risque plus rien. Nous parlerons aux juges demain et...

— Non. Je ne la laisserai pas ici une seconde de plus ! Mora peut encore l'atteindre. Dieu sait ce que cette sorcière a prévu au cas où l'explosion n'aurait pas lieu ! Avec ou sans votre aide, j'irai la chercher.

— Moi aussi ! s'exclama Nilo. Je ne rentrerai pas sans elle.

Les Arboretti échangèrent des regards peinés.

— Dans ce cas, qu'attendons-nous ? demanda Tristan d'un ton enjoué. Libérons-la de prison !

— C'était bien mon intention, répondit Ian en entraînant ses compagnons vers le palais des Doges.

La sentinelle les interpella.

— Halte ! cria l'homme en tentant de leur barrer la route. Qui va là ?

Ian vit avec étonnement Tristan l'écarter violemment et s'adresser au soldat d'un ton sans réplique :

— Sergent, nous venons d'apprendre que des bandits se sont introduits dans la tour de l'Horloge. Combien êtes-vous, ce soir ?

— Quatre, répondit le garde, flatté d'avoir été pris pour un sergent.

— Il faut les capturer sans tarder. Allez-y avec tous vos hommes !

Le gardien rassembla ses compagnons.

— Restez ici pour surveiller et attendez notre retour, d'accord ? lança-t-il à Tristan.

— Naturellement. Pouvons-nous utiliser votre feu de camp ?

La sentinelle réfléchit, puis hocha la tête et s'éloigna avec ses hommes. Les Arboretti s'engouffrèrent dans la prison.

Un autre gardien, d'une stature plus imposante, était posté à l'entrée des cellules.

— Je te laisse faire, chuchota Tristan à Ian, avant de rejoindre les autres.

Ian s'approcha du soldat.

— Je suis Ian Foscari, déclara-t-il. Je dois voir un détenu tout de suite.

Le gardien toisa le nouveau venu.

— Impossible, répondit-il laconiquement.

— Vous voulez dire que je ne peux pas entrer ? reprit Ian.

Le soldat secoua la tête.

— Pourquoi pas ?

— C'est fermé.

— Alors, ouvrez-moi ! ordonna Ian.

— Impossible, fit le gardien en croisant les bras.

— L'approche de Tristan était plus efficace, souffla Christopher dans le dos de son frère.

— Qu'est-ce que tu suggères ? répondit ce dernier en se tournant vers lui pour le foudroyer du regard.

— Une variante de la tactique employée sur les géants de Mora, proposa Christopher.

Tout en parlant, les Arboretti et Nilo encerclèrent le gardien. L'homme feignait l'indifférence, mais il commençait à avoir peur.

— Si vous me molestez, mes collègues vous arrêteront aussitôt, déclara-t-il, ignorant que les autres sentinelles avaient disparu.

— J'en doute, fit froidement Tristan.

Le gardien voulut protester avec vigueur, mais Christopher lui assena un coup violent sur la tête. L'homme s'effondra lourdement.

— Superbe, commenta Miles avec admiration. Il faudra me montrer comment tu t'y prends, à l'occasion.

— Dès que tu m'auras enseigné l'art d'arrêter les horloges, répondit Christopher.

Il fouilla dans les poches de sa victime inanimée et en sortit un trousseau de clés.

— Tiens, dit-il en les tendant à Ian. Allons chercher Bianca. Vous autres, restez ici pour vous occuper des gardiens.

Les deux frères se précipitèrent vers les cellules. Malgré quelques chandelles, l'escalier était plongé dans une obscurité presque totale. Très vite, Ian et Christopher durent s'enfoncer dans l'eau glacée qui avait envahi le palais.

— La prison est inondée, constata Christopher avec inquiétude. Crois-tu que nous pourrons atteindre les cachots ?

Sans l'écouter, Ian continuait à descendre les marches.

— Ian ?

— La grille doit se trouver tout près, cria l'aîné avec optimisme.

Il avait de l'eau jusqu'aux épaules. La taille de Bianca, songea-t-il, la gorge serrée.

Encore deux pas, et il eut de l'eau jusqu'aux oreilles. En arrivant à la grille, il n'avait plus pied. Christopher avait raison. Les cellules étaient inondées.

Soudain, il redevint calme et rationnel. Il ne pouvait y avoir de survivant. Tous ses efforts se révélaient vains. C'était trop tard. Bianca était morte.

30

Ian fit volte-face et gravit les marches. Christopher l'attendait à mi-chemin, le cœur battant.

— Alors ? fit-il, redoutant le pire.

— Bianca ne savait pas nager, répondit Ian avec un calme olympien, sans s'arrêter. J'ai bien l'impression qu'elle est morte.

Sous le choc, Christopher vacilla. Il vit avec effroi son frère monter l'escalier, le corps raidi, tel un automate.

— Ian ! cria-t-il en lui emboîtant le pas. Qu'est-ce que cela veut dire ?

Ian s'immobilisa enfin au sommet des marches et attendit son frère.

— Bianca ne savait pas nager, répéta-t-il. Elle a sans doute péri noyée.

Ian ignora le cri de désespoir de Nilo et les questions de ses cousins. Il se dirigea vers le gardien de la prison, qui reprenait peu à peu ses esprits. Le tirant par le col, il le secoua sans ménagement pour le réveiller.

— Où sont passés les occupants des cellules ? demanda-t-il d'un ton ferme.

L'espace d'un instant, le gardien sembla désorienté, puis il se rappela ce qui s'était passé.

— Je vais vous faire arrêter ! Vous le regretterez ! gronda-t-il. Je…

Ian coupa court à ses protestations.

— Je vous ai demandé où se trouvaient les prisonniers, fit-il d'une voix menaçante.

— Nulle part, répondit le gardien. Ils sont en bas, à leur place, non ? Je vous en prie, lâchez-moi ! Vous m'étranglez !

— Ils n'ont pas été transférés ailleurs ? reprit Ian.

— À quoi bon ?

— Les cellules sont inondées. L'eau arrive presque jusqu'aux premières marches de l'escalier. Il est impossible de survivre dans de telles conditions.

— De toute façon, ils étaient condamnés à mort, déclara le gardien en haussant les épaules. La montée des eaux a épargné du travail au bourreau, voilà tout.

— Ainsi, vous avez laissé les prisonniers crever comme des bêtes ? fit Ian entre ses dents.

— Arrêtez de me secouer ! Ce n'est pas drôle, *signore* Gianni, ou quel que soit votre nom.

— Je ne m'appelle pas Gianni. Répondez à ma question !

— C'est vrai, on les a laissés en bas. Dieu seul sait s'ils sont morts.

Ian relâcha brutalement le gardien. Il passa devant ses compagnons atterrés, sortit du palais et émergea sur la place Saint-Marc.

Se drapant dans sa cape trempée, il regagna sa gondole. Au moment où l'embarcation quittait le quai, Christopher sauta à bord.

— Ça va ? demanda-t-il à son frère en le rejoignant dans la cabine, essoufflé d'avoir couru.

Il regretta aussitôt d'avoir posé cette question stupide.

— Oui. Tout va bien, répondit son frère, les lèvres pincées, sans l'ombre d'une émotion.

Christopher frissonna. Le regard bleu de Ian était vide de toute expression.

— Tu ne peux pas te comporter comme si tu n'avais jamais rien ressenti pour Bianca, dit-il, cherchant à provoquer une réaction chez son aîné.

— Je n'ai rien prétendu de tel.

— À mon avis, tu étais amoureux d'elle, reprit son frère avec audace, désireux de toucher le cœur de son frère.

— Tu as raison, admit Ian froidement.

— C'est vrai ? demanda Christopher. Tu l'avoues ?

— Pourquoi ne pas l'avouer, puisque c'est la vérité ? répliqua Ian d'un ton glacial.

— Mais tu restes de marbre, alors que la femme que tu aimais vient de mourir noyée…

— Je suis désolé que mon attitude te contrarie.

— Je ne suis pas contrarié, protesta Christopher. Je trouve simplement ton indifférence assez incroyable.

— Ah, bon ? fit Ian, espérant couper court à leur conversation.

Le vent était tombé, mais la pluie, tenace, martelait le toit de la cabine. Ian se sentait épuisé. Il aurait voulu fermer les yeux, sombrer dans le sommeil, reposer ses membres endoloris et, surtout, ne plus penser.

Soudain, le soleil apparut. Ian quitta la gondole. Bizarrement, il ne se trouvait pas devant le palais, mais dans le parc verdoyant de la villa d'un ami. D'abord, il n'entendit que le bruissement du vent dans les feuilles, puis il reconnut les notes d'une mélodie. Il marcha, se demandant d'où provenait la musique, et parvint à une clairière ombragée bordée par un petit ruisseau. Dans l'herbe, sur une couverture, se tenait Bianca. Elle était nue et couverte de fleurs, telle une nymphe. En le voyant, elle lui sourit et l'appela.

— Viens, Ian, viens… murmura-t-elle d'une voix suave, en tendant les bras vers lui.

— Mais… tu es morte, balbutia-t-il.

Elle rit en rejetant la tête en arrière. Le soleil dansait dans sa chevelure dorée.

— Non, pas moi. Viens, je suis là…

Une douce chaleur envahit le corps de Ian. Bianca n'était pas morte. Elle l'attendait dans ce cadre enchanteur. Il se précipita vers elle, le cœur débordant de joie.

— Viens… répéta-t-elle d'une voix plus grave, moins douce.

— Viens, ordonna Christopher en le secouant plus fort. Nous sommes arrivés à la maison.

Ian se réveilla en sursaut. Il tourna la tête en tous sens, désorienté.

— Je… Ce n'était qu'un rêve ? demanda-t-il à son frère.

— J'en ai l'impression. Mais tu n'as somnolé que quelques minutes. Les gondoliers ont fait vite.

— Ce n'était qu'un rêve… répéta Ian.

Il se rendit compte avec effroi que toutes les émotions qu'il croyait avoir laissées à la prison resurgissaient avec une violence décuplée. Jamais il n'avait enduré une telle souffrance. Il avait besoin d'être seul.

— Je vais dans la bibliothèque, annonça-t-il à son frère. Je t'en prie, dis aux autres de ne pas me déranger.

Christopher le regarda s'éloigner, ne sachant s'il était soulagé de le voir enfin en proie à la tristesse ou terrifié à l'idée de ce qu'il pourrait faire. Trop épuisé lui-même pour réfléchir plus longtemps, il décida de s'enfermer avec une bouteille de *grappa* pour se réconforter.

Ian voulait se réfugier dans sa pièce favorite. Pourtant, une fois devant la porte, il se ravisa. Le souvenir troublant de Bianca lui revint en mémoire, les heures qu'ils avaient passées à se disputer, à s'embrasser. Il se rappela leur première nuit d'amour, lorsqu'il avait retrouvé Bianca allongée au coin du feu, cambrée de désir, offerte.

Il poussa la porte, puis ferma les yeux pour retenir son image. En rouvrant les paupières, il sursauta. La pièce était exactement telle qu'elle était ce soir-là. Les flammes dansaient dans la cheminée. Une silhouette était étendue sur le tapis, devant l'âtre, mais c'était celle d'une petite créature difforme aux vêtements grotesques.

Le nain se tourna vers Ian.

— Vous êtes ce paresseux de domestique qui devait m'apporter de la *grappa* ? demanda-t-il avec mépris.

— Non. Je ne suis que son maître, répliqua Ian froidement. À qui ai-je l'honneur ?

Le petit homme se leva d'un bond et s'inclina avec respect.

— Mille pardons, Monseigneur. Mais votre tenue n'est guère celle d'un comte...

Ian n'était pas d'humeur à discuter.

— J'accepte vos excuses, mais vous n'avez pas répondu à ma question. Qui êtes-vous ?

« Et quand me laisserez-vous tranquille ? » songea-t-il amèrement.

Quelqu'un frappa à la porte. Un domestique entra, portant une bouteille de *grappa* et un verre sur un plateau.

— Allez chercher un autre verre pour M. le comte, ordonna Cecco.

L'homme s'exécuta sans un regard pour Ian.

— Cela fait vingt minutes que j'attends ce maudit verre, maugréa Cecco. À votre place, je ne tolérerais pas une telle désinvolture.

Si Ian n'avait pas été aussi abattu, il aurait trouvé les réflexions de ce petit tyran amusantes bien qu'agaçantes. Pour l'heure, il ne voulait qu'une chose : connaître son nom et le mettre dehors sans ménagement.

— Je suis désolé que mon personnel ne soit pas à votre convenance, Votre Altesse, déclara-t-il en s'asseyant dans son fauteuil.

— Altesse ? Monseigneur est caustique ! commenta Cecco en s'installant en face de lui. Je me nomme Cecco, Cecco le nain. La femme a raison, nous allons nous entendre comme larrons en foire.

— Quelle femme ? demanda Ian en relevant brusquement la tête.

Le domestique réapparut et tendit un verre à Ian. Cecco attendit qu'il les ait servis pour reprendre la parole :

— Je parlais de cette meurtrière qui n'en est pas une. Son prénom est Bianca. Elle ne m'a pas indiqué son nom de famille. Mais elle m'a beaucoup parlé de vous. Il paraît que vous êtes fiancés. Bref, elle m'a chargé de venir vous raconter mon histoire et de vous transmettre un message.

Cecco but une gorgée d'alcool et s'essuya la bouche du revers de la manche.

— Bianca ? fit Ian, les yeux écarquillés. Vous avez vu Bianca ? Où ?

— À votre avis ? Dans les cachots du palais des Doges, pardi ! Où aurais-je pu rencontrer une femme de sa classe, si ce n'est en prison ?

— Vous l'avez vue en prison ? Quand ? demanda Ian d'une voix altérée.

— Il y a environ cinq heures, si vos horloges sont exactes.

Ian s'effondra dans son fauteuil.

— Était-elle encore en vie ?

— Évidemment, puisqu'elle m'a dit de venir vous raconter mon histoire.

Ian n'y comprenait rien. Sentant la mort approcher, Bianca lui aurait envoyé un nain pour le distraire ? C'était absurde.

— Quelle histoire ? interrogea-t-il.

Cecco vida son verre et se resservit.

— Selon elle, vous me serez reconnaissant quand vous l'entendrez. Ne l'oubliez pas, au cas où il vous viendrait des idées de meurtre avant la fin. Promettez-moi de me laisser aller jusqu'au bout sans m'interrompre.

Ian hocha la tête, peu enthousiaste à l'idée de devoir supporter la présence de cet importun.

— Vous jurez de ne pas me poser de questions ? insista Cecco.

Ian n'avait ni l'envie ni l'énergie d'en savoir plus sur ce curieux bonhomme. Il opina de nouveau.

— Très bien, fit le nain.

Il commença son récit. D'abord, Ian lui prêta une attention distraite. Puis le nain se rendit compte qu'il ne l'écoutait même plus. Le comte avait le regard vague, l'air malheureux. Mais Ian finit par comprendre que Mora et Christian avaient engagé un homme pour le tuer. Son meilleur ami et sa maîtresse... Comment avait-il pu être naïf à ce point ?

Pourtant, cette terrible révélation ne parvint pas à le détourner de ses pensées moroses. Il revoyait Bianca, songeait aux années de bonheur qu'ils ne partageraient pas, à la famille qu'ils ne fonderaient jamais. À présent, sa vie n'était qu'un gouffre sans fond. Accablé de douleur, il se pencha en avant, la tête entre les mains. Bianca était morte. La seule personne capable de le rendre heureux avait disparu pour toujours. Pour la première fois depuis des années, quelques larmes coulèrent sur ses joues.

Il avait presque oublié Cecco. Celui-ci s'éclaircit la gorge pour lui rappeler sa présence.

— Ce n'est pas terminé, monsieur le comte. Ensuite, nous vous avons porté à Mess...

— Je connais la fin, coupa Ian. Je sais ce qui s'est passé ensuite.

— Vraiment, vous savez tout ? fit Cecco en se levant. Vous savez que mon associé est mort juste après ? Mon meilleur ami ?

— Non, je l'ignorais, avoua Ian.

— Savez-vous que j'ai dû me cacher, croupir dans un cachot infesté de rats pendant deux ans, de peur que vous ou la sorcière ne me retrouviez ?

Ian leva ses yeux rougis vers Cecco. Il comprit alors qu'ils avaient de nombreux points communs. Comme lui, Cecco avait perdu son meilleur ami ; comme lui, il avait fui et craint Mora ; comme lui, Bianca l'avait délivré de l'emprise de la sorcière.

Soudain, il se sentit moins triste. Ce petit homme difforme lui était sympathique, ainsi que l'avait voulu Bianca.

— Je suis désolé, je l'ignorais, répéta-t-il, sincère.

Les regrets du comte prirent le nain de court. Toute rancœur le quitta soudain.

— Jamais je n'aurais cru entendre ces mots dans votre bouche ! Merci, Monseigneur. Vous êtes un homme bon. Mais vous semblez mal en point. Dois-je vous transmettre le message de Bianca ou...

— Naturellement, fit Ian avec une impatience visible.

— Elle vous fait dire que ce n'est pas elle la coupable, mais un dénommé Angelo, son cousin. Et...

Cecco grimaça.

— Et qu'elle vous aime.

Malgré tout, songea Ian, elle l'avait aimé jusqu'au bout. Il fut parcouru d'un frisson.

L'immense tristesse qui parut envahir son compagnon étonna Cecco. Le comte aurait dû se réjouir de ces bonnes nouvelles.

— Vous m'avez bien entendu ? insista-t-il. Elle est innocente...

— J'étais au courant, coupa Ian. Mais à quoi bon, puisque je l'ai perdue ?

— Vous baissez facilement les bras, Monseigneur ! Je l'ai mise dans un bateau en partance, il n'y a pas plus de deux heures. Cela m'étonnerait qu'ils aient jeté l'ancre par un temps pareil.

— Comment ? s'écria Ian, dont le cœur s'emballa.

— Vous autres aristocrates ne comprenez pas les paroles les plus simples, on dirait, fit Cecco en secouant la tête. Je l'ai mise dans un bateau qui n'est sans doute pas encore parti, répéta-t-il plus fort, comme s'il s'adressait à un malentendant.

— Elle est vivante ?

— Elle l'était quand je l'ai traînée dans les égouts avec moi, en tout cas. Bien sûr, la mort peut frapper à tout moment. Mais en deux heures...

— Où va-t-elle ? demanda Ian en se levant d'un bond. Pourquoi a-t-elle pris le bateau ?

— Elle évoquait des fiançailles annulées, disait qu'elle préférait se retirer. Je peux vous assurer qu'elle n'en menait pas large, elle non plus.

— Des fiançailles annulées ? fit Ian, incrédule.

Bianca le quittait ? Pourquoi ?

La réponse lui vint d'un seul coup. Après le traitement qu'il lui avait infligé, elle devait croire qu'il la détestait. Il s'était conduit comme un monstre sans cœur. Elle lui en voulait certainement. Il fallait qu'il lui explique, qu'il se rachète. Et il ne fallait surtout pas qu'elle parte !

— Où allait ce maudit bateau ? demanda-t-il d'un ton si brusque que Cecco eut un mouvement de recul.

— Je l'ignore, répondit le nain.

Ian se rua vers la porte et se précipita dans le couloir. Il était déjà loin lorsque Cecco lui cria de revenir, qu'il connaissait le nom du bateau.

31

Les eaux noires de la lagune venaient battre la proue du bateau de Ian. Giorgio et lui avaient remplacé les gondoliers épuisés et se dirigeaient vers le quatorzième navire de marchands qu'ils visitaient.

— Bianca ! hurla Ian à tue-tête. Bianca, où es-tu ?

Giorgio commençait à s'habituer aux cris de son maître. Il n'osait pas lui dire que, avec la pluie et le vent, personne ne l'entendait à bord. Il préférait se taire, de peur d'anéantir les derniers espoirs du comte. Ils étaient sur le point d'accoster lorsqu'un visage buriné surgit d'un hublot.

— Qu'est-ce que vous voulez ? fit un vieux marin d'un ton menaçant. On va bientôt lever l'ancre et on n'a plus de place pour le moindre passager.

— Vous avez une femme à bord ? demanda Ian, avec une telle passion que le marin s'esclaffa.

— Vous avez parcouru tout ce chemin pour une femme ? Vous êtes fou ! Il y en a des centaines à Venise. Ce n'est pas par hasard qu'on surnomme cette ville « le Paradis des Prostituées ». Je peux vous fournir quelques adresses, si vous le désirez…

— Non, merci, répondit Ian. Je cherche une femme particulière. Il s'agit de ma… de ma sœur. Elle est plutôt petite, elle a un beau visage ovale, une chevelure dorée et soyeuse et des yeux noisette qui pétillent quand elle est heureuse.

— Vous êtes certain que c'est bien de votre sœur

que vous me parlez? dit le vieil homme en fronçant les sourcils. Enfin, ce n'est pas mon problème. D'ailleurs, on n'a pas de marchandise de ce type, à bord. Quoi? fit-il à l'adresse de quelqu'un qui devait se trouver à l'intérieur de la cabine.

Puis il se tourna vers Ian et lui lança :

— Attendez! Je reviens.

— Nous ferions mieux de nous éloigner, conseilla Giorgio au bout de deux minutes interminables dans le froid et le vent. Tous ces navires vont lever l'ancre. Il nous reste à peine une heure avant la marée, et nous avons encore de nombreux vaisseaux à visiter. Laissez votre nom à ce vieil homme. Il vous fera peut-être parvenir l'adresse de certaines maisons closes...

Ian dut se retenir pour ne pas frapper Giorgio. Le moment était mal choisi pour plaisanter. Il s'apprêtait à le réprimander quand le vieux marin réapparut.

— Supposons qu'on soit au courant pour votre... sœur, dit-il en levant les yeux au ciel. Pourquoi vous la recherchez?

— J'ai commis une regrettable erreur, avoua Ian. Et je veux réparer cette injustice. Il faut absolument que je la voie.

L'homme opina, quitta son poste et revint au bout de quelques instants.

— Qu'est-ce que vous avez à lui dire?

— Je lui parlerai moi-même! répliqua Ian, exaspéré. Je vous en prie, ne jouez pas avec mes nerfs. Je la retrouverai, même si je dois la suivre jusqu'en Chine. Alors, elle est à bord ou pas?

Le marin désigna le pont du navire. Parmi la foule des marins, Ian aperçut Bianca. Elle était appuyée à la rambarde, cheveux au vent, telle une déesse des mers.

Bianca s'en voulait terriblement. Elle s'était juré de ne jamais revoir Ian, de l'éviter coûte que coûte, mais elle ne pouvait contrôler ses sentiments. En l'entendant crier son nom, elle avait été incapable de s'en tenir à ses bonnes résolutions. Son cœur bondissait de joie dans sa poitrine. Ian la cherchait pour la ramener au palais avec lui !

À moins qu'il n'ait l'intention de la livrer aux juges et de la punir, en l'accablant de son mépris et de sa haine. Elle s'efforça d'afficher une mine impassible.

— Vous m'avez retrouvée, déclara-t-elle.

Ian sentit son sang se glacer dans ses veines. Il avait affronté les éléments déchaînés pour la rejoindre, au péril de sa vie, pour lui dire combien il l'aimait, comme il avait besoin d'elle, et elle le battait froid. Son cœur se brisa.

— En effet, répliqua-t-il. Tu croyais que je te laisserais t'échapper comme une voleuse ? Je te rappelle que tu es recherchée par la justice et que tu es sous ma responsabilité.

Bianca se rembrunit. Telle était donc la raison de sa venue. Il désirait pouvoir se vanter d'avoir capturé une fugitive. Son ton distant, son expression, tout lui disait qu'il n'éprouvait pour elle que du dégoût. Elle pencha la tête, espérant cacher les larmes qui coulaient sur ses joues.

— J'avais oublié, répondit-elle.

Cette voix froide et indifférente confirma les pires craintes de Ian. Elle s'enfuyait parce qu'elle ne voulait pas l'épouser. Certes, elle aimait ses caresses, mais il ne s'agissait que d'un attachement physique. Elle ne supportait pas l'idée de partager sa vie. Pourtant, elle avait déclaré…

— Pourquoi refuses-tu de m'épouser ? demanda-t-il malgré lui, ivre de douleur. Tu disais que tu m'aimais…

Tout d'abord, Bianca n'en crut pas ses oreilles. Puis, comme poussée par une force surnaturelle, elle lui révéla la terrible vérité :

— Parce que vous ne m'aimez pas.

— Mais si, je t'aime ! s'exclama Ian, déboussolé. Tu ne le vois donc pas ?

« Je t'ai toujours aimée », songea-t-il.

— Ce n'est pas évident! répondit Bianca. Tu as quitté le procès avant la fin et tu veux que je te croie! s'écria-t-elle, retrouvant le tutoiement dans l'emportement de la colère.

— On m'a pratiquement expulsé de la salle. Il fallait… Il fallait que je vérifie un détail.

Il savait que son prétexte ne valait pas grand-chose. Bianca avait une impression d'irréalité, comme si elle observait la scène de l'extérieur, en simple spectatrice. L'homme qu'elle aimait venait de lui avouer son amour et, au lieu de se jeter dans ses bras, elle se chamaillait avec lui!

— Si tu m'aimes, pourquoi ne me l'as-tu jamais dit?

— Pourquoi? répéta Ian en évitant son regard. J'avais l'intention de te le dire.

— Cette explication ne me suffit pas. Tu dois le déclarer clairement. Tout de suite, fit Bianca en désignant les marins prêts à lever l'ancre. Tu n'auras bientôt plus l'occasion de me parler.

Ian l'admira un long moment, subjugué par sa beauté fragile. Puis il tendit les bras vers elle, implorant.

— Ne pars pas! Je t'en supplie, ne pars pas!

Elle hésita par fierté, avant de demander d'une voix pleine d'angoisse :

— Pourquoi pas? Pourquoi devrais-je rester? Je te rends ta liberté. Nos fiançailles sont annulées. Tu ne comprends donc pas? C'est ce que tu as toujours souhaité, il me semble. Tu l'as affirmé toi-même. À présent, tu peux te marier avec qui tu veux, une femme que tu aimes vraiment. Je refuse que tu m'épouses sans amour, sans…

— Je t'aime, coupa-t-il.

— Comment? fit-elle, perdue dans son discours.

— Si tu n'étais pas aussi bavarde, tu m'aurais entendu, répliqua-t-il, le cœur battant. Maintenant, c'est trop tard. Je ne le répéterai pas.

Bianca le trouva exaspérant. Et terriblement séduisant.

— Aurais-tu l'obligeance de me répéter ce que tu viens de dire?

— Je t'aime, Bianca! cria-t-il, fou de joie.

Les marins interrompirent leur travail et tendirent l'oreille.

— Voilà pourquoi tu dois rester avec moi. Parce que je t'aime.

Bianca eut envie de se précipiter vers lui. Mais, prudente, elle prit une dernière précaution.

— Dis-le encore!

Ian s'exécuta sans retenue.

— Je t'aime! Je t'ai aimée dès que j'ai posé les yeux sur toi. Tu es une diablesse entêtée, contrariante, brillante, ravissante, délicieuse. J'aime chaque parcelle de ton corps, de toute mon âme. Je veux vivre avec toi pour toujours.

Des siècles plus tard, les Vénitiens évoqueraient encore cette nuit merveilleuse de 1585, où l'horloge de la place Saint-Marc s'arrêta soudain et où une déesse se jeta d'un navire en partance dans les bras de son amant.

Épilogue

Le pâle soleil de mars filtrait à travers la fenêtre de la chambre, dardant ses rayons sur le couple étendu dans le grand lit.

Ian cessa de feuilleter son livre et secoua doucement la jeune femme endormie contre lui.

— Réveille-toi, Bianca, ou nous allons être en retard pour notre mariage.

— Mmm…

— Bianca, ne me rends pas les choses encore plus difficiles, insista Ian d'un ton sévère, en reprenant sa lecture.

— Mmm… répéta Bianca, sans esquisser le moindre geste pour se lever.

Ian fut contraint d'essayer une nouvelle tactique.

— Roberto et Francesco ne nous adresseront plus jamais la parole si tu ne portes pas la robe somptueuse qu'ils ont commandée pour toi. Sans parler de Nilo, qui fait sans doute les cent pas dans le couloir.

— Très bien, murmura paresseusement Bianca. Puisque tu es si impatient de m'épouser, je vais me préparer et te laisser lire tranquillement.

— Parfait, répondit Ian.

Bianca foudroya le livre du regard, puis se pencha pour voir la couverture. Elle ne discerna que le nom de Foscari écrit en lettres d'or. Ian était-il en train de relire l'histoire de sa famille, alors qu'il devait l'épouser dans une heure ?

— Je pars. Je vais me marier, susurra-t-elle d'une voix suave. C'est ta dernière chance de me faire l'amour avant que je ne devienne une comtesse honorable.

— Mmm… marmonna Ian sans détourner les yeux de la page qu'il lisait.

C'en était trop. S'il repoussait ses avances avant même d'être marié, qu'en serait-il ensuite ? Bianca entrevit leur vie conjugale, faite de silence et d'ennui. Un véritable cauchemar.

— Puisque tu sembles plus fasciné par l'auteur de cet ouvrage que par moi, tu n'as qu'à te marier avec lui.

— Avec elle, corrigea Ian. Il s'agit d'une femme.

Bianca, à la fois curieuse et jalouse de cette concurrence inattendue, s'approcha.

— Regarde, dit Ian en lui montrant la première page.

— *De l'anatomie féminine*, lut-elle à voix haute, les yeux écarquillés. Quelqu'un m'a donc volé le sujet de mon livre ! s'exclama-t-elle avec tristesse. Au moins, c'est une femme. Comment s'appelle-t-elle ?

— Tu la connais peut-être, répondit Ian, faisant mine de fouiller dans sa mémoire. Il s'agit de l'illustre Bianca Foscari, comtesse d'Aoste.

Bianca fixa la couverture, suffoquée.

— Mon Dieu ! s'écria-t-elle enfin. Mais c'est moi ! C'est mon livre !

Un large sourire se dessina sur le visage de Ian.

— Il te plaît ?

— Oh… je ne sais que dire…

Bianca se jeta à son cou, au bord des larmes.

— C'est le plus beau cadeau qu'on m'ait jamais offert. Tu as fait publier mon livre !

— J'avoue que mon acte n'est pas complètement altruiste. Je mourais d'envie de te voir muette d'émotion !

Bianca fit la moue, puis elle reporta son attention sur le livre.

— Comment as-tu récupéré les dessins détenus par les juges ? demanda-t-elle en tournant les pages avec fierté. Je croyais qu'ils allaient les conserver jusqu'à ce qu'on ait arrêté Mora et Angelo.

— J'ai des relations, répondit-il d'un air mystérieux. De plus, les preuves contre eux sont accablantes. Les juges n'ont pas besoin de tes dessins pour les condamner. Par ailleurs, cela m'étonnerait que ces deux-là remettent un jour les pieds à Venise.

Bianca posa les yeux sur les cicatrices qui meurtrissaient les poignets de Ian.

— Dommage. Je me serais volontiers livrée à la dissection de ces deux monstres.

— Mon anatomie ne t'intéresse plus ? s'enquit son fiancé, malicieux.

— Tu aimerais que je t'arrache le cœur ?

— Je n'irais pas jusque-là, répondit-il en riant.

— En fait, il me reste une théorie à vérifier. Il paraît que le meilleur moyen de toucher un homme est de le complimenter sur ses oreilles.

— Ne me dis pas que tu as pris des leçons de séduction auprès de Cecco !

— Tu es jaloux ? lança Bianca. Figure-toi qu'il m'a donné des idées très intéressantes.

— Lesquelles ? fit Ian, qui se demandait parfois de quoi pouvaient discuter les deux nouveaux amis pendant de si longues heures.

— Viens, dit-elle.

Il s'approcha de la jeune femme et posa son livre. Elle lui murmura quelques mots à l'oreille.

Aussitôt, Ian sentit monter en lui un désir fou.

— J'espère que ce n'est pas cela, la dissection, soufflat-il. Autrement, je t'interdis de la pratiquer sur Angelo.

Bianca rit. Puis elle se mit à le caresser doucement, sans cesser de murmurer à son oreille. Ian gémit de plaisir. Il était sur le point d'implorer sa pitié quand elle recula vivement.

— Tu es un sujet d'étude très intéressant, déclarat-elle. Il va falloir que je me livre à d'autres expériences sur toi. J'espère que ta femme n'y verra aucun inconvénient.

— Ma femme ? Et son mari, qu'en dit-il ?

— Je pense qu'il est d'accord. Une savante doit s'adonner à son art sans retenue. N'est-ce pas, Monseigneur ? conclut-elle en se blottissant contre lui.

Dans un soupir, Ian s'abandonna dans ses bras, dans l'intérêt de la science.

Rendez-vous au mois d'octobre
avec trois nouveaux romans de la collection

Aventures et Passions

Le 1er octobre 2000

Une femme de passions

de Virginia Henley (n° 5681/L)

Angleterre, 1543. Fille d'un propriétaire terrien, Bess Hardwick n'a que six ans lorsque ses parents perdent le manoir familial. Elle se jure alors de le racheter un jour. Les années passent et la belle rousse est désormais une jeune fille intelligente et ambitieuse. Elle croise le chemin du séduisant William Cavendish, de vingt ans son aîné, dont elle tombe follement amoureuse. Mais William est marié. La raison poussera Bess à épouser Robert, un homme de son âge, à la santé fragile...

Le 9 octobre 2000

Pour les yeux de Sarah

de Tanya Ann Crosby (n° 5682/J)

New York, 1886. Sarah et Mary sont cousines et très proches l'une de l'autre. Aussi Sarah est-elle bouleversée d'apprendre que Mary meurt en couches après avoir donné naissance à un bébé aveugle. Persuadée que l'époux de Mary n'est pas totalement étranger à cette mort, Sarah se propose d'être la gouvernante du petit Christopher pour prouver la culpabilité de ce dernier...

Le 24 octobre 2000

La fiancée du sérail

de Robin Lee Hatcher (n° 5683/L)

Fin du XIXe siècle. Dans le port de Londres, certains bateaux transportent la nuit de curieux chargements. Leur destination : Constantinople et son marché aux esclaves. Lady Lucy Sunderland, qui vient d'être fiancée au vicomte Blackstoke, est capturée lors d'une promenade sur les bords de la Tamise... avant de se retrouver dans la cale du navire *Gabrielle*...

 *Aventures et Passions*

Quand l'amour s'aventure très loin, il devient passion

Ce mois-ci, découvrez également
deux nouveaux romans de la collection

Amour et Destin

Le 1er septembre 2000

Tête d'affiche

de Christina Jones (n° 5664/J)

Nell Bradley appartient à une famille de forains qui parcourt sans cesse l'Angleterre avec les attractions les plus vertigineuses. Pourtant, elle aime par-dessus tout les vieux manèges classiques avec chevaux et orgues. Voici qu'elle achète dans une vente aux enchères, sur un coup de cœur, un carrousel. Jack, ravi de s'en débarrasser, propose son aide à Nell pour le rénover...

Le 22 septembre 2000

Échange de bons procédés

de Jude Deveraux (n° 5665/G)

Afin de faciliter ses amours avec Amy, jeune mère seule vivant avec le petit Max, le docteur David Wilding fait appel à son frère Jason. Il lui demande de s'installer chez elle pour s'occuper de l'enfant, qui entrave leur relation. David présente Jason comme un lointain cousin homosexuel. Mais tout se complique : Jason ne tarde pas à tomber amoureux d'Amy...

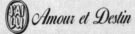

Amour et Destin

Quand l'amour donne aux femmes le choix de leur destin

5668

Composition Chesteroc International Graphics
Achevé d'imprimer en Europe (France)
par Maury-Eurolivres – 45300 Manchecourt
le 22 août 2000.
Dépôt légal août 2000. ISBN 2-290-30429-8

Éditions J'ai lu
84, rue de Grenelle, 75007 Paris
Diffusion France et étranger : Flammarion